MERCEDES RON siempre soñó con escribir. Comenzó subiendo sus primeras historias a Wattpad, donde más de cincuenta millones de lectores se engancharon a sus libros, y dio el salto a librerías en 2017 de la mano de Montena con la saga Culpables (*Culpa mía*, *Culpa tuya* y *Culpa nuestra*), un fenómeno editorial que ha sido traducido a más de diez idiomas y cuya película, *Culpa mía*, ha triunfado en distintos países. A su éxito le siguieron las sagas Enfrentados (*Marfil* y *Ébano*) y Dímelo (*Dímelo bajito*, *Dímelo en secreto* y *Dímelo con besos*), que consolidaron a la autora como un referente de la literatura romántica juvenil, con más de un millón de ejemplares vendidos. Sus últimas novelas son *10.000 millas para encontrarte* y *30 sunsets para enamorarte*, ambas pertenecientes a la saga Bali.

Papel certificado por el Forest Stewardship Council®

Primera edición en B de Bolsillo: mayo de 2020
Trigésimo octava reimpresión: octubre de 2025

Travessera de Gràcia, 47-49. 08021 Barcelona
Diseño de cubierta: Penguin Random House Grupo Editorial
Fotografía de cubierta: © Thinkstock

Printed in Spain – Impreso en España

ISBN: 978-84-1314-202-9
Depósito legal: B-6.380-2020

Impreso en Novoprint
Sant Andreu de la Barca (Barcelona)

BB 4 2 0 2 B

Culpa tuya

MERCEDES RON

A mi hermana Ro,
gracias por ser mi compañera de juegos,
escucharme, reírte conmigo y de mí
y siempre estar cuando te necesito.

Prólogo

La lluvia caía sobre nosotros, empapándonos, congelándonos, pero daba igual: nada importaba ya. Sabía que todo estaba a punto de cambiar, sabía que mi mundo estaba a punto de desmoronarse.

—Ya no hay vuelta atrás, ni siquiera puedo mirarte a la cara...

Lágrimas desoladas rodaban por su rostro.

¿Cómo podía haberle hecho eso? Sus palabras se clavaron en mi alma como cuchilladas que me desgarraban desde dentro hacia fuera.

—Ni siquiera sé qué decir —dije intentando controlar el pánico que amenazaba con derrumbarme. No podía dejarme... No lo haría, ¿verdad?

Me miró fijamente a los ojos, con odio, con desprecio... Una mirada que nunca pensé que podría dirigirme a mí.

—Hemos terminado —susurró con voz desgarrada, pero firme.

Y con esas dos palabras mi mundo se sumió en una profunda oscuridad, tenebrosa y solitaria... Una prisión diseñada expresamente para mí, pero me lo merecía, esta vez me lo merecía.

1

NOAH

Por fin cumplía dieciocho años.

Aún recordaba cómo once meses atrás contaba los días para que por fin pudiese ser mayor de edad, tomar mis propias decisiones y largarme corriendo de ese lugar. Obviamente, las cosas ya no eran como hace once meses. Todo había cambiado tanto que parecía increíble incluso pensarlo. No solo había terminado por acostumbrarme a vivir aquí, sino que ahora no me veía viviendo en otra parte que no fuese esta ciudad. Había conseguido hacerme un hueco en mi instituto y también en la familia con la que me había tocado vivir.

Todos los obstáculos que había tenido que ir superando —no solo en estos meses, sino desde que había nacido— me habían convertido en una persona más fuerte, o al menos eso creía. Habían pasado muchas cosas, no todas buenas, pero me quedaba con la mejor: Nicholas. ¿Quién iba a decir que terminaría enamorándome de él? Pues estaba tan locamente enamorada que me dolía el corazón. Habíamos tenido que aprender a conocernos, aprender a subsistir como pareja, y no era fácil, era algo en lo que trabajábamos todos los días. Ambos teníamos personalidades que chocaban a menudo y Nick no era una persona fácil de llevar, pero lo quería con locura.

Por ese motivo estaba más triste que contenta ante la inminente fiesta de mi cumpleaños. Nick no iba a estar. Hacía dos semanas que no lo veía, se había pasado los últimos meses viajando a San Francisco... Le quedaba un año para terminar la carrera y él había aprovechado cada una de las muchas puertas que le había abierto su padre. Lejos quedaba el Nick que se metía en problemas; ahora era distinto: había madurado conmigo, había mejorado, aunque mi miedo era que en cualquier momento su antiguo yo volviese a salir a la luz.

Me observé en el espejo. Me había recogido el pelo en un moño flojo en lo alto de la cabeza, aunque elegante y perfecto para llevarlo con el vestido blanco que mi madre y Will me habían regalado por mi cumpleaños. Mi madre se había vuelto loca con la fiesta que había organizado. Según ella, esta sería su última oportunidad de representar su papel, puesto que en una semana me graduaba en el instituto y poco después me mudaba a la universidad. Había mandado solicitudes a muchas universidades, pero finalmente me había decantado por la UCLA de Los Ángeles. Ya había tenido demasiados cambios y demasiadas mudanzas, no quería largarme a otra ciudad y, menos aún, alejarme de Nick. Él estaba en esa misma universidad y, aunque sabía que lo más probable era que terminara trasladándose a San Francisco para trabajar en la nueva empresa de su padre, decidí que ya me preocuparía por eso más tarde: aún quedaba mucho tiempo y no quería deprimirme.

Me levanté del tocador y, antes de ponerme el vestido, mis ojos se fijaron en la cicatriz de mi estómago. Uno de mis dedos acarició aquella parte de mi piel que estaría dañada y marcada de por vida, y sentí un escalofrío. El estruendo del disparo que acabó con la vida de mi padre resonó entonces en mi cabeza y tuve que respirar hondo para no perder la compostura. No había hablado con nadie de mis pesadillas ni del miedo que sentía cada vez que pensaba en lo ocurrido, ni cómo mi corazón se disparaba enloquecido irremediablemente cuando un estruendo demasiado fuerte sonaba cerca de mí. No quería admitir que mi padre había vuelto a causarme un trauma, bastante tenía ya con no poder quedarme a oscuras a no ser que fuese con Nick a mi lado... No pensaba admitir que ya no podía dormir tranquilamente, ni que no podía dejar de pensar en mi padre muerto justo a mi lado, ni en cómo su sangre salpicando mi rostro me había convertido en una loca. Eran cosas que me guardaba para mí: no quería que nadie supiese que estaba más traumatizada que antes, que mi vida seguía presa por los miedos que aquel hombre me había ocasionado. Mi madre, en cambio, estaba más tranquila que en toda su vida, puesto que aquel miedo que siempre había intentado ocultar había desaparecido; ahora era completamente feliz con su marido: ya era libre. A mí, por el contrario, me quedaba un largo camino por recorrer.

—¿Aún no te has vestido? —me preguntó entonces aquella voz que me hacía reír a carcajadas casi todos los días.

Me volví hacia Jenna y una sonrisa apareció en mi rostro. Mi mejor amiga estaba espectacular, como siempre. Hacía poco que se había cortado su larga melena y ahora la llevaba a la altura de los hombros. Había insistido en que yo hiciese lo mismo, pero yo sabía que a Nick le encantaba mi pelo largo, así que lo había dejado tal cual. Ya me llegaba casi hasta la cintura, pero me gustaba tal como estaba.

—¿Te he dicho ya lo mucho que admiro tu culo respingón? —me soltó adelantándose y dándome una palmadita en el trasero.

—Estás loca —repuse cogiendo mi vestido y pasándomelo por la cabeza. Jenna se acercó a la caja fuerte, justo debajo de donde estaban los zapatos. No tenía ni la combinación ni nada porque no la utilizaba, pero desde que Jenna la había descubierto, le había dado por guardar en ella todo tipo de cosas.

Solté una carcajada cuando sacó una botella de champán y dos copas.

—Brindemos por tu mayoría de edad —propuso sirviendo las copas y tendiéndome una. Sonreí; sabía que si mi madre me viera me mataría, pero, al fin y al cabo, era mi cumpleaños y tenía que celebrarlo, ¿no?

—Por nosotras —agregué yo.

Brindamos y nos llevamos la copa a los labios. Estaba riquísimo, tenía que estarlo —era una botella de Cristal y costaba más de trescientos dólares—, pero Jenna lo hacía todo a lo grande, estaba acostumbrada a ese tipo de lujos y nunca le había faltado de nada.

—Ese vestido es impresionante —declaró observándome embobada.

Sonreí y me observé en el espejo. El vestido era precioso, blanco, ajustado al cuerpo, y con un encaje delicado que me llegaba hasta las muñecas, dejando entrever mi piel clara en distintos dibujos geométricos. Los zapatos también eran increíbles y me hacían estar casi a la misma altura que Jenna. Ella iba con un vestido corto de vuelo de color burdeos.

—Abajo hay un montón de gente —anunció dejando su copa de champán junto a la mía. Yo hice lo contrario: la cogí y me bebí todo el líquido burbujeante de un solo trago.

—¡No me digas! —exclamé, poniéndome nerviosa. De repente, me faltaba el aire. Aquel vestido era demasiado apretado, no me dejaba respirar con libertad.

Jenna me observó y sonrió de forma cómplice.

—¿De qué te ríes? —repliqué, envidiándola por no tener que pasar por aquello.

—De nada, es que sé cómo odias este tipo de cosas, pero tranquila —contestó acercándose a mi oreja—; yo estoy aquí para asegurarme de que lo pasamos en grande —añadió sonriendo y besándome en la mejilla.

Le sonreí agradecida. Quizá mi novio se perdería mi cumpleaños, pero al menos tendría a mi mejor amiga a mi lado.

—¿Bajamos? —me propuso entonces acomodándose el vestido.

—¡Qué remedio!

Habían transformado todo el jardín. Mi madre se había vuelto loca; alquiló una carpa blanca que habían colocado en el jardín. Esta albergaba, además de un montón de globos, muchas mesas redondas de color rosa y vistosas sillas, entre las cuales se movían camareros con chaquetas y pajarita. En un extremo del espacio, se servían bebidas en una barra y, asimismo, sobre mesas largas había numerosas bandejas con todo tipo de comida que había suministrado un catering. Esto no me pegaba nada, pero sabía que mi madre siempre había querido organizarme una fiesta de cumpleaños así, siempre había bromeado con mis dieciocho años y mi traslado a la universidad, habíamos jugado a imaginar las cosas que contrataríamos en la fiesta si nos tocaba la lotería y... ¡al final nos había tocado! Aquello era pasarse de la raya.

Cuando aparecí en el jardín todos me gritaron feliz cumpleaños al unísono, como si no hubiese sabido que estaban todos allí esperándome. Mi madre se me acercó y me dio un gran abrazo.

—¡Felicidades, Noah! —dijo estrechándome con fuerza. La abracé y vi aturdida cómo tras ella se creaba una cola para desearme feliz cumpleaños. Habían acudido todos mis amigos del colegio, junto con muchos padres de los que mi madre se había hecho amiga y también muchos de nuestros vecinos y amigos de William. Me puse tan nerviosa que, inconscientemente, mi mirada empezó a buscar a Nicholas por el jardín: solo él conseguiría calmarme. Sin embargo, no había ni rastro de él... Ya lo sabía, no iba a venir, estaba en otra ciudad, no lo vería hasta al cabo de una semana, para mi graduación, pero una pequeña parte de mí aún esperaba verlo entre toda aquella gente.

Estuve saludando a los invitados más de una hora hasta que finalmente Jenna se acercó a mí para arrastrarme hasta la barra de bebidas. Había dos zonas, una para los menores de veintiún años y otra para los padres.

—Tienes tu propio cóctel —me comunicó soltando una risa.

—Mi madre ha terminado por perder la cabeza —comenté mientras un camarero nos servía mi cóctel. El chico me observó y sonrió intentando no soltar una carcajada. Genial, seguro que pensaba que era una esnob.

Cuando vi la bebida, casi me da algo. Era una copa de martini con un líquido de color rosa chillón con azúcar de colores pegada por el borde y una fresa decorativa en uno de los lados. Atada en la parte baja de la copa había un lacito con un 18 hecho con pequeñas perlas de color blanco.

—Le falta el toque especial —apuntó Jenna sacando una petaca a escondidas y echando alcohol en nuestras copas. A este ritmo, iba a tener que controlarme si no quería ponerme como una cuba antes de medianoche.

Un disc-jockey bastante bueno estaba pinchando todo tipo de música y mis amigos ya estaban bailando como posesos. La fiesta era un éxito.

Jenna me había arrastrado a bailar con ella y ambas estábamos pegando saltos como locas. Estaba muerta de calor: el verano se encontraba a la vuelta de la esquina y se notaba.

Lion nos observaba atentamente desde un lado de la pista. Estaba apoyado en una de las columnas y se fijaba en cómo Jenna movía el culo con frenesí. Me reí y, ya cansada, dejé a Jenna bailando con los demás.

—¿Te aburres, Lion? —pregunté deteniéndome a su lado.

Él me sonrió divertido, aunque vi que algo le preocupaba. Sus ojos seguían fijos en Jenna.

—Felicidades, por cierto —dijo, ya que aún no había tenido la oportunidad de verlo a solas. Me parecía raro verlo allí sin Nick. Lion no conocía mucho a los de nuestra clase; Lion y Nick nos sacaban cinco años a Jenna y a mí, y se notaba la diferencia de edad. Los de mi clase eran bastante más inmaduros que ellos dos y era normal que no quisiesen venir con nosotras cuando salíamos con nuestros amigos.

—Gracias —respondí—. ¿Sabes algo de Nick? —pregunté sintiendo un pinchazo en el estómago. Aún no me había llamado ni mandado ningún mensaje.

—Ayer me comentó que estaba hasta arriba de trabajo, que en el bufete apenas le dejan ir a comer, pero le faltó tiempo para decirme que no te quitara los ojos de encima —agregó mirándome y sonriendo.

—Tus ojos sí que parecen estar fijos en una persona en particular —afirmé viendo cómo miraba de nuevo a Jenna. Esta se volvió en aquel instante y una sonrisa de verdadera felicidad apareció en su rostro. Estaba enamoradísima de Lion, cuando se quedaba a dormir aquí nos quedábamos horas hablando sobre lo afortunadas que éramos de habernos enamorado de dos chicos que eran íntimos amigos. Sabía de primera mano que Jenna no iba a querer a nadie que no fuese él y me encantaba pensar que Lion estaba igual de pillado que ella. En este tiempo había terminado por adorar a Jenna, era de verdad mi mejor amiga, la quería muchísimo, había estado ahí siempre que la había necesitado y me había hecho comprender cómo debía ser de verdad una amiga; no era celosa, ni manipuladora ni rencorosa como había sido Beth en Canadá y, por supuesto, sabía que era incapaz de hacerme daño, al menos intencionadamente.

Ella se acercó a nosotros y le dio un sonoro beso a Lion. Él la sujetó con cariño y yo me aparté de ellos poniéndome triste de repente. Echaba de menos a Nick, quería que estuviese aquí, lo necesitaba. Volví a mirar mi teléfono y nada, no había ninguna llamada ni ningún mensaje suyo. Estaba empezando a molestarme, no le llevaría nada más que unos segundos mandarme un mensaje. ¿Qué demonios le ocurría?

Me acerqué a la barra, donde un barman servía copas a los pocos mayores de veintiún años que aún quedaban por allí. Era el mismo que antes se había encargado de servir mis cócteles con la ayuda de otra camarera.

Me senté a la barra y lo observé, planteándome cómo camelármelo para que me sirviera una copa.

—¿Sería mucho pedir que me sirvieras algo que no sea rosa y que tenga alcohol? —le comenté, sabiendo que me iba a mandar a Dios sabe dónde.

Para mi sorpresa sonrió y, tras asegurarse de que nadie lo veía, sacó un vaso de chupito y lo rellenó con un líquido blanco.

—¿Tequila? —pregunté sonriendo.

—Si preguntan, yo no he sido —contestó mirando hacia otro lado.

Me reí y me llevé rápidamente el chupito a los labios. El trago me quemó la garganta, pero estaba realmente bueno.

Me volví y vi a Jenna arrastrando a Lion a una esquina a oscuras. Me estaba entrando depresión de ver a mis amigos abrazados y besándose.

«Maldito seas, Nicholas Leister, por no desaparecer de mi cabeza ni un segundo del día.»

—¿Uno más? —propuse al camarero; sabía que estaba abusando, pero era mi fiesta, me merecía tomar lo que quisiese, ¿no?

Iba a bebérmelo cuando, de repente, una mano apareció de la nada, deteniéndome y arrebatándomelo.

—Creo que ya has bebido suficiente —aseveró una voz.

Esa voz.

Levanté la mirada y ahí estaba él: Nick. Ataviado con camisa y pantalones de vestir, con su pelo oscuro ligeramente despeinado y sus ojos celestes brillando con una emoción contenida, misteriosa y, al mismo tiempo, rebosante de felicidad.

—¡Dios mío! —exclamé llevándome las manos a la boca. Una sonrisa apareció en su rostro, *mi sonrisa.* Salté a sus brazos un segundo después—. ¡Has venido! —grité con mi mejilla apoyada en la suya, apretujándolo contra mí, percibiendo su olor, sintiéndome entera otra vez.

Me estrechó con fuerza; por fin podía respirar. Estaba allí, ¡oh, Dios mío!, estaba allí conmigo.

—Te he echado de menos, Pecas —me confesó al oído para después tirar de mi cabeza hacia atrás y posar sus labios sobre los míos.

Sentí cómo mis terminaciones nerviosas se despertaban, hacía catorce largos días que no sentía su boca contra la mía, ni sus manos sobre mi cuerpo.

Me apartó y sus ojos recorrieron mi cuerpo con avidez.

—Estás preciosa —musitó con voz ronca, colocando sus manos en mi cintura y apretándome contra él.

—¿Qué haces aquí? —pregunté intentando controlar las ganas que tenía de seguir besándolo. Sabía que no podíamos hacer nada, estábamos rodeados de gente y nuestros padres rondaban por allí... Me puse nerviosa.

—No pensaba perderme tu cumpleaños —aseguró y sus ojos volvieron a desviarse a mi cuerpo. Notaba cómo la electricidad surgía entre los dos. Nunca habíamos pasado tanto tiempo separados, por lo menos desde que empezamos a salir. Me había acostumbrado a tenerlo conmigo casi todos los días.

—¿Cómo has conseguido venir? —inquirí contra su pecho. No quería dejar de abrazarlo.

—Mejor no preguntes —respondió besándome en lo alto de la cabeza. Olí su perfume y cerré los ojos extasiada.

—Bonita fiesta —dijo riéndose.

Me separé de su pecho y lo miré con mala cara.

—No ha sido idea mía.

—Lo sé —aseguró con una gran sonrisa.

Sentí que mi corazón se hinchaba de felicidad. Había echado de menos aquella sonrisa.

—¿Quieres probar mi cóctel a la Noah? —dije volviéndome hacia el barman, que me oyó y puso manos a la obra.

—¿Tienes tu propio cóctel, Pecas? —preguntó frunciendo el ceño cuando el barman le sirvió el líquido rosa, fresa incluida, y se lo tendió unos segundos después.

Se lo quedó mirando con una expresión que me hizo reír.

—Supongo que tendré que probarlo...

El pobre se lo bebió entero sin rechistar, y eso que sabía a chuche derretida.

Mi sonrisa de felicidad no me cabía en el rostro y él se contagió de mi alegría. Su mano tiró de mí y sus labios fueron directos a mi oreja. Me rozó apenas la piel sensible de mi cuello y sentí que me moría ante ese simple contacto de su boca sobre mi piel.

—Necesito estar dentro de ti —me soltó entonces.

Me temblaron las piernas.

—Aquí no podemos —contesté en un susurro, intentando controlar mi nerviosismo.

—¿Confías en mí? —preguntó entonces.

¿Qué pregunta tonta era esa? No había nadie en quien confiase más.

Lo miré a los ojos, esa era mi respuesta.

Sonrió de esa forma que me volvía loca.

—Espérame en la parte de atrás de la casa de la piscina —me indicó dándome un pico rápido en los labios. Antes de que se fuera me aferré a su brazo con fuerza.

—¿No vienes conmigo? —dije nerviosa.

—Creo que el truco está en que nadie se dé cuenta de lo que vamos a hacer, amor —confesó con esa sonrisa pícara que me hacía temblar de pies a cabeza.

Lo vi marcharse a saludar a los invitados, desprendía seguridad por todos los poros de su piel. Me quedé unos segundos observándolo, sintiendo que las mariposas empezaban a hacer de las suyas en mi estómago. No quería admitir que me daba miedo ir allí sola, a oscuras y alejada de la gente.

Intentando controlar mi respiración cogí el chupito que estaba en la barra y me lo llevé a la boca. El líquido me tranquilizó durante unos segundos. Respiré hondo y me encaminé a la piscina que estaba más allá de la carpa en donde la gente bailaba y se divertía. Caminé por el borde intentando no caerme al agua hasta llegar a la pequeña casa que había detrás. Al otro lado estaban los árboles que la rodeaban y, un poco más allá, el ruido de las olas del mar al chocar contra el acantilado me llegó hasta los oídos. Apoyé la espalda contra la pared trasera de la casa, aún escuchando los ruidos de los invitados y procurando no perder la compostura.

Cerré los ojos nerviosa y entonces lo oí llegar. Sus labios se posaron tan deprisa sobre los míos que apenas pude decir nada. Abrí los ojos y me encontré con su mirada.

Sus ojos lo decían todo.

—No tienes ni idea de cómo he echado de menos hacer esto —comentó cogiéndome del cuello y besándome suavemente.

Me derretí, literalmente, entre sus brazos.

—¡Dios..., cómo he ansiado tocarte! —exclamó y sus manos me recorrieron el costado, de arriba abajo mientras su nariz acariciaba mi cuello con infinita lentitud.

Mis manos volaron hasta su nuca y lo atraje de nuevo a mi boca. Esta vez nos besamos con más desesperación, calentándonos como el fuego ardiente de un incendio, su lengua enroscándose ferozmente con la mía y su cuerpo apretándose contra mí. Quería tocarlo, quería sentir su piel bajo mis dedos.

—¿Me has echado de menos, Pecas? —preguntó acariciando mi mejilla con una mano y observándome como si fuese yo el regalo y no al revés.

Intenté asentir, pero tenía la respiración tan acelerada que me salió un simple jadeo, que se intensificó cuando sus labios se dirigieron a mi cuello.

—No pienso volver a marcharme —dijo entre beso y beso.

Me reí sin alegría.

—Eso no depende de ti.

Me buscó con la mirada.

—Te llevaré conmigo... a donde sea que vaya.

—Suena muy romántico —respondí besándolo en la mandíbula.

Nick me sostuvo la cara con las manos.

—Lo digo en serio, tenía mono de ti.

Volví a reírme y entonces su boca me silenció con un beso lleno de pasión contenida.

—Quiero quitarte este maldito vestido —gruñó entre dientes levantándome el vestido hasta que este se quedó enrollado en torno a mi cintura. Sus ojos se clavaron en mi piel desnuda y me miró con el deseo reflejado en su mirada, un deseo oscuro alimentado por la distancia y el tiempo que habíamos estado separados.

—Te haría el amor durante toda la noche —soltó. Sus manos se detuvieron en el elástico de mi ropa interior.

Me estremecí de arriba abajo.

—¿Prefieres esperar? —preguntó con el deseo brillando en sus ojos oscurecidos—. Te llevaría a mi apartamento, pero supongo que te echarían de menos.

—Sí, supones bien... —dije mordiéndome el labio. Nunca lo había hecho con él en esas circunstancias, pero no quería esperar. Nick me apretujó contra la pared y sentí el roce de su cuerpo excitado contra el mío.

—Lo haremos rápido, nadie nos verá —me aseguró al oído sin dejar de besarme.

Finalmente asentí con la cabeza y entonces sus dedos me bajaron la ropa interior hasta dejarla caer en el suelo.

Mis dedos se dirigieron a su corbata y tiré de ella hasta quitársela.

—Quiero verte —dije, apartándome.

Sonrió con ternura y me besó en la punta de la nariz. Me llevó mis manos hasta que las pude entrelazar en su nuca.

Lo observé sin moverme mientras se desabrochaba los pantalones. Un segundo después me tenía aprisionada contra la pared. Me miró dulcemente, con las pupilas dilatadas, preparándome con la mirada, transmitiendo miles de cosas. Me besó y entonces se introdujo en mi interior. Hacía meses que había empezado a tomar pastillas anticonceptivas y agradecí la sensación de sentirlo de verdad, sin barreras. Se me escapó un grito ahogado y su mano se movió para taparme la boca.

—No puedes hacer ruido —me advirtió aún inmóvil.

Asentí con todos mis nervios en tensión. Empezó a moverse, despacio primero y acelerando el ritmo después. El placer empezó a crecer en mi interior con cada una de sus arremetidas, su mano se apartó de mi boca y me acarició allí donde más ansiaba su contacto.

—Nick...

—Espera... —me pidió sujetándome con fuerza por los muslos. Cerré los ojos intentando contenerme—. Hagámoslo juntos... —susurró en mi oído.

Sus dientes se apoderaron de mi labio inferior, me mordió y el placer en mi interior creció, hasta tal punto que ya no pude aguantarlo más. El grito que salió de mis labios fue amortiguado por su boca sobre la mía. Inmediatamente lo noté tensarse hasta que gruñó, acompañándome en ese viaje de placer infinito.

Eché mi cabeza hacia atrás, intentando controlar mi respiración, mientras Nicholas me sostenía fuertemente con sus brazos.

—Te quiero, Nick —declaré, cuando sus ojos se clavaron fijamente en los míos.

—Tú y yo no estamos hechos para estar separados —contestó.

2

NICK

¡Joder, cómo la había echado de menos...! Los días se me habían hecho interminables y ni que decir tiene las semanas. Había tenido que trabajar el doble de horas para que me dejasen regresar antes, pero había merecido la pena solo por eso.

—¿Estás bien? —pregunté con la respiración acelerada. Nunca lo habíamos hecho así, nunca. Con Noah me controlaba, la trataba como se merecía, pero esta vez no había podido esperar. En cuanto la vi, había querido hacerla mía.

Nuestros ojos se encontraron y una sonrisa increíble apareció en su boca.

—Ha sido... —dijo, pero la callé con un beso. Temía lo que pudiese decir, me había perdido en el deseo del momento. Aquella noche estaba espectacular, más que nunca, ese vestido virginal que se había puesto me enloquecía.

—Te quiero con locura, lo sabes, ¿verdad? —afirmé apartándome de ella.

—Yo te quiero más —contestó, y cuando lo hizo me fijé en que tenía un poco de sangre en el labio.

—Te he hecho daño —observé acariciándole el labio inferior con mi dedo y limpiando la pequeña gota de sangre que había salido. Mierda, era un bruto gilipollas—. Lo siento, Pecas.

Ella se chupó el labio distraída... mirándome.

—Esto ha sido diferente —soltó un segundo después. Y tanto que lo había sido.

Me aparté de ella y me abroché los pantalones. Me sentía culpable: Noah se merecía hacerlo en una cama y no contra una pared, al estilo de aquí te pillo aquí te mato.

—¿Qué te pasa? —preguntó ella mirándome preocupada.

—Nada, perdona —contesté besándola otra vez. Le bajé el vestido por las caderas conteniendo las ganas de empezar donde lo habíamos dejado—. Feliz cumpleaños —le deseé sonriendo y sacando una cajita blanca de mi bolsillo.

—¿Me has traído un regalo? —preguntó emocionada. Era tan dulce y tan perfecta... Solo con verla me ponía de buen humor, solo con tocarla me ponía como una moto.

—No sé si te gustará... —comenté poniéndome nervioso de repente.

Sus ojos se abrieron al mirar la caja.

—¿Cartier? —Me miró sorprendida—. ¿Te has vuelto loco?

Negué con el ceño fruncido esperando a que lo abriera. Cuando lo hizo, el pequeño corazón de plata refulgió en la oscuridad. Una sonrisa apareció en su rostro y suspiré aliviado.

—¡Es precioso! —exclamó tocándolo con los dedos.

—Así llevarás mi corazón a donde quiera que vayas —declaré besándola en la mejilla. Esto era lo más cursi que había dicho en mi vida, pero ella conseguía eso de mí, me convertía en un completo idiota enamorado.

Sus ojos me miraron y vi que se humedecían.

—¡Te quiero, me encanta! —clamó y a continuación me dio un beso en los labios.

Sonreí y le pedí que se volvería para poder colocarle el colgante. El cuello le quedaba al descubierto con ese vestido y tuve que besarla en la nuca. Se estremeció y hube de respirar hondo para no tomarla de nuevo en ese instante. Le puse el colgante y la observé cuando se dio la vuelta sonriente.

—¿Cómo me queda? —preguntó mirando hacia bajo.

—Estás perfecta, como siempre —contesté.

Sabía que teníamos que regresar y era lo último que me apetecía hacer en aquel instante. Quería estar con ella a solas, bueno, la verdad es que siempre quería estar con ella a solas, pero sobre todo lo deseaba en ese momento, después de tanto tiempo sin vernos.

—¿Estoy presentable? —dijo con inocencia.

Sonreí.

—Claro que sí —respondí mientras me abrochaba los botones de la camisa y cogía la corbata que estaba en el suelo.

—Déjame a mí —me pidió y solté una carcajada.

—¿Desde cuándo sabes hacer el nudo de la corbata? —pregunté a sabiendas de que nunca había sabido hacerlo; es más, era yo quien se lo hacía cuando vivía en esa casa.

—Tuve que aprender porque mi atractivo novio me dejó a cambio de un piso de soltero —replicó mientras terminaba de hacer el nudo.

—Atractivo, ¿eh?

Ella puso los ojos en blanco.

—Regresemos o todo el mundo sabrá lo que hemos estado haciendo.

Me hubiese gustado que todo el mundo se enterase, así los niñatos se mantendrían alejados de mi novia. Sin embargo, a pesar de todo lo que habíamos vivido juntos, para la mayoría seguíamos siendo hermanastros.

Dejé que ella se fuera primero y fumé un cigarrillo mientras tanto. Sabía que a Noah no le gustaba que fumara, pero si no lo hacía me volvería loco. Antes de marcharme algo captó mi atención. Su ropa interior estaba tirada bajo mis pies.

¡¿Se había ido sin nada debajo?!

Cuando regresé, la vi hablando con un grupo de amigos. Había dos chicos en él y uno de ellos tenía la mano puesta en su espalda. Respiré para tranquilizarme y me acerqué a ellos. En cuanto Noah me vio, pasó su brazo por mi espalda y apoyó el rostro en mi pecho.

Me calmé. Ese gesto había sido suficiente.

—¿Has visto a Lion? —le pregunté mientras buscaba a mi amigo con la mirada. Estaba un poco preocupado por él. Me había llamado cuando estaba en San Francisco y me había dicho que su hermano Luca salía de la cárcel pronto. Llevaba cuatro años en prisión, lo habían pillado vendiendo maría, y nadie pudo evitar que lo encerraran en el trullo. Para ser sincero, no me hacía mucha gracia que Luca saliese; no es que no me alegrase por Lion, al fin y al cabo, mi amigo estaba solo y la única familia que le quedaba era su hermano mayor, pero sabía cómo podía llegar a ser el hermano de mi amigo y no tenía muy claro si a Lion le convenía tener a un exconvicto a su lado en esa etapa de su vida.

—Pues la verdad es que hace rato que no lo veo —dijo Noah—. De todos modos, creo que ahora deberías ir a saludar a nuestros padres... —añadió y me puse tenso al instante.

Tras el secuestro de Noah, fue muy evidente que lo nuestro iba en serio y a nuestros padres no les gustó nada. Desde entonces se habían preocupado de que nos quedase claro cada vez que nos veían juntos. Ya sabía que mi padre no iba a permitir un escándalo de ese tipo: al fin y al cabo, éramos una familia pública y nos había dejado clarísimo que, de puertas hacia fuera, teníamos que seguir siendo solo hermanos, pero me había sorprendido que Raffaella no se pusiera de nuestro lado. Al contrario, a partir de aquel momento, me miraba con un recelo que me ponía de los nervios.

—¡Vaya! Mi hijo ha regresado —exclamó mi padre esbozando una sonrisa falsa.

—Papá —contesté a modo de saludo—. Hola, Ella —saludé con el mejor tono que pude conseguir. Raffaella, para mi sorpresa, me sonrió y me dio un abrazo.

—Me alegro de que hayas podido venir —declaró desviando su mirada a la de Noah—. Estaba muy triste hasta que te ha visto.

Miré a Noah, que se había ruborizado y le guiñé un ojo.

—¿Qué tal en el bufete? —preguntó mi padre.

El muy cabrón me había puesto a trabajar para Steve Hendrins, un gilipollas autoritario que se encargaba del bufete hasta que yo tuviese experiencia suficiente para heredar el liderazgo. Todos sabían que estaba perfectamente cualificado, pero mi padre seguía sin fiarse de mí.

—Agotador —respondí intentando no fulminarlo con la mirada.

—Como la vida misma —me soltó entonces. Sus palabras me pusieron de mal humor. Estaba harto de escuchar ese tipo de chorradas, hacía meses que había dejado de comportarme como un niñato, había adoptado el papel que me correspondía y no paraba ni un minuto del día. No solo trabajaba para mi padre, sino que me quedaba un año de carrera y muchos exámenes por delante. La mayoría de los compañeros de mi clase ni siquiera sabía aún lo que era un bufete, y yo tenía más experiencia que muchos de los que ya tenían el título. Sin embargo, mi padre seguía sin confiar en mí.

—¿Bailas conmigo? —interrumpió Noah en aquel momento, evitando así que le soltara algún despropósito.

—Claro.

La acompañé hasta la pista de baile. Habían puesto una canción lenta, y la atraje hacia mí con cuidado, intentando no dejar que mi mal humor o mi enfado recayeran sobre la única persona que me importaba en esa fiesta.

—No te enfades —me pidió acariciándome la nuca. Cerré los ojos dejando que su tacto me relajara.

Mi mano bajó hasta su cintura, rozando la parte baja de su espalda.

—Es imposible enfadarme contigo sabiendo que no llevas nada debajo del vestido.

—No me había dado ni cuenta —contestó deteniendo la caricia.

La miré. Era preciosa.

Junté mi frente con la de ella.

—Lo siento —me disculpé observándola y deleitándome con sus preciosos ojos.

Me sonrió un segundo después.

—¿Te quedarás esta noche? —preguntó entonces.

¡Joder!, otra vez la misma discusión. No pensaba quedarme allí, ya me había mudado hacía meses y odiaba estar bajo el escrutinio de mi padre. No veía la hora de que Noah se trasladase a la ciudad, todo sería mejor teniéndola a mi lado.

—Sabes que no —dije desviando la mirada hacia la gente que nos observaba de vez en cuando. Seguramente los hermanos no bailaban así, pero en ese momento me importaba una mierda.

—Hace dos semanas que no te veo, podrías hacer un esfuerzo y quedarte —me pidió, cambiando el tono de voz. Sabía que, si seguíamos así, terminaríamos discutiendo y no era eso lo que quería.

—¿Para dormir separados? No, gracias —solté de mal humor.

Ella miró hacia abajo en silencio.

—Vamos, Pecas, no te enfades... Sabes que odio quedarme aquí, odio no poder tocarte y odio escuchar las gilipolleces que mi padre tiene que decirme.

—Pues entonces no sé cuándo vamos a vernos, porque no puedo ir a la ciudad esta semana. Estaré liada con los exámenes finales y la graduación.

Hostia.

—Te recogeré y pasaremos algún rato juntos —propuse calmando mi tono de voz y acariciándole la espalda.

Ella suspiró y desvió la mirada hacia otra parte.

—No me hagas sentir culpable, por favor, sabes que no puedo quedarme aquí —le pedí cogiéndole el rostro y obligándola a mirarme.

Me observó en silencio unos segundos.

—Antes te quedabas...

Sus ojos por fin volvieron a los míos.

—Antes no estábamos juntos —zanjé.

Noah no dijo nada más y seguimos bailando en silencio. La mirada de Raffaella no se apartó de nosotros durante todo el tiempo que estuvimos en la pista.

3

NOAH

Ya se habían ido casi todos los invitados. Jenna estaba saludando a mi madre y Nick estaba fumando un cigarrillo con Lion en la parte de atrás. Miré a mi alrededor, al desorden que había quedado tras la fiesta, y agradecí por primera vez tener a alguien que limpiase la casa todos los días.

Después de tanto rato socializando, me gustó tener un momento a solas para poder apreciar la suerte que tenía. La fiesta había sido increíble: todos mis amigos habían estado allí y me habían traído regalos espectaculares que ahora reposaban en una pila enorme sobre el sofá del comedor. Iba a llevarlos a mi habitación cuando noté que alguien me rodeaba la cintura con los brazos.

—Te han hecho un montón de regalos —susurró Nick en mi oído.

—Sí, pero ninguno se puede comparar con el tuyo —repuse girándome para mirarlo a los ojos—. Es lo más bonito que me han regalado nunca y significa mucho porque viene de ti.

Él pareció sopesar mis palabras por unos instantes hasta que un atisbo de sonrisa apareció en sus labios.

—¿Lo vas a llevar siempre? —me preguntó entonces. Una parte de mí comprendió que para él aquello era muy importante, en cierto modo había puesto su corazón en ese colgante y sentí un calor intenso en el centro de mi pecho.

—Siempre.

Sonrió y me atrajo hacia él. Sus labios rozaron con infinita dulzura los míos, con demasiada dulzura. Me adelanté para profundizar el beso, pero me sujetó quieta donde estaba.

—¿Quieres más? —me ofreció junto a mis labios entreabiertos. ¿Por qué no me besaba como Dios manda?

Abrí los ojos y me lo encontré mirándome. Sus iris eran espectaculares, de un azul tan claro que me causaba escalofríos.

—Sabes que sí —contesté con la respiración acelerada y los nervios a flor de piel.

—Ven esta noche conmigo.

Suspiré. Quería ir, pero no podía. Para empezar, a mi madre no le hacía gracia que me quedase a dormir con Nick y la mayoría de las veces mentía y decía que estaba en casa de Jenna. Además, tenía que estudiar, esa semana tenía cuatro exámenes finales y me jugaba todo si suspendía.

—No puedo —respondí cerrando los ojos.

Su mano bajó por mi espalda con cuidado, en una caricia tan delicada que se me pusieron los pelos de punta.

—Sí que puedes, y empezaremos donde lo dejamos en el jardín —replicó alcanzando mi oreja con sus labios.

Sentí mariposas en el estómago y el deseo crecer en mi interior. Su lengua acarició mi lóbulo izquierdo para después dejar paso a sus dientes... Quería ir... Pero no podía.

Me aparté y, al abrir los ojos y fijarme en los suyos, me estremecí... Había echado de menos esa mirada oscura, ese cuerpo que me intimidaba y me proporcionaba una seguridad infinita al mismo tiempo.

—Ya nos veremos, Nick —dije dando un paso hacia atrás.

Sus ojos me escrutaron entre divertidos y molestos.

—Sabes que si no vienes no habrá sexo hasta tu graduación, ¿no?

Respiré hondo: estaba jugando sucio, pero era la verdad. Yo no iba a tener apenas tiempo y menos de bajar a la ciudad a verlo, y si él no quería venir a casa porque no deseaba encontrarse con su padre...

—Podemos ir al cine —propuse con la voz entrecortada.

Nick soltó una carcajada.

—Está bien, como tú quieras, Pecas —aceptó acercándose y posando sus labios en mi frente en un tierno y casto beso. Lo hacía a propósito, estaba claro—. Nos vemos dentro de dos días para ir al cine. Y para lo que venga.

Quise retenerlo y rogarle que se quedara, quise decirle que lo necesitaba porque solo con él dejaba de tener pesadillas, que ese día era mi cumpleaños, que le tocaba a él ceder esa vez y complacerme, pero sabía que nada de lo que dijera iba a hacer que se quedase bajo ese techo.

Lo observé mientras bajaba las escaleras con soltura, se subía a su Range Rover y se marchaba sin mirar atrás.

Los siguientes dos días apenas salí para respirar aire fresco. Tenía que meterme tanta información en la cabeza que parecía que me iba a explotar el cerebro. Jenna no dejaba de llamarme para criticar a los profesores, a su novio y a la vida en general. Siempre que había exámenes se ponía histérica y, además, ella era la encargada de la fiesta de graduación y sabía que se estaba poniendo enferma al no poder estar dedicándole todo el tiempo que se merecía.

Aquella noche había quedado con Nick, supuestamente íbamos a ir al cine, pero llevaba fatal el examen del viernes, el último que me quedaba. Deseaba verlo más que nada en el mundo, pero sabía que eso me iba a descentrar completamente, porque su sola presencia causaba estragos en mí y sabía que si quedábamos me resultaría imposible seguir estudiando después. Temía llamarlo para decírselo, sabía que se enfadaría, llevábamos dos días sin vernos, desde mi cumpleaños, y aunque hablábamos por teléfono había estado bastante dispersa.

Por eso mismo decidí mandarle un mensaje. No quería oír su voz y distraerme, no deseaba empezar una discusión, así que le di a «Enviar», puse el móvil en silencio e intenté olvidarme de él por un período de veinticuatro horas; cuando terminase los exámenes lo vería y haría lo que él quisiese, pero ahora me jugaba todo con ese último examen y quería sacar la mejor nota posible.

Dos horas más tarde, yo seguía en mi cuarto con una pinta desastrosa, el cabello hecho un asco y unas ganas terribles de echarme a llorar, o más bien de matar a alguien. En ese momento, la puerta de mi habitación se abrió sin apenas hacer ruido.

Levanté la cabeza y allí estaba él. Con el pelo revuelto y una camisa blanca, mi preferida.

¡Mierda!, se había arreglado para salir conmigo. Dibujé una sonrisa de circunstancias en mis labios y puse cara de no haber roto un plato en mi vida.

—Estás guapo.

Nick levantó las cejas mirándome de aquella forma que me hacía complicadísimo saber qué le pasaba en ese instante por la cabeza y se acercó hasta mi cama sin quitarme los ojos de encima.

—Me has dejado plantado —me reprochó tranquilo y no supe si estaba reprochándomelo o es que aún intentaba hacerse a la idea.

—Nick... —dije temiendo su reacción y sintiéndome culpable.

—Ven —me pidió con voz dulce. Tenía una mirada extraña, parecía estar sopesando algo, y me extrañó que no se pusiese a despotricar de inmediato.

Quería besarlo. Siempre quería besarlo. Si por mí fuera, me pasaría todo el día con él, entre sus brazos. Me incorporé y fui de rodillas hasta la punta de la cama, donde me esperaba de pie, aguardando.

—Creo que es la primera vez en mi vida que una tía me deja plantado, Pecas —dijo. Colocó sus manos en mi cintura—. No sé cómo tomármelo.

—Lo siento —contesté entrecortadamente—. Estoy de los nervios, Nick, creo que no aprobaré. No sé nada y, como suspenda, no voy a graduarme, ni a entrar en la universidad, ni a trabajar en lo que me gusta: voy a ser una inculta, terminaré viviendo con mi madre, ¿te imaginas? Creo que...

Sus labios me callaron con un beso rápido.

—Eres la persona más empollona que conozco, no vas a suspender. —Sus labios se apartaron y sus ojos me miraron con cariño.

—Voy a suspender, Nick, te lo digo en serio, creo que sacaré un cero, ¿te imaginas? ¡¿Un cero?! Dejaré de ser la preferida del profesor Lam, y eso que he tenido las mejores notas de toda la clase. Ya no me va a tratar de forma diferente y mira que me cae...

Cerré la boca al notar que me advertía silenciosamente con la mirada. Vale, me estaba yendo por las ramas, pero... Una sonrisa traviesa apareció en su semblante.

—¿Quieres que te ayude a relajarte?

«Esa mirada, no, no me mires así, por favor... No cuando estás tan bueno con esa camisa y yo estoy que doy asco.»

—Estoy relajada —mentí.

—¿Prefieres que te ayude a estudiar, entonces? —Su mano me apartó un mechón de pelo del rostro y suspiré internamente ante la ternura de ese gesto.

¿Nicholas ayudándome a estudiar? Eso no podía acabar bien.

—No hace falta —contesté con la boca pequeña. Me daba miedo que, si se quedaba, hiciéramos de todo menos terminar el tema ocho de historia, y, aunque Nick estaba muy bueno, no podía arriesgarme a suspender.

Sonrió de lado, de esa forma tan seductora, y observé cómo daba un paso hacia atrás. Se arremangó la camisa, se quitó los zapatos y rodeó la cama para sentarse a la vez que cogía mi libro.

Me estremecí al imaginarnos sobre esa misma cama, haciendo otras cosas que nada tenían que ver con estudiar. Nick empezó a pasar las páginas hasta llegar a donde lo había dejado unos minutos antes.

Me olvidé de todo, de los exámenes, de la prueba de acceso a la universidad; de repente, solo quería sentarme sobre su regazo y pasar la punta de mi lengua por su mandíbula.

Empecé a acercarme y él negó con la cabeza, levantando la vista hacia mí.

—Quieta ahí —ordenó divertido—. Vamos a estudiar, Pecas, y cuando te lo sepas, a lo mejor te doy un beso.

—¿Solo uno?

Soltó una carcajada y volvió a centrarse en los apuntes.

—Empecemos y, si cuando acabemos te lo sabes, prometo quitarte todo el estrés que tienes encima.

Y lo dijo con toda la tranquilidad del mundo mientras mi cuerpo se estremecía al oírlo.

Dos horas y media después me sabía el tema de principio a fin. Nick era buen profesor... Para mi sorpresa, tenía paciencia y me explicó las cosas como si se tratara de un cuento; en más de una ocasión me quedé embobada escuchándolo, atenta e interesada de verdad en la guerra de Secesión americana, incluso me contó datos y cosas que no salían en el libro ni en mis apuntes.

Cuando cerró el libro, después de que le relatara el tema con pelos y señales, sonrió orgulloso y con una chispa de deseo en sus ojos azules.

—Sacarás un diez.

Sonreí de oreja a oreja y me tiré sobre él, que me cogió y me apretó contra su cuerpo. Giramos en la cama y me besó, sediento de mis besos. Metí la lengua en su boca y él jugueteó con ella para después morderme el labio, chuparlo y metérselo en la boca.

Gemí mientras su mano fue bajando por mis caderas, me levantó la pierna y la enroscó sobre su cintura. Al notar su cuerpo contra el mío casi puse los ojos en blanco cuando una dulce presión me llevó casi al quinto cielo.

—Me enfadé al leer tu mensaje —comentó levantando mi camiseta y besando mi estómago con deleite.

Cerré los ojos y eché el cuello hacia atrás.

—Me lo imagino —respondí, abriendo los ojos y fijándome en él, que había alzado la cabeza y me observaba entre excitado y divertido.

—Pero me ha gustado estudiar contigo, Pecas... Me he dado cuenta de todo lo que aún puedo enseñarte.

Al decir esto, me quitó el pantalón corto y me quedé en ropa interior, debajo de él, con su boca demasiado cerca del sur de mi cuerpo como para estar tranquila.

Me puse nerviosa y me removí un poco sobre el colchón.

Su mano se colocó sobre mi estómago, obligándome a quedarme quieta.

—Te prometí un beso, ¿verdad?

Sus ojos ardieron sobre los míos y a punto estuve de derretirme. Cuando comprendí a lo que se refería, me tensé involuntariamente.

—Nick... —No sabía si estaba preparada para eso... Nunca habíamos hecho nada parecido y, de repente, quise levantarme de la cama y salir corriendo.

Nicholas se acercó a mi boca, con sus codos a ambos lados de mi cara y me miró con calma.

—Solo relájate —me indicó enterrando la nariz en mi cuello, oliéndome y besándome con cuidado.

Cerré los ojos y me retorcí bajo su cuerpo.

—Eres tan dulce... —dijo bajando por mi estómago, sus labios me rozaban la piel y me causaban escalofríos.

Cuando llegó a su destino se detuvo unos instantes. Me pareció tremendamente erótico verlo ahí, entre mis piernas, con esa mirada de puro deseo, deseo por mí, por nadie más.

Tiró de mis braguitas hacia abajo, con cuidado y me dio tanta vergüenza que cerré los ojos, accediendo a que pasara sin saber si me iba a gustar o no, pero sin querer pensar mucho en ello.

Su boca empezó besando mis muslos, primero uno y después el otro. Me abrió las piernas con delicadeza mientras se acomodaba en medio y me estremecí.

Lo que vino después fue peor, mucho peor.

—¡Dios...! —exclamé sin poder evitar moverme.

Sus manos me cogieron por la cintura y, de repente, sentí sus besos trazando círculos sobre mi piel hipersensible... Cerré los ojos y me dejé perder en sus caricias y en ese momento tan perfecto. Cuando sentí que todo se volvía demasiado intenso, una de mis manos fue a buscarlo para pedir una tregua.

—Es incluso mejor de lo que había imaginado —confesó deteniéndose un instante para después volver a acariciarme con muchísima suavidad. Se me quedó mirando con los ojos brillantes—. ¿Quieres que siga?

Joder...

—Sí..., por favor —contesté con un suspiro. Lo último que vi antes de volver a cerrar los ojos fue su inmensa sonrisa y de nuevo me dejé llevar por sus caricias hasta que se hicieron tan intensas que terminé agarrándome a las sábanas con fuerza.

¡Dios...! Acababa de tener la experiencia más erótica de mi vida.

Cuando me recuperé, Nicholas tenía la barbilla apoyada en mi estómago y me miraba como quien ha encontrado un tesoro en el fondo del océano.

Me ruboricé y él se rio impulsándose hacia arriba y colocándose a mi lado. Me cubrí con la sábana y él me atrajo hacia sus brazos.

—Joder, Noah..., dime por qué no te había hecho esto antes.

Me di la vuelta y enterré la cara en su pecho. Nicholas seguía vestido y no me hacía falta mirar para comprobar que se le marcaba una erección entre los pantalones.

¿Tendría yo que hacer lo mismo?

Los nervios volvieron a asaltarme, pero Nick me besó en la cabeza y se incorporó bajándose de la cama.

—¿Adónde vas? —pregunté cuando empezó a caminar hacia la puerta.

—Si no me voy ahora, no lo haré en toda la noche —me explicó y noté su voz un poco tirante.

Cogí el pantalón que estaba a mi lado sobre la almohada, donde lo habíamos dejado caer, y me lo puse. Bajé de la cama y fui hacia él.

—El viernes termino, Nick, y tendremos todo el verano para nosotros.

Me acerqué y le di un abrazo amoroso.

Nick me estrechó entre sus brazos y suspiró con resignación.

—Como no saques un diez en ese examen, te las tendrás que ver conmigo.

Me reí y me aparté de su pecho para poder observarlo.

—Gracias... por todo —dije notando otra vez cómo me sonrojaba.

Extendió la mano y me rozó la mejilla.

—Eres lo más bonito que me ha pasado en la vida, Pecas, no me des las gracias por nada.

Sentí que mi corazón se henchía de felicidad y una pena inmensa cuando me besó en la coronilla y se marchó dejándome allí.

El examen me salió perfecto. No me podría haber ido mejor y, cuando me encontré con Jenna en el pasillo cinco minutos después, las dos nos miramos y nos pusimos a saltar como locas. La gente nos empezó a observar, algunos estudiantes se reían mientras otros dibujaban un gesto molesto en sus rostros, pero no me importaba... Mi tiempo allí había acabado, ya no iba a tener que ponerme ningún uniforme más, ni ser tratada como una niña, ni tener que enseñarle mis notas a mi madre para que las firmara ni ninguna tontería por el estilo: era libre, éramos libres y no podía estar más contenta.

—¡No me lo creo! —gritó Jenna abrazándome como loca el día que recogimos las notas. Fuimos a la cafetería y, cuando entramos, oímos cómo todos nuestros compañeros estaban liándola como nunca, gritando, bailando, riéndose, aplaudiendo: era una locura, una fiesta en toda regla. Los demás alumnos nos miraban como si estuviésemos locos, algunos con envidia, ya que a la mayoría les quedaban años por delante antes de poder largarse de allí.

—Están planeando hacer una hoguera en la playa para quemar los uniformes —nos informó un chico con una sonrisa radiante—. ¿Os apuntáis?

Jenna y yo nos miramos.

—¡Claro! —gritamos a la vez, lo que nos hizo reír como histéricas; parecíamos borrachas, borrachas de felicidad.

Una hora más tarde, después de festejar con la clase, recorrer las aulas haciendo el tonto y perdiendo el tiempo, salí de ese colegio que me había traído más cosas buenas que malas. Recordaba haberlo odiado al principio, pero, si no hubiese sido por él, no me habrían admitido en la UCLA ni podría estudiar filología inglesa, como había soñado siempre.

Salí pitando cuando Nick me envió un mensaje diciéndome que me esperaba en la puerta. Estaba junto a su coche y una sonrisa increíble apareció en su rostro cuando me vio radiante de felicidad. Incapaz de controlar la dicha, salí corriendo y me tiré a sus brazos. Sus manos me sostuvieron con rapidez y busqué sus labios con los míos hasta que nos fundimos en un beso digno de una película romántica.

Había terminado el colegio, había sacado las mejores notas, iría a una universidad que jamás habría podido permitirme, tenía al mejor novio del mundo, al cual adoraba y, al cabo de dos meses, me iría a vivir por mi cuenta a un campus universitario con un futuro magnífico por delante.

Nada podía ir mejor.

4

NICK

Mi chica se había graduado. No podía evitar sentirme el hombre más orgulloso del mundo; no solo era preciosa, sino que además era increíblemente lista. Había acabado el curso con las mejores notas, las universidades se la habían rifado y finalmente había decidido ir a mi universidad, aquí en Los Ángeles. No sé qué habría hecho si hubiese regresado a Canadá, como en un principio se había planteado.

No veía la hora de que se mudara a mi piso, aún no se lo había dicho, pero mi intención era que viniese a vivir conmigo. Estaba harto de tener que soportar todas las malditas restricciones que nuestros padres no habían dejado de imponernos nada más empezar a salir. Desde el secuestro de Noah, su madre se había vuelto completamente paranoica y no solo eso, sino que ambos, mi padre y Raffaella, habían empezado a demostrar lo poco que les entusiasmaba que sus hijos estuviesen saliendo juntos. La cosa se había ido enfriando poco a poco y, ahora que ya no vivía con ellos, en vez de normalizarse todo, como yo había supuesto en un principio, había ocurrido todo lo contrario. Apenas dejaban que Noah viniese a mi casa ni que se quedase a dormir. Habíamos tenido que inventarnos todo tipo de gilipolleces con tal de poder estar juntos sin interrupciones. A mí me daba prácticamente igual lo que mi padre o su mujer tuviesen que decir, ya era mayorcito, tenía veintidós años y pronto cumpliría veintitrés, haría lo que me diese la real gana, pero no era lo mismo para Noah. Era consciente de que llevarnos cinco años iba a suponernos varios problemas de cara al futuro, pero nunca pensé que me causarían tantos putos dolores de cabeza.

Pero ahora no era momento de pensar en esto: estábamos de celebración. Iba a llevar a Noah a la dichosa hoguera en la playa que organizaban los de su clase. No es que me apeteciera especialmente, pero, al menos, pasaríamos un rato juntos. Al día siguiente, Noah iba a estar muy liada con la fiesta de graduación y su madre quería cenar con ella después de la ceremonia, por lo que, o salíamos ese día u otra vez iba a tener que compartirla con todo el mundo. Sabía que sonaba egoísta, pero esos últimos meses, con todas las cosas del colegio, mis viajes a San Francisco y las trabas de nuestros padres no había pasado ni la mitad del tiempo que había querido estar con ella, así que iba a aprovechar la ocasión.

El trayecto hasta la playa fue agradable, Noah estaba emocionada por su graduación y no se calló en los veinte minutos que tardamos en llegar. A veces me hacía gracia su manera de gesticular con las manos cuando estaba excitada por algo: en esos momentos, por ejemplo, sus manos parecían tener vida propia.

Aparqué el coche todo lo cerca que me permitía la aglomeración de gente que había allí reunida. No solo parecían estar los alumnos del curso de Noah en la playa, sino todas las malditas clases graduadas del sur de California.

—Se suponía que íbamos a ser unos pocos —comentó ella mirando perpleja, igual que yo.

—Si unos pocos es medio estado...

Noah sonrió ignorando mi respuesta y se volvió hacia Jenna, que apareció justo en ese momento con la parte superior de un biquini y unos pantalones cortos que se le pegaban como una segunda piel.

—¡A beber! —gritó Jenna.

Todos los tíos en medio metro la vitorearon, levantando sus vasos al aire.

Noah la abrazó partiéndose de risa. Cuando llegó mi turno, me aproveché de mi altura y fuerza para arrancarle el vaso de la mano y tirar el líquido a la arena.

—¡Eh! —protestó indignada.

—¿Dónde está Lion? Debería estar aquí —dije sonriendo abiertamente ante su mohín disgustado.

—¡Idiota! —me espetó para luego ignorarme deliberadamente.

Noah sacudió la cabeza y se me acercó rodeándome el cuello con sus brazos y poniéndose de puntillas para verme mejor.

—¿Estás seguro de que no te molesta estar aquí? —preguntó acariciándome la nuca con sus largos dedos.

—Diviértete, Pecas, no te preocupes por mí —contesté inclinando la cabeza para presionar mis labios cerrados sobre los suyos. Los tenía tan gruesos que me volvían loco—. Voy a ver dónde está Lion, ven a buscarme cuando me eches de menos.

—Ya te echo de menos —respondió y justo en ese preciso instante Jenna tiró de su brazo en su dirección para arrancarla de mi lado y llevársela a hacer Dios sabe qué tipo de locuras.

La miré con cara de pocos amigos y dejé que se fuera en dirección a donde sus amigos preparaban los uniformes para tirarlos al fuego. Típica tradición... Aún recordaba el glorioso momento cuando yo había hecho lo mismo.

Me acerqué a una de las pequeñas hogueras en donde apenas había gente y me quedé observando el fuego, con las manos metidas en los bolsillos y dándole vueltas a la cabeza, fantaseando con todo lo que quería hacer ese verano con Noah, con todas las posibilidades que se nos abrían en los próximos meses.

De pronto me fijé en Lion, que estaba solo en la hoguera más alejada de la gente. Tenía una cerveza en la mano y miraba fijamente las llamas como yo unos segundos antes, solo que él parecía melancólico y preocupado. Me acerqué a hablar con él.

—¿Qué pasa, tío? —pregunté dándole una palmada en la espalda y cogiendo una de las botellas sin abrir que tenía en una caja a sus pies.

—Estoy intentando que el tiempo pase más rápido en esta mierda de fiesta —contestó y, acto seguido, dio un largo trago a su cerveza.

—¿Emborrachándote? Jenna ya está bastante pedo, alguno de los dos tendrá que conducir, así que yo, en tu lugar, aflojaba con eso —le advertí; él me ignoró, pues se llevó la botella a los labios otra vez.

—No quería venir aquí, Jenna se ha puesto de lo más pesada —me contó mirando hacia delante.

—Se ha graduado, Lion, no la culpes por no entender qué mierda te pasa, yo tampoco lo entiendo.

Soltó un profundo suspiro y tiró la botella al fuego, que inmediatamente se hizo añicos.

—El taller no está yendo tan bien como antes y lo último que quiero es que mi hermano salga de la cárcel y vea que no he sido capaz de mantener el negocio familiar a flote...

—Si necesitas dinero...

—No, no quiero tu dinero, Nicholas, ya hemos tenido esta conversación mil veces. Puedo solucionarlo, solo que las cosas no han terminado saliendo como yo quería, eso es todo.

Me fijé en su expresión y supe que no me estaba contando toda la historia.

—Lion, antes de que te metas en ningún lío...

Se volvió hacia mí y cerré la boca.

—Antes no tenías ningún problema en meterte en líos. ¿Qué coño te ha pasado, Nicholas?

Le mantuve la mirada sin pestañear.

—Que secuestraron a mi novia, eso es lo que me ha pasado.

Lion pareció arrepentido, desvió la mirada por encima de mi hombro y sacó un cigarrillo del bolsillo trasero de sus vaqueros.

—Hablando del rey de Roma... Noah viene hacia aquí —anunció separándose de mí. Me di la vuelta y, en efecto, vi que Noah se acercaba con una gran sonrisa en los labios y la melena ondeando al viento.

Forcé una sonrisa y le abrí los brazos cuando se me acercó para darme un abrazo. Me dio un beso en el pecho y luego se dirigió hacia mi amigo.

—Jenna te está buscando —le informó con una sonrisa.

—Genial —contestó el capullo en un tono muy borde. A Noah se le borró la sonrisa de los labios y a mí me entraron ganas de quitarle el mal humor a hostias.

Sin pronunciar palabra, se alejó y empezó a caminar en dirección a donde estaba el resto de la gente. Noah me miró a los ojos.

—¿Le pasa algo?

Negué con la cabeza y la besé en la coronilla.

—Tiene un mal día, tú pasa de él —le aconsejé inclinándome para besar su mejilla caliente por el fuego y después perderme en su cuello. Mis labios ansiaban su piel desde hacía días y lo último que quería ahora era verla disgustada por una gilipollez sin importancia—. Te quiero —declaré bajando por su garganta, saboreando su piel y disfrutando al ver cómo se estremecía con mis caricias.

—Nick —dijo un minuto después, cuando mi boca había empezado a bajar hacia la curvatura de sus pechos.

Me separé un segundo, embelesado con ella pero viendo que habíamos despertado el interés de varias personas a nuestro alrededor, que nos estaban mirando, seguramente ansiosas por contemplar un bonito y erótico espectáculo.

Maldije entre dientes y le cogí la mano para tirar de ella en dirección contraria.

—Demos un paseo —propuse alejándonos de las hogueras y adentrándonos en la oscuridad de la noche y en el ruido armonioso del mar. No había mejor lugar que ese, y me gustaba sentirlo en calma, no con todo el alboroto de una estúpida fiesta.

Noah estaba extrañamente callada, sumida en sus pensamientos, y preferí no molestarla. Finalmente se volvió hacia mí.

—¿Puedo hacerte una pregunta? —soltó con un deje de nerviosismo en la voz.

Bajé la mirada hacia ella y sonreí divertido.

—Claro, Pecas —contesté deteniéndome junto a un árbol que había echado raíces bajo la arena y que se cernía imponente sobre nosotros. Me senté a sus pies y atraje a Noah entre mis piernas. Así podía mirarla a los ojos sin el inconveniente de la altura—. ¿Qué ocurre? —inquirí al ver que no hablaba.

Me miró y luego negó con la cabeza.

—Nada, déjalo, era una pregunta estúpida —respondió evitando mirarme a los ojos. Vi que volvía a sonrojarse y mi curiosidad aumentó a niveles insospechados.

—De eso nada... ¿Qué ocurre? —insistí observándola con interés.

—No, en serio, es una estupidez.

—Te has puesto roja como un tomate y eso solo ha avivado aún más mi curiosidad. Desembucha —volví a insistir.

Odiaba que me hiciese eso, quería saber todo lo que pensaba o sentía, no quería que se avergonzase de absolutamente nada; además, estaba tan intrigado que no dejaría que se fuese de rositas sin decirme qué le estaba rondando por la cabeza.

Sus ojos se encontraron con los míos unos segundos y luego empezó a jugar con un mechón de su pelo.

—Estaba pensando..., ya sabes, lo que ocurrió la otra noche, cuando tú... —habló poniéndose de color escarlata.

Intenté no sonreír. Nunca habíamos hecho nada parecido, había querido ir despacio con Noah, introducirla en el sexo poco a poco y, sobre todo, esperar a que estuviese preparada.

—¿Cuando te inicié en el sexo oral de forma espectacular? —pregunté, disfrutando de su reacción.

—¡Nicholas! —exclamó alarmada, dirigiendo la mirada a izquierda y derecha, como si alguien fuese a oírnos estando donde estábamos—. Dios, olvídalo, ni siquiera sé cómo se me ha ocurrido hablar de esto.

Tiré de ella hacia mí y la obligué a devolverme la mirada.

—Eres mi novia, puedes hablar conmigo de lo que quieras... ¿Qué pasa con lo del otro día? —dije intentando tranquilizarla, puesto que sabía que se moría de vergüenza con esos temas: ya lo había comprobado cuando a veces se me escapaba alguna grosería—. ¿No te gustó?

Claro que le había gustado, había tenido que cubrirse la cara para que no se escucharan sus gritos. Joder, ¿teníamos que hablar de eso justo ahora? Noté cómo me excitaba al recordarlo.

—Sí que me gustó, no es eso —repuso mirando hacia otro lado—. Pero... me preguntaba si tú querías... Bueno, que hiciese lo mismo contigo.

Casi me atraganto con mi propia saliva.

Los ojos de Noah volvieron a posarse en los míos y me miraron llenos de vergüenza y también de deseo. Sí, veía el deseo bajo aquellos ojos color miel y, ¡Dios mío!, no podía seguir teniendo conversaciones de sexo con Noah en sitios públicos. Me ponía nervioso solo de pensarlo...

—Joder, Noah... —solté apoyando mi frente contra la suya—, ¿quieres matarme de un infarto?

Ella sonrió divertida y clavó sus ojos en los míos.

—O sea que sí lo habías pensado —respondió y me aparté de su frente para contemplarla alucinado.

—Creo que cualquier tío con ojos y que te tuviese delante pensaría justo en eso, amor. Claro que lo he pensado, pero no es algo que tengamos que hacer a no ser que tú quieras hacerlo.

Noah se mordió el labio con nerviosismo.

—Pero... no es justo, quiero decir, tú has tenido que pasar por eso y yo...

Solté una carcajada.

—¿Pasar por eso? Lo dices como si hubiese sido una tortura —contesté intentando entenderla—. Noah..., lo hice con mucho gusto; es más, quiero repetirlo en cuanto tenga ocasión.

Los ojos de Noah se abrieron entre sorprendidos y excitados. A veces me olvidaba de lo inocente que podía llegar a ser.

—Entonces yo haré lo mismo... —afirmó resuelta, aunque vi alguna duda en sus ojos.

—No —negué, mirándola divertido—. Esto no va así. Las cosas que te hago son independientes de lo que tú quieras hacer conmigo; esto no es un hoy por ti, mañana por mí. Cuando quieras hacerlo, lo harás y, si nunca llega ese momento, bueno..., ya me buscaré a otra —bromeé. Ella me dio un manotazo en el brazo.

—¡Hablo en serio! —repuso llamándome la atención.

Intenté ponerme serio como ella.

—Lo sé, lo siento, pero no quiero que hagas nada que no quieras hacer, ¿de acuerdo? —le contesté besándola en la nariz.

Noah pestañeó varias veces y luego volvió a fijarse en mí.

—Entonces, ¿no te importa?... No estoy diciendo que no quiera, solo creo que... Bueno, creo que aún no estoy preparada.

Y por eso estaba enamorado de mi novia. Cualquier chica sin personalidad habría cedido solo por tenerme contento. Noah no era así, si no estaba segura de algo, ya podías hacer lo que fuera para convencerla, que ella seguiría fiel a sí misma.

—Ven aquí —dije tirando de ella y besándola como si fuese nuestra última vez—. Me conformo con tenerte a mi lado, amor.

Noah sonrió con dulzura y, unos instantes después, nos dimos el lote de forma épica.

5

NOAH

Me graduaba. No sé si ya habéis pasado por algo así, pero es una sensación maravillosa; ya sé que todavía me quedaba lo más difícil, aún tenía que ir a la universidad y, en realidad, visto con perspectiva, todavía quedaba lo peor, pero graduarse en el instituto es algo que no se puede comparar con nada. Es un paso hacia la madurez, un paso hacia la independencia, y es una sensación tan gratificante que me temblaba todo el cuerpo cuando esperaba en fila junto a mis compañeros a que dijesen nuestros nombres.

Íbamos por orden alfabético, así que Jenna estaba varios puestos por detrás de mí. La ceremonia la habían organizado a la perfección, con mucha elegancia, en los jardines del colegio, con grandes paneles que rezaban PROMOCIÓN DE 2016. Aún recordaba cómo eran las ceremonias en mi antiguo instituto. Se hacían en el gimnasio, con algún globo decorativo y poco más. Aquí habían decorado hasta los árboles que rodeaban los jardines. Las sillas donde se sentaban familiares y amigos estaban forradas con telas carísimas, de color verde y blanco —los colores corporativos del centro— y nuestras togas, del mismo color verde, las había diseñado una modista de renombre. Era una locura, un despilfarro de dinero increíble, pero con el tiempo había aprendido a no escandalizarme: vivía rodeada de multimillonarios y para ellos eso era algo normal.

—¡Noah Morgan! —dijeron entonces por el micrófono. Me sobresalté y, nerviosa, subí las escaleras para recoger mi título. Miré con una radiante sonrisa hacia las filas de familiares y vi cómo Nick y mi madre aplaudían, de pie, tan ilusionados como yo; mi madre incluso daba saltos como una loca, lo que dibujó en mi rostro una gran sonrisa. Le estreché la mano a la directora y me reuní con los demás graduados.

La chica que me había superado en la media por dos décimas subió al estrado después de que nos hubiesen dado el diploma y pronunció el discurso de graduación. Fue emocionante, divertido y muy bonito: nadie lo habría hecho mejor. A Jenna, a mi lado, se le escaparon algunas lágrimas y yo reí intentando contener las ganas de seguir su ejemplo. A pesar de que solo había estado allí un año, había sido uno de los mejores de mi vida. Después de apartar definitivamente todos mis prejuicios, había conseguido en ese colegio no solo una magnífica preparación preuniversitaria, sino también a unas amigas estupendas.

—¡Felicidades, promoción de 2016, somos libres! —corearon los profesores con emoción por el micrófono.

Todos nos levantamos y lanzamos el birrete al aire. Jenna me estrechó en un abrazo que casi me dejó sin respiración.

—¡Y ahora, fiesta! —exclamó mi amiga aplaudiendo y saltando como una posesa. Solté una carcajada y pronto nos vimos rodeadas por cientos de familiares que se acercaban para saludar a sus hijos. Nos despedimos momentáneamente y fuimos en busca de nuestros respectivos padres.

Unos brazos me rodearon por detrás, con fuerza, y me levantaron del suelo.

—¡Felicidades, empollona! —me dijo Nick al oído depositándome en el suelo y dándome un sonoro beso en la mejilla. Me volví y le eché los brazos al cuello.

—¡Gracias! ¡No me lo creo todavía! —admití con la cara enterrada en su cuello y sus brazos abrazándome con ímpetu.

Antes de que pudiera darle un beso, mi madre apareció y, metiéndose entre los dos, me estrechó entre sus brazos.

—¡Te has graduado, Noah! —gritó como una colegiala, saltando y obligándome a mí a hacer lo mismo. Me reí, al mismo tiempo que veía cómo Nick sacudía la cabeza con indulgencia y se reía de mi madre y de mí.

William se detuvo a nuestro lado y, después de que mi madre me soltara, me dio un cariñoso abrazo.

—Tenemos una sorpresa para ti —anunció.

Miré a los tres con suspicacia.

—¿Qué habéis hecho? —inquirí con una sonrisa.

Nick me cogió de la mano y tiró de mí.

—Vamos —dijo y seguí a los tres por los jardines. Había tanta gente a nuestro alrededor que tardamos un rato en llegar al aparcamiento.

Mirara donde mirase había coches con lazos gigantes, algunos de llamativos colores brillantes, otros con globos atados a los espejos. ¡Madre mía! ¿Qué padre podía estar tan loco como para comprar semejantes cochazos a críos de dieciocho años?

Entonces Nick me cubrió los ojos con una de sus grandes manos y empezó a guiarme por el aparcamiento.

—Pero ¿qué haces? —pregunté riéndome cuando me tropecé con mis propios pies. Empecé a sentir un cosquilleo de inquietante emoción.

«No, no podía ser...»

—Por aquí, Nick —le indicó mi madre, más emocionada de lo que la había oído en mi vida. Nick me obligó a girar el cuerpo y se detuvo.

Un segundo después, su mano se apartó de mis ojos y me quedé con la boca abierta, literalmente.

—Dime que ese descapotable rojo no es para mí —susurré con incredulidad.

—¡Felicidades! —corearon William y mi madre con una sonrisa radiante.

Nick me puso unas llaves delante de las narices.

—Se acabaron las excusas para no poder venir a visitarme —musitó contento.

—¡Estáis locos! —grité histérica cuando reaccioné.

Joder, me habían comprado un puto Audi...

—¡Dios mío, Dios mío! —empecé a chillar como enloquecida.

—¿Te gusta? —preguntó William.

—¿Estás de broma? —repuse dando botes. ¡Dios!, estaba tan eufórica que no sabía ni qué hacer.

Fui corriendo hacia mi madre y William y los estreché en un abrazo que casi los deja sin respiración. Había soltado algún que otro comentario sobre ahorrar para comprarme otro coche. El mío, lamentablemente, se había estropeado unas cinco veces en los últimos tres meses y al final me estaba gastando tanto dinero en el taller que merecía la pena comprarme uno nuevo, pero ¡nunca imaginé que me iban a regalar un Audi!

—No me lo creo, en serio —confesé entrando en el coche. Era precioso, rojo y brillante; mirara donde mirase, parecía relucir.

A mi lado se escuchaban gritos de júbilo, pues no era la única a la que le habían regalado un coche por graduarse: había más lazos gigantes en ese aparcamiento que en una tienda de manualidades.

—Es un Audi A5 Cabrio —me informó Nick, sentándose a mi lado.

Sacudí la cabeza, aún en estado de shock.

—¡Esto es increíble! —exclamé metiendo las llaves y escuchando el dulce ronroneo del motor.

—Tú eres increíble —me corrigió él y sentí una calidez en mi interior que me llevó al séptimo cielo. Me perdí momentáneamente en su mirada y en la felicidad que sentía. Mi madre tuvo que llamarme dos veces para que reaccionara. Nick, a mi lado, soltó una risa.

—¿Nos vemos en el restaurante? —preguntó mientras William lo abrazaba por los hombros.

Mi madre había hecho una reserva en uno de los mejores restaurantes de la ciudad. Después de cenar todos en familia, yo tenía la fiesta de graduación en el Four Seasons de Beverly Hills. No solo habían contratado el mejor catering y el salón más grande con un aforo para más de quinientas personas, sino que habían alquilado dos plantas enteras del hotel para poder quedarnos a dormir todos aquella noche y no tener que regresar a casa hasta el día siguiente. Era una locura, y al principio me había quejado, ya que todo eso lo pagábamos nosotros, con descuento eso sí, ya que el padre de un compañero nuestro era el dueño del hotel, pero había costado una auténtica fortuna.

—Mi graduación la hicimos en un crucero, no regresamos a casa hasta después de cinco días —me había contado Nick cuando le revelé mi asombro ante lo que mis compañeros estaban planeando. Después de esa contestación decidí guardarme mis opiniones para mí.

Asentí entusiasmada, muerta de ganas de empezar a conducir aquella maravilla de coche. Los asientos eran de cuero beige y todo estaba flamante, con ese olor a coche nuevo... Un olor que en mi vida había percibido hasta ese momento.

Metí las llaves en el contacto y salí del aparcamiento dejando el colegio atrás... para siempre.

—Noah, afloja, te estás pasando —me regañó Nick desde el asiento del copiloto. El viento nos daba en la cara, echándonos el pelo hacia atrás, y yo no podía dejar de reírme.

El sol se estaba poniendo y las vistas que tenía en aquel instante eran impresionantes, los vehículos pasaban por mi lado, el cielo estaba pintado de mil colores, entre rosados y naranjas y las estrellas empezaban a entreverse en el cielo despejado y sin nubes. Era una perfecta noche de verano, y sonreí pensando en el mes y medio que tenía por delante para estar con Nick, juntos de verdad, sin exámenes, ni trabajo, ni nada de nada... Teníamos seis semanas para estar juntos antes de que me mudara a la ciudad y no podía dejar de sonreír ante ese futuro tan perfecto.

—Joder, no deberían haberte comprado este coche —se lamentó entre dientes a mi lado. Lo miré poniendo los ojos en blanco y aminoré la velocidad.

—¿Contento, abuelita? —dije pinchándolo. Me encantaba correr, eso no era ninguna novedad.

—Sigues superando el límite de velocidad —agregó mirándome serio.

Lo ignoré, no pensaba bajar a cien... Ciento veinte estaba bien; además, todo el mundo corría en aquella ciudad.

—Oye, que no estás en Nascar... ¡Afloja!, ¿quieres? —me ordenó un segundo después, lo dijo en broma, lo sabía, pero la sonrisa que tenía en el rostro pareció congelarse hasta finalmente desaparecer.

Había intentado con todas mis fuerzas no volver a pensar en mi padre, y menos en aquel día. Lo intentaba de verdad, pero cualquier cosa lo traía a mi mente y no había podido evitar sentir nostalgia al ver a todas mis amigas con sus padres en aquella ocasión tan especial. No dejaba de preguntarme cómo habría sido aquella graduación si mi padre no hubiese estado loco... y muerto. Estaba segura de que no sería Nick el que hubiese estado sentado a mi lado y también estaba segura de que no me habría insistido en que bajase la velocidad...

Pero ¿qué idiotez estaba pensando? Mi padre era un alcohólico, un criminal con instintos asesinos, había intentado matarme... ¿Qué demonios me ocurría? ¿Cómo podía echarlo de menos? ¿Cómo podía seguir imaginándome aquella vida que nunca había existido ni existiría jamás?

—¿Noah? —oí que me llamaba Nick. Sin darme cuenta había disminuido la velocidad casi a sesenta, los coches me pitaban y me adelantaban. Sacudí la cabeza: me había perdido en mí misma otra vez.

—Estoy bien —aseguré sonriendo e intentando regresar a aquel estado de euforia en el que me encontraba pocos minutos antes. Pisé el acelerador e ignoré ese pinchazo que aún sentía en el corazón.

No tardamos mucho más en llegar al restaurante. Era precioso. Nunca había estado allí, y estaba emocionada por probar la comida. Le había dicho a mi madre que me daba igual dónde cenar, siempre y cuando tuviesen el mejor pastel de chocolate: esa era mi petición.

Mi madre y Will debían de estar al caer. Yo bajé del coche y, tras hacer lo mismo, Nick se me acercó. Estaba guapísimo, con pantalones oscuros, camisa blanca y corbata gris. Me enamoraba cuando lo veía «tan empresarial», como yo lo llamaba. Sonrió como solo lo hacía cuando estaba conmigo y me observó cuando me quité la toga que aún llevaba puesta. Debajo me había puesto un vestido de color rosa claro, que se me pegaba al cuerpo como un guante y tenía figuras geométricas a la espalda que dejaban trozos de piel a la vista.

—Estás espectacular —dijo colocando una mano en la parte baja de mi espalda y atrayéndome hacia él con delicadeza. Ni siquiera con los tacones que llevaba puestos estábamos a la misma altura. Mis ojos se fijaron en sus labios, en lo atractivo que era, todo él.

—Tú también —contesté riéndome, sabedora de lo poco que le gustaba que lo piropeara. No entendía por qué, pero se sentía realmente incómodo cuando le hacía saber lo guapo que era. No era ningún secreto, solo llevábamos allí en el aparcamiento tres minutos y ya se habían vuelto más de cinco mujeres a darle un repaso descarado.

Antes de que pudiera decirle nada más, me acalló con un beso.

—Hoy pasamos la noche juntos —afirmé cuando se separó un segundo después. El beso había durado demasiado poco para mi gusto.

Sus ojos me miraron con deseo.

—Estoy pensando en raptarte y que vengas a vivir conmigo al piso todo el verano —me soltó entonces.

Por un momento la imagen de los dos viviendo bajo el mismo techo, pero sin padres alrededor, hizo que se me hinchara el corazón... aunque era una locura, claro está.

—No te diría que no —contesté riéndome.

—¿Vendrías? —preguntó acorralándome contra el coche. Levanté las manos hasta su cuello y lo abracé atrayéndolo hacia mí. Iba a darle un beso en los labios, pero se echó hacia atrás esperando una respuesta a su pregunta.

Sonreí divertida, deseando seguir con ese juego.

—No me importaría pasar las noches contigo, desnudos... en tu cama —reconocí acariciándole el pelo con uno de mis dedos.

Sus ojos me miraron hambrientos. Estaba seduciéndolo, una táctica que había descubierto que se me daba realmente bien.

—No empieces algo que no puedas acabar —me advirtió, inclinándose para poder atrapar mis labios entre los suyos; entonces fui yo quien decidió echar la cabeza hacia atrás.

Nuestras miradas se encontraron: la mía, divertida; la de él, peligrosa y terriblemente prometedora.

Desvié mi boca a su cuello, viendo cómo cerraba los ojos antes incluso de que llegase a rozarle con mis labios. Había descubierto que un solo roce de mi boca en un punto concreto de esa parte de su anatomía lo dejaba totalmente fuera de juego.

Sabía que no podía pasarme, estábamos en medio de un aparcamiento y nuestros padres estaban a punto de llegar, pero lo deseaba tanto...

—Esta noche —dije depositando cálidos besos en su barbilla, bajando hasta su cuello y deslizando la punta de mi lengua hasta llegar a su oreja—. Hazme tuya, Nick.

Entonces una de sus manos se colocó en mi cintura, mientras que la otra subía hasta mi nuca, obligándome a echar la cabeza hacia atrás.

—No tengo que hacerte mía, eres mía —replicó antes de besarme como estaba deseando hacer desde que habíamos llegado. Su lengua se introdujo en mi boca sin tapujos ni recato; arremetió contra la mía con locura desenfrenada, saboreándome o castigándome, no sabía muy bien qué.

Era increíble lo que causaba su presencia en mi metabolismo. Su contacto, todo él, me volvía loca. Daba igual cuánto tiempo pasase, daba igual que el día anterior hubiésemos pasado todo el día juntos. Nunca me cansaba de él, nunca perdía esa atracción dolorosa que parecía unirnos como si fuésemos imanes.

Pero antes de que mi cuerpo se derritiera, o más bien sufriera una combustión espontánea, el sonido de una bocina nos hizo pegar un salto, apartándonos bruscamente el uno del otro.

—Tu madre —dijo él con mala cara.

—Tu padre —contraataqué yo.

La cosa es que ambos nos fulminaron con la mirada.

Mi madre bajó del coche y vino hacia nosotros.

—¿Podéis controlaros? Estamos en un sitio público —nos recriminó, mirando de forma acusadora a Nick. La verdad era que últimamente siempre lo miraba bastante mal... No me hacía ninguna gracia, iba a tener que hablar con ella del tema. William apareció al cabo de un momento.

La mirada que lanzó a su hijo me puso los pelos de punta.

Cuando entramos al restaurante, me di cuenta de que no éramos los únicos que habíamos elegido aquel sitio para celebrar la graduación. Varios compañeros de clase me saludaron al vernos pasar y les sonreí a todos con alegría. El *maître* nos llevó a una mesa que habían preparado en la terraza. Estaba junto a una piscina y numerosas velas rodeaban tanto nuestra mesa como las de las personas que habían preferido cenar al aire libre. El sitio era muy acogedor y la música relajante del piano sonaba a lo lejos; no me percaté hasta después de varios minutos de que tocaban el piano en directo.

Nicholas se sentó a mi lado y frente a nosotros, nuestros padres. No sé por qué, pero de repente me sentí incómoda. Una cosa era tomarnos una pizza en la cocina de mi casa los cuatro y otra muy distinta sentarnos todos a cenar en un sitio como aquel; además, hacía meses que Nick no se quedaba a comer en familia y pude casi tocar más que sentir la tensión que había en el ambiente.

Al principio todo fue bien. Mi madre, como siempre, no podía estar callada ni un minuto. Hablamos de todo, de mi coche nuevo, de la universidad, de Nick, de su trabajo, de la nueva empresa de William, que yo sabía que Nick ansiaba dirigir algún día... Y poco a poco empecé a sentirme más cómoda; además, mi madre no se dirigía a nosotros como pareja, lo que podía ser bastante cómodo o irritante, dependía de cómo se mirase.

No fue hasta pasado el postre, después de que me terminara un pedazo de tarta de chocolate exquisita, cuando mi madre decidió soltar lo que seguramente había estado guardándose durante semanas.

—Tengo otra sorpresa para ti —me anunció cuando los cuatro ya no podíamos comer nada más. Me llevé la copa de agua a los labios, tan satisfecha y feliz que no me esperaba el bombazo que soltó un segundo después—: ¡Nos vamos de viaje de chicas por Europa durante cuatro semanas!

«Espera... ¿qué?»

6

NICK

Ni de coña.

Creo que la mirada que lancé a aquella mujer fue tal que hasta mi padre se quedó momentáneamente sin nada que decir. A mi lado, Noah se había quedado callada tras mirarme unos segundos.

—Mamá, ¿te has vuelto loca? —exclamó Noah en tono suave.

«¿Por qué finge? ¿Por qué demonios no está diciéndole que ni en sueños va a irse todo el verano a la otra punta del mundo sin mí?»

—Te estás haciendo mayor y te vas a ir a la universidad... —empezó a decir Raffaella sin ni siquiera mirarme, por eso seguía hablando; estaba seguro de que, si sus ojos se posaban en mi rostro, sus labios habrían dejado de moverse inmediatamente, petrificada de terror—. Creo que es la última oportunidad que tenemos de hacer algo juntas y sé que seguramente no te haga tanta ilusión como a mí, p-p-ero... —Y entonces se echó a llorar.

Bebí un sorbo de vino, intentando controlar mi ira. Tenía la mano de Noah tan sujeta por debajo de la mesa que creo que le cortaba la circulación, pero hacía eso o perdía los papeles y empezaba a soltar las mil y una maldiciones que me estaba tragando con gran esfuerzo.

Mi padre me miró un momento de reojo y se llevó la copa a los labios. ¿Había sido idea suya? ¿Había sido él quien había metido aquella locura de idea en la cabeza de su mujer?

Pero ¡qué coño me preguntaba! Por supuesto que había sido idea suya, era él el que pagaba el puto viaje.

Entonces mi última esperanza flaqueó.

—Claro que quiero ir, mamá —aseveró Noah a mi lado y sus palabras fueron como una bofetada.

¿Es que acaso yo no pintaba nada en aquella decisión? ¿Qué narices estaba haciendo allí sentado?

Le solté la mano debajo de la mesa; me estaba cabreando cada vez más: o me iba de allí o terminaría por soltar todo lo que estaba pensando. Entonces comprendí que con irme no solucionaría nada; en otra ocasión habría montado una escena, pero ahora eso no me serviría si quería que me tomasen en serio... Si quería que nos tomasen en serio, debía quedarme y dar a conocer mi opinión: que no iban a arrebatarme a mi novia durante un mes entero.

Noah, al ver que le soltaba la mano, volvió su rostro hacia mí. La miré un segundo y vi que aquello la martirizaba tanto como a mí... Bueno, algo era algo.

Antes de que Raffaella pudiese decir nada más, la interrumpí.

—¿No crees que deberías habernos consultado antes de pagar el viaje?

Creo que había utilizado toda mi fuerza de voluntad para formular aquella pregunta en ese tono de voz calmado que acababa de emplear.

Raffaella me miró. Fue al contemplar esa mirada cuando comprendí que cualquier esperanza de que la madre de Noah me aceptara como su novio se había esfumado. No me quería para Noah, y su rostro lo dejaba totalmente claro.

—Nicholas, es mi hija y acaba de cumplir dieciocho años. Es aún una niña y quiero pasar con ella un mes de vacaciones, ¿tan difícil es de entender?

Antes de que pudiese decir nada, Noah saltó en mi defensa.

—Mamá, no soy una niña, ¿vale? —repuso echándose el pelo hacia atrás—. No le hables así a Nick, es mi novio, tiene todo el derecho a no estar contento con este viaje.

No estar contento se quedaba corto, pero dejé que siguiera hablando.

Raffaella miraba a su hija, tenía los ojos aún húmedos de haber llorado antes y, al ver la cara de mártir que ponía, me entraron ganas de vomitar.

—Iré al viaje.

«¡¿Qué?!»

—Pero la próxima vez, o vamos todos o no voy —agregó ignorando cómo sus palabras eran procesadas por mi cerebro, que hizo que, de pronto, lo viera todo rojo.

Su madre sonrió y sentí tal calor en el cuerpo que me puse de pie.

Mi padre me miró, advirtiéndome con la mirada.

—Me largo —anuncié intentando controlar la voz. Tenía tantas ganas de pegar a alguien que mis manos se habían convertido en puños. Noah se levantó a mi lado. No sé si quería que viniese conmigo, estaba tan cabreado con ella como con su madre.

—Nicholas, siéntate —me ordenó mi padre mirando alrededor. Siempre las putas apariencias y siempre esa mirada de decepción es su rostro. Empecé a caminar hacia la salida, ni siquiera me detuve a esperar a Noah, necesitaba salir a que me diera el aire.

Cuando salí fuera, me fui directamente al coche, pero me di cuenta de que no tenía las llaves. Ese no era mi puto coche. Me volví y apoyé mi espalda en la puerta del conductor. Noah estaba caminando hacia donde yo estaba. Los tacones no la habían dejado seguir mi ritmo. Saqué un cigarrillo del bolsillo y lo encendí; me importaba una mierda que fuera a molestarse.

Cuando llegó a mi lado se detuvo, sus mejillas sonrojadas y sus ojos buscando los míos. Fijé mi mirada en la gente que entraba en el restaurante.

—Nicholas...

No dije nada. Escuché cómo inspiraba hondo y desvié mi mirada hacia ella.

—¿Qué querías que hiciera? —preguntó colocándose delante de mí.

Volví el rostro y solté el aire que estaba conteniendo. Un mes, un mes sin Noah; todos los planes, todas las cosas que había querido hacer con ella, ahora se iban al garete. Había planeado un viaje, había querido llevarla conmigo, visitar sitios juntos, me había propuesto hacerle el amor todos los malditos días del verano, disfrutar de su compañía, pero ella no había dudado ni un momento en aceptar el regalo de su madre. Me dolía porque creía que era a mí a quien debería haber antepuesto y no lo había hecho.

Fijé mis ojos en los suyos.

—Dame las llaves, te llevaré a tu fiesta.

Se quedó callada, observándome. Sabía que ella quería hablar del tema, pero, a medida que pasaban los segundos, más me cabreaba al pensar que no iba a tenerla durante el verano, que me la habían arrebatado, aunque solo fuese por un mes, y que no había nada que yo pudiese hacer.

Suspiró y siguió en silencio. Acto seguido, metió la mano en el bolso, me dio las llaves y se sentó en el asiento del copiloto.

Mejor así, si empezaba a discutir conmigo, no me hacía responsable de mis actos.

7

NOAH

En el coche la tensión se podía cortar con un cuchillo. Nick estaba furioso, lo sabía, lo había visto en sus ojos.

Entendía perfectamente que no le hiciese ninguna gracia que me fuese un mes entero, pero ¿qué podía hacer? Mi madre había organizado y pagado un viaje, no podía rechazarlo, era mi madre. Siempre habíamos hablado de mi graduación, de la universidad, de cómo iríamos juntas a comprar los muebles de mi residencia, habíamos bromeado diciendo que nos iríamos de mochileras por Europa para poder compartir el último verano mientras aún fuera su pequeña, como ella me llamaba. Una parte de mí quería ir a ese viaje, no quería perderme aquella oportunidad de poder estar a solas con la mujer que me había dado la vida y todo lo que tenía, no podía rechazarla sin más.

A la otra parte, bastante importante también, le dolía el cuerpo solo de pensar en que no iba a ver a Nicholas en cuatro semanas enteras. Yo también había hecho planes, yo también había querido pasar cada segundo del día en su apartamento con él, y más ahora que sabía que pronto iba a tener que empezar a trabajar y que los viajes a San Francisco no durarían solo dos semanas, como el último que había realizado.

Lo miré desde mi asiento. Sus ojos estaban clavados en la carretera, sus manos aferraban con fiereza el volante. Miedo me daba lo que estaba cociéndose en su cabeza, pero no sabía qué hacer o decir para que no se enfadase conmigo.

—¿No piensas hablarme? —dije entonces armándome de valor. Ni siquiera me miró, aunque vi cómo las venas de su cuello se tensaban al estar apretando fuertemente la mandíbula.

—Estoy intentando no arruinarte la noche, Noah —soltó un segundo después.

¿Intentando?

—Nicholas, no puedes culparme por esto, no podía negarme a ir, ¡es mi madre! —repliqué perdiendo los nervios.

—¡Y yo soy tu novio! —gritó sobresaltándome. Ya estábamos, íbamos a terminar discutiendo y era lo último que había querido aquella noche. Volvió el rostro hacia mí y vi en sus ojos que estaba deseando decirme de todo.

—No hagas eso, no me pongas entre la espada y la pared, no me hagas elegir entre mi madre y tú —le rogué controlando mi tono de voz.

Nicholas aceleró el coche y tuve que sujetarme a la puerta. Entonces entreví el Four Seasons. Una larga fila de coches esperaba su turno para que sus ocupantes se apearan. Después, estos daban las llaves a los empleados del hotel para que los aparcaran. Varios de mis compañeros de clase ya estaban allí con sus parejas, y las sonrisas de sus rostros me dieron envidia. La mía ya había desaparecido, para variar.

Nick se detuvo detrás de un Mercedes y se volvió de nuevo hacia mí.

—Si yo tuviese que elegir, siempre te elegiría a ti —declaró con tanta frialdad que se me heló la sangre. Lo miré con incredulidad, dolida por su tono, pero sintiéndome culpable por lo que quería decir con eso. Yo no debería tener que elegir entre las dos personas que más quería en el mundo, era un amor distinto, totalmente diferente: amaba a mi madre sobre todas las cosas, pero el amor que sentía por Nicholas era inexplicable, un amor que dolía, que adoraba, pero que me asustaba por su intensidad. Bajé del coche y, al girarme, me di cuenta de que él seguía sentado en el asiento del conductor.

—¿N-no piensas quedarte? —pregunté con voz temblorosa a través de la ventanilla. ¡Mierda!, ya estaban allí otra vez esos sentimientos de abandono, de dependencia... No quería que me dejase, lo necesitaba a mi lado, quería compartir con él esa noche, una noche en la que debería contar con mi novio.

Él apartó la mirada de mí y la fijó en la gente que subía las empinadas escaleras hacia la recepción.

—No lo sé, necesito estar solo —espetó en aquel tono que odiaba, aquel tono que me recordaba al antiguo Nicholas.

Sentí cómo la rabia se apoderaba de mí. No era justo, no era justo que pagara conmigo algo en lo que yo no había tenido nada que ver.

—¡Que te den, Nicholas! Íbamos a pasar la noche juntos después de más de tres semanas y vas a desperdiciarlo —repuse echándome el pelo hacia atrás y cabreándome cada vez más—. Puedes marcharte, ¡lo pasaré mucho mejor sin ti!

El muy capullo ni siquiera esperó para verme entrar. Con un chirrido de las ruedas, aceleró hasta desaparecer por la salida lateral. Un chirrido de mis ruedas, puesto que ese era mi coche. Por si fuera poco, me dejaba allí tirada sin manera de poder largarme si me hartaba de la puñetera fiesta.

Me encaminé hacia las escaleras, donde muchos alumnos hablaban emocionados. Había varias chicas de mi clase con las que podría entrar, pero no me apetecía acercarme a ellas y fingir que estaba superfeliz, porque no lo estaba: estaba cabreada, cabreada y dolida.

—¡Eh, Morgan!

Me di la vuelta para encontrarme con la cara sonriente de Lion. Se me iluminó la mirada. La última vez que lo había visto lo había notado distante y frío. Me alegró volver a ver su radiante sonrisa. Al igual que había sucedido con Jenna —que se había convertido en mi mejor amiga y confidente—, a Lion había terminado por quererlo: era una persona magnífica, cariñosa, amable y nada intimidante. Al principio sí que me lo había parecido, sobre todo por ser amigo de Nicholas; pero nada más lejos de la realidad: Lion era un amor. Le di un fuerte abrazo cuando se acercó a saludarme.

—¡Felicidades por la graduación! —dijo soltándome enseguida.

—Gracias —respondí sonriendo.

—¿Y Nick? —preguntó buscándolo a mi alrededor. La sonrisa desapareció de mi rostro.

—Se ha ido. Nos hemos peleado —contesté apretando los dientes. Para mi sorpresa, Lion soltó una carcajada. Lo fulminé con la mirada.

—Le doy media hora antes de que se te pegue como una lapa... Es lo máximo que puede estar lejos de ti —auguró ignorando mi mirada asesina y sacando su móvil del bolsillo.

—Pues que no venga, no quiero ni verlo.

Lion puso los ojos en blanco mientras fijaba la mirada en la pantalla de su teléfono.

—Jenna llegará dentro de diez minutos, ¿quieres entrar conmigo? —me ofreció amablemente.

Asentí. Debería ser Nicholas quien me acompañara al baile de mi graduación, pero que le dieran, él se lo perdía; me había arreglado expresamente para él, me había comprado la ropa interior en una tienda supercara que me había recomendado Jenna y ahora ni siquiera iba a verla. Estaba tan decepcionada y enfadada que creo que me salía humo de las orejas.

Al entrar, nos encontramos con un vestíbulo impresionante. Había mucha gente allí aglomerada y vi que muchos padres de mis compañeros habían decidido ir a la fiesta a tomarse algo. Varios hombres uniformados nos indicaban por dónde debíamos ir, y Lion y yo seguimos las indicaciones. Mis compañeros de curso hablaban y reían animadamente, hasta que llegamos a los jardines del hotel.

¡Madre mía, aquello era espectacular! Habían montado la mejor fiesta de graduación de la historia. El salón estaba abierto al aire libre, muchas mesitas altas con elegantes manteles de color verde satinado rodeaban la pista de baile que había en el centro. Las mesas estaban decoradas con unos arreglos florales exquisitos; si no me equivocaba, eran peonías de color blanco. Asimismo, camareros elegantemente vestidos iban y venían con bandejas llenas de aperitivos y copas de sabe Dios qué, porque alcohol no podía ser.

Miré a Lion, que estaba tan fascinado e intimidado como yo. Ninguno de los dos nos habíamos criado rodeado de todos estos lujos, y ambos, estaba segura, nos sentíamos fuera de lugar entre tanta gente distinguida y rica.

—Esta gente sí que sabe organizar una fiesta —comentó.

—Y que lo digas —convine, alucinada con lo hermoso que era todo. Los jardines estaban iluminados con tenues luces blancas y había flores por todos los lados; la fragancia que se filtraba por mis sentidos me había subyugado nada más entrar. Aún no había empezado a resonar la típica música de fiesta, pero observé alucinada cómo una banda integrada por violines y violonchelos nos daban la bienvenida al establecimiento.

—¡Aquí estáis! —exclamó una voz conocida detrás de nosotros. Ambos nos volvimos y Jenna nos recibió con una inmensa sonrisa—. ¡¿Habéis visto cuánta gente?! ¿Qué os parece? No me he pasado, ¿verdad? ¿O es que me he quedado corta? ¡Dios, no os gusta!

Jenna había sido una de las personas responsables de poner aquella fiesta en marcha. Sabía que se había pasado la mayor parte del año organizando la graduación y la verdad era que se había superado a sí misma. Nuestras caras, la de Lion y la mía, debían de ser un poema si creía que no nos gustaba.

—Pero ¿qué dices? —repliqué riéndome—. ¡Es impresionante!

Le di un abrazo admirando lo hermosa que era. Claro que todo se lo debía a los genes, ya que su madre, Caroline Tavish, había sido Miss California en su juventud, un título que no solo le abrió miles de puertas, sino que hizo que uno de los hombres más ricos de Estados Unidos se quisiera casar con ella. El padre de Jenna era multimillonario, tenía plataformas petrolíferas por todo el mundo y apenas pasaba más de dos días al mes en su casa, pero, según Jenna, estaba enamorado de su madre hasta las trancas... ¡Como para no estarlo!, esa mujer dejaba sin aliento a cualquiera. Jenna había heredado su cuerpo y su altura, aunque su rostro era más cálido, más juvenil, más dulce que el de su madre, que imponía con tanta belleza.

—¡No puedo creer que nos hayamos graduado! —confesó saltando y depositando un entusiasmado beso en los labios de Lion. Este la miró con adoración y posó una mano en su cintura, acercándola a él. Se dijeron algo que no llegué a escuchar y, un segundo después, Jenna se volvió hacia a mí. Miró a ambos lados con el ceño fruncido.

—¿Y tu Nicholas?

Puse los ojos en blanco ante su manía de llamarlo de aquella forma. Nicholas no era mío, ¿o sí? La verdad era que en aquel momento no tenía ni idea.

—Ni lo sé ni me importa —contesté, aunque en realidad sí que me importaba.

Jenna frunció el ceño. La verdad es que no comprendía por qué, pero Jenna siempre defendía a Nicholas cuando nos peleábamos o teníamos alguna discusión. Vale que lo conociese de toda la vida, pero ella era mi amiga, debía ponerse de mi lado y defenderme.

—Jenna, ¡te has superado! —dijo Lion para cambiar de tema.

La noche empezó por todo lo alto. Alguien, o más bien muchos, habían traído alcohol al evento y, en menos de una hora, casi todos los presentes estaban borrachos y dando tumbos en la pista de baile. Las luces eran intermitentes y, de pronto, me vi rodeada de un montón de gente. Hermanos, primos y amigos de los graduados habían asistido a la fiesta y me agobié un poco cuando me vi apretujada por varios tíos que no dejaban de sobarme para poder bailar pegados a mi cuerpo. Les di un empujón y salí de la pista. Estaba sudando y me acerqué al lateral, donde un chico servía chupitos a los mayores de edad. Me había bebido varias copas... No estaba borracha, pero sí achispada.

—¿Quieres uno? —me preguntó una chica cuando el camarero desapareció para ir a buscar más hielo. Sobre la mesa había varios vasos de cristal con un líquido blanco y espeso, y muchos cubitos.

—¿Qué es? —inquirí recelosa.

La chica sonrió, divertida por alguna razón.

—Black Russian.

Si me hubiese dicho Red French, me habría quedado igual. No tenía ni idea de qué era eso.

—Es un cóctel con vodka y licor de café y nata. Está muy bueno; además, dicen que es afrodisíaco —añadió pestañeando varias veces. ¿Estaba tonteando conmigo?

¡Lo que me faltaba, que una chica me tirase los tejos! Pero como había mencionado la palabra «café», me olvidé de su orientación sexual y cogí uno de los cócteles de la mesa. Me llevé la pajita a la boca y lo probé.

—¡Dios, está buenísimo! —exclamé. La chica rio.

El vodka apenas se notaba, no quemaba la garganta, era como estar bebiendo un rico *milk shake* de café.

Observé a la chica con más detenimiento. No me sonaba de nada, seguramente era amiga o familiar de alguien. Llevaba el pelo negro recogido en una coleta alta.

Seguí bebiendo lo que se acababa de convertir en mi cóctel preferido. Jenna estaba bailando con Lion en la pista y, sin darme cuenta, me había tomado dos vasos más y había entablado conversación con la chica *milk shake*, que en realidad se llamaba Dana. Era muy simpática y, o estaba demasiado achispada o era de lo más graciosa; estaba tan distraída riéndome de su última broma que lo último que me esperaba fue que de pronto me cogiese por la nuca y me estampara un beso en los labios. Fue tan rápido y tan de improviso que tardé un momento en apartarla de un empujón.

—Pero ¿qué haces? —pregunté un poco mareada.

La chica se rio, divertida.

—Quería saborear el vodka de tus labios —respondió como si nada.

La situación era tan surrealista que me quedé un instante callada.

—Tengo novio —declaré unos segundos después, o tal vez unos minutos, no sé, creo que el alcohol me había subido a la cabeza. ¿Acababa de besar a una chica?

—Solo ha sido un pico, tranquilízate —replicó desviando su mirada hasta posarla en algo detrás de mí.

Un escalofrío me recorrió entera.

Sentí su presencia antes incluso de volverme para saber si estaba equivocada. Nicholas estaba allí, sus ojos claros me traspasaron en la distancia. De inmediato emprendió el camino hasta llegar a mí.

—Será mejor que te largues —le aconsejé apresuradamente a Dana. De repente, temía por su vida.

Soltó una carcajada, cogió su Black Russian y se marchó a la pista de baile. La perdí de vista justo cuando Nick se posaba delante de mí.

—¿Ahora te van las tías? —dijo con tranquilidad, guardando las apariencias.

No dejé que me intimidase.

—¿Quién sabe? —contesté irritada. Estaba cabreadísima con él. Me había dejado tirada en mi graduación; me había visto sola y rodeada de gente con la que no me apetecía estar y, encima, me habían besado sin mi consentimiento.

—¿Qué estás bebiendo? —inquirió entonces, quitándome la copa de las manos.

Pensaba que iba a dejarla sobre la mesa, pero en vez de eso se la bebió. De repente, a pesar del enfado, sentí que me moría por saborear esa bebida de sus labios, como había dicho aquella chica. Yo también quería probar el Black Russian de esa boca...

—¿Sabes la cantidad de alcohol que tiene esto? —soltó después de haberse terminado lo que quedaba en la copa y haberla depositado detrás de mí. Lo observé, tanteando el terreno, no sabía de qué humor estaba... Bueno, sí, estaba enfadado, pero había algo distinto en su mirada.

—Supongo que bastante: de haber estado sobria ya te habría mandado al infierno.

Inclinó la cabeza hacia un lado, observándome, y acercó su cuerpo al mío. Sin tocarme, puso ambas manos en la mesa que había detrás, acorralándome entre sus brazos.

De súbito me faltó el aire. Sus ojos celestes buscaron los míos.

—No tienes razones para estar enfadada, Noah —afirmó muy serio—. Soy yo el que sale perjudicado en todo esto, tú te vas de vacaciones por Europa.

—Y yo te repito que no fue idea mía —dije mirándolo fijamente.

Nick respiró hondo y se apartó de mí dejándome espacio.

—Supongo que a esto se le llama punto muerto —declaró con cara de póquer.

Una parte de mí sabía que él tenía razones para estar disgustado, pero mi enfado parecía haberse convertido en el dominante de la noche. No quería calmarme, no quería ser comprensiva... Tal vez era porque yo también estaba disgustada con toda aquella situación. Irme con mi madre a Europa no formaba parte de mis planes y me molestaba y entristecía no pasar aquel mes con Nick. En realidad, era con mi madre con quien estaba enfadada, pero Nick se encontraba allí y yo necesitaba descargar mi ira contra alguien.

—Quizá no deberías haber vuelto. Dijiste que no querías arruinarme la noche y lo estás haciendo.

Nick levantó las cejas desmesuradamente.

—¿Quieres que me vaya?

¿Vi un atisbo de desilusión en sus ojos celestes?

—Lo que está claro es que no voy a quedarme aquí discutiendo contigo.

Nick me observó con detenimiento.

—Creo que te has pasado con el alcohol esta noche, listilla.

Me erguí sobre mis tacones y lo fulminé con la mirada. Sintiéndome poderosa, pero sabiendo que en realidad me estaba comportando como una niña, extendí el brazo, llené un vaso con el ponche que había sobre la mesa y me lo bebí de un trago. Lo habían cargado tanto que casi se me saltan las lágrimas, pero supongo que mereció la pena por ver las venas de Nick hincharse hasta un punto preocupante.

—Te estás comportando como una idiota y el que va a tener que cargar contigo luego voy a ser yo.

Me encogí de hombros y me alejé de él. Fui hacia donde mis amigos bailaban en la pista y, sin mirar atrás, empecé a bailar con muchas ganas. En algún momento dado, se me cayó el vaso y mojé los pies de alguien, pero no pareció importarme mucho. Jenna se me unió un rato después y seguimos bailando. Cuando los saltos que estábamos dando hicieron de mi estómago una montaña rusa, me obligué a parar. Mis ojos empezaron a buscar a alguien por la sala.

Sabía que Nick no se había marchado; es más, había estado siguiéndome con la mirada durante todo mi numerito. No había sido esa la reacción que esperaba, pero al menos no estábamos discutiendo.

En un momento dado me tambaleé peligrosamente hacia un lado y un brazo me sujetó por la cintura. Un brazo fuerte, musculado y precioso... Nick.

Me di la vuelta y entrelacé mis manos en su nuca.

—Veo que sigues aquí —comenté con mis ojos fijos en sus labios.

—Y yo veo que apenas puedes sostenerte en pie. Si tu objetivo de esta noche era tocarme las pelotas, lo has conseguido. Enhorabuena.

Me reí al oír lo de «tocarme las pelotas»...

—No era esa mi intención, pero con respecto a tocar, puedo tocarte lo que quieras...

Nick no se rio; es más, parecía estar cavilando qué hacer conmigo.

Le pasé los dedos por el pelo, enterrándolos en su nuca, sabiendo lo mucho que le gustaba que lo acariciara justo ahí. Sin embargo, me cogió por las muñecas y me obligó a detenerme.

—Deja que te lleve arriba, Noah —me pidió apretando la mandíbula con fuerza.

Miré a mi alrededor. Algunos ya habían decidido subir y seguir liándola en las habitaciones.

—De acuerdo... Puede ser divertido —acepté con una sonrisa en los labios.

Nick soltó el aire que estaba conteniendo y me llevó fuera de la sala.

—Va a ser de todo menos divertido —dijo en voz baja para sí mismo, pero lo oí perfectamente.

¿Había estado controlándose porque había gente delante?

¡Oh, mierda!

8

NICK

Salimos del salón donde se celebraba la fiesta y, como ya había cogido las llaves antes, la llevé directamente a nuestra habitación. Cuando entramos, nos quedamos mirándonos fijamente. Uno frente al otro, sin saber muy bien qué hacer o decir. Yo no sabía si seguir enfadado o comérmela a besos. Noah parecía estar debatiéndose sobre lo mismo.

—Conque no va a ser divertido, ¿eh? —preguntó mientras sus manos tiraban de la cremallera de su vestido con destreza y lo dejaba caer al suelo.

Se quedó solo con la ropa interior y los tacones de infarto que se había puesto. Me fijé en el conjunto de sujetador y bragas que llevaba... No se lo había visto nunca y me dejó sin palabras.

Se tambaleó ligeramente y crucé en dos zancadas el espacio que nos separaba. La sujeté por la cintura y la levanté en brazos hasta entrar en el baño y depositarla sobre el lavabo.

—Estás borracha, Noah.

Se encogió de hombros.

—No lo suficiente como para no darme cuenta de que me has traído aquí para castigarme por irme a Europa.

Fruncí el ceño.

—Soy yo el que está sufriendo el castigo esta noche, Pecas, y no al revés.

—Bueno, sé muchas cosas que podemos hacer para no castigarnos mutuamente.

Sonreí sin poder evitarlo. Ahí estaba, medio desnuda, deslumbrante y con las mejillas sonrosadas por el alcohol, por la situación o por lo que fuera, pero no aguanté más y coloqué mis manos en torno a su rostro y pegué mis labios a los suyos. Fue un beso sin lengua, un juego de labios nada más, un juego que sabía que era lo que necesitaba en ese momento para no perder la cabeza.

Cuando sus manos empezaron a desabrocharme la camisa, me aparté.

—Creo que antes deberías darte una ducha fría...

Noah negó con la cabeza.

—No, no, nada frío, estoy bien —dijo tirando de mí otra vez.

Nos volvimos a besar, en esta ocasión con más intensidad. Mis manos subieron por su espalda desnuda hasta desabrocharle el sujetador. Me quedé embobado observándola, sus pecas inundaban sus pechos y la parte superior de sus hombros. Llevé mis labios hasta allí y fui besándola hasta llegar al lóbulo de su oreja. Lo cogí entre mis dientes y lo chupé como si fuese un caramelo.

Noah se estremeció bajo mi tacto y me aparté para mirarla a los ojos.

—No quiero que te vayas —confesé levantándola en brazos y saliendo del baño. Sus piernas se agarraron con fuerza a mis caderas y sentí cómo todos mis músculos se tensaban.

Noah no contestó, simplemente volvió a besarme. La coloqué sobre la cama y me mantuve en vilo para no aplastarla. Fui besando su mandíbula hasta llegar al hueco que unía su hombro con su cuello.

Noah se movió debajo de mí, buscando un roce que nos aplacara a los dos. Me aparté y me coloqué a su lado. La observé embobado. Su respiración era acelerada y sus pechos bajaban y subían rítmicamente.

—Podría pasarme la noche mirándote —declaré apoyándome en mi brazo derecho. Con mi otra mano la acaricié suavemente por el costado, pasando por su barriga plana y subiendo hasta aprisionar su pecho izquierdo entre mis dedos.

—Nick, ponte encima —me pidió con los ojos cerrados y moviéndose intranquila bajo el roce de mi mano.

—Quiero ver cómo se sonroja tu cuerpo con cada una de mis caricias, Noah.

Sus ojos color miel se abrieron entonces y se clavaron en los míos.

—Pero...

La acallé con un beso mientras mi mano bajaba hasta detenerse en el elástico de su ropa interior.

—No quiero que vayas a Europa —repetí serio mientras colaba mi mano por debajo de la tela.

Se retorció y cerró los ojos otra vez.

Empecé a jugar con mis dedos y enseguida noté cómo todo mi cuerpo se tensaba solo con ver la expresión de su cara. No había nada que me gustase más que estar así, ver cómo su cuerpo reaccionaba a mis caricias, ver cómo se mordía el labio u oír los suaves suspiros de placer que dejaba escapar de entre sus labios.

No podía estar un mes sin ella, no lo soportaría. Me encantaba ver cómo estaba disfrutando. Hacerlo una vez desde que había llegado de San Francisco no había sido suficiente para ninguno de los dos y pensar que iba a marcharse durante todo un mes hizo que me entraran ganas de hacerle ver lo mucho que iba a echarme de menos.

—¿Vas a irte? —le pregunté al oído a la vez que incrementaba el ritmo de mis caricias.

—Sí... —contestó, lo que consiguió volver a cabrearme.

—¿Estás segura? —insistí entre dientes mientras los movimientos de mi mano se hacían más fuertes.

Supe que con nada iba a conseguir que terminara, pero paré en el momento más álgido.

Sus ojos se abrieron como si no comprendiese qué acababa de pasar. Tenía las pupilas dilatadas por el deseo y la boca medio abierta, a la espera de un grito de placer que nunca llegó.

No podía mirarla, cerré los ojos y me dejé caer sobre mi espalda. Me dolía todo el cuerpo, me estaba castigando a mí también, pero me consumía la rabia, me consumía de una forma que no sabía explicar.

—¿Por qué has parado? —me acusó sin entender.

¿Cómo le explicaba lo perdido que me sentía en aquel instante? ¿Cómo le hacía entender que, si se marchaba, me iba a hacer vivir un infierno?

No dije nada y Noah se me acercó hasta apoyar su cabeza sobre mi hombro. Con su mano me acarició por encima de la camisa.

—No quiero que este estúpido viaje sea un problema entre tú y yo, Nick —dijo casi en un susurro.

Me pasé la mano por la cara y finalmente me fijé en ella sin pronunciar palabra.

—Si tan importante es para ti, hablaré con mi madre. Podríamos...

—No —la interrumpí tajante—. Solo dame tiempo para hacerme a la idea... Por mucho que te quiera conmigo a todas horas, sé que va a ser imposible, pero eso no quita que me cabree... muchísimo.

Se mordió el labio pensativa y vi en su mirada que a ella tampoco le hacía gracia todo eso... Se inclinó y me dio un beso en la mejilla.

—Te quiero, Nick. ¿Tú me quieres? —preguntó aguardando mi respuesta.

—Te quiero más que a mí mismo —contesté sin apartar la mirada, a la vez que le acariciaba la espalda desnuda.

—Eso es difícil —repuso sonriendo como una niña.

—Muy graciosa —repliqué poniéndome encima y atrapándola entre mis brazos.

La besé moviendo mis labios lentamente sobre los suyos mientras sus dedos se hundían en mi pelo.

—¿Estás cansada? —inquirí, enterrando mi boca en su cuello.

—Termina lo que empezaste antes —me susurró.

La necesitaba, la había necesitado desde que nos habíamos peleado en el coche, quería que me hiciese sentir que era el único, el único que amaba, el único al que deseaba.

—¿Quieres que te haga el amor, Pecas? —le pregunté con una sonrisa.

Terminó por quitarme la camisa con las mejillas sonrojadas y el deseo reflejado en sus bonitos ojos. Posó sus labios justo en el centro de mi pecho y fue subiendo hasta besarme en el cuello. Me tensé cuando su lengua me acarició la mandíbula y le inmovilicé las manos por encima de su cabeza cuando me mordió la oreja con una presión exquisita.

Estiró la cabeza buscando mi boca y le di el gusto de besarme. Introduje mi lengua con suaves movimientos mientras hacía presión con mis caderas.

—Te amo, Nick —declaró echando la cabeza hacia atrás cuando mi mano empezó a hacer de las suyas con su cuerpo.

—Yo sí que te amo.

Y así terminamos la noche..., haciendo lo único que nunca nos daba problema alguno.

9

NOAH

La intensa luz la mañana terminó por despertarme. Habíamos dejado las tupidas cortinas abiertas y gozaba de una privilegiada panorámica de las elegantes casas de Beverly Hills. También podían verse, a lo lejos, los altos edificios de la ciudad que destacaban en el centro, rodeados de edificios de baja altura.

El brazo de Nicholas me tenía bien sujeta contra su pecho, con las piernas entrelazadas a las mías. Casi ni podía respirar, pero me encantaba, me encantaba dormir con él: eran mis mejores noches. Hacía semanas que no conseguía dormir del tirón, sin despertarme, sin pesadillas.

Me volví con cuidado hasta quedar de lado frente a él. Era adorable cuando dormía, sus rasgos estaban serenos, sus párpados dulcemente cerrados... Parecía muy muy joven cuando lo tenía así, dormido junto a mí. Me habría gustado saber qué le pasaba por la cabeza. Por ejemplo, ¿en qué podía estar soñando en aquel mismo instante? Levanté una mano con cuidado y le acaricié la ceja izquierda, sin despertarlo. Estaba tan dormido que ni se inmutó. Deslicé mis dedos por su pómulo, hasta llegar a la barbilla. ¿Cómo podía ser tan guapo?

Entonces un pensamiento del todo inesperado me vino a la cabeza: ¿cómo serían nuestros hijos?

Lo sé, estaba perdiendo la razón, aún faltaban años para que me decidiera a formar una familia, pero la imagen de un pequeño con pelo negro acudió a mi mente. Era evidente que sería guapísimo, con los genes de Nick cualquier niño lo sería... ¿Cómo se comportaría él con un bebé? Estaba claro que al único niño que soportaba era a su hermana menor, porque más de una vez había tenido que echarle la bronca por ser grosero con niños en la playa o en un restaurante. De todas formas, faltaba muchísimo para que eso ocurriese; además, estaba el pequeño detalle de que había muchísimas probabilidades de no poder tener hijos por culpa del cristal que me clavé aquella fatídica noche. Pensarlo me puso triste y agradecí que Nick abriera un ojo adormilado y me mirara.

Sonreí.

—Hola, guapo —lo saludé con una sonrisa en el rostro cuando vi que frunció el ceño y se desperezó. Ese era mí Nicholas. Nick sin el ceño fruncido no era Nick.

Estiró el brazo y tiró de mí con bastante fuerza teniendo en cuenta que se acababa de despertar.

—¿Qué hacías, Pecas? —dijo enterrando su cabeza en mi cuello y haciéndome cosquillas con su respiración.

—Admirando lo increíblemente hermoso que eres.

Soltó un gruñido.

—¡Por Dios, no me llames hermoso, cualquier cosa menos eso! —me suplicó levantando la cabeza.

Solté una carcajada ante su expresión, tenía el pelo revuelto y su cara de cabreo era la misma que la de un niño enfurruñado.

—¿Te estás riendo de mí?

Su oscura mirada me distrajo, pero arremetió contra mí y empezó a hacerme cosquillas.

—¡No, no, no! —grité riéndome y retorciéndome bajo sus manos—. ¡Nicholas!

Se rio conmigo, pero enseguida ataqué igual que él, le pinché el duro estómago con uno de mis dedos y pegó tal salto que se cayó de la cama.

—¡Madre mía! —exclamé soltando una carcajada histérica. ¡Dios, me lloraban los ojos y me dolía la barriga de tanto reírme!

Entonces se incorporó, tiró de uno de mis pies y me deslizó hasta la punta del colchón; antes de que me cayera, me levantó en brazos, me colocó sobre su hombro como un saco y se encaminó hacia el cuarto de baño.

—Ahora verás —me amenazó al tiempo que abría la ducha.

—¡Lo siento, lo siento! —rogué aún sin poder parar de reírme.

No le importó y me metió bajo el agua fría de la ducha. La camiseta se me pegó al cuerpo como una segunda piel.

—¡Ah, está helada! —grité apartándome del chorro y empezando a temblar—. ¡Nicholas! —le reprendí, pero entró conmigo, movió el mando y el agua caliente empezó a caer sobre nosotros.

—Silencio. Ahora que ya te has divertido a mi costa, me toca a mí —anunció agarrando la camiseta que tenía pegada al cuerpo y levantándola hasta quitármela. Me quedé desnuda ante él.

Sus ojos recorrieron mis curvas.

—Creo que esta es la mejor forma de levantarse por las mañanas —declaró inclinándose y apoderándose de mis labios.

Media hora después estaba envuelta en una toalla, con el pelo chorreando y sentada en la terraza. Nicholas estaba pidiendo que nos trajesen el desayuno. La verdad es que era muy raro que no hubiese nadie vociferando en los pasillos: había supuesto que iba a ser imposible dormir rodeada de estudiantes borrachos, pero me había equivocado; eso o las paredes de aquel hotel estaban perfectamente insonorizadas.

Me volví cuando Nick terminó de hablar. Estaba con el pelo húmedo igual que yo, sin camiseta y con unos pantalones de deporte que se escurrían por sus caderas, dejando entrever el vello oscuro que iba desde su ombligo hacia abajo. ¡Dios, ese cuerpo era espectacular! Tenía todos los malditos abdominales marcados y unos oblicuos perfectamente trabajados. ¿Cómo demonios lo hacía? Sabía que iba al gimnasio y que hacía surf, pero, joder, ese cuerpo era una obra maestra traída de otro mundo.

—¿Me estás pegando un repaso? —preguntó divertido, sentándose a la mesa, a mi lado.

Sentí que me ruborizaba.

—¿Algún problema? —repuse, ignorando cómo el sol se reflejaba en sus ojos azules justo en aquel preciso momento.

Me dedicó mi sonrisa torcida preferida.

—Yo también quiero, ven —me pidió tirando de mí y obligándome a sentarme sobre su regazo. Estaba desnuda bajo la toalla y, al abrir las piernas para sentarme sobre él, esta se me subió por los muslos.

—¿No llevas nada debajo? —preguntó entonces con un tono que pasó de la sorpresa a la reprimenda en menos de un segundo. Puse los ojos en blanco.

—No hay nadie, Nicholas —repliqué exasperada.

Él miró hacia ambos lados: estábamos solos, lo único que había frente a nosotros eran las espectaculares vistas de la ciudad.

—Podría haber un pervertido con unos prismáticos mirando ahora mismo, desde esos edificios de ahí —dijo sujetando la toalla con la que estaba envuelta. No se me veía nada, era un exagerado.

—Tú te lo pierdes. Voy a vestirme —anuncié levantándome y entrando en la habitación.

Me miré fijamente en el espejo. ¿Cómo podía una persona pasar de estar tan triste a ser la que me devolvía la mirada justo en aquel instante? Supongo que eso era el amor, una montaña rusa de emociones y sentimientos encontrados: en un momento dado estás en lo más alto y, al siguiente, te arrastras por el suelo, y ni siquiera sabes cómo has llegado allí.

Me incliné sobre la maleta que habíamos traído. No sé por qué ver mi ropa junto a la suya me hizo sonreír como una estúpida, pero me encantó ver mi vestido junto a su camiseta de Marc Jacobs.

Lo cogí y me lo puse. Era un sencillo vestido azul marino con flores amarillas que me había comprado mi madre y seguramente costaba un dineral.

Cuando empecé a maquillarme delante del espejo mi mirada se clavó con sorpresa en una parte concreta de mi cuerpo... Solté un gruñido cuando me recogí el pelo y vi mi cuello: tenía dos chupetones.

Salí del baño hecha una furia.

—¡Nicholas! —grité. Él estaba hablando por el móvil. Por fin habían traído el desayuno y él estaba comiendo, sentado en la terraza como si nada, charlando tan tranquilamente con alguien.

Su mirada se desvió hacia a mí.

—Espera —le indicó a quienquiera que estuviese al otro lado de la línea.

Me señalé el cuello y parte de mi clavícula. Una sonrisa de auténtico capullo afloró en su rostro. Me volví enfadada y le tiré una almohada.

Levantó el brazo para cubrirse al mismo tiempo que soltaba una maldición.

—Luego te llamo —dijo colgando el teléfono—. ¿Qué demonios te pasa?

Odiaba que me marcasen, odiaba con todas mis fuerzas que me dejasen marcas en la piel. Malos recuerdos, simplemente eso.

—Sabes que odio los chupetones, Nicholas Leister —afirmé intentando controlar mi voz.

Él se acercó con cautela, alargó el brazo y apartó el pelo para poder mirar mi piel.

—Lo siento, no me di cuenta —respondió simplemente.

Puse los ojos en blanco.

—Sí, claro —repuse apartando su mano justo cuando empezó a acariciarme la piel—. Te lo dije, Nicholas, no me gustan las marcas, no soy una vaca.

Se rio y estuve tentada de darle un puñetazo.

—Vamos, Pecas, ya tuvimos ayer suficiente pelea, tengamos la fiesta en paz —me propuso tirando de mí y dándome un abrazo.

Me quedé quieta como un palo, pero entonces su mano fue hasta mi nuca y tiró de mi pelo hacia atrás, obligándome a mirarlo.

—Si me perdonas, haré lo que tú quieras —soltó.

—¿Qué? —contesté con incredulidad.

Su mirada se oscureció.

—Lo que tú quieras, lo digo en serio, pide por esa boca y soy tuyo.

Sabía lo que estaba pensando esa mente pervertida. Sonreí disfrutando con la situación y sintiéndome poderosa.

—Está bien —convine subiendo mis manos a su cuello—. Hay algo que quiero que hagas.

10

NICK

—Ni de coña —dije rotundamente.

Estábamos aparcando delante de un refugio de animales.

—Dijiste cualquier cosa —contestó la loca de mi novia bajándose del coche y tan ilusionada como si tuviese cinco años.

—Me refería al sexo.

Noah se rio, como si mi proposición fuese de lo más insólita.

—Lo sé —afirmó entonces—. Pero, como esto se trata de mí y no de ti, me vas a comprar un gatito.

¡Joder, otra vez con lo del puto gato! Odiaba los gatos, eran idiotas, no se les podía enseñar nada y, encima, eran melosos, todo el día encima de ti. Prefería los perros, ¡mierda, prefería a mi perro!, al perro que había tenido que dejar en casa de mi padre porque en mi bloque de pisos no se permitían animales grandes.

—Te he dicho mil veces que no pienso tener un puto gato en mi apartamento.

Noah clavó sus ojos furiosos en mí, se echó el pelo hacia atrás y, antes de que empezara con su incesante cháchara, la cogí atrapándola contra mi pecho y le tapé la boca con la mano.

—No voy a comprar un gato. Punto.

Su lengua empezó a chupetearme la mano para que la soltase, le di un apretón en el costado y me recordó a mí mismo aquella mañana. Ambos teníamos unas cosquillas infernales.

La solté antes de que perdiera los nervios.

—¡Nicholas! —chilló sofocada y con las mejillas rojas.

Elevé las cejas a la espera de lo que tuviese que decirme; estaba tan adorable con ese vestido que llevaba... Se lo habría arrancado allí mismo, pero me contuve.

—Me has llenado de babas —la acusé limpiándome la mano en el pantalón.

Ignoró mi comentario y me fulminó con sus ojos gatunos.

—Está bien, de acuerdo, si no quieres comprarme un gato, lo compraré yo misma —replicó para, acto seguido, girar sobre sus talones y entrar en el infierno de cualquier hombre, sin lugar a dudas.

La seguí exasperado y automáticamente el olor a animal y a excremento me llenó los sentidos. Ruidos de animales, de hámsteres correteando y gatos maullando me llegaron a los oídos y tuve que contenerme para no sacar a rastras a Noah de aquel sitio.

Ignorándome olímpicamente, se dirigió al dependiente que había tras el mostrador. Era joven, seguramente de su edad, y nada más verla sus ojos se iluminaron.

—¿En qué puedo ayudarte?

Noah me miró un segundo y, al ver que no tenía intención de hacer nada, se volvió con indiferencia hacia el dependiente.

—Quiero adoptar un gato —contestó resuelta.

Me acerqué a ella cuando el dependiente salió del mostrador con una inmensa sonrisa, dispuesto a venderle el mundo, estaba claro.

—Por aquí —dijo indicándole un pasillo—. Justo ayer recogimos a unos cuantos gatitos de un aparcamiento, los habían abandonado y no tienen más de tres semanas.

Un «¡oh!» infinito y de lástima salió de los labios de Noah. Puse los ojos en blanco mientras el capullo nos llevaba hacia donde había muchas jaulas con gatos de todos los tamaños y colores. Algunos estaban dormidos, y otros jugaban o, simplemente, maullaban dando el coñazo.

—Son estos de aquí —anunció el tío señalando hacia una jaula que había al final. Noah fue directa hasta allí como si se tratara de un tesoro mágico.

—Son superpequeños —comentó con esa voz rara que ponen las tías cuando hablan con cachorros o bebés.

Me acerqué hacia donde estaba y miré los cuatro gatos roñosos que había encima de una manta. Tres eran de color gris y manchitas blancas en las patas o en la cabeza, y el cuarto era completamente negro. Me dieron mal rollo de inmediato.

—Mira cómo juegan —dijo el dependiente poniendo voz de tía. Lo fulminé con la mirada y me acerqué más a Noah.

—¿Puedo coger uno? —le pidió Noah utilizando todos sus encantos femeninos. Quise sacarla de allí a rastras y de inmediato.

—Claro, el que tú quieras.

¿Y cómo no? ¿Cuál eligió Noah?

El negro, por supuesto.

—Es el más tranquilo de todos, aún no lo he visto jugar desde que lo hemos traído.

Los otros tres no estaban quietos, se tiraban unos encima de otros y se daban con sus patitas en la cara. Estaba claro que al pobre lo habían acosado intensamente.

Noah se llevó el gatito al pecho y empezó a acariciarlo como una madre a su bebé. En cuanto el puñetero gato empezó a ronronear, supe que no tenía nada que hacer.

Suspiré profundamente.

—Oh, mira, Nick —dijo mirándome con ojos tiernos.

El gato era feo de cojones, era negro y tenía los pelos de punta, pero sabía que Noah no iba a escoger al gatito más mono ni al más juguetón: iba a elegir al desvalido, al que habían dejado de lado, al que nadie quería... Aquello me recordó a mí mismo.

—Joder, vale, puedes quedarte con el puto gato —cedí.

Una enorme sonrisa se dibujó en su rostro.

El dependiente nos condujo hacia el mostrador y tuve que firmar un montón de papeles en donde me comprometía a cuidar del gato y hacerme cargo de sus vacunas y demás chorradas. Noah empezó a recorrer la tienda y, en cuanto volvió, iba cargada de cursiladas para el animal sin nombre.

—¿Eso piensas comprarlo tú? —la pinché. Me importaba una mierda el dinero, solo quería fastidiarle el subidón.

—Dijiste lo que quisiese —me recordó colocando un collar, unos cuencos para la comida y una cama mullida de color azul sobre el mostrador.

El gato del demonio estaba en una jaula pequeña que nos dieron para que pudiésemos llevárnoslo.

—Espero que se adapte bien a vosotros y que lo disfrutéis —nos deseó el dependiente mirando solo a Noah—. No os olvidéis de llevarlo al veterinario dentro de unas semanas, cuando ya tenga la edad para ser castrado y vacunado.

Cada vez sentía más pena por el animal.

Diez minutos después estábamos yendo a mi apartamento. Por fin iba a poder estar con ella y proponerle lo que llevaba pensando desde hacía meses.

Me volví para mirarla y una sonrisa involuntaria apareció en mi semblante. Parecía mi hermana pequeña con un muñeco nuevo.

—¿Qué nombre le vas a poner? —pregunté mientras salía de la autopista y me encaminaba hacia el bloque donde estaba mi apartamento.

—Hum... Aún no lo sé —contestó acariciando a Sin Nombre con cuidado.

—No le pongas Nala o Simba ni ninguna de esas mariconadas, por favor —le pedí aparcando en mi plaza. A continuación, bajé del coche y fui a abrirle la puerta.

Noah ni me miraba, embobada como estaba. Fulminé con la mirada al animalito que me había quitado el protagonismo.

—Creo que le voy a llamar N —anunció entonces, mientras subíamos en el ascensor.

—¿N? —repetí con incredulidad. ¡Dios, había perdido la cabeza!

Noah me miró sintiéndose ofendida.

—N, por ti y por mí, Nick y Noah —aclaró.

Solté una carcajada.

—Creo que el café de hoy se te ha subido a la cabeza.

Me ignoró deliberadamente mientras entrábamos en mi apartamento. Por fin en casa. Era en el único lugar donde me sentía tranquilo y me encantaba tener a Noah solo para mí.

—Vas a tener que cuidarlo cuando yo no esté —comentó soltando al gato en medio del salón y observando cómo este investigaba la habitación.

—Ni lo sueñes. Tu gato, tu responsabilidad —aseveré dejando todos los chismes en el suelo.

Me miró con cara de circunstancias y la atraje hacia mí antes de que empezásemos a discutir otra vez.

—Solo tú consigues que ceda en este tipo de cosas —afirmé inclinándome para besarle el cuello. Noah se movió para darme mejor acceso. Su piel era suave y olía tan bien... Vi las marcas que le había dejado... Me gustaba, me encantaba ver las marcas de mis besos en su piel, pero nunca lo admitiría en voz alta, ya que eso me traería muchos problemas.

—¿Y si te dijese que me encanta la idea de compartir un animal contigo? —me soltó entonces y me eché hacia atrás para poder mirarla a la cara. Se encogió de hombros como sintiéndose culpable—. Va a ser nuestro. Nuestro gatito, de los dos, somos sus padres.

Respiré hondo cuando la oí decir eso. Sabía que detrás de esa frase se escondía algo mucho más profundo, algo que sabía que la perseguía siempre, algo que me hacía hervir la sangre.

Le di un beso tierno en los labios.

—Está bien, cuidaré de K —admití tomándole el pelo y quitándole hierro al asunto.

Me dio un manotazo.

—¡Se llama N!

Me reí y la levanté hasta sentarla sobre la encimera de la cocina.

—Hay algo de lo que quería hablar contigo —le comenté repentinamente nervioso.

Noah me miró con curiosidad.

Joder, no tenía ni la menor idea de cuál iba a ser su reacción.

—Quiero que vengas a vivir conmigo cuando empieces la facultad.

11

NOAH

—¿Hablas en serio?

¿Irme a vivir con él? Su forma de mirarme fue lo suficientemente clara como para saber que debía tomarme aquello con calma, porque lo decía en serio, no había duda.

Se colocó frente a mí y me cogió el rostro entre sus manos.

—Por favor, dime que sí.

Aquello era demasiado, no podía ponerme en aquella situación. Me bajé de la encimera y empecé a caminar por la habitación.

—Nicholas, tengo dieciocho años —me volví para encararlo. Él se había quedado ahí de pie mirándome con el ceño fruncido—, dieciocho —repetí, por si no le había quedado claro. Sentí cómo el nerviosismo empezaba a crecer en mi interior, porque aquella sensación de que no estábamos en el mismo escalón, de que él necesitaba más de lo que yo podía darle, me asustaba más que nada.

—Eres más madura que cualquier chica de mi edad, ni siquiera parece que tengas dieciocho años, Noah, no me vengas con eso, es ridículo. Si vivieses aquí, nos veríamos todas las noches, todos los días —repuso apoyándose contra la encimera y cruzando los brazos—. No quieres vivir conmigo. ¿Es eso? —soltó un segundo después.

Uf... ¿Cómo le explicaba que no tenía nada que ver con querer o no querer? ¿Cómo le decía que me asustaba dar ese paso siendo aún tan joven? ¿O que lo que en realidad me echaba para atrás era que si vivíamos juntos él terminaría descubriendo lo jodida que estaba aún por todo lo que me había ocurrido en el pasado y acabaría hartándose de mí, o peor, dejándome?

—Claro que quiero —aseveré acercándome cautelosa a donde él estaba. Me observó desde su altura sin mover un solo músculo—. Mi miedo es que estropeemos lo que tenemos ahora por ir demasiado deprisa.

Nicholas negó con la cabeza.

—Eso es una tontería, Noah, tú y yo no podemos ir deprisa porque ya vamos casi a la velocidad de la luz, contigo las cosas son así, conmigo son así. Me conoces, sabes perfectamente que nunca hubiese dado este paso con nadie más que contigo, y si lo hago es porque sé que es lo correcto, es lo que nos toca, porque no puedo estar lejos de ti... y tú tampoco de mí.

Respiré hondo intentando calmar mi nerviosismo... Vivir con Nicholas... sería como un sueño, la verdad, verlo todos los días, sentirme segura a todas horas, quererlo a todas horas.

—Tengo miedo de no ser lo que tú esperas que sea —admití con la voz temblorosa.

Su inmovilidad desapareció y estiró su mano para acariciarme la mejilla. Sus ojos recorrieron mis facciones, con detenimiento, como si admirara cada uno de mis rasgos.

—Quiero ver esta cara al despertarme —confesó deslizando su dedo sobre mi labio inferior—, quiero besar tus labios antes de dormirme —continuó con voz ronca—, que sea tu tacto lo que sienta cada vez que voy a acostarme. Soñar contigo entre mis brazos. Mirarte mientras estés dormida y cuidarte cada minuto del día.

Levanté mis ojos y vi en los suyos que cada palabra salía directamente de su corazón. Lo decía en serio, me quería, me quería con él; sentí cómo mi corazón se aceleraba, cómo algo dentro de mí se inflamaba de felicidad, se derretía, ¿cómo podía quererle tanto? ¿Cómo conseguía tanto de mí, sin hacer que me pareciera difícil dárselo?

—Lo haré. Viviré contigo —le aseguré sin acabar de creérmelo.

Una sonrisa radiante apareció en su rostro.

—Repítelo —me pidió separándose de la encimera y cogiéndome la cara entre sus manos.

—Viviré contigo, viviremos juntos.

Ya no más pesadillas, ya no más miedos; con él a mi lado iría recuperándome poco a poco, con él superaría cualquier cosa. Tiró de mi rostro y posó sus labios sobre los míos, sentí su sonrisa bajo ellos, le hacía feliz, eso era verdad, podía verlo y me encantaba.

—¡Dios, cómo te quiero! —exclamó apretándome por la cintura hacia su cuerpo. Lo abracé y me reí al ver sobre su hombro cómo N nos miraba desde el fondo del pasillo, pequeño, negro y con sus ojos claros. Viviríamos los tres juntos, Nick, N y yo.

Lamentablemente, los días siguientes pasaron deprisa; mi madre aún no tenía ni idea de que me iría a vivir con Nick nada más volver de nuestro viaje y no pensaba decírselo hasta que fuese estrictamente necesario. Él había estado de muy buen humor, pero este había ido decayendo a medida que faltaba menos para que me fuera durante un mes entero. Se había tomado muy en serio lo de que iba a vivir con él, había vaciado la mitad de su armario y una cómoda para que yo tuviese espacio para dejar mi ropa, que había ido llevando a escondidas cuando iba a visitarlo. El piso, que antes había sido demasiado masculino para mi gusto, se había convertido en un sitio más alegre: habíamos ido juntos a comprar unos cojines de colores y lo había obligado a cambiar las sábanas oscuras de su habitación por otras blancas y mucho más acogedoras. Nick estaba encantado, claro, por él como si le pintaba el piso de color rosa; mientras estuviese ahí con él, le daría igual. Me había llevado algunos de mis libros preferidos, y mi madre no parecía haberse percatado de nada.

El calor ya se había apoderado de la ciudad, atrás dejábamos los días en los que hacía falta ponerse jerséis o pantalones largos. Nick me había llevado a la playa casi todos los días, nos habíamos bañado en el mar juntos y había intentado sin éxito que aprendiese a hacer surf... No obstante, al fin llegó el día en el que mi madre y yo empezábamos nuestro viaje y no volveríamos hasta mediados de agosto.

¡Dios, tenía muchas ganas, pero no sabía cómo podría estar tanto tiempo separada de Nick!

Estábamos en mi habitación, con una maleta abierta encima de mi cama y Nicholas sentado en la silla de mi escritorio, jugando con N e ignorándome deliberadamente. Llevaba dos días enfurruñado, no quería oír hablar del viaje ni de nada que tuviese que ver con él, pero me marchaba en un par de horas, así que iba a tener que empezar a hacerse a la idea. Ya me había sacado cosas de la maleta y vuelto a guardarlas sin que me diera cuenta unas cinco veces; asimismo, había escondido mi pasaporte, que encontré, tres días después, entre las cosas de su trabajo. Me había amenazado con atarme a la cama, incluso con dejar que N se muriera de hambre si no me quedaba. Había ignorado cada uno de sus intentos de sabotear el viaje de la mejor manera posible, porque sabía que aquello le afectaba tanto o más que a mí.

—Solo te advierto de que el calor en España es infernal y, además, a ti no te gusta el marisco, así que estás perdida. La torre Eiffel, por otra parte, está sobrevalorada... Cuando subes arriba te preguntas «¿Y ya está?». Ah, y de Inglaterra no te esperes nada del otro mundo, el tiempo es horrible y la gente, seria y aburrida...

—¿Vas a seguir en ese plan insoportable? —lo corté perdiendo los nervios. Me acerqué a él y le arranqué a N de las manos, a quien le había comprado un estúpido juguete que lo volvía loco: Nick ya tenía como diez arañazos en el brazo.

Antes de que le diera la espalda me cogió y me obligó a sentarme en su regazo, con N entre los dos.

Me miró serio, como deliberando si decir o no lo que de verdad pasaba por su cabeza.

—No vayas —soltó. Puse los ojos en blanco. Otra vez no.

—Vamos, N, atácalo —pedí al gato, cogiéndolo y poniéndoselo frente a la cara. Nick frunció el ceño—. Bueno, mejor pórtate bien, gatito, no queremos que este loco te tire por el agujero de la colada. —Me lo acerqué y lo besé en la cabecita oscura y peluda.

Nicholas me observó, tenso.

—¿Ahora me ignoras?

—Cuando ya he respondido a una misma pregunta unas diez mil veces, sí —repuse, fijando mis ojos en él. ¡Dios, cómo iba a echar de menos esa mirada, esas manos, ese cuerpo, él, todo él...!—. No me gusta repetirme.

Levantó la ceja, molesto por mis palabras, obviamente.

—Deja ya al puto gato y mírame —me pidió quitándome a N de las manos y dejándolo en el suelo. Lo miré preparada para una pelea.

—No quiero que hagas nada estúpido ni peligroso —me advirtió sujetándome por las caderas con fuerza, como si de esa forma pudiese obligarme a quedarme con él—. No bebas, ni hables con desconocidos.

—¿Te estás escuchando? —Me liberé de sus manos y me aparté de él. ¿Por qué tenía que ser tan celoso y tan controlador? No lo soportaba. ¿No confiaba en mí, joder?

Empecé a meter cosas en la maleta sin ni siquiera mirarlo, y una vez llena tiré de la cremallera... ¡Mierda, no cerraba!

Me apartó la mano y tiró con fuerza cerrándola por mí.

Lo oí suspirar a mi lado.

—Voy a echarte de menos.

Lo miré y vi que estaba abatido.

—¿Qué voy a hacer sin ti? —preguntó perdido.

Respiré hondo para calmarme. Le cogí el rostro entre mis manos, poniéndome de puntillas para poder mirarlo a los ojos.

—Antes de que te des cuenta estaré de vuelta y vas a tenerme solo para ti; me mudaré contigo cuando regrese —le prometí esperando que eso le levantase el ánimo.

Sus manos me acariciaron los brazos, de arriba abajo con cuidado. ¿Cómo podía cambiar de actitud tan rápido?

—Te quiero, Pecas, no deseo que te pase nada malo y me pone enfermo no poder cuidarte cuando estés fuera.

Sentí calidez en mi interior. Iba a echarlo de menos, muchísimo.

Le di un beso tierno en los labios.

—Yo también te quiero, voy a estar perfectamente...

Vi en sus ojos que mis palabras no habían sido suficiente y comprendí entonces que ese viaje sería una prueba crucial para nuestra relación. No sé cómo íbamos a reaccionar estando tanto tiempo separados.

12

NICK

Yo las llevé al aeropuerto. Mi padre se despidió en casa, ya que tenía que irse a trabajar. No me hacía gracia tener que pasar mi última hora con Noah con su madre en el asiento trasero del coche, pero otra vez tuve que tragarme lo que pensaba. Aquel viaje no me hacía ni puta gracia, ya lo había dejado claro, pero no había nada que pudiese hacer.

Miré de reojo a Noah, que estaba callada y pensativa en su asiento. Había insistido en traer al dichoso gato con ella y lo acariciaba distraídamente mientras miraba por la ventana. Extendí el brazo y le cogí la mano para llevarla a la palanca de cambios. Sentía un vacío en el pecho y odiaba sentirme así. ¡Joder, era un mes, no sería para tanto! ¿Desde cuándo me había vuelto tan jodidamente dependiente?

Aquello no podía ser, no podía volverme loco por no verla durante un mes, necesitaba llevarlo con más calma. Esta separación sería una prueba para ver cómo sobrellevábamos estar separados. La miré de reojo y me sonrió, aunque vi tristeza en sus ojos.

Su madre tenía una inmensa sonrisa en el rostro, estaba contentísima. ¿Por qué para ella no era un problema estar un mes separada de su marido? No lo comprendía e inconscientemente apreté con más fuerza la mano de Noah.

Cuando llegamos al aeropuerto de LAX, estacioné en el aparcamiento y bajé las maletas mientras Raffaella conseguía un carrito. Noah se acercó a mí, deprisa, y me besó en los labios.

—¿Qué haces? —pregunté intentando sonar divertido, aunque no lo estaba.

—Besarte antes de que mi madre vuelva —respondió. ¿No pensaba besarme cuando estuviésemos dentro con su madre?

Me guardé mis opiniones para mí, sabiendo que la besaría tantas veces como me diera la gana y donde me diera la gana.

Media hora después ya habíamos facturado las maletas y Raffaella insistía en entrar ya a la puerta de embarque. Aún faltaba una hora para que saliese el avión, pero aquella mujer era exasperante.

—Mamá, adelántate tú, necesito estar un momento a solas con Nicholas antes de irme —le dijo. Su madre, por toda respuesta, frunció el ceño.

Me miró a mí, luego a Noah y, por último, al gato. Su manera de mirarlo, enojada, me despertó la vena protectora.

Es nuestro gato.

Finalmente se despidió de mí y se fue, dejándonos solos.

Le pasé un brazo por los hombros y la atraje hacia mí. La besé en la coronilla mientras nos dirigíamos a paso de tortuga al control de pasajeros.

—No debería sentirme tan triste, Nick —confesó entonces.

Bajé la mirada y la observé fijamente. ¡Joder, era verdad! No deberíamos estar tan abatidos, era un mes... Había parejas que no se veían durante un año entero. No quería que Noah se fuese triste, no quería verla sufrir y menos aún por algo que supuestamente debía hacerla feliz. Me recriminé haberle insistido tanto para que se quedase. Si hubiese apoyado ese viaje desde el principio tal vez ahora no estaría tan abrumada y no tendría esa tristeza en la mirada.

—No lo estés, Pecas —dije abrazándola contra mi pecho. N maulló molesto al estar apretujado entre los dos—. El calor que hace en España es genial y la torre Eiffel es preciosa, te va a encantar —le aseguré y una sonrisa apareció en su rostro—. Nos vemos cuando vuelvas, te estaré esperando con el bicho este —agregué señalando a N.

—Por favor, cuídalo, Nicholas, ni se te ocurra olvidarte de darle de comer, y no le des más vino para beber, por Dios —me pidió realmente preocupada.

—Solo fue una vez y al gato le encantó —repliqué pinchándola.

Puso los ojos en blanco y abrazó al gatito contra su pecho.

—Toma, cógelo —me dijo dándomelo. Lo sostuve con una mano y con la otra cogí la cara de Noah y atraje sus labios a los míos.

—Te amo —declaré después de saborear sus labios por última vez en un mes.

Una sonrisa apareció en su rostro.

—Yo más.

Vi cómo se marchaba y sentí un nudo en el estómago. Su pelo largo recogido en una cola alta, sus piernas embutidas en un pantalón corto... Iba a volver locos a los tíos con los que se cruzara. Respiré hondo intentando tranquilizarme. Ahora solo estábamos N y yo.

Nada más entrar en casa ya me entró el bajón. Dejé al gato suelto para que hiciese lo que le diera la gana y observé el apartamento con nostalgia. No tenía ni idea de qué haría esas cuatro semanas sin ella; era consciente de que mi vida había cambiado de una forma inimaginable, ni siquiera podía recordar lo que era estar soltero y sin alguien a mi lado. Era como si estuviese viendo a través de un cristal poco definido, como si hubiese un antes y un después de Noah Morgan.

El piso estaba impecable. Noah no es que fuese una maniática de la limpieza, pero el día antes de marcharse se puso un poco histérica y arrasó con cualquier cosa que no estuviese en su lugar, algo raro y que solo hacía cuando estaba estresada de verdad, lo había comprobado a lo largo de esos últimos meses.

Me ponía nervioso saber que estaba a miles de kilómetros de distancia, atravesando el país en este mismo instante, dirección a Nueva York, puesto que hacían escala allí antes de salir hacia Italia. Nunca le he tenido miedo a los aviones, a lo largo de mi vida he cogido más de los que puedo recordar, pero ahora que Noah era la que estaba ahí arriba... Me sorprendía comprobar la de imágenes y pensamientos terribles que albergaba mi cerebro. Que el avión tuviese una avería, que cayera en medio del agua, que hubiese un atentado... Las posibilidades eran infinitas y no podría hacer nada por calmar el miedo que sentía en el centro de mi pecho.

Cinco horas más tarde, el sonido de mi teléfono me despertó del sueño inquieto en el que me había sumido sin ni siquiera darme cuenta. Me desperté desorientado.

—¿Nick? —dijo su voz al otro lado de la línea.

—¿Habéis llegado? —pregunté intentando centrarme.

—Sí, estamos en el aeropuerto. Este sitio es inmenso, me da mucha pena no poder parar e ir a visitar la ciudad, tiene que ser increíble. —Noah parecía contenta, y eso me animó un poco, aunque ya la echaba de menos.

—Me pido Nueva York —dije. Noah soltó una risa.

—¿Qué? —preguntó y pude escuchar el alboroto que había a su alrededor. Me lo estaba imaginando, hombres trajeados con maletines que llegaban a la ciudad que nunca duerme, madres con niños llorosos y molestos, aquella voz de mujer hablando por los altavoces y dirigiéndose a la gente rezagada que estaba a punto de perder un vuelo...

—Quiero ser yo quien te enseñe Nueva York, eso es lo que quería decir —me apresuré a aclararle. Me levanté del sofá y me acerqué al fregadero de la cocina.

—Prométeme que vendremos juntos, Nick, en invierno, con la nieve —exclamó emocionada al otro lado de la línea.

Sonreí como un idiota al imaginarme con Noah en Nueva York, juntos, recorriendo las calles, parándonos en cafeterías... Tomaríamos chocolate caliente y la llevaría al Empire State y, en cuanto estuviésemos arriba, la besaría hasta quedarnos ambos sin aliento.

—Te lo prometo, amor —susurré.

Escuché cómo alguien llamaba a Noah desde lejos: su madre, obviamente.

—Nick, tengo que dejarte —soltó apresuradamente—. Te llamo cuando estemos en Italia. ¡Te quiero!

Antes de que pudiese contestarle, ya había colgado.

Noah llegó sana y salva a Italia. Solo recibí una breve llamada, ya que, según ella, si seguíamos hablando le costaría una fortuna. Quise decirle que no se preocupara por la factura de teléfono, pero insistió en que ya hablaríamos por Skype cuando estuviese conectada al wifi del hotel. El problema era que la diferencia horaria era enorme, por lo que cuando yo estaba durmiendo ella estaba por ahí y al revés.

Los días fueron pasando y las llamadas por Skype se convirtieron en breves resúmenes de lo que había estado haciendo durante el día. Estaba agotada cuando me llamaba, por lo que prácticamente apenas hablábamos más de cinco minutos. Odiaba eso, odiaba estar tan lejos de ella, no poder tocarla, no poder charlar durante horas, pero me había prometido a mí mismo no fastidiarle el viaje. Así, cuando hablábamos, le ponía la mejor cara, aunque por dentro estuviese maldiciendo el día en que la dejé marchar.

Dediqué la mayor parte de mi tiempo a ir al gimnasio y hacer surf y los fines de semana a visitar a mi hermana Madison. El sábado, después de que Noah se fuera, cogí el coche y fui directo a Las Vegas. Lion quiso acompañarme y, como llevábamos toda la semana sin vernos, me alegró que viniese. Maddie ya conocía a mi mejor amigo y se llevaban muy bien.

—No sé cómo vas a hacerlo para soportar estar otras tres semanas sin Noah —comentó Lion mientras íbamos por la autopista. No llegaríamos a Las Vegas hasta la noche, por lo que veríamos a mi hermana al día siguiente. Habíamos reservado habitación en el hotel Caesars, ya que, a pesar de que habíamos ido para ver a mi hermana de seis años, no nos íbamos a ir sin pasar por el casino y bebernos unas copas... Al fin y al cabo, estábamos en Las Vegas.

Lo fulminé con la mirada cuando me recordó las tortuosas semanas que tenía por delante.

—¿Qué quieres que te diga? —dijo levantando las manos—. Solo hace dos días que Jenna se fue a ese estúpido crucero con sus padres y yo ya me estoy subiendo por las paredes, y eso que regresa dentro de cinco días.

Esa era la primera vez que Jenna se marchaba de vacaciones dejando a Lion aquí. El año anterior habían venido con nosotros a las Bahamas y ella solo había estado fuera un fin de semana con sus padres en su casa de los Hamptons. Ese año parecía que todos los padres se habían puesto de acuerdo para jodernos, llevándose a nuestras novias lejos de nosotros.

—No veo la hora de que Noah venga a vivir conmigo. Cuando lo haga se acabarán estas chorradas y su madre se tomará más en serio nuestra relación —dije apretando el volante con fuerza. Eran las tres de la tarde en Los Ángeles, por lo que Noah debía de estar durmiendo. ¡Cómo me gustaría estar en su cama con ella en este mismo instante...!

Lion se quedó callado, cosa rara en él, y lo observé de reojo con curiosidad.

—¿Qué te pasa? —le pregunté viendo que su humor había empeorado más de lo que ya estaba. Ahora mismo ninguno de los dos era muy buena compañía.

Él siguió mirando por la ventanilla.

—Me gustaría poder tener un sitio al que llevarme a Jenna a vivir, ya sabes, un lugar que esté a la altura, no la mierda de apartamento en el que vivo —soltó.

Me sorprendió que dijese eso. Desde que lo conocía, hacía ya más de cinco años, nunca lo había oído quejarse por el dinero, ni una vez. Ambos veníamos de mundos completamente diferentes: yo tenía un fideicomiso a mi nombre y estaba ganando muy buen sueldo con el trabajo en el bufete. Nunca había tenido que preocuparme realmente por estos asuntos, no me habían educado así, simplemente había crecido teniéndolo todo, pero sí que fui consciente de lo duro que era conseguirlo cuando no se tiene un padre millonario cubriéndote las espaldas. Ese año en que había vivido con Lion había comprendido que no todo caía del cielo, que la gente podía pasarlo realmente mal para poder tener dinero para comer. Lion trabajaba gran parte del día en el taller que le había dejado su abuelo. No podía contar con su hermano mayor que dentro de poco iba a salir de la cárcel, donde ya había estado dos veces, por lo que él debía hacerse cargo de todas las facturas tanto de su casa como del taller.

Participaba en las carreras de coches, las peleas y todo lo demás porque, aparte de que me gustaba, así podía ayudar a Lion. Éramos hermanos aunque viniésemos de distintos lugares y, a veces, como ahora, se notaba claramente la diferencia monumental que había entre los dos.

—Sabes que a Jenna no le importa dónde vivas, Lion —apunté, sintiéndome mal. Lion no debería estar pasando por eso, no debería pensar así, no había nadie que se mereciese poder vivir tranquilo y sin problemas más que él. Además, Jenna nunca sería una carga para él; al igual que yo, seguramente Jenna tenía una cuenta a su nombre esperando que cumpliese los veintiún años para poder vivir tranquila. ¡Por Dios santo, su padre era un magnate del petróleo...!

—A mí sí que me importa. ¿Te crees que no soy consciente de cómo es o a lo que está acostumbrada? —me recriminó elevando el tono de voz—. Yo no voy a poder darle ni la mitad de lo que ella necesita.

—No todo en la vida es el dinero —dije.

Lion soltó una carcajada.

—Lo dice el niño rico.

Vale, se estaba pasando y, en cualquier otra ocasión, lo habría mandado a la mierda, pero sabía que detrás de esa charla había algo sincero y profundo, algo que de verdad le estaba afectando.

No le contesté y él dejó de hablar. Seguimos el trayecto en silencio escuchando música y no nos detuvimos ni siquiera para almorzar.

Al llegar, los ánimos ya eran diferentes: era imposible no sentirse afectado por el ambiente de Las Vegas, la gente, los lugares, las luces, el hotel... El Caesars era impresionante, prácticamente era una ciudad, con las tiendas de las mejores marcas de ropa incluidas... Las chicas se volvían locas. No era como estar en Italia, pero el lugar estaba conseguido, había que admitirlo. Nuestra habitación se encontraba en la parte oeste del hotel, que era inmenso, y tuvimos que caminar un buen trecho hasta llegar a ella.

—¿Qué quieres hacer? —preguntó Lion, saliendo a la terraza y encendiéndose un cigarrillo.

—Tomemos unas copas —le contesté. No quería decírselo, pero siempre que iba a ver a Madison mi estado de ánimo decaía un poco; simplemente odiaba saber que mi madre estaba a tan poca distancia de mí, no lo soportaba.

Bajamos y fuimos a uno de los muchos bares que tenía el hotel, uno que estaba junto al casino. Lion era muy bueno con las cartas y estaba seguro de que iba a querer jugar unas partidas antes de marcharnos a la habitación. Ya era bastante tarde, y estaba cansado de haber conducido hasta allí, pero disfruté más de lo que debería bebiéndome las copas de ron añejo que calmaban poco a poco mi ansiedad y mi mal humor.

—¿Te apetece jugar? —me preguntó media hora después, cuando ambos ya estábamos bastante más animados.

—Ve tú, yo prefiero quedarme aquí —respondí mientras sacaba el móvil y miraba si tenía algún mensaje de Noah.

Poco antes le había mandado yo a ella un mensaje medio en coña medio en serio preguntándole si necesitaba que le enviase algo para que se acordase de mí. Hacía ya casi dos días que no hablábamos y, si no me equivocaba, debería de haber llegado a Londres hacía poco.

Me había respondido.

Conservar algo que me ayude a recordarte sería admitir que te puedo olvidar.

Puse los ojos en blanco.

¿Ahora necesitas citarme a Shakespeare para hablar conmigo? ¿No se te ocurre nada propio?

Un segundo después se conectó y sentí una calidez en mi interior que solo sentía cuando se trataba de ella.

Solo llevo aquí dos horas y ya me estoy empapando de toda la cultura literaria de este país, y si no te gustan mis mensajes románticos, dejaré de enviártelos, idiota.

Ese mensaje iba seguido de un montón de emoticonos enfadados. Me provocó una sonrisa.

Yo te voy a dar otra cosa que mensajes románticos cuando vuelvas de ese estúpido viaje. No hará falta ningún escritor muerto. Tú y yo somos poesía, amor.

No tenía ni idea de cómo lo iba a hacer para superar las siguientes dos semanas y media.

La mañana siguiente me levanté temprano y me metí en la ducha intentando tener buena cara para ir a buscar a mi hermana. Después de recogerla nos encontraríamos con Lion aquí y decidiríamos qué hacer.

Conduje fuera de la zona turística de aquella ciudad de locos hasta llegar al parque que había junto a la urbanización de ricachones donde vivía mi hermana. Me bajé del coche y me puse las gafas de sol, lamentando haberme tomado una copa de más la noche anterior. Mi humor ya de por sí delicado estos últimos días no estaba para tonterías y menos para sorpresas desagradables; por eso cuando mis ojos se fijaron en la mujer que llevaba a mi hermana de la mano, andando hacia mí, tuve que respirar hondo varias veces y recordarme a mí mismo que tenía delante a una niña de seis años para no meterme de nuevo en el coche y largarme sin mirar atrás.

La mujer alta y rubia que venía en mi dirección era la última persona que quería tener delante de mí.

—¡Nick! —gritó mi hermana soltándose de mi madre y echando a correr hacia mí. Hice caso omiso del pinchazo de dolor en las sienes provocado por ese tono agudo que solo Madison parecía alcanzar y la levanté del suelo en cuanto llegó a mi lado.

—¡Hola, princesa! —la saludé abrazándola e ignorando a mi madre, que se había detenido junto a nosotros.

—Hola, Nicholas —dijo con timidez, pero manteniéndose erguida, como siempre hacía. No había cambiado mucho desde la última vez que la había visto, hacía ya unos ocho meses, cuando ella y su estúpido marido descuidaron a mi hermana y provocaron que esta acabara en el hospital por cetoacidosis diabética.

—¿Qué haces aquí? —le espeté bajando a Maddie y colocándola a mi lado. Mi hermana se colocó entre ambos, cogiendo mi mano con una de las suyas y estirando el otro brazo para coger la de mi madre.

—¡Estamos los tres juntos por fin! —exclamó llena de ilusión. No sé cuántas veces me había rogado que fuese a verla a su casa, las veces que me había insistido en que jugara con ella en su habitación o que asistiera a sus fiestas de cumpleaños. Todas sus peticiones tenían un único fin: que mi madre y yo estuviésemos juntos en la misma estancia.

—Quería hablar contigo —me contestó, tensa, pero intentando no demostrarlo. Iba impecablemente vestida, con el pelo rubio y corto echado hacia atrás y una diadema ridícula en la cabeza. Era igual que las mujeres que vivían en mi barrio, igual que todas las mujeres que odiaba y despreciaba por ser tan simples. Aunque su aspecto nunca le impidió ser tratada como una abeja reina por todos los hombres que había conocido: todos la idolatraban y querían follársela.

—Nada de lo que tengas que decir me interesa —repuse intentando que mi tono de voz no revelara lo mucho que me afectaba verla, lo mucho que odiaba tenerla delante.

Recuerdos de mi infancia empezaron a surcar mi mente: mi madre acostándome a la hora de dormir, mi madre defendiéndome de mi padre, mi madre esperándome con tortitas los domingos..., pero seguidos de esos recuerdos vinieron otros... Otros que no quería volver a revivir.

—Por favor, Nick...

—¡Nick! —la interrumpió Madison—. Mamá quiere venir con nosotros, me lo ha dicho.

Mis ojos volvieron a aquella mujer, supongo que la mirada que le lancé la hizo recular porque se apresuró a decir:

—Madison, mejor id vosotros dos, yo tengo que ir a la peluquería, cielo. Nos vemos esta noche —le dijo inclinándose para darle un beso en la coronilla. Se me hizo raro ver cómo la trataba, supongo que una parte de mí esperaba que fuera fría con ella o, simplemente, que mostrara indiferencia. Cualquier cosa menos ver la dulzura con la que la trató. Mi madre podía ser dulce, sí, y una zorra, también.

Maddie no dijo nada, simplemente se nos quedó observando desde su altura. Quería largarme de allí lo antes posible, tuve que hacerme con todo mi autocontrol cuando mi madre dio un paso hacia delante y me dio un beso rápido en la mejilla. ¿A qué coño venía esto? ¿Qué demonios pretendía?

—Cuídate, Nicholas —dijo para después volverse y marcharse por donde había venido.

No le dediqué ni un segundo más de mi atención. Me volví hacia mi hermana pequeña y esbocé una sonrisa lo mejor que pude.

—¡¿A qué tortura china me vas a someter hoy, enana?! —le pregunté levantándola del suelo y colgándomela del hombro. Empezó a reír y supe que la mirada de tristeza que había tenido un momento antes ya había desaparecido. Conmigo nunca iba a estar triste, eso ya me lo había prometido a mí mismo hacía años, desde el mismísimo momento en que la conocí.

Lion nos esperaba en la puerta del hotel, vi en su cara que tenía la misma resaca que yo y no pude evitar reírme cuando Maddie salió corriendo a abrazarlo, gritando con su vocecita infernal.

Lion la levantó y la colgó de un pie con la cabeza hacia abajo. Me reí mientras mi hermana gritaba como si estuviese poseída. Solo a un loco se le podría ocurrir dejarnos a una enana como mi hermana a dos cafres como Lion y yo.

—¿Adónde vamos, señorita? —le preguntó mi amigo a aquel monstruo de grandes ojos azules y pelo rubio como el oro.

Maddie me observó emocionada, mirando a todos lados sin decidirse. Las posibilidades eran infinitas, estábamos en la capital de la diversión.

—¿Podemos ir a ver los tiburones? —exclamó dando saltos.

Puse los ojos en blanco.

—¿Otra vez? —Ya habíamos ido al acuario unas mil veces, pero a mi hermana, a diferencia de cualquier niña de su edad, le encantaba colocarse delante de una vidriera de tiburones asesinos y provocarlos detrás del cristal.

Después de almorzar, fuimos al acuario. Mi hermana estaba contenta y corría de aquí para allá. Mientras Lion la vigilaba y ambos hacían el tonto delante de un tiburón blanco, que daba un miedo de cojones, saque el teléfono para ver si mi novia me había mandado algún mensaje, pero nada.

Decidí utilizar mi baza más adorable para camelármela.

—¡Eh, enana, ven aquí!

Maddie me fulminó con sus ojos azules.

—No soy enana —protestó enfurruñada.

«Lo que tú digas», me dije.

—Mandémosle una foto a Noah, ven.

Sus ojos se iluminaron cuando la mencioné. Supongo que esa era la cara que se me ponía cada vez que hablaba o estaba con ella.

Preparé el móvil para una selfi y cogí a la pequeñaja para hacernos la foto.

—Saca la lengua, Nick, así —me indicó la muy listilla al tiempo que sacaba su lengua diminuta. Me reí, pero la imité y así nos hicimos la selfi.

Te echo de menos, Pecas, y el monstruito este que tengo conmigo, también. Te quiero.

13

NOAH

Al despertarme aquella mañana lo primero que hice fue encender el móvil. La noche anterior me había dormido antes de poder contestar al último mensaje de Nick.

Abrí los mensajes y vi que me había enviado otro hacía cuatro horas. Sonreí como una idiota cuando vi la foto que me había mandado: eran él y Maddie, sacando la lengua y sonriendo para mí. Estaba tan guapo, con el pelo negro despeinado... y aquella niña tan parecida a él y tan diferente a partes iguales... Sabía que cuando volvía de ver a Maddie su estado de ánimo decaía y se pasaba varias horas de bajón y de mal humor.

Lo echaba de menos. Tenía unas ganas terribles de oír su voz y de tenerlo a mi lado.

Por suerte mi madre tenía su propia habitación, así que estaba sola cuando cogí el teléfono y marqué su número. Esperé ansiosa a que me contestara... En Estados Unidos era tarde, supongo que debía de estar durmiendo, pero, aun así, esperé impaciente por oír su voz.

—¿Noah? —respondió al quinto tono.

—Te echo de menos —dije simplemente.

Escuché cómo se incorporaba y me lo imaginé encendiendo la lamparita de noche y pasándose la mano por la cara, despertándose para mí.

—No me despiertes para decirme eso, Pecas —protestó soltando un gruñido—. Dime que te lo estás pasando bomba, que ni siquiera piensas en mí, porque, si no, este estúpido viaje no tiene ningún sentido.

Sonreí triste, apoyando la cabeza en la almohada.

—Sabes que me lo estoy pasando bien, pero no es lo mismo sin ti —repuse, sabedora de que, a pesar de lo que me decía, le gustaba que le dijese que lo echaba de menos—. ¿Qué tal con Maddie? —le pregunté deseando haber podido acompañarlo. Me encantaba ir con él y ver cómo era con su hermana: era un Nick completamente distinto, un Nick dulce y paciente, divertido y protector.

Se hizo un silencio momentáneo antes de que volviese a hablar.

—Me la trajo mi madre —soltó en un tono que yo ya conocía demasiado bien—. Si la hubieses visto..., tan estirada como una Barbie de cuarenta años, forzándome delante de la niña a tratarla como no se merece.

«Mierda, su madre.» Aún recordaba lo mal que se había quedado después de haberla visto brevemente en el hospital aquella vez que Maddie se había puesto enferma. La desesperación en su voz, sus ojos húmedos por haberla visto por primera vez en años...

—No debería haber forzado la situación de esa manera —comenté molesta. Entendía que su madre quisiese recuperar el contacto con Nick, al fin y al cabo era su hijo, pero no de aquella forma, poniéndolo entre la espada y la pared.

—No sé qué demonios quiere, pero no quiero tener que volver a verla, no me interesa saber nada ni de ella ni de su vida. —Su tono era claramente de cabreo, pero también había algo de tristeza, la ocultaba bien; sin embargo, yo ya lo conocía lo suficiente como para saber que una parte de él ansiaba averiguar qué era lo que su madre tenía que decirle.

—Nicholas..., ¿no crees que...? —empecé a decir con cautela, pero me cortó de inmediato.

—No vayas por ahí, Noah, no, ni hablar, ni siquiera lo vuelvas a intentar. No pienso hablar con esa mujer, no pienso volver a estar en la misma habitación que ella. —Su tono de voz daba miedo. Solo una vez había insinuado que quizá debería reencontrarse con su madre, dejar que se explicase o, por lo menos, intentar mantener una relación cordial, pero se puso hecho una furia. Había algo más que no me contaba, sabía que no la odiaba tanto solo porque lo hubiese abandonado siendo un niño, que ya era algo horrible de por sí, sino que había pasado algo, algo que sabía que no iba a contarme.

—De acuerdo, lo siento —convine intentando calmar las aguas.

Escuché cómo respiraba agitadamente desde el otro lado de la línea.

—Ahora me gustaría hundirme en ti, olvidarme de toda esta mierda y hacerte el amor durante horas; maldita sea la hora en la que te marchaste.

Sentí cómo las mariposas revoleteaban en mi estómago al oírlo decir eso; estaba cabreado, pero sus palabras me encendieron por dentro. Yo también quería estar entre sus brazos, dejar que me recorriera el cuerpo con sus labios, sentir sus manos inmovilizándome contra el colchón, con firmeza, pero siempre con una infinita ternura y cuidado...

—Siento que este viaje sea tan horrible para ti, de verdad, a mí también me gustaría estar ahí contigo ahora mismo —le respondí intentando llegar a él con mis palabras, aunque sabía que Nicholas era una persona que necesitaba el contacto para poder sentirse bien, sentirse querido... No sabía si mis palabras iban a ser suficientes para hacerle comprender lo mucho que lo quería y lo mal que me sentía por saber que él estaba sufriendo por lo de su madre sin nadie a quien poder acudir salvo a mí, porque nunca hablaba de esto con nadie, ni siquiera con Lion.

—No te preocupes por mí, Noah, estoy bien —afirmó un segundo después. Una parte de él quería hacerme el viaje agradable y la otra solo quería recriminarme que me hubiese marchado.

Escuché cómo mi madre se despertaba en la habitación de al lado. Habíamos dormido hasta tarde y, si queríamos hacer todo lo que teníamos planeado para ese día, debíamos marcharnos.

—Tengo que irme —le informé, deseando poder hablar con él durante horas.

Se hizo el silencio al otro lado de la línea.

—Ten cuidado. Te quiero —soltó finalmente y colgó.

El viaje estaba siendo alucinante, por mucho que echase de menos a Nick, no podía creerme que tuviese la suerte de estar en todos estos lugares maravillosos. Italia me había gustado mucho, habíamos visitado el Coliseo romano y caminado por sus calles, comido *tortellini* y el mejor helado de frambuesa que había probado en mi vida. Ahora llevábamos dos días en Londres y no podía estar más enamorada de la ciudad. Todo en ella me parecía sacado de una novela de Dickens; además, todos los libros que había leído a lo largo de los años estaban ambientados en esa metrópolis, eran en su mayoría historias románticas de época, en las que las mujeres paseaban por Hyde Park a caballo o a pie, siempre acompañadas de carabinas, por supuesto. Los edificios eran elegantes y antiguos, pero preciosos y con clase. Piccadilly, un hervidero de gente: ejecutivos con chaqueta y maletines, hippies con gorras de colores o simplemente turistas como yo, recorriendo aquel tráfico humano y admirando las luces de esa espléndida calle. Harrods me había fascinado, pero también había salido horrorizada por sus precios, aunque supongo que para alguien como los Leister que un bombón de chocolate costara diez libras no suponía ningún problema.

Mi madre estaba encantada con todo, igual de entusiasmada que yo, aunque más acostumbrada, puesto que con William ya había visitado muchos lugares. Habían ido de luna de miel a Londres y después a Dubái durante dos semanas. Estaba claro que mi madre se encontraba en un escalafón superior al mío; me percaté por lo diferente que reaccionábamos ante lo que veíamos. Yo flipaba con todo y me quedaba alucinada con las cosas más simples; mi madre se reía de mí, pero, en el fondo, sabía que por más sitios que hubiera visto siempre se sentiría afortunada por tener todo lo que ahora teníamos.

Los días pasaron y ya llevábamos casi dos semanas viajando; aún nos quedaba visitar Francia y España, y hasta entonces —habían pasado tres días desde la conversación con Nicholas— nunca había tenido que compartir habitación con mi madre. Siempre dormíamos en una suite con dos estancias separadas, pero en Francia se confundieron con la reserva, por lo que terminamos compartiendo no solo habitación, sino también cama.

—¿Te gusta París? —preguntó mi madre mientras se quitaba los pendientes, ya con el pijama puesto; yo, por mi parte, estaba envuelta en una toalla y con el pelo chorreando, pues acababa de ducharme.

—La ciudad es preciosa —contesté mientras me vestía. Con la ropa interior puesta, me volví hacia el espejo en donde mi madre se cepillaba el pelo y vi cómo sus ojos, a través del cristal, se detenían unos segundos en la cicatriz de mi estómago.

No debería haberme quedado con tan poca ropa delante de ella; sabía que se entristecía cada vez que tenía delante la prueba de que aquella noche casi me matan. Vi en sus ojos que los malos recuerdos surcaban su mente y quise hacerla regresar a cualquier pensamiento alegre, antes de que se echara la culpa de algo de lo que no era responsable.

—¿Has hablado con Nicholas? —preguntó un minuto después, cuando me metí en la cama ya en pijama y esperaba a que ella terminase de ponerse todas aquellas cremas que se había traído.

—Sí, te manda saludos —mentí intentando que no se me notara. La relación entre Nicholas y mi madre no estaba pasando por su mejor momento, por lo que intentaba evitar nombrarlos en las conversaciones que tenía con uno y con otra.

Mi madre asintió con la cabeza, pensativa.

—¿Eres feliz con él, Noah? —inquirió de pronto.

No me esperaba esa pregunta y me quedé callada unos instantes. La respuesta era fácil: claro que era feliz con él, más que con cualquier otra persona. Entonces recordé que tiempo atrás, cuando estuvimos en Bahamas y aún no salíamos juntos, Nick me había preguntado lo mismo: si era feliz, y mi respuesta había sido que allí con él, lo era. Pero ¿y cuando no estábamos juntos? ¿Era feliz cuando no estaba con él? ¿Era completamente feliz ahora mismo estando en esta habitación, a kilómetros de distancia, a pesar de que sabía que me quería y que dentro de nada estaríamos juntos otra vez?

—Tu silencio es preocupante.

Levanté la vista de donde la había clavado y comprendí que había malinterpretado mi mutismo.

—No, no, claro que soy feliz con él; lo quiero, mamá —me apresuré a aclarar.

Mi madre me observó con el ceño fruncido.

—No pareces muy convencida —afirmó y creí ver cierto alivio en su mirada.

—El problema es que lo quiero demasiado —solté entonces—. Mi vida sin él no tendría ningún sentido, y eso es lo que me da miedo.

Mi madre cerró los ojos un segundo y se volvió para mirarme de frente.

—Eso no tiene ningún tipo de lógica.

Claro que la tenía, era completamente en serio, con Nicholas me sentía a salvo, me protegía de mis pesadillas, me daba la seguridad que me había faltado a lo largo de toda mi vida: era la única persona a la que podía contarle mis problemas. Así, cuando no estábamos juntos, sentía que perdía el control sobre mí misma, me embargaban pensamientos que no deberían existir y sentía cosas que sabía que no debería sentir.

—Tiene toda la lógica del mundo, mamá, y pensé que tú, de entre todas las personas que conozco, lo comprenderías, ya que veo lo enamorada que estás de William.

Mi madre negó con la cabeza.

—Te equivocas, ningún nombre debería ser la razón de tu existencia, ¿me oyes? —De repente, se le había ido el color de su rostro y me miraba con inquietante fijeza—. Mi vida giró en torno a un hombre durante mucho tiempo, alguien que no se merecía ni un minuto. Cuando estaba con tu padre creía que solo él era capaz de soportarme, llegué a creer que nunca nadie iba a poder quererme, que no podría estar sola sin él a mi lado.

Mi corazón empezó a latir aceleradamente. Muy pocas veces mi madre me había hablado de mi padre.

—El dolor que me infligía no tenía nada que ver con el miedo que sentía a estar sin él... Hombres como tu padre se meten en tu mente y hacen lo que quieren con ella. Nunca dejes que un hombre se apodere de tu alma, porque no sabes qué va a hacer con ella, si guardarla y venerarla o dejar que se marchite entre sus dedos.

—Nicholas no es así —aseveré con las emociones a flor de piel. No quería oír eso de boca de mi madre, no quería que me dijese que había muchas posibilidades de que mi corazón volviese a estar hecho añicos. Nicholas me quería y nunca iba a dejarme, él no era como mi padre, nunca lo sería.

—Solo te advierto de que primero vas tú y, después, los demás... Siempre debes ponerte a ti por delante, y si tu felicidad depende de un chico, hay algo que deberías replantearte; los hombres vienen y van, pero la felicidad es algo que solo tú puedes cultivar.

Intenté que sus palabras no me afectaran, que no entrasen en mí, pero lo hicieron, ya lo creo que lo hicieron. Aquella noche fue un claro ejemplo de ello.

Me habían atado las manos y una tela me vendaba los ojos, impidiendo que entrara nada de luz. Mi corazón latía enloquecido, el sudor frío recorría mi cuerpo y mi respiración, acelerada por el miedo, evidenciaba que estaba a punto de sufrir un ataque de pánico.

Estaba sola, no había nadie; la infinita oscuridad me rodeaba y, con ella, la razón de todos mis temores. Entonces, de repente, me quitaron la venda, las cuerdas ya no me ataban las manos y una intensa luminosidad entraba por una gran ventana. Salí corriendo hacia fuera, por un pasillo infinito y con una voz en mi interior que me decía que no debía seguir corriendo porque nada bueno me esperaba al otro lado.

Salí de todos modos y allí, rodeándome, me encontré con un montón de Ronnies apuntándome con una pistola. Me detuve, asustada, temblando, notando cómo el sudor empapaba mi camiseta.

—Ya sabes lo que tienes que hacer... —me dijeron todos los Ronnies a la vez.

Me volví hacia una pistola que reposaba sobre una caja rota de madera en el suelo. Con manos temblorosas la cogí y, tras unos segundos de vacilación y como una profesional, le quité el seguro, la levanté y me volví para enfrentarme a la persona que había arrodillada en el suelo, justo delante de mí.

—No lo hagas, por favor... —me pidió mi padre, llorando, arrodillado en el suelo y mirándome aterrorizado.

La mano me empezó a temblar, pero no me eché para atrás.

—Lo siento, papá...

El estruendo del disparo hizo que abriera los ojos, pero no había sido eso lo que me había despertado, sino mi madre que me zarandeaba asustada.

—¡Dios mío, Noah! —exclamó suspirando al verme abrir los ojos.

Desorientada, me incorporé. Estaba sudando y temblaba como una hoja. Las mantas se encontraban enrolladas alrededor de mi cuerpo, como si hubiesen estado deseando ahogarme mientras dormía y no fue hasta que me llevé las manos a la cara cuando me di cuenta de que había estado llorando.

—He tenido una pesadilla... —dije temblorosa.

Mi madre me observó con el miedo reflejado en sus ojos azules.

—¿Desde cuándo tienes pesadillas como esta? —preguntó mirándome como si de repente algo hubiese cambiado. Sus ojos ya no estaban en paz, esa mirada había vuelto a aparecer... *Esa* mirada.

No iba a decirle que las pesadillas eran algo normal en mi vida, algo que solo conseguía esquivar cuando estaba con Nicholas. No quería que se preocupara, no quería admitir que soñaba que mataba a mi padre, que era yo la que apretaba el gatillo, la que provocaba que su sangre se derramara por el suelo...

Me levanté de la cama y fui directa hacia el baño. Pero mi madre me detuvo tomándome el brazo con fuerza.

—¿Desde cuándo, Noah?

Necesitaba alejarme de ella, necesitaba borrar de mi mente su cara de preocupación, no quería que se sintiese mal otra vez, no quería que nadie supiese lo que me estaba ocurriendo.

—Solo ha sido esta vez, mamá, seguramente porque estamos en una habitación extraña... Ya sabes, suelo ponerme nerviosa en lugares desconocidos.

Mi madre me observó con el ceño fruncido, pero no me detuvo cuando me zafé de su mano y me encerré en el baño.

Quería llamar a Nicholas, solo él conseguía calmarme, pero no quería tener que explicarle lo que había ocurrido, no a tanta distancia, no sabiendo que él no tenía ni idea de que tenía pesadillas.

Me mojé la cara con agua y simulé un gesto tranquilizador. Cuando entré otra vez en la habitación, ignoré la mirada dudosa de mi madre y volví a recostarme entre las sábanas.

«No lo hagas, Noah, por favor...»

Las palabras de mi padre siguieron sonando en mi cabeza hasta que, no sé cómo, conseguí dormirme.

Quedaban cinco días para regresar. Estaba agotada, no solo físicamente, sino también mentalmente. Necesitaba con desesperación dormir durante veinticuatro horas seguidas y eso solo iba a conseguirlo con Nick estrechándome entre sus brazos. Por suerte, no había vuelto a coincidir con mi madre en la misma habitación, pero las ojeras eran un recordatorio perfecto para que ella no se olvidase de lo ocurrido.

También estaba el pequeño problema de que aún no le había dicho que pensaba mudarme con Nick. Sabía que se iba a poner como una energúmena, pero ya había tomado una decisión, no había nada que ella pudiese decir para hacerme cambiar de opinión.

Mi madre estaba más recelosa de lo normal, era como si intuyera que algo no estaba yendo como deseaba, que algo iba mal. Desviaba sus preguntas entrometidas a terrenos neutros, pero sabía que en cuanto pusiésemos un pie en California, ardería Troya. Por eso contaba los días para poder volver a ver a Nick. Con él podría enfrentarme a ella.

Después de tantos años, y con mi padre muerto, mi madre era incapaz de protegerme, porque todo estaba en mi mente, todo estaba en mi interior... y no tenía ni idea de cómo superarlo.

14

NICK

Solo quedaban dos días para que Noah regresase. Creo que nunca en mi vida había estado tan ansioso por ver a alguien. Mis sentimientos se repartían entre querer comérmela a besos y querer estrangularla por haberse marchado dejándome aquí, y no sabía qué haría primero.

La había notado un poco rara las últimas veces que habíamos hablado. Me dijo que estaba cansada y que se moría de ganas de verme y yo contaba las horas para que llegase ese momento. Había arreglado el piso —estaba hecho un asco—, había comprado comida e incluso había limpiado al gato con toallitas húmedas, lo que provocó que mi brazo quedase lleno de arañazos y que yo tuviese que contar hasta cien para evitar tirar a esa bola de pelo por el balcón.

Quería que cuando llegase pasáramos la mejor noche de nuestras vidas, quería que recordase lo que se perdía cuando se marchaba y me dejaba atrás, quería que su vida dependiera de la mía tanto como la mía dependía de la de ella.

Me había pasado casi todo ese mes metido en casa y en el trabajo, adelantando materia; me quería graduar lo antes posible. Si le metía caña a las asignaturas que me quedaban, iba a poder terminar antes de tiempo y, si todo salía bien, conseguiría que mi padre por fin me tomase más en serio.

La noche siguiente, cuando salía de la ducha envuelto en una toalla para intentar no mojar todo el piso, llamaron a la puerta.

Maldije entre dientes y, poniéndolo todo perdido, fui a abrir: era Lion.

—Necesito tu ayuda —dijo entrando sin más.

Me volví hacia él mientras cerraba la puerta de una patada. Lion estaba que daba pena. Hacía una semana que no lo veía y la persona que tenía delante no tenía nada que ver con mi amigo.

—¿Qué demonios te ha ocurrido? —pregunté mientras me acercaba al sofá, donde se había sentado. No me devolvió la mirada y, en cambio, se llevó las manos a la cabeza en un gesto desesperado.

Iba despeinado y desaseado, como si llevara días sin ducharse. La mirada que me lanzó me hizo comprender que, aunque no estaba borracho, sí había bebido.

—Me he metido en problemas.

Mierda..., eso no podía significar nada bueno. Los problemas de Lion eran problemas de los gordos, no chorradas.

—Ya sabes que hace un año y medio que dejé de vender... —empezó a decir y supe por dónde iban los tiros nada más escuchar la palabra «vender».

Cogí unos pantalones que había sobre el sofá y me los puse.

—¡No me digas que has vuelto a esa mierda, Lion! —exclamé cortante.

Lion se pasó la mano por la nuca y me fulminó con la mirada.

—¿Qué quieres que te diga? No podía rechazar la oportunidad de ganar tanta pasta... Luca está ahora viviendo conmigo, el muy idiota quería hacerlo él, pero acaba de salir de la cárcel, no iba a correr el riesgo de que lo pillaran otra vez...

—¿Él no corre el riesgo, pero tú sí? Eres idiota, ¡el que va a acabar en el trullo si no se anda con cuidado vas a ser tú!

—¡Ni se te ocurra juzgarme! —gritó entonces, poniéndose de pie—. ¡Tú lo tienes todo!

Me levanté controlando las ganas de darle una patada, porque era mi amigo y sabía que lo estaba pasando mal por el dinero, pero para eso estaban las peleas y las carreras. Eran ilegales, sí, pero no era lo mismo que vender droga, por eso podían caerte más de diez años.

—¿En qué clase de problema te has metido? —inquirí tratando de mantener la calma.

Lion miró hacia todas partes; sus ojos verdes, que contrastaban de forma alarmante con su piel bronceada, se clavaron en mí un segundo después.

—Tengo que entregar un paquete en Gardens esta noche, supuestamente iba a ser en la playa, algo rápido, pero me han llamado y ahora tengo que meterme en esa mierda de barrio.

Joder, Nickerson Gardens era de lo peor de Los Ángeles, a mí y a Lion nos tenían hecha la cruz desde hacía años por habernos metido en una pelea de las gordas. De no haber sido por mi padre nos habrían empapelado a los dos y habíamos jurado no volver por allí nunca más.

—No pretenderás que te acompañe...

—Será rápido, entregamos esta mierda y volvemos aquí, tío.

¡Joder! No quería problemas, ya no, no ahora que estaba encarrilando mi vida. Desde lo sucedido con Ronnie y con el padre de Noah, me había jurado no volver a meterme en líos y menos aún arrastrar a mi novia conmigo. Yo había tenido la culpa de lo de Ronnie, de todo lo ocurrido después. Nada de eso habría pasado de no haber dejado que Noah se metiera en aquel mundo conmigo.

—No voy a ir, Lion —anuncié deteniéndome y mirándolo para dejárselo claro.

Pareció sorprendido un segundo y cabreado al siguiente.

—Es un suicidio entrar allí solo, y lo sabes... Al menos quédate vigilando el coche mientras yo hago la entrega. Dijiste que éramos hermanos, para las buenas y para las malas, pues ahora te necesito.

«Jodeeeeeer.»

—¿Solo es entregar un paquete? —pregunté, sabiendo que me arrepentiría.

Su cara se iluminó.

—Lo entrego y nos largamos, tío, te lo juro —dijo y se levantó del sofá. Eso me recordaba a cuando me había mudado con él y había empezado a acompañarlo en sus mierdas. En esa época éramos mucho más jóvenes e irresponsables; yo no quería volver a cagarla, ahora había mucho en juego, no podía regresar a ese mundo, ya no.

—Yo conduzco —me ofrecí cogiendo las llaves y deseando mandarlo a paseo. Sin embargo, Lion siempre había estado a mi lado cuando lo había necesitado. Me habría gustado que no siguiera metido en ese mundo, pero no había nada que yo pudiese hacer. Mi padre le había ofrecido trabajo en su empresa, pero se había negado. El taller de su abuelo era toda su vida y no iba a dejarlo. Al rechazar la oferta de mi padre, había renunciado a la única oportunidad que tendría de una vida mejor, de una vida sin problemas.

Noah llegaba la noche siguiente, por lo que tenía tiempo de sobra para hacer lo que Lion quería, regresar a casa, ducharme y estar listo para ir a buscarla al aeropuerto. Cogí las llaves y salí del apartamento sin mirar atrás.

Mientras subimos al coche y dejamos atrás el aparcamiento, el silencio fue total.

—Gracias por acompañarme, Nick —dijo entonces Lion con la mirada fija en la ventana.

—¿Sabe Jenna que traficas con droga?

Sentí cómo se ponía tenso ante la mención de su novia.

—No, y no va a saberlo nunca —contestó tajante. Era claramente una advertencia. No pensaba involucrarme en sus movidas, pero sí que me tocaba los huevos que me metiera a mí en problemas.

A medida que me adentraba en Gardens, recuerdos que quería olvidar inundaron mi mente... Ronnie, sus amigos, las carreras, el secuestro de Noah, el hijo de puta de su padre apuntándola con un arma... Joder, toda esa mierda estaba en este barrio y yo me había jurado no volver a pisarlo.

—Gira a la derecha —me indicó cuando llegamos a una intersección que yo conocía muy bien.

—No será en Midnight, ¿verdad? —comenté nervioso mientras giraba.

Midnight era un club nocturno en el que los camellos de toda la ciudad se reunían para trapichear. Era una especie de bar-discoteca, donde concurría gente de la peor calaña. Cuando éramos más jóvenes nos dio por juntarnos con un grupo de allí; estuvimos haciendo todo tipo de barbaridades hasta que la cosa se puso fea. Nos vimos cada uno con un arma y con un tío que pasaba coca a gente de mucho dinero. Fue entonces cuando dije basta. Claro que no es fácil marcharse así como así. La paliza que nos dieron aún estaba grabada en mi memoria; creo que fueron tres las costillas que me rompieron y eso fue la gota que colmó el vaso. Poco después pasó lo de mi madre y mi hermana y tuve que volver a vivir con mi padre. Desde entonces no había vuelto a poner un pie en este sitio.

—Sí, pero ya te he dicho que será solo un momento. Les entrego el paquete, me pagan y nos largamos.

Detuve el coche en la esquina del bar. Desde donde había aparcado podía ver a la gente que entraba y salía. No tenía ningún interés en encontrarme con algún gilipollas del pasado. Apreté con fuerza las manos en el volante mientras Lion se apeaba del vehículo y se encaminaba hasta la puerta.

A veces me ponía a pensar en esa época de mi vida y no podía entender cómo había llegado a cagarla tanto, y ahora, cuando por fin tenía todo cuanto necesitaba, cuando sabía lo que era querer a alguien más que a nada en el mundo, incluso más que a mí mismo, me veía envuelto en esta mierda otra vez.

Esperé impaciente a que Lion saliera, pero no lo hacía y empecé a ponerme nervioso. Ya habían pasado quince minutos y, si lo que me había dicho era verdad, solo tendría que haber tardado cinco como mucho.

Maldiciendo entre dientes, tiré de las llaves del contacto y salí del coche dando un portazo. Mientras me acercaba a la puerta del bar, los dos matones que había en la entrada se me quedaron mirando.

—¿Adónde te crees que vas? —contestó uno de ellos colocándose delante de mí.

—Tengamos la fiesta en paz, ¿vale? —repuse deteniéndome y contando hasta diez—. Vengo a buscar a un amigo.

Antes de que le diera tiempo a responderme algo, un tío con *piercings* en la cara salió y se me quedó mirando.

—Déjalo entrar.

El gorila me miró de arriba abajo y se apartó. Me remangué la camiseta mientras entraba sabiendo que aquello no iba a terminar bien. Mis sospechas no fueron infundadas; seguí al de los *piercings* hasta una sala que había al final de la discoteca y allí encontré a Lion, tirado en el suelo, con el ojo morado y el labio partido.

Sentí cómo todo mi cuerpo se ponía en tensión y mis puños se cerraban automáticamente.

—Mira a quién tenemos aquí —dijo una voz que yo conocía muy bien. Cruz, el amigo de Ronnie, el mismo que me había dado una paliza aquella noche que fui tan estúpido como para meterme solo en un callejón de un barrio como ese. Fue verlo y todos los recuerdos de lo que había ocurrido con Noah me asaltaron. Había intentado con todas mis fuerzas dejar toda esa mierda atrás, centrarme en mi futuro, en Noah, en protegerla, en labrarnos un camino distinto al que yo había empezado de adolescente..., pero verlo ahí, ver a Lion tirado en el suelo, ver a ese hijo de puta rodeado de mal nacidos como él... Toda la rabia que llevaba conteniendo durante meses pareció resurgir de mi interior.

—Sabía que sería cuestión de tiempo que te dejaras ver por aquí —declaró Cruz apoyándose en la mesa que tenía detrás. Su pelo negro ya no estaba rapado al cero, sino que lo llevaba recogido en una pequeña coleta. Tenía los brazos todos tatuados y su mirada decía que estaba colocado, a saber qué se habría metido—. Tu amigo nos debe dinero, niño de papá, y ha hecho bien en traerte aquí para saldar su deuda.

Mi mirada se desvió de Cruz a Lion en medio segundo. Este último no me miraba, tenía los ojos hinchados y clavados en el suelo.

—Yo no te debo una mierda, gilipollas. Ya puedes ir pensando en otra cosa para recuperar tu dinero porque de mí no vas a recibir ni un céntimo.

Controlé cada una de mis palabras. No tenía ni idea de qué iba a hacer para salir de ahí. Lion parecía derrotado... En el fondo de toda mi ira, en algún lugar de mi mente, me sentí mal por él, por ver que aún estaba metido en aquella mierda de la que yo ya había salido; sin embargo, estaba tan cabreado en ese momento que solo me apetecía darle una paliza, por idiota, y por haberme metido a mí en sus putos problemas.

Cruz se separó de la mesa y se acercó lentamente a mí.

—¿Sabes...?, fue una lástima que Ronnie acabase en la cárcel; claro que para mí fue perfecto, todo lo que él tenía ahora me pertenece... Escúchame bien —dijo deteniéndose a medio metro de mi cara—, yo no soy tan estúpido como él. El gilipollas de tu amigo me debe tres mil dólares, tres mil dólares que me cobraré en dinero o en sangre, así que tú decides: o me lo das y asunto resuelto... o me lo cargo y nadie volverá a reconocer su estúpido rostro.

Apreté la mandíbula, conteniéndome, solo podía pensar en una cosa: Noah. No iba a meterme en problemas, no iba a pelearme con ese capullo... Pensé en Jenna, en cómo reaccionaría si viese a Lion en un estado peor del que estaba en aquel instante.

—No tengo tres mil dólares en metálico, yo no soy un puto camello como tú.

Cruz soltó una risotada y sus amigos lo imitaron.

—No te preocupes, aquí al lado hay un cajero, iremos todos juntos. ¿Qué te parece?

Respiré hondo para no partirle la cara allí mismo y me volví para dirigirme a la puerta. Sabía que me seguían, la verdad es que lo mejor era que nos alejáramos de aquel sitio. No había muchas probabilidades de poder salir sin problemas de ese suburbio después de darles el dinero. En la calle..., eso ya era otra cosa.

Una vez fuera, en cuanto sentí el aire frío de la noche, mi mirada recorrió con rapidez lo que me rodeaba. Había tipos agrupados en las esquinas, algún que otro vagabundo y dos prostitutas hablando con tres tipos de un coche. No veía el momento de largarme de allí.

Lion se colocó a mi lado mientras los seis —Cruz, tres de sus amigos, Lion y yo— nos encaminábamos al cajero que había dos calles más allá.

—Eres un gilipollas —le solté pisando fuerte y conteniendo las ganas de partirle la cara; me daba igual que fuese mi mejor amigo.

—Me la han jugado —se excusó y, acto seguido, escupió en el suelo—. Me dijeron que la coca que no vendiese tenía que entregársela a ellos y punto, y ahora van y me piden dinero por lo que no he vendido. Son unos cabrones de mierda.

—Tú tienes un problema más importante que estos idiotas y más te vale empezar a solucionarlo —repuse adelantándome cuando llegamos al cajero.

Cruz se me acercó. Estaba perdiendo la paciencia, así que me encaré a él y me contuve para no romperle la cara.

—Me estás tocando los cojones... Apártate o juro por Dios que te hago una cara nueva.

Cruz sonrió, pero levantó las manos y se apartó. Sabía que se estaba reprimiendo porque necesitaba el dinero. Saqué la tarjeta y marqué la clave. Marqué, asimismo, la cantidad, deseando que se pudiese extraer de una sola vez y sin problemas. Así fue: tres mil dólares. Tres mil dólares que había ganado trabajando las dos putas semanas que había estado separado de Noah.

—Aquí tienes. Procura no volver a cruzarte en mi camino —lo amenacé al mismo tiempo que le daba el dinero.

Cruz lo contó y una sonrisa divertida apareció en su semblante.

—No deberías haberte ido de aquí, Nick, encajas mejor de lo que te crees... Todo ese rollo de niño bueno que te traes últimamente no te pega nada.

Sonreí conteniéndome con todas mis fuerzas y le di la espalda con la intención de largarme sin mirar atrás.

—Por cierto... —añadió—. Fue fácil escaparme por la puerta delantera antes de que los polis llegasen a donde tenían a tu novia secuestrada... ¿Cómo está Noah?

Ahí perdí todo mi autocontrol.

Mi puño voló tan rápido que ni yo fui consciente de que ya había chocado contra su mandíbula hasta que no lo vi en el suelo. Sus pies se movieron deprisa y me tiraron junto a él. El primer puñetazo vino un segundo después y me dio de lleno en el ojo izquierdo.

—¡No vuelvas a decir su nombre, hijo de puta!

Hice palanca con mi cuerpo y me coloqué encima de él. Mis puños dieron una y otra y otra vez en el rostro de ese gilipollas.

Entonces sentí cómo me daban una patada desde atrás, justo en las costillas.

—¡Te voy a matar, cabrón de mierda!

Escuché las palabras de Cruz y, antes de que me diera tiempo a reaccionar, tenía a tres tíos dándome patadas en el suelo. Cogí el primer tobillo que tuve a mi alcance y tiré con todas mis fuerzas. Todo eran brazos y piernas, golpes y sangre. La adrenalina corría por mis venas impidiendo que sintiera dolor alguno. La rabia me cegaba, el nombre de mi novia en labios de ese cabrón avivaba el fuego de mi ira.

Me puse encima del tipo al que había tirado y empecé a propinarle golpes en el estómago. Con el rabillo del ojo vi que Lion se estaba peleando con otros dos. No íbamos a durar mucho, éramos dos contra cuatro y Lion estaba en las últimas. Podía pelear con dos perfectamente, incluso con tres, pero ¿cuatro? Yo también tenía mis límites.

Un rodillazo me dio de lleno en la mandíbula y mi vista se nubló. Caí al suelo boca arriba y recibí una patada en el estómago que me dejó sin aire. Intenté meter oxígeno en mis pulmones, pero fue imposible.

—Procura no volver por aquí... porque será lo último que hagas.

15

NOAH

Mi viaje ya había llegado a su fin. Había visitado lugares magníficos, había nadado en las mejores playas y había comido y probado todo tipo de comidas tradicionales, pero cuando el avión procedente de Nueva York posó sus ruedas en el aeropuerto de Los Ángeles, solo pude sentir júbilo, júbilo y unos nervios que me atenazaban el estómago.

Me puse de pie de inmediato cuando sonó el pitido que indicaba que podíamos desabrocharnos el cinturón. Mi madre puso los ojos en blanco, pero la ignoré; agradecí viajar en primera clase y así poder salir de los primeros. En cuanto las puertas se abrieron fui directa hacia la manga que me llevaría a la terminal. Me volví impaciente cuando vi que mi madre se retrasaba. ¿Qué demonios estaba haciendo?

Por suerte, como habíamos hecho escala en Nueva York, no tuve que esperar ni volver a enseñar el pasaporte, por lo que solo tenía que recorrer un largo pasillo y bajar por las escaleras mecánicas. En Los Ángeles eran las siete de la tarde, y lo primero que vi fue la cegadora luz del atardecer, que me nubló la vista por unos instantes. William estaba allí.

Pero ¿dónde estaba Nick?

Mi mirada barrió todo el aeropuerto mientras las escaleras seguían bajando y bajando hasta que no tuve más remedio que acercarme al padre de mi novio.

Me sonrió y me abrió los brazos para darme un abrazo, aunque la sonrisa no le llegó a los ojos. No quería ser maleducada, pero no era a él a quien quería abrazar.

—¿Qué hay, forastera? —me dijo cuando lo abracé brevemente.

—¿Y Nicholas?

Me observó un segundo, pero cuando estaba a punto de contestarme vio a mi madre.

Ella corrió hasta que él la estrechó entre sus brazos. Me los quedé mirando sin comprender absolutamente nada. En cuanto se separaron después de que él le diera un beso en los labios, obligándome a apartar la mirada, ambos se volvieron hacia mí.

—¿Y Nicholas? —preguntó mi madre igual que había hecho yo antes.

Will volvió a posar sus ojos en los míos y se encogió de hombros como diciendo «¿Qué esperabas?».

—Me mandó un mensaje diciéndome que no iba a poder recogerte, que te llamaría en cuanto pudiese.

Eso no tenía ningún sentido.

—¿No te dijo nada más? —solté con incredulidad. Mi alegría se desinflaba como un globo pinchado..., la desilusión me invadía.

William negó con la cabeza y le di la espalda mientras él y Steve recogían las maletas. Saqué mi teléfono móvil e hice la primera llamada.

Saltó el contestador. Colgué antes de que quedara registrado mi ensordecedor silencio.

¿Por qué no había ido a recogerme? ¿Estaba trabajando? Si fuera así, habría venido de todas formas, lo hizo por mi cumpleaños, dejó todo por verme...

¿Estas semanas separados habían hecho que ya no le importase tanto como antes?

Por Dios, ¿qué demonios estaba pensando? ¡Claro que le importaba! Habíamos hablado, estaba deseando verme, me lo había dicho...

Volví a marcar su número.

—Nicholas, estoy en el aeropuerto y no estás, ¿qué ha pasado?

Dejé que el mensaje se grabara y guardé el teléfono en el bolsillo de mis vaqueros. Me volví hacia mi madre, que no se soltaba de William, y me pegué a Steve mientras salíamos del aeropuerto y nos encaminábamos al coche. Steve siempre sabía dónde estaba Nick, en realidad siempre sabía dónde estábamos todos, era el agente de seguridad de la familia Leister.

—¿Sabes qué ha ocurrido, Steve? —le pregunté mirándolo fijamente. Sabía que Nicholas confiaba en él, siempre que sucedía algo lo llamaba y también lo enviaba cuando en alguna ocasión no podía recogerme él o simplemente quería asegurarse de que llegaba sana y salva a casa.

Steve desvió la mirada y entonces comprendí que allí pasaba algo que nadie quería contarme. Lo cogí del brazo y lo obligué a mirarme.

—¿Qué demonios está pasando?

—No te alarmes, Noah, Nicholas está bien, se pondrá en contacto contigo en cuanto te lleve a casa.

No llevaba allí ni media hora y ya tenía ganas de estrangularlo. ¿A qué estaba jugando?

El viaje a casa se me hizo eterno, y me hubiese gustado ir directamente al apartamento de Nick. No tenía ni idea de qué le pasaba, pero no me gustaba ni un pelo lo que estaba ocurriendo. Sabía por qué Steve no me decía nada, ya era tarde, y estaba segura de que Nicholas pretendía que me quedase en casa esa noche... Todo tipo de imágenes se me pasaban por la cabeza, la mayoría malas.

Cuando llegamos ya era de noche. Una parte de mí deseaba verlo allí, que me estuviese esperando y que todo esto solo hubiese sido una broma de mal gusto. No me había respondido a las llamadas y me estaba empezando a preocupar... o a enfadar, aún no lo tenía claro.

—Noah, cambia la cara, por favor, que vienes de un viaje, no del manicomio.

Estaba segura de que mi madre se alegraba de lo que estaba sucediendo. Una parte de ella quería ver cuántas veces podía Nicholas decepcionarme, estaba esperando que lo dejase, que algo fuese la gota que colmara el vaso, pero estaba muy equivocada.

Subí a mi habitación sin ni siquiera contestarle. Cogí el teléfono y marqué su número otra vez. Lo había estado llamando durante el trayecto en el coche. Lo peor de todo era que Lion tampoco me contestaba, ni siquiera Jenna.

Al quinto tono por fin me respondió.

—Noah —dijo simplemente.

—¿Dónde estás?

Escuché atentamente, pero no oí nada más que su respiración, su profunda respiración, como si estuviese sopesando qué iba a decirme a continuación. Sentí miedo en mi corazón..., un miedo irracional porque no entendía qué estaba pasando.

—Estoy bien, lo siento, ha ocurrido algo y por eso no he podido ir a recogerte. —Su voz sonaba apenada, apenada y dura.

—¿Estás bien, estáis todos bien? Ni Lion ni Jenna me cogen el teléfono —dije sentándome en la cama. Oír su voz me había apaciguado un poco.

—Estoy perfectamente —contestó, pero no lo creí. Algo pasaba y no quería decírmelo.

—Voy ahora mismo a tu apartamento —anuncié con determinación levantándome.

—No.

Su voz fue tan cortante que me quedé quieta donde estaba con la mano en el picaporte.

—Nicholas Leister, vas a decirme ahora mismo lo que está pasando o juro por Dios que te arrancaré todos los pelos que tienes en la cabeza.

Se hizo el silencio al otro lado de la línea.

—Lo siento, pero no estoy para eso —soltó entonces en un tono que no me gustó nada—. Quédate en casa y espera a que te llame.

Y colgó.

Miré el teléfono como si me hubiese dado una bofetada. Marqué su número tan deprisa que a punto estuve de romper la pantalla.

Estaba comunicando.

¿Con quién demonios estaba hablando? ¿Cómo se atrevía a colgarme?

Fui directa a la mesilla de noche, donde tenía las llaves del Audi. No estaban.

¿Era una broma?

Salí de mi habitación y corrí a la cocina. Abrí el cajón donde había llaves de repuesto y no vi ninguna de mi coche. Mi madre y William no estaban por ningún lado y no quería ni imaginar lo que estaban haciendo.

¿Mi coche estaba fuera? Ni siquiera me había parado a comprobarlo. Me encaminé hasta la puerta de casa, pero Steve salió justo en ese instante de su despacho, con el teléfono en una mano y una mirada de advertencia.

—¿Estás hablando con él? —pregunté mirando el teléfono y acusándolo un segundo después con un dedo.

—Noah, me ha pedido que no te deje salir de casa, mañana te lo explicará todo.

Solté una risa que me sonó rara hasta a mí. Steve parecía avergonzado, pero sabía que haría caso a Nicholas.

—Es tarde; descansa y mañana lo verás.

Y una mierda.

—Está bien, tienes razón.

Steve pareció aliviado, me observó atentamente mientras me daba la vuelta y empezaba a subir las escaleras. Ese tío flipaba si creía que podía obligarme a no salir de mi propia casa. Entré en mi habitación, dispuesta a esperar lo que hiciese falta. Caminé nerviosa y saqué el teléfono móvil.

No hay nada que justifique lo que estás haciendo, te vas a enterar cuando te vea.

Por suerte me contestó al instante.

No te pongas violenta, te quiero, descansa y ya nos veremos.

«¡¿Ya nos veremos?!»

Entré en el cuarto de baño para asearme, estaba asquerosa después de tantas horas de vuelo. Miré la hora, eran las nueve, y hasta como mínimo las once no pensaba intentar fugarme. Me reí de mi propia expresión, «fugarme», ni que estuviese en una cárcel.

Iba a matarlo...

Cuando ya estuve medianamente presentable, aunque con el pelo mojado, me asomé al pasillo. No se escuchaba nada. La verdad era que nunca se oía nada, esa casa era enorme. Mi plan consistía en ir al garaje que había en el sótano y coger mi antiguo coche. Sí, el mismo que se había estropeado mil veces, pero que me daba pena vender, o tirar, mejor dicho. Sabía que esa chatarra me iba a terminar sirviendo algún día.

La puerta que daba al garaje estaba en la parte trasera de la casa, por lo que no tenía necesidad de pasar por la entrada ni por el despacho de Steve. Bajé las escaleras haciendo el mínimo ruido y sonreí al ver mi precioso coche junto al BMW de mi madre. También había una moto; la verdad es que nunca había preguntado de quién era y estuve tentada de cogerla, pero no sabía dónde estaban las llaves y estaba segura de que Nicholas me mataría si me veía llegar a las tantas de la noche con una moto que nunca en mi vida había conducido.

Subí al coche y saqué el mando que abría las puertas del garaje. Otra vez di gracias al cielo, pues la casa era enorme y nadie me escuchó al salir.

Tenía casi una hora de viaje por delante, por lo que puse la música alta para despejarme y abrí las ventanas, deseando que fuese mi descapotable lo que estaba conduciendo y no aquel coche que, como máximo, iba a noventa.

Sabía que era una imprudencia salir a la carretera a esas horas, y más después de llevar unas veinte horas sin dormir, pero no me importaba, las ganas de ver a Nicholas y la sensación que tenía de que algo no iba bien podía con todo lo demás.

El camino se me hizo eterno y, cuando llegué por fin a su bloque, sentí cómo me iba poniendo cada vez más nerviosa. No solo porque iba a verlo después de un mes, sino porque sabía que se enfadaría conmigo por haber ido hasta allí sola y a esas horas de la noche.

Me metí en el ascensor y entonces me di cuenta de que no había cogido las llaves que él me había dado. Mierda..., ahora iba a tener que llamar al timbre, a la una de la madrugada. Con el corazón latiéndome a mil por hora llamé a la puerta... A la puerta, no al timbre. No sé por qué, pero eso me parecía lo más sensato. Fueron golpes suaves y nada dramáticos. Una parte de mí ya estaba intentando calmar las aguas antes incluso de haberlo visto.

Nadie me abrió.

Volví a llamar esta vez con más fuerza y entonces vi luz por debajo de la puerta. ¿Estaba dormido? Escuché una maldición al otro lado y luego un insulto. Por fin la puerta se abrió y ahí estaba él.

Creo que nada me habría podido preparar para lo que vi. Tuve que contener el aliento. Mis manos fueron directamente a mi boca, ahogando un grito. No esperaba verme allí y ahora entendía por qué.

—Joder, Noah —masculló a la vez que apoyaba la frente en el marco de la puerta—. ¿No puedes hacer lo que te pido, aunque solo sea una maldita vez?

—¿Qué te han hecho? —pregunté en un susurro ahogado. Dios mío... Tenía toda la cara llena de hematomas, el ojo izquierdo estaba supurando y de color verde. Y tenía el labio partido, totalmente destrozado.

Se llevó una mano a la cabeza y entonces alargó el brazo y tiró de mí para después cerrar la puerta de un portazo.

—¡Te dije que te quedaras en casa!

Ahora que estaba allí, ahora que lo veía, comprendía por qué no había ido a recogerme. Estaba destrozado, le habían dado una paliza tremenda... Sentí que mi corazón se aceleraba, no solo por el miedo al ver su cuerpo maltratado de aquella forma, sino porque la ilusión de verlo, la fantasía del rencuentro después de semanas sin vernos desapareció ante mis ojos de una forma desoladora.

Me fijé en su pecho desnudo, en una venda que le sujetaba las costillas...

Lo habían herido... lo habían herido de un modo horrible, a él, a Nick, a mi Nick.

—No me mires así, Noah —pidió entonces. Acto seguido me dio la espalda y se llevó de nuevo la mano a la cabeza.

No sabía qué decir. Me había quedado sin palabras. Eso era lo último que necesitaba, lo último que mis ojos querían ver era a mi novio herido. Para mí una paliza no era simplemente una paliza: para mí era algo mucho más grande, algo peor... Avivaba recuerdos que, maldita sea, no quería recordar.

Se acercó a mí.

—¡No llores, joder! —exclamó, y sentí sus dedos en mi mejilla, limpiando las lágrimas que rodaban por ella.

—No lo entiendo... —confesé, y era cierto, no entendía qué había pasado, por qué estaba herido, estaba aturdida, nada había salido como yo esperaba.

Nicholas tiró de mí y me estrechó entre sus brazos. Me daba miedo tocarlo, no quería hacerle daño, pero instintivamente mis brazos lo rodearon y sentí sus labios en mi cabeza.

—Te he echado tanto de menos... —dijo, y sentí su otra mano acariciarme el pelo mientras olía la fragancia de mi champú... Sus dedos cogieron mi rostro y abrí los párpados para verlo. Tenía el ojo izquierdo medio cerrado por el golpe, lo que me impedía ver ese color azul celeste que me enamoraba; solo veía dolor y sufrimiento... Cuando se inclinó para besarme, me aparté.

—No —me negué con miedo.

Cerré los ojos con fuerza, recuerdos, recuerdos, malditos recuerdos... Mi madre golpeada, mi padre muriendo, yo sangrando en el suelo, esperando que ella regresase...

Me di la vuelta y me llevé las manos a la cara, ocultando mi rostro.

—¿Por qué haces esto, Nicholas? —inquirí amortiguando mi voz con las manos.

Me volví hacia él. Odiaba llorar, y más delante de la gente, y más por algo que se podría haber evitado. Me observó quieto, creo que aún herido por haber rechazado su contacto.

—¿No puedes ser un novio normal? —le reproché en un tono lastimero. Estaba dolida, dolida por todo, por verlo en ese estado y porque mi fantasía se había evaporado en el aire.

El dolor que se reflejó en su rostro al oír mis palabras me hizo sentir culpable, pero no pensaba retirarlas. Seguramente había vuelto a las peleas para conseguir dinero, o simplemente se había emborrachado y había terminado metido en una pelea. Seguro que Lion también había estado involucrado y también Jenna. Por eso ninguno me cogía el teléfono.

—No deberías haber venido —me recriminó controlando su tono de voz. ¿Ahora se controlaba? Ahora ya era tarde—. Quise evitarte esto, pero ¡nunca haces caso!

—No puedes ordenarme algo y simplemente esperar que haga lo que quieres sin ni siquiera darme una maldita explicación, Nicholas. Me tenías preocupada.

—Joder, Noah, ¡tenía mis motivos!

—¡¿Tus motivos son que te han dado una paliza?!

Me miró respirando aceleradamente, y yo me di la vuelta sin saber qué hacer: me debatía entre mi enfado por que hubiese vuelto a aquel mundo que tanto odiaba y mis ganas de abrazarlo con fuerza y no soltarlo. Sabía que me derrumbaría de un momento a otro y no pensaba hacerlo delante de él.

Su mano rodeó mi brazo cuando me alejé hacia la puerta y tiré para que me soltara.

—¡Ahora no me toques, Nicholas, lo digo en serio!

Sus ojos echaron chispas al oírme decir eso.

—¿En serio? Hace un mes que no nos vemos...

—¡Me da igual! Ahora mismo ni siquiera te reconozco. Pensaba que estarías esperándome en el aeropuerto con una sonrisa, pero soy una idiota, una estúpida que espera algo de alguien que me promete cosas que está claro que no va a cumplir.

—¡Ni siquiera me has dejado explicarme!

—¿Qué explicación me vas a dar? ¿Que te golpeaste contra una puerta?

Me fulminó con la mirada y yo me crucé de brazos esperando a que se explicara. Un silencio extraño se adueñó de la habitación hasta que Nick trató de salvar el espacio que nos separaba.

—No me toques —repetí, esta vez completamente en serio.

Se quedó quieto, ambos sosteniéndonos la mirada, pero sin saber qué decir a continuación.

—No es lo que tú crees —susurró entonces—. Tuve que ayudar a Lion, se había metido en problemas.

Sus palabras penetraron en mi mente con lentitud.

—¿Qué tipo de problemas? —pregunté al tiempo que me fijaba en la herida abierta que tenía en sus nudillos.

Dio un paso hacia delante advirtiéndome con la mirada. Dejé que lo hiciera y, al ver que no me echaba hacia atrás, me alcanzó y colocó sus manos en mi rostro.

—De dinero. Escúchame, Noah, no quería que esto pasara, te lo juro, Pecas —susurró poniéndose a mi altura y clavando sus ojos en los míos—. Llevo esperando este día desde que te fuiste, había comprado comida, había arreglado el piso, hasta el puto gato está limpio. Por favor, créeme, solo quería verte, es lo único que me importa.

Sentí la fragancia de su cuerpo inundar mis sentidos, la calidez de su tacto en mis mejillas y aquel dolor que tenía en el pecho se mitigó un ápice, porque a pesar de ser él el culpable de que lo experimentara, era el único capaz de hacerlo desaparecer.

Respiré hondo y, cuando acercó su frente a la mía, cerré los ojos intentando tranquilizarme. Dudosa, coloqué mis manos en su rostro.

—Quererte es lo más complicado que he hecho en mi vida —admití.

—Quererte es lo más hermoso que he hecho en la mía.

Suspiré. Era imposible enfadarse con él.

—Me muero por besarte —me dijo entonces. Me estaba pidiendo permiso.

Tardé unos segundos en contestar.

—Pues hazlo.

Sentí su sonrisa en mi boca un instante después.

16

NICK

La había cagado; el miedo en su rostro al verme lo confirmaba, pero ya nada me importaba, estaba allí conmigo, otra vez, y me moría por besarla.

Al juntar sus suaves labios con los míos, sentí un pinchazo de dolor allí donde estaba el puñetero corte. Aun así, no me aparté. Pero Noah debió de notarlo porque de repente se apartó.

—¿Te he hecho daño? —preguntó alarmada, recorriendo mi rostro con sus ojos felinos, esos ojos adorables, enmarcados por pestañas húmedas, húmedas por lágrimas que, otra vez, yo había puesto ahí.

—No —respondí distraído, bajando mis manos a su cintura y tirando de ella hacia mí otra vez—. Esto es la gloria, llevo semanas queriendo besarte de este modo.

Noah me miró con el ceño fruncido echándose hacia atrás sin dejarme alcanzar sus labios.

—Te has quejado de dolor —afirmó reteniendo mi rostro entre sus manos.

¿Qué?

—Yo no me he quejado.

—Lo has hecho —insistió y su dedo bajó por mi pómulo y con delicadeza recorrió mi labio inferior. Apreté la mandíbula con fuerza. Sí, me dolía, pero no era nada comparado con el dolor de no poder tocarla durante días, ni besarla, ni hacerle el amor—. Voy a curarte la mano —anunció entonces, resuelta.

Me apartó y se soltó de mi agarre. Me hubiese gustado estar más ágil, tirar de ella, cargármela al hombro y llevarla a mi habitación, pero tenía una costilla casi rota, me habían dicho los médicos que no debía levantarme de la cama... y ahí estaba yo, sin hacer caso, como siempre. La observé mientras entraba en la cocina. Por fin mi apartamento parecía tener vida. El gato salió de vete tú a saber dónde y empezó a restregarse contra los pies de Noah.

—¡Hola, N, bonito! —exclamó ella, efusiva, agachándose para coger al bicho ese. Me senté en la silla de la cocina mientras observaba cómo mi novia le hacía carantoñas a nuestro gato y a la vez buscaba un botiquín de primeros auxilios. Cuando lo encontró vino hacia mí y se sentó girando su silla para quedar frente a mí.

—Estás preciosa —declaré y me encantó ver cómo se ruborizaba.

—No puedo decir lo mismo de ti.

Sonreí y me dolieron partes de la cara que no sabía ni que existían.

—Dame la mano —me pidió con dulzura.

Hice lo que me indicaba y, mientras la observaba limpiar mi herida, que en realidad apenas tenía sangre, me fijé en que estaba incluso más guapa que cuando se había marchado. Su pelo estaba más rojizo, con mechas rubias aquí y allá, y su piel, bronceada por el sol, con un color anaranjado que realzaba los rasgos de su rostro. Sus labios siempre se hinchaban después de llorar... y después de enrollarnos, y mientras los miraba no podía dejar de pensar en todas las cosas que tenía ganas de hacerle. Quería esos labios sobre mi cuerpo, esas manos en mi espalda...

—Nicholas, te estoy hablando —me dijo más alto, sacándome de mi ensoñación.

—Lo siento, ¿qué decías? —pregunté intentando controlar el deseo que se estaba avivando en mi interior.

—Te estaba preguntando cómo está Lion.

Lion... No quería ni oír su puto nombre.

—Estuvo varias horas en urgencias, pero está bien, ya está en su casa.

La mirada de Noah estaba clavada en mi herida, limpiándola, desinfectándola...

—¿Y Jenna? —preguntó a la vez que se inclinaba sobre la encimera para alcanzar unas tijeras.

Al hacerlo me ofreció un primer plano de sus pechos y tuve que respirar hondo para tranquilizarme. ¿Teníamos que hablar de eso ahora? Me importaba una mierda Jenna, la verdad. Sí, sabía lo que había ocurrido —no le habíamos dicho, sin embargo, que estábamos traficando con droga, bueno, más bien era su novio quien traficaba— y estaba cuidando a Lion.

—Está con él, seguramente dándole el coñazo —respondí impaciente por que terminase con mi herida y me mirase de una vez. Parecía nerviosa, lo noté por su forma de guardar y colocar las cosas en el botiquín.

—Quiero saber exactamente qué ha pasado, dime quién ha sido, Nick. ¿Quién te ha puesto la cara así?

—Noah, no te preocupes, ¿vale? No volverá a ocurrir.

—Me da igual, quiero que me lo cuentes —repuso mirándome fijamente.

—Y yo quiero hacerte el amor —manifesté sin más.

Y ahí estaba su mirada, clavada en la mía como yo quería.

—No puedes —contestó entonces, poniéndose de pie con la voz temblándole ligeramente.

Tiré de ella hasta colocarla entre mis piernas abiertas. Sus ojos estaban a mi altura.

—Sabes que siempre puedo —afirmé poniendo una mano en su espalda y atrayéndola hacia mí.

Me miró dudosa, recorriendo mis heridas hasta detenerse en mi estómago vendado.

—No, Nicholas, estás herido, ni siquiera puedes respirar sin que te duelan las costillas, estoy segura —se negó deteniendo mis manos con las suyas cuando empecé a subirle la camiseta.

Joder, me importaba una mierda el dolor que sentía en el cuerpo. Había un dolor más fuerte que necesitaba calmar.

—No te preocupes por mí, Pecas, el placer será más fuerte que el dolor, te lo garantizo —afirmé sacándole la camiseta y dejándola en sujetador delante de mí. Me excité solo con mirarla.

Sentí cómo su corazón latía enloquecido cuando empecé a besarla por encima de los pechos. Su latido en el cuello era tan fuerte que podía incluso ver la sangre bombeando por todo su sistema, preparándola para mí.

Le acaricié la espalda con mis manos, había olvidado lo suave que era, lo perfecta que era... A veces no podía creer la suerte que tenía. Cuando mi mano se detuvo en el cierre de su sujetador, se echó hacia atrás, apartándose, alejándose de mis brazos.

—Joder —solté sin ni siquiera pensarlo.

—Que no, Nicholas, no quiero hacerte daño —insistió mirándome martirizada.

Me reí.

—Deja de mirarme así —me advirtió señalándome con un dedo, un dedo que capturé de inmediato.

Cogí su pequeña mano con la mía y me la llevé hasta los labios. La besé y le mordí la yema con mis dientes y vi la respuesta en su cuerpo. Cuando hizo el intento de alejarse, mis brazos la atraparon con rapidez. Con la fuerza de mis piernas la obligué a quedarse delante de mí, donde la quería. Mi boca fue directa a su cuello y la besé justo donde sabía que le encantaba. Dejó escapar un suspiro entrecortado cuando mi lengua ocupó el lugar de mis labios.

Sus manos fueron a mi cuello y se enredaron en mi pelo y, en aquel momento, supe que tenía la batalla ganada. Pasé a besarle la parte superior de sus pechos y sus manos bajaron a mi espalda. Extendí los brazos para abarcar toda la suya colocándola de forma que sus pechos quedaran justo donde los quería, su cuerpo se estremeció y sus uñas se clavaron en mi piel. Siseé, no sé si de dolor o de puro placer carnal, pero no me dejó tiempo de averiguarlo porque se escurrió de entre mis brazos.

—¡Nicholas, no puedes! —exclamó, excitada y enfadada. Sí, así estaba yo también.

¡Mierda! Estiré el brazo para alcanzarla, pero se alejó con la resolución reflejada en sus malditos ojos color miel.

—Sabes perfectamente cómo va a acabar esto, Pecas, así que puedes alejarte de mí y obligarme a perseguirte, cosa que solo hará que me duela más el cuerpo, o puedes venir aquí ahora mismo y dejarte de gilipolleces.

Un destello de ira cruzó su rostro.

—¿Quieres ver lo rápido que salgo por esa puerta?

—Quiero follar.

Sus mejillas se pusieron aún más coloradas. Claramente no esperaba esa contestación y una parte de mí sonrió internamente al ver su mirada.

—Te estás volviendo un mal hablado, ¿lo sabías? —contraatacó, aún sin acercarse a mí.

Una sonrisa diabólica apareció en mi rostro.

—Siempre he sido así de mal hablado, Pecas, solo que contigo procuro controlarme, aunque no me lo pones fácil.

Estaba llegando al límite de mi paciencia.

Cogí sus manos con fuerza, me puse de pie, me incliné y le metí la lengua en la boca. Me dolía el labio, pero no me importaba, había tenido heridas peores que esa, y nada iba a impedirme besar a Noah esa noche. Llevaba esperando demasiado.

Un segundo después me respondió con el mismo entusiasmo que yo. Su lengua empezó a acariciar la mía, en lentos círculos primero, con desesperación un segundo después. Sus pequeñas manos presionaron mi pecho y se me escapó una mueca de dolor.

Detuvo el beso y me miró alarmada.

—Para —le pedí antes de que pudiese decir nada—. Voy a hacerte el amor en menos de cinco minutos, así que no gastes palabras.

Se quedó callada y en el fondo supe que ella se moría de ganas igual que yo. Pareció pensarlo un momento y finalmente comprendió que no tenía nada que hacer. En vez de ir a la habitación, me cogió de la mano y me obligó a sentarme en el sofá.

—¿Qué haces? —le pregunté más excitado que en toda mi vida.

—Vamos a hacerlo a mi manera.

Sus ojos felinos brillaron por el deseo.

—Solo sabes hacerlo como te he enseñado yo, Pecas.

Con mi espalda apoyada en el respaldo se sentó a horcajadas sobre mí. Se recogió el pelo con una mano y se lo echó todo sobre su hombro.

—He estado en Francia, he podido aprender cosas nuevas.

Ese comentario no me hizo ni puta gracia. La fulminé con la mirada.

—No seas tonto —soltó entonces y, de un movimiento, se quitó el sujetador. Sus pechos quedaron ante mí y perdí el hilo de mis pensamientos—. Y ahora vas a quedarte quietecito.

17

NOAH

Era verdad que no quería hacerle daño, pero yo también necesitaba estar así con él. Quería que me acariciara con sus manos, con sus dedos expertos, que me besara por todas partes, en todos los lugares prohibidos. Que me hiciese suya y que se olvidara de todas las demás.

—Esta va a ser la única vez que vas a tener el control, así que disfrútalo —me soltó el muy engreído. Pero estaba más que excitado, lo sentía debajo de mí, duro como una piedra.

—Eso ya lo veremos —le dije inclinándome para besarle la mandíbula. Intentaría evitar sus labios, no quería que le doliera, pero sería difícil. Me daba coraje tener que ir con cuidado, quería que hiciésemos el amor con libertad, quería que me dominara con su cuerpo, como a mí me gustaba, que me levantara, que el roce de nuestra piel nos diera placer, no dolor; aunque tener el control por una vez podía ser también muy excitante.

Pasé mi lengua por su incipiente barba hasta llegar a su oreja derecha. Olía exquisitamente bien, a Nick, a hombre...

Sus manos se apoderaron de mis pechos y solté un suspiro entrecortado cuando apretó con fuerza causando un intenso placer que provocó que me estremeciera.

Mis manos bajaron por su estómago. ¡Dios, tenía un cuerpo tan bien trabajado...! Sentía sus músculos bajo las yemas de mis dedos, quería besar cada centímetro de su piel. Mis dedos se detuvieron justo por encima de sus pantalones y sonreí cuando su cuerpo tembló de arriba abajo, mientras mis labios mordisqueaban su cuello y su mandíbula.

—No seas mala, Pecas, no voy a esperar mucho más —me advirtió llevando sus manos a mi cintura, pero lo paré antes de que hiciese lo que sabía que iba a hacer.

Sonreí y me aparté. Deslicé los dedos por mi pantalón y lo bajé quedándome solo con la ropa interior. Sus ojos oscurecieron de deseo.

—Si no recuerdo mal, había algo que querías que hiciese —comenté deseando ponerlo nervioso, anhelando que perdiera el control sobre sí mismo.

Entonces vi cómo sus ojos se clavaban en los míos, fijamente, reteniéndome momentáneamente con su mirada.

—Hoy no —soltó y vi que le costaba decírmelo.

Le desabroché el primer botón del pantalón.

—¿Por qué no?

Su respiración se descontroló por completo.

Lo liberé del pantalón y empecé a acariciar su cuerpo lentamente. Cerró los ojos con fuerza, sabía que no iba a durar mucho si seguía así: llevábamos sin hacerlo un mes y estaba segura de que no aguantaría mucho más.

—Porque cuando lo hagas no voy a dejarte marchar.

Al escuchar esas palabras me quedé quieta, intentando volver a recuperar el control de la situación.

Se inclinó hacia delante al tiempo que una sonrisa aparecía en su rostro, una sonrisa diabólica.

—Mejor haz lo que yo te diga —dijo, y su mano tiró de mi ropa interior con delicadeza, dejándome completamente desnuda ante él.

Sus ojos parecieron taladrar cada centímetro de mi cuerpo y agradecí haber superado la vergüenza que sentía en un principio. No hay nada como confiar plenamente en otra persona, mostrarle todas tus inseguridades y ver que no solo las acepta, sino que también las adora.

—Algún día tendré el control y seré yo quien te vuelva loco —dije entrecortadamente mientras sus labios empezaban a besarme el estómago y sus dedos tocaban mi punto más sensible.

—Me vuelves loco solo con respirar, Noah —admitió acercándose aún más.

Lo empujé dulcemente hacia atrás hasta sentarlo en el sofá y coloqué ambas manos sobre sus hombros. Me senté en su regazo, temblando por su contacto. Su boca reclamó la mía y, cuando nos juntamos para besarnos con desesperación, me levantó por la cintura con cuidado y me guio hasta que entró poco a poco en mi interior. Cerré los ojos con fuerza disfrutando del contacto, de volver a tenerlo dentro de mí...

—Ahora te toca a ti —dijo entre dientes obligándome a abrir los ojos.

Sujetándome a él, empecé a subir y a bajar lentamente al principio, dejando que mi cuerpo se acostumbrara a la sensación de tenerlo dentro después de un mes.

—Me estás matando, Noah —gruñó colocando sus manos en mi cintura y obligándome a ir más rápido.

Intenté evitar la fuerza de sus brazos, quería ir lento, disfrutar y alargar el placer lo máximo posible, pero no me dejaba: sus brazos y su cuerpo, aun estando como estaban, seguían siendo más fuertes que yo.

—Joder, Nicholas —me quejé cuando estuve a punto de alcanzar el orgasmo—. ¡Más despacio!

Se separó del sofá y juntó su cara con la mía. Sus ojos me doblegaron, me acallaron y su mano se metió entre medio para tocarme allí donde me moría de placer.

—Así —me indicó y se inclinó para morderme el labio.

Dios... Todo era demasiado, sus palabras, su mano acariciándome y él entrando y saliendo de mí... Mi cuerpo necesitaba liberarse, todas estas semanas sin él, teniendo pesadillas, el desencanto de no haberlo visto en el aeropuerto, el miedo por haberlo encontrado con la cara destrozada... Yo misma terminé acelerando el ritmo. Él soltó un profundo gruñido de placer casi a la vez que yo emitía un grito desesperado y, tras varias oleadas de placer infinito, llegamos juntos al orgasmo.

—Aquí es donde tengo que estar todos los días.

Bajé la mirada y lo atraje a mi boca. Me besó sin importarle el dolor, sin importarle nada en absoluto. Estábamos juntos otra vez y eso era lo único que importaba.

Cuando abrí los ojos aquella mañana sentí cosquillas en la nariz. N estaba pasando su lengua por mi cara. Sonreí y, al incorporarme, vi que estaba sola en la habitación y que la luz que entraba por la ventana estaba en un ángulo extraño... Me pasé la mano por los ojos, desorientada, intentando recordar dónde estaba, en qué país, en qué cama y cómo había llegado hasta allí.

La aparición de Nick descamisado y con pantalones de deporte en la puerta fue la mejor visión que podría haber tenido.

—Menos mal, ya empezaba a preocuparme —comentó con el hombro apoyado en el marco de la puerta.

Miré la ventana, luego a él y luego otra vez a la ventana.

—¿Qué hora es?

—Las siete —contestó entrando en la habitación—, de la tarde —agregó con una sonrisa.

Mis ojos se abrieron por la sorpresa.

—¿Estás de broma?

Nick se sentó a mi lado en la cama.

—Has dormido unas catorce horas más o menos.

¡Madre mía..., me daba vueltas la cabeza, maldito *jet lag!*

—Dios, necesito darme una ducha.

Me levanté de la cama y fui directa hasta el baño. Tenía una pinta horrible, tanta que cerré la puerta con pestillo, no fuera a ser que Nicholas quisiese meterse en la ducha conmigo. Eso de vivir con él iba a ser muy duro, por las mañanas no era un ser de este mundo y temía que se desenamorase de mí viéndome con pinta de loca todos los días. Él parecía un Dios griego cuando se despertaba; es más, con la cara de dormido estaba incluso aún más atractivo.

Me metí bajo el agua caliente y dejé que me mojara el pelo otra vez. Me fui despertando y liberándome de esa sensación de estupor a medida que el agua avivaba todos mis sentidos.

Cuando salí de la ducha solo encontré una toalla para envolverme. Salí chorreando en busca de mi ropa y entonces escuché el portazo, seguido de unos gritos.

—¡¿Dónde está?!

«Mierda, ¿mi madre?»

Intenté correr al cuarto de baño otra vez para que no me pillara desnuda, pero me interceptó a mitad de camino. Quedamos una frente a la otra, su cara estaba desencajada, fuera de sí.

—¡¿Cómo te atreves?! —gritó—. ¿¡Cómo te atreves a desaparecer así, durante horas!?

La miré horrorizada. Habíamos discutido muchas veces, pero nunca la había visto tan enfadada. Nicholas apareció y se colocó justo enfrente de mí, tapándome la visión.

—Cálmate, Raffaella. Noah no ha hecho nada malo.

Vi los músculos de su espalda tan tensos como las cuerdas de una guitarra, y el aire, ya de por sí tenso, se hizo irrespirable.

—Apártate de ella, Nicholas —ordenó mi madre intentando sin éxito mantener la calma.

Di un paso hacia un lado y mi madre clavó sus ojos llenos de furia en los míos.

—Vístete ahora mismo y sal por esa puerta.

No sabía qué hacer, estaba aturdida al verla fuera de control por primera vez en años.

—Noah no se va a ninguna parte —declaró Nick con tranquilidad. Entonces apareció William, que acababa de subir.

—¿Qué demonios está pasando aquí? —preguntó furioso, posando su mirada primero en mi madre y luego en nosotros—. ¿Quién te ha hecho esto, Nicholas? —inquirió su padre mirando con horror los hematomas de su cuerpo.

—Tu hijo está fuera de control y no lo quiero cerca de Noah —dijo entonces mi madre. De repente, se volvió hacia Nick y, con la misma ira con la que se había dirigido a mí, le espetó—: ¡Eres violento, te metes en peleas, tienes amigos de baja estofa y no voy a tolerar que metas a mi hija en toda esa mierda! ¡Ni hablar!

—¡Mamá, para! —grité conteniendo las ganas de soltarle algo peor—. Siento no haberte avisado de que me iba, pero no puedes irrumpir aquí y...

—Claro que puedo, y lo seguiré haciendo. Eres mi hija, ¡así que recoge tus cosas, vístete y sube al maldito coche!

—¡NO! —chillé, sintiéndome como una malcriada, pero negándome a que me dijese lo que podía o no podía hacer, ya no era una niña.

—¡Te secuestraron, Noah! —vociferó mi madre como respuesta—. Te secuestraron y hoy pensé que había pasado algo parecido, casi me da un infarto —confesó y sus ojos se llenaron de lágrimas.

—Lo siento, mamá —repetí y lo sentía de verdad, pero no podía perder los nervios de aquella forma, ya no—. Pero dentro de poco no podrás saber dónde me encuentro en cada momento, no puedes ponerte así cada vez que no sepas dónde estoy.

La mirada de mi madre se clavó en la mía.

—Vístete y vámonos a casa —pronunció cada palabra con lentitud y sin admitir réplica alguna.

No quería irme, era lo último que quería hacer, pero veía que mi madre estaba al borde de un ataque de histeria. Necesitaba poner distancia entre ella y Nick, sobre todo porque dentro de poco iba a tener que decirle que me mudaba a vivir con él.

—Esperadme en el coche, enseguida bajo —dije finalmente. Nicholas, a mi lado, soltó una maldición. Mi madre fingió no oírlo y salió al pasillo con William. Escuché cómo cerraban la puerta un segundo después.

—No te vayas, Noah. Si te vas, les estás dando la razón —me dijo Nicholas furioso.

—Ya la has visto, o me voy o será peor.

Él suspiró, resignado.

—No veo la hora de que vengas aquí.

Tenía miedo de decírselo a mi madre.

—No falta mucho para eso.

Me estrechó entre sus brazos y, con mi mejilla sobre su pecho, no pude evitar pensar que una parte de mí le estaba mintiendo.

18

NICK

Cuando la vi marcharse sentí la rabia que había estado conteniendo derramarse como la lava de un volcán. Estaba tan cansado de toda esta mierda... Las palabras de Raffaella no cesaban de resonar en mi cabeza.

«Está fuera de control, no lo quiero cerca de Noah.»

Fui directamente a la cocina para intentar tranquilizarme.

«¡Eres violento, te metes en peleas!»

Maldecía el momento en el que había decidido ayudar a Lion.

«¡No voy a tolerar que metas a mi hija en toda esa mierda!»

Iba a tener que cambiar si quería que lo mío con Noah funcionase de verdad. Estábamos a punto de dar un gran paso, un paso decisivo en nuestra relación, y de ese modo le demostraríamos a todos que íbamos en serio. Por eso tenía tantas ganas de que viniese a vivir conmigo, porque nadie parecía tomarnos en serio. A veces sentía como si los pocos que sabían la verdad estuviesen haciendo apuestas a nuestras espaldas para ver cuánto tardábamos en romper, para comprobar cuánta presión éramos capaces de soportar.

Cogí el teléfono de la encimera.

Tenía un mensaje de Jenna.

> Lion está bien. Tenemos que hablar. Sabes muy bien que no me creo absolutamente nada de lo que me habéis dicho. Sé que estarás con Noah, pero necesito que nos veamos. Llámame cuando tengas un momento.

Sabía que esto iba a pasar, y también sabía que era relativamente fácil mentirle a Jenna, podía inventarme cualquier chorrada y colaría, pero no en ese caso. Lion estaba metiéndose en arenas movedizas, en un terreno demasiado peligroso para dejarlo estar. Jenna tenía que saber que Lion no estaba bien.

Le mandé un mensaje diciéndole que nos veríamos en una hora y me metí en la ducha. Tenía el cuerpo hecho una mierda y las heridas parecían empeorar a medida que pasaban las horas. Sentí calidez al recordar cómo Noah se había preocupado por mí, ver cómo me curaba, cómo sufría al verme lastimado... Nunca nadie me había hecho sentir así antes. Mi padre se cabreaba cuando llegaba a casa con signos evidentes de pelea y lo normal era que no me volviese a dirigir la palabra hasta que las marcas hubiesen desaparecido; a veces, en aquella época, precisamente una de las razones principales por las que me metía en esa clase de problemas era justo por eso, para fastidiar a mi padre y así mantenerlo alejado de mí.

Salí de la ducha, me vestí con unos vaqueros y una camiseta y me tomé una pastilla antes de salir por la puerta. Aparcado en la entrada estaba el coche de Noah.

Joder, su madre la había obligado a ir con ellos, no quería ni imaginar lo que le estaban diciendo de mí... Sentí malestar en el estómago, detestaba que le comieran la cabeza. Mi mayor miedo era que Noah terminase por rendirse a la voluntad de su madre, que finalmente viera en mí a una persona con la que no debía estar. Justo entonces me llegó otro mensaje de Jenna.

Estoy llegando.

Poco después aparcaba en el Starbucks que había en el centro comercial, a quince minutos de mi casa.

Al ver a Jenna a través de la ventana, sentada en uno de los sofás de dentro, supe que debería tener mucho cuidado en cómo le planteaba las cosas a mi amiga. Cuando entré, su mirada iracunda me fulminó. Me senté frente a ella, intentando no hacer ninguna mueca de dolor, pero sus ojos estaban totalmente atentos a todos los gestos de mi cara.

—Sois unos idiotas redomados, lo sabes, ¿no? —dijo dejando su batido, o lo que fuera ese líquido verde, encima de la mesa.

—No sé por qué te sorprendes ahora —repuse simplemente. Me hervía la sangre, porque no quería que siguiese pensando que era el mismo Nick de hacía un año. Yo había cambiado, o al menos eso quería creer; su novio, en cambio, seguía siendo un gilipollas.

—¿En serio pensáis que me voy a tragar que todo esto ha sido por jugar al póquer con esos idiotas? —soltó entonces, lo que me dejó callado unos segundos. ¿Póquer? ¿De qué demonios estaba hablando?—. Y más sabiendo lo malos que sois jugando... ¡Tenéis que dejar de juntaros con las bandas, Nicholas!

Lion le había metido una trola... ¡Estupendo!

—Mira, Jenna, te aseguro que hoy no tengo un buen día —comenté intentando no cabrearme y menos pagarlo con ella—. Lion es mayorcito para saber lo que hace, está preocupado por el dinero, por su taller y por ti —agregué sin mirarla directamente a los ojos—. Él se va a dar cuenta tarde o temprano de lo que le conviene; mientras tanto, tienes que dejarlo a su aire, no es fácil salir de todo eso; además, dentro de poco son las carreras y sabes que eso nos tiene a todos en tensión... Lion sabe lo que tiene que hacer.

—¿Carreras? Creía que este año ibais a pasar de todo eso, Nicholas.

«¡Mierda, no tenía que haber dicho nada, joder!»

—Y vamos a pasar, me refería a que las bandas están nerviosas, lo de ayer fue una pelea estúpida que acabó peor de lo que pensábamos. No te preocupes.

Me observó con el ceño fruncido, pero pareció aceptar mi explicación. Después sus ojos miraron alrededor, como si se diese cuenta de que faltaba algo o alguien.

—¿Dónde está Noah?

—No está conmigo, como puedes ver —dije con fastidio.

Jenna se puso más seria de lo que ya estaba.

—¿Qué le has hecho?

Solté una risa amarga.

—¿Tan rápido das por sentado que he sido yo el que le ha hecho algo?

La mirada de Jenna era suficiente como para percatarme de que no solo la madre de Noah pensaba que no era bueno para ella, y eso que normalmente Jenna acostumbraba a ponerse de mi parte.

—¿Te ha visto con esa cara? Entonces estará destrozada, parece ser que no acabas de enterarte, Nicholas... —dijo deteniéndose un momento. Supongo que mi mirada estaba causando cierto efecto en ella, aunque pareció armarse de valor para seguir hablando—: Si sigues así, terminará por dejarte.

—Cállate.

Jenna bajó la mirada, pero volvió a fijarla en mis ojos un segundo después.

—Noah es mi mejor amiga, durante este año me ha contado cosas que no sé si tú sabes, pero la violencia es algo que no puede soportar. Tu cara, tus heridas..., sabes perfectamente qué recuerdos despiertan en ella.

—Joder, no es algo que haya planeado, ¿vale?

—¡Nicholas, entérate! —repuso alzando la voz—. Noah no está bien, tiene pesadillas. Hace poco mi hermano pequeño me dio con una de esas bolitas de fogueo en un ojo, se me puso morado y, cuando Noah me vio, casi le da algo, pensaba que me habían pegado. Esa noche durmió en mi casa y tendrías que haber visto cómo se revolvía entre las sábanas, no se lo dije, pero creo que sospecha que lo sé porque ya no se queda nunca a pasar la noche.

Negué con la cabeza.

—He dormido con ella mil veces. Duerme como un bebé, así que todo eso son imaginaciones tuyas. Noah está perfectamente.

Sentía la sangre hirviendo por mis venas... No había ido hasta allí para escuchar toda esta mierda. Noah estaba bien, sí, le afectaban las heridas, lo sabía, joder, por eso no había ido a buscarla al aeropuerto, por eso había planeado estar varios días sin verla, para que no me viese en este estado, pero Noah no tenía pesadillas, yo lo sabría. Era Jenna la que debía preocuparse por su novio, no yo; era Lion el que estaba traficando con droga, y todo porque Jenna no era consciente de que la vida de Lion y la suya eran totalmente incompatibles.

Me levanté antes de soltar algo de lo que arrepentirme.

—Yo tendré problemas con Noah, Jenna, pero los tuyos con Lion están ahí —declaré mirándola a los ojos—. Yo, en tu lugar, dejaría de meterme donde no me llaman y me preocuparía por mi novio.

—Mi novio está como está por juntarse contigo.

Solté todo el aire que estaba conteniendo.

—Vete a la mierda, Jenna. —Y me largué.

Después de una hora de estar dando vueltas con el coche sin rumbo, pensando en todo lo que me había dicho Jenna, todo lo que me había dicho la madre de Noah..., llegué a la conclusión de que tenía que hacer oídos sordos, no podía esperar otra cosa de la gente que me rodeaba: yo había conseguido crear esa imagen de mí y cambiarla iba a ser difícil, me estaba costando la vida que me tomasen en serio. Sin embargo, a pesar de que Noah aún desconfiaba de mí, sabía que creía en que podía llegar a mejorar. Noah me quería, estaba enamorada de mí, sabía que no pensaba como Jenna o su madre y que nunca me diría cosas como las que me habían dicho ellas. Yo le había demostrado que podía ser mejor...

Aparqué el coche junto a la playa y empecé a caminar por la orilla mientras el sol se ponía en el horizonte. Había gente paseando a sus perros y alguna que otra pareja que aprovechaba la soledad de la zona. Dejé que el ruido de las olas me tranquilizara, dejé que todos mis miedos, todas mis inseguridades respecto a mi relación con Noah, volviesen al lugar donde las tenía muy bien escondidas.

Un rato después, cuando pensé que mis emociones ya estaban bajo control, mi teléfono sonó. Descolgué sin ni siquiera mirar quién llamaba, pensando que sería Noah. Se escuchó un silencio al otro lado de la línea.

—Hola, Nicholas.

No podía ser cierto. De todas las personas...

—¿Qué coño quieres y qué haces llamándome a mi móvil?

—Soy tu madre y necesitaba hablar contigo.

Madison apareció en mi mente y tuve que dejar de caminar, con el corazón en la garganta.

—¿Le ha pasado algo a mi hermana?

—No, no, Maddie está bien —contestó Anabel.

—Entonces no tenemos nada de que hablar.

Iba a cortar.

—¡Espera, Nicholas! —me pidió y esperé sin decir una palabra.

—¿Qué coño quieres? —repetí.

Se hizo un silencio de unos segundos antes de que me respondiera.

—Quiero hablar contigo. Solo una hora, en un café. Hay muchas cosas que se han quedado sin aclarar y no puedo ver cómo sigues viviendo tu vida, odiándome como lo haces.

—Te odio porque me abandonaste. No hay nada más que decir. —Colgué antes de oír su reacción.

Toda la rabia que había estado conteniendo volvió a resurgir. Mi madre era lo peor que me había pasado en la vida, yo era como era por su culpa. Mi relación con Noah sería totalmente distinta si yo hubiese tenido un buen modelo al que imitar. Habría sabido tratar a las mujeres, habría sabido confiar en ellas. Anabel Grason no tenía absolutamente nada que decirme, nada que hablar conmigo... ¿Y ahora me llamaba porque quería verme?

La tensión que llevaba acumulando todo el maldito mes, todas las peleas, las inseguridades, lo triste y solo que me había sentido sin Noah, haberla defraudado al no estar en el aeropuerto como ella quería, joder, me superó. Corrí como un loco por la playa hasta que conseguí dejar de pensar.

19

NOAH

El camino de vuelta a casa estuvo acompañado de un incómodo silencio.

En cuanto Will aparcó en la entrada bajé del coche y salí disparada hacia arriba. No quería hablar con mi madre; en realidad, no quería hablar con nadie. Desde que había llegado todo había ido mal: no ver a Nick en el aeropuerto, encontrármelo en ese lamentable estado, la discusión que habíamos tenido, luego la pelea con mi madre y oír de primera mano lo que pensaba sobre Nicholas... Necesitaba apartarme de todos, necesitaba espacio.

Cuando entré en mi habitación, lo primero que vi fue un gran sobre encima de la cama: era de la universidad. Lo abrí y sentí un nudo en el estómago al ver los papeles sobre la residencia. Cuando había echado la solicitud hacía meses, había señalado con una cruz la opción de compartir habitación, ese había sido el plan desde el principio, vivir con una compañera de cuarto en alguna de las residencias del campus, pero ahora todo había cambiado, había decidido vivir con Nicholas, debía llamar a la universidad y aclararlo.

Temía el momento de contárselo a mi madre. Iba a matarme, y una parte de mí, aquella que aún seguía siendo una niña, estaba asustada por revelarle que compartiría piso con mi novio en mi primer año de universidad.

No podía creer que fuera a marcharme dos semanas más tarde... Me hubiese gustado hacer las maletas en ese instante y largarme, pero todavía me quedaba aguantar unos cuantos días más. Mi madre necesitaba aprender a estar sin mí; además, estaba segura de que William deseaba poder vivir con ella a solas, ya que desde que habíamos llegado solo habíamos causado problemas, sobre todo yo.

Cogí todos los papeles y los metí en el cajón de mi escritorio. Me puse el pijama, aunque no tenía sueño, puesto que había estado durmiendo durante horas y me metí en la cama dispuesta a no pensar en nada.

Por supuesto, me costó dormirme y, cuando lo hice, las pesadillas regresaron. Sabía que estaba buscando a Nick entre las sábanas de mi cama, sabía que en cuanto le sintiese junto a mí, mis miedos desaparecerían, pero no estaba conmigo, no estaba ahí para protegerme...

El sol iluminaba de forma deslumbrante; por un instante no sabía dónde estaba, pero enseguida me situé en el sueño que estaba teniendo.

Mi padre estaba conmigo.

—Hay veces en la vida, Noah, que las personas harán cosas que no te gusten... Por ejemplo, cuando mamá no hace lo que papá le dice, papá la castiga, ¿verdad? —me planteó mi padre mientras ambos, sentados junto al mar, mirábamos las olas romper contra el acantilado.

Asentí escuchando a mi padre, siempre le decía que sí a todo lo que me preguntaba y me resultaba fácil, porque sus preguntas casi siempre eran retóricas, no hacía falta pensar la respuesta correcta, puesto que esta venía siempre implícita en la pregunta.

—Eso es porque tu madre no sabe lo que le conviene, no entiende que solo yo sé qué es lo mejor para ella.

Mi padre me cogió por la cintura y me sentó en su regazo.

—Tú eres mi niña, Noah, eres mi pequeña y siempre vas a hacer lo que yo te diga, ¿verdad?

Asentí mirando a los ojos de mi padre, los mismos ojos que los míos, el mismo color miel, solo que los de él estaban enrojecidos por el alcohol.

—Entonces, dime, la próxima vez que te ordene que te apartes, que dejes a tu madre donde está, ¿qué vas a hacer?

—Irme a mi cuarto —contesté en un susurro casi inaudible.

Mi padre asintió satisfecho.

—Nunca me desobedezcas, pequeña... No quiero hacer algo de lo que después pueda arrepentirme..., no contigo, al fin y al cabo, tú y yo estamos unidos, ¿no es así?

Asentí y sonreí cuando mi padre cogió una cuerda del suelo y empezó a entrelazarla con rapidez y soltura.

—Este siempre será nuestro vínculo, tan fuerte que nadie nunca podrá romperlo.

Miré el nudo del ocho que mi padre me había obligado a hacer una y otra vez...

No paraba hasta que me quedaba perfecto.

Al día siguiente me levanté ojerosa. Había pasado una noche horrible y no ayudó nada que el desayuno fuera de lo más incómodo. William se tomó el suyo sin decir palabra y mi madre me miraba con mala cara sin decir nada, pasando las hojas del periódico sin apenas leer una línea. Una parte malvada de mi cerebro se imaginó lo que sería soltar la bomba de que me iba a vivir con Nicholas justo en aquel momento, pero a punto estuve de vomitar de nervios solo de pensarlo.

Agradecí que mi teléfono empezase a sonar. Había estado esperando a que Nicholas me llamase, así que salí de la cocina ignorando la mirada de reproche de mi madre a la vez que contestaba la llamada.

—¿Diga?

—¿Eres Noah Morgan? —preguntó una voz de mujer al otro lado de la línea.

—Sí, ¿con quién hablo? —respondí subiendo las escaleras de dos en dos.

Se hizo un breve silencio que me hizo detenerme en la puerta de mi habitación.

—Soy Anabel Grason, la madre de Nicholas.

Entonces fui yo la que se quedó callada. Anabel, la misma mujer que en parte era culpable de mis problemas, de los míos y de la persona que quería con locura, la misma que lo había abandonado, la misma que mi novio no quería ver ni en pintura.

—¿Qué quiere? —pregunté encerrándome en mi cuarto.

El silencio se alargó unos segundos y fue seguido por un suspiro.

—Necesito pedirte un favor —respondió finalmente al otro lado de la línea—. Sé que Nicholas no quiere verme, pero esto es ridículo, debo hablar con él y tú puedes ayudarme. Eres su novia, ¿no?

Su tono de voz era tan amable que me hacía desconfiar. Me senté en la cama poniéndome repentinamente nerviosa.

—No pienso hacer nada que Nick no quiera, esto es algo que deben arreglar ustedes dos. Lo siento, señora Grason, pero como comprenderá no soy ninguna fan suya y, la verdad, creo que Nicholas está mejor sin usted.

Ya está, lo había soltado, no pensaba echarme atrás... Esa mujer lo había abandonado, a Nick, a mi Nicholas de doce años, lo había dejado solo con un padre que estaba demasiado ocupado levantando un imperio, dejó solo a un niño sin dar ningún tipo de explicación ¿y ahora pretendía recuperar la relación? Esta mujer estaba mal de la cabeza.

—Soy su madre, es imposible que esté mejor sin mí. Las cosas han cambiado y deseo volver a verlo.

No pensaba ceder. Ya había intentado hablar con Nick sobre ese tema y me dejó muy claro que me mantuviese al margen. El tema de Anabel era un no rotundo para él, y lo conocía lo suficiente como para saber que no iba a cambiar de opinión.

—Lo siento, pero Nicholas es tajante al respecto, no quiere verla, señora Grason.

—Entonces queda conmigo, tú y yo solas. Nicholas no tiene por qué enterarse, podemos vernos donde tú quieras.

¿Qué? No podía hacer eso, Nicholas me mataría, se sentiría traicionado si hablase de él a la mujer que más odiaba en el mundo, la mujer que más daño le había hecho... Ni muerta.

—No lo entiende, no quiero verla, y no pienso mentir a Nicholas.

Estaba siendo dura y clara, supongo que todo mi estrés de los últimos días estaba saliendo a flote. Asimismo, sentía la necesidad de defender a mi novio, de evitar que alguien le hiciese daño, incluida yo misma.

Escuché cómo Anabel respiraba profundamente antes de seguir hablando.

—Las cosas están así —dijo cambiando su tono a uno bastante desagradable—. Mi hija de seis años tiene un padre que se pasa la mitad de la semana viajando por el mundo, yo no puedo estar todo el día con ella y sé que Nicholas desea que se quede algunas semanas en su apartamento; yo no tengo problema, pero mi marido no quiere ni oír hablar de eso. Si tú haces lo que te pido, si quedas conmigo y me ayudas a buscar una forma para recuperar la relación con mi hijo, dejaré que Nicholas se lleve a Madison cuando mi marido no esté. Pero si no me ayudas, haré lo posible para que Nicholas no vuelva a ver a su hermana.

Joder. Maddie lo era todo para Nicholas. No podía creerme que esa mujer estuviese amenazándome con algo así. ¿Esa era la clase de relación que quería tener con su hijo? ¿Una basada en engaños y chantajes? Sentí cómo me hervía la sangre por la rabia. Quise colgarle el teléfono y dejarle bien claro lo que pensaba de su propuesta, pero era de Maddie de quien estábamos hablando. Si fuese por Nicholas incluso la llevaría a vivir con él. Había hablado con abogados, su padre había intentado que le dejasen tenerla algunas semanas, pero no había habido manera: si su madre no quería, no había nada que se pudiese hacer... Sabía que me estaba metiendo en la boca del lobo, que iba a terminar arrepintiéndome de esto, pero no podía permitir que esa mujer separase a Maddie de Nick.

—¿Dónde quiere que quedemos? —pregunté odiándome por dejar que esa mujer me manipulase.

Casi pude verla sonreír al otro lado de la línea.

—Le haré saber a Nicholas que podrá quedarse con Maddie la semana que viene. Nosotras quedaremos cuando yo la lleve; no te preocupes, será un secreto entre las dos, nadie tiene por qué saberlo.

—No quiero mentirle y terminaré por contárselo. Le aseguro que no le va a hacer ninguna gracia. Esto que está haciendo, chantajearme, va a ocasionar justo lo contrario de lo que usted espera. Nicholas no es de los que perdonan con facilidad y usted es la persona que más daño le ha hecho en su vida.

Anabel Grason se tomó unos segundos antes de contestarme.

—No has oído todas las versiones de la historia, Noah, las cosas no siempre son como uno se cree o se las cuentan.

No quería seguir hablando con esa mujer.

—Mándeme la dirección del lugar donde quiere que nos veamos.

Colgué sin esperar su respuesta y me eché sobre la cama, mirando al techo y sintiéndome más culpable que en toda mi vida.

Al rato, mi madre vino a buscarme para decirme que esa noche Will y ella se marchaban a una gala benéfica al otro lado de la ciudad y que no pasarían la noche en casa. Me propuso invitar a Jenna para no estar sola y yo asentí sin prestarle mucha atención. Era a Nick a quien quería invitar a dormir, pero una parte de mí temía llamarlo y que notara que le estaba ocultando algo. Pasé el resto del día con el corazón dividido, pero al ver que él tampoco llamaba, al final me fui a la cama resignada a volver a pasar la noche a solas con mis pesadillas.

20

NICK

Después de las palabras de Raffaella, la conversación con Jenna y la llamada de mi madre, pasé un par de días completamente bloqueado. Lo que más me asustaba era que pudieran tener razón. Yo no era un novio perfecto. Joder, ¡si hasta hacía muy poco no había sido el novio de nadie! Cuando mi madre me abandonó, me juré que nunca más iba a sentir nada por nadie, nunca más iba a darle el poder a alguien para que pudiese hacerme daño, no pensaba volver a sentir el rechazo.

Pero con Noah todo había cambiado y una parte de mí se moría al pensar que algo pudiera ir mal, que ella no estuviese bien conmigo y que terminase por hacer lo mismo que mi madre: dejarme.

El hecho de que no me llamase durante esos dos días no ayudó a calmar mis pensamientos, precisamente. No entendía por qué Noah no me había llamado para ir a verla, me había enterado por mi jefe que mi padre se marchaba a la otra punta de la ciudad y una sola llamada me hizo confirmar que aquello era cierto y que Raffaella también se iba con él, lo que dejaba a Noah sola en casa. No puedo negar que al principio me mosqueé, pero al caer la noche las palabras de Jenna me vinieron a la cabeza: «Noah no está bien, tiene pesadillas». El único modo de sacármelas de la cabeza era demostrarle que no era verdad, así que cogí las llaves y salí.

Bajé del coche en plena oscuridad. La casa de mi padre estaba en penumbra, nadie parecía haber encendido las luces del porche, cosa que no me hizo ni pizca de gracia. Entré usando mi propia llave. Me apresuré en subir al piso superior y empecé a creer que Noah no estaba allí cuando no vi luz por debajo de su puerta; pero entonces la oí, estaba llorando. Abrí la puerta con el corazón en un puño. No podía ser verdad. Su habitación estaba a oscuras y ella se revolvía bajo las mantas. Me apresuré en pulsar el interruptor de la luz, pero esta no se encendió. Mierda, se había ido la luz.

Me aproximé a Noah y, al verla de cerca, vi que sus mejillas estaban empapadas por las lágrimas, sus manos se apretaban tanto contra sus palmas que una de ellas sangraba por la fuerza de sus uñas clavándose en su piel. La observé totalmente aturdido. Ignoré la alarma que se encendió en mi interior y me senté junto a ella.

—Noah, despierta —le pedí apartándole el pelo que se le pegaba al rostro debido a las lágrimas.

No sirvió de nada, seguía dormida y se movía como si una parte de ella quisiese dejar de ver lo que fuera que estaba soñando, lo que fuera que la hacía estar en ese estado de desolación y temor.

La moví, primero despacio y después con insistencia: no parecía estar dispuesta a despertarse.

—Noah —la llamé acercándome a su oído—. Soy Nicholas, despierta, estoy aquí.

Hizo un ruido y mis ojos vieron cómo sus manos se convertían en puños, apretando aún más sobre su piel, haciéndose daño. ¡Joder!

—¡Noah! —dije levantando el tono de voz.

Entonces sus ojos se abrieron de golpe. Estaba totalmente horrorizada, la única vez que la había visto así había sido cuando los cabrones de su colegio la habían encerrado en un armario a oscuras. Sus ojos recorrieron toda la habitación hasta posarse en mí y en ese momento pareció comprender que lo que fuera que había soñado era solo eso, una pesadilla. Se me tiró a los brazos y sentí su corazón latir enloquecido en su pecho.

—Tranquila, Pecas —la calmé estrechándola con fuerza— , estoy aquí, solo ha sido un mal sueño.

Noah enterró su rostro en mi cuello y me entró el pánico cuando su cuerpo empezó a temblar seguido de unos sollozos que me desgarraron el alma. ¿Qué coño estaba pasando? La cogí y la senté en mi regazo, necesitaba que me mirase, necesitaba comprender qué le pasaba.

—Noah, ¿qué te ocurre? —pregunté intentando disimular el miedo en mi voz—. ¡Noah, Noah, para! —le ordené cuando mi pregunta hizo que se pusiese peor. Hacía muchísimo tiempo que no la veía llorar así.

Tiré de ella hacia atrás y le cogí el rostro entre mis manos. Sus ojos evitaron los míos durante unos segundos, pero la tomé por la barbilla y la obligué a mirarme.

—¿Cuánto hace que tienes estas pesadillas? —pregunté, comprendiendo entonces que lo que había dicho Jenna era verdad: Noah no estaba bien. Me maldije por haber pensado que tanto mi pasado como el de ella habían quedado atrás.

—Solo ha sido esta vez —contestó con la voz entrecortada—, no sé qué me pasa...

Le limpié las lágrimas con mis nudillos y, al escucharla, supe inmediatamente que me estaba mintiendo.

—Noah, puedes contármelo —le dije odiando descubrir que no confiaba en mí.

Negó con la cabeza y pareció que empezaba a tranquilizarse.

—Me alegro de que estés aquí —susurró.

—¿De verdad? —pregunté. Aún no entendía por qué no me había llamado.

Noah me devolvió la mirada frunciendo el ceño.

—Claro que sí... —afirmó apoyando su mejilla en mi mano y mirándome como si de verdad creyera lo que decía—. Siento lo que te dijo mi madre. Sabes que no es verdad —murmuró levantando sus brazos y colocándolos alrededor de mi cuello.

La observé inseguro, me daba igual lo que su madre pensase, lo que me preocupaba era saber que Jenna tenía razón, que Noah no estaba bien, y encima que no confiaba en mí lo suficiente como para ser sincera sobre lo que le pasaba...

Le cogí la mano y la coloqué entre ambos para que viera las heridas de sus palmas. Bajó la mirada, aturdida un instante, pero sin sorprenderse en absoluto. Le había pasado más de una vez.

—¿Es por mí? —pregunté, luchando por mantener la compostura, intentando dejar a un lado todas las cosas que hacía que Noah reviviese malos recuerdos de su infancia... Mi rostro aún estaba marcado por los golpes que me habían infligido cuando ella regresaba de Europa, yo era un recordatorio constante de que la violencia no había desaparecido de su vida, y tuve que controlarme para no largarme de allí inmediatamente, ya que estaba claro que mi presencia le hacía más mal que bien.

—Claro que no —respondió automáticamente—, Nicholas, no le des más importancia de la que tiene, solo he tenido una pesadilla y...

—No ha sido solo una pesadilla, Noah —repliqué intentando controlar mi temperamento—. Tendrías que haberte visto, parecía que te estuviesen torturando... Dime qué soñabas, por favor, porque sé que esto ha pasado más de una vez.

Sus ojos se agrandaron ante la sorpresa de escucharme decir eso. Se levantó y se alejó unos pasos de mí.

—Solo ha sido una vez —aseveró dándome la espalda.

Me levanté de la cama.

—¡Y una mierda una vez, Noah! —le espeté.

¿Por qué me mentía?

—¡Nick! —dijo volviéndose. Estábamos rodeados de oscuridad, solo la luz que entraba por la ventana la alumbraba tenuemente—. Esto no tiene nada que ver contigo.

Quería creerla; es más, una parte de mí sabía que eso tenía que ver con lo que le había pasado de pequeña, solo que yo creía que todo había acabado al morir el hijo de puta de su padre. Descubrir que aún había demonios que la perseguían me estaba matando. Me acerqué intentando tranquilizarme y tranquilizarla a ella. Me observó con desconfianza, pero dejó que me acercara.

—Escúchame —dije posando mis manos sobre sus hombros—. Cuando estés lista quiero que me lo cuentes. —Y odié que ese momento no fuese justo ahora—. Sabes que estoy aquí para ti, odio verte mal, Noah, solo quiero saber qué tengo que hacer para que te sientas mejor.

Sus ojos se humedecieron. Noah había llorado estos dos últimos meses más de lo que nunca hubiese imaginado... Antes ni siquiera lloraba... y, siendo sincero, no sabía qué era peor.

Tiré de ella hacia a mí y la estreché entre mis brazos. Era tan pequeña en comparación conmigo... Odiaba que hubiese algo que la estuviese atormentando. Se separó unos centímetros y con sus manos en mi rostro me obligó a bajar la mirada y clavarla en la suya.

—Deja de pensar que esto es tu culpa, Nick —susurró con sus ojos húmedos por las lágrimas, pero siempre deslumbrantes. Cuando nos mirábamos así sentía que formaba parte de algo único, que ella me pertenecía: mataría por esa mirada—. Tú eres el único que trae paz a mi vida, eres el único con el que me siento a salvo.

—Pero ¿de qué tienes miedo? —no pude evitar preguntar.

Su mirada cambió y vi cómo esa transparencia de unos instantes antes se veía oculta por aquel muro que no dejaba de levantarse entre los dos, sin importar cuántas veces lo hubiera intentado derrumbar: siempre se erigía con fuerza cuando ciertos temas afloraban.

Pero no pude insistir en el tema, ni tampoco esperar a que ella me contestase, porque el ruido de algo al romperse en el piso inferior nos sobresaltó a los dos.

—¿Qué ha sido eso? —musitó Noah desviando su mirada hacia la puerta, con el miedo dibujándose en su rostro otra vez.

Me volví colocándome entre ella y la puerta. Seguramente habían sido Steve o Prett.

—¿Quién más está en casa? —la interrogué manteniendo la calma.

Se hizo el silencio unos instantes.

—Solo nosotros —contestó Noah y sentí cómo se me pegaba a la espalda.

«Mierda.»

21

NOAH

Aunque haber escuchado que algo se rompía en el piso de abajo me había dejado petrificada de miedo, por unos instantes había agradecido la interrupción.

«¿De qué tienes miedo?»

Esa pregunta era tan complicada, abarcaba tantos ámbitos de mi vida y podía contestarse de tantas formas distintas que la convertía en la peor pregunta que alguien podía hacerme, sobre todo si era Nicholas quien preguntaba. Si yo empezaba a soltar por la boca todos los miedos que seguían presentes en mi mente, podía meterme en muchos problemas, porque había cosas que era mejor dejarlas enterradas bien al fondo, aunque algunas se empeñasen en salir y amargarme la vida.

—Dime que has puesto la alarma, Noah —me pidió Nicholas acercándose a la puerta cerrada y entreabriéndola para poder asomarse en silencio y escuchar atentamente.

—¿Tenemos alarma? —pregunté sintiéndome como una idiota y empezando a asustarme de verdad.

Nicholas me fulminó con la mirada.

—¡Joder, Noah! —exclamó simplemente y salió al pasillo indicándome que me quedara quieta donde estaba.

Hice caso omiso y me pegué a él escuchando atentamente. Por unos segundos no se oyó nada, aparte de nuestras respiraciones, pero entonces se oyeron unas voces..., voces de hombre.

Nicholas se volvió deprisa, me cogió del brazo y se metió conmigo en la habitación otra vez. Lo miré aterrorizada cuando se llevó el dedo a los labios indicándome que me mantuviese callada.

—Dame tu móvil —pidió entre susurros intentando parecer calmado, aunque pude ver que le estaba costando lo suyo.

Asentí y maldije entre dientes un segundo después.

—¡Mierda, me lo he dejado en la piscina! —me lamenté asimismo en voz baja.

¿Cómo podía ser tan estúpida? Siempre tenía el teléfono conmigo y ahora que lo necesitábamos me lo dejaba fuera, en el jardín.

—Pues el mío está abajo, en la mesita al lado de la puerta.

Su cerebro empezó a trabajar con rapidez.

—Escúchame —dijo entonces cogiéndome la cara entre sus manos—. Quiero que te quedes aquí. —Negué con la cabeza—. ¡Joder, Noah, quédate aquí, yo iré a buscar el teléfono que hay en el cuarto de mi padre y llamaré al 911!

—No, no, quédate conmigo —le supliqué desesperada.

¡Dios!, estaba tan asustada... Nunca me había visto envuelta en un atraco ni nada parecido; el secuestro había sido horrible, es verdad, pero eso no significaba que me hubiese hecho más fuerte a la hora de afrontar este tipo de situaciones, sino más bien todo lo contrario. Tenía tanto miedo que me temblaban las manos.

—Nicholas, han cortado la luz, no va a haber línea —dije cayendo en la cuenta.

Antes de poder contestarme oímos las voces de nuevo, esta vez más cerca. Nicholas me acalló colocando una mano en mi boca y entonces oímos claramente las voces de dos tíos subiendo las escaleras.

Permanecimos en silencio un minuto que se hizo eterno, hasta que pareció que las voces se alejaban. Eso significaba que, en vez de seguir por nuestro pasillo, se dirigían a la habitación de nuestros padres.

Nick se volvió hacia mí, me observó unos instantes y lo que fuera que vio en mi rostro pareció dejarle claro que hiciera lo que hiciese iba a tener que llevarme con él.

—Ponte detrás de mí y no hagas ruido —me advirtió. Acto seguido abrió la puerta y salió a la oscuridad del pasillo. Aquello me superaba, y otra vez me veía envuelta en situaciones en penumbra que era mejor no recordar y que solo hacían avivar mi miedo a la oscuridad. Si lo pensaba, no había nada bueno que pasase a oscuras... Bueno, solo una cosa, pero no era momento para pensar en eso.

Por suerte la habitación de Nicholas estaba nada más cruzar el pasillo. Entramos en ella deprisa y él cerró la puerta con pestillo. Me quedé quieta en medio de la estancia mientras lo veía trastear en su armario. Entonces sacó un estuche de una especie de caja fuerte.

—¿Qué tienes ahí? —pregunté sintiendo que el miedo me impedía respirar con facilidad.

—Nada —contestó mientras se acercaba a la ventana y la abría. Se asomó y al hacerlo vi lo que sobresalía de la parte superior de sus vaqueros.

—¡¿Qué demonios haces con un arma, Nicholas?! —Tuve que hacerme con todo mi autocontrol para mantener el tono de voz bajo.

Se volvió mirándome con seriedad.

—Quiero que bajes por esta ventana, Noah —me ordenó ignorando mi pregunta—. El árbol tiene muchas ramas, no te va a resultar difícil.

Las lágrimas amenazaron con rodar por mis mejillas otra vez. Lo miré negando con la cabeza... No podía arriesgarme, no podía volver a caerme por una ventana... No, simplemente no podía hacerlo.

—Nicholas, no puedo —confesé en un susurro inaudible ahogado por mis lágrimas.

¿Por qué estaba el destino empeñado en hacerme revivir cosas que deseaba dejar atrás con tanta desesperación?

—¿Por qué no? —preguntó con incredulidad, observándome como si estuviese loca, como si no fuese consciente de que corríamos peligro, que estábamos en la casa de un millonario, y no de uno cualquiera, que habían cortado la electricidad, y que eso demostraba que llevaban tiempo planeándolo, porque debían de saber que William estaría fuera, al igual que yo y los miembros del servicio.

Simplemente le devolví la mirada y enseguida la comprensión iluminó su semblante. Se acercó hacia mí y me cogió el rostro entre sus manos.

—Noah, esto no es como saltar por una ventana, amor —dijo con la voz en calma, aunque sus ojos se desviaron a la puerta de la habitación durante un segundo imperceptible—. Bajé por ese árbol miles de veces cuando era niño, no te caerás, no vas a hacerte daño.

Sabía que lo que decía tenía sentido, pero estaba paralizada por el miedo. Las ventanas, saltar por ellas... Las consecuencias de haber saltado por una en el pasado habían sido devastadoras para mí. Mis manos se posaron directamente sobre mi vientre, casi de forma inconsciente, justo donde tenía la cicatriz.

Nicholas me vio, siguió aquel gesto con sus ojos y vi tristeza cruzar su rostro, aunque disimuló lo mejor que pudo. Aquel tema era tabú por el momento, yo no hablaba de ello, él no hablaba de ello..., aunque íbamos a tener que hacerlo en un futuro próximo.

—Por favor, Noah, hazlo por mí —me pidió desesperado—. No puedo dejar que vuelvan a hacerte daño.

Intenté ponerme en su lugar... Si algo me pasaba, o si los que se habían colado en casa nos veían, no tenía ni idea de lo que podía llegar a ocurrir. De repente sentí miedo por Nicholas, sabía cómo era y estaba segura de que en ese preciso instante se estaba controlando para no salir ahí fuera y ponerse en peligro; que aún estuviese allí conmigo solo significaba una cosa: yo le importaba más que lo que esa gente pudiese hacer o robar.

—Baja tú primero y yo iré detrás —le indiqué intentando controlar mis emociones. Sabía que si bajaba yo antes lo más probable era que Nicholas fuera a por ellos y, viendo que tenía un arma, el miedo a que algo le pasase superó cualquier otro temor que yo hubiese albergado hasta el momento.

Me fulminó con sus ojos claros y supe que había dado en el clavo. Su intención no había sido bajar por esa ventana conmigo.

—A veces me entran ganas de estrangularte —me amenazó, aunque después me dio un beso rápido en los labios.

Agradecí que la casa fuese lo suficientemente grande como para que no nos oyeron hablar, aunque lo hacíamos en susurros.

Nicholas trepó por la ventana con facilidad y me acerqué a ella para observarlo bajar. El árbol estaba a unos tres metros de altura del suelo. Al asomarme, los recuerdos de mi accidente regresaron para atormentarme. Cuando había saltado por esa ventana no me había dado tiempo ni a asimilar lo que estaba haciendo... Recuerdo que estaba tan asustada que nada pareció importarme más que sacarme a mí misma de ese infierno de oscuridad y maltrato. Mi padre se había convertido en el mismo monstruo que todos los niños temen cuando son pequeños, solo que en ese momento no hubo ninguna madre que me dijese que todo había sido una pesadilla: el monstruo había existido de verdad y yo había tenido que saltar para escapar de él.

Nick no tardó en alcanzar el césped que había debajo y me hizo señas para que me apresurara a seguirlo. Miré hacia atrás asustada cuando oí un ruido al otro lado de la habitación. Sin pensarlo saqué las piernas por la ventana y me sujeté a las ramas. Necesitaba bajar antes de que nos vieran. Ver a Nick abajo, listo para atraparme si me caía, me ayudó a tranquilizarme. Cuando unos minutos después me estrechó entre sus brazos, sentí que volvía a respirar con facilidad.

—Vamos —dijo tirando de mí hacia el jardín trasero—. ¿Dónde está tú móvil?

Ambos mirábamos en todas las direcciones por miedo a que alguien apareciese en la oscuridad de la noche.

Gracias a Dios mi teléfono estaba justo donde lo había dejado, encima de una tumbona, pero no fue solo eso lo que encontramos. Thor, el perro que ambos adorábamos, estaba echado junto a la piscina a un metro más allá. No había caído en que no lo habíamos oído ladrar y sentí cómo un nudo de temor se me formaba en el estómago. Nicholas fue corriendo hacia él y colocó la oreja sobre el pecho del animal. Me puse la mano en la boca para mitigar mi horror.

—Está vivo —declaró y solté todo el aire que había estado conteniendo. Me acerqué y me arrodillé a su lado. El perro respiraba de forma acompasada como si estuviese durmiendo y no tenía signos de estar herido.

—Lo habrán dormido con algún sedante —comentó Nick pasándole la mano por la cabeza.

Me incliné hacia él y le di un beso en su cuello peludo.

—Vamos, Noah, nos pueden ver —dijo Nick tirando de mi mano y obligándome a dejar a Thor allí.

Nick cogió el teléfono y me arrastró hasta que llegamos a la parte trasera de la casa de la piscina. Tiró de mí hasta que mi espalda quedó contra la pared y se colocó enfrente, claramente protegiéndome con su cuerpo. Estar así y en esa situación me recordó a mi fiesta de cumpleaños y pensé en la ironía de volver a tener que escondernos justo ahí para que no nos viesen.

Sus ojos no se apartaron de los míos mientras marcaba el número de urgencias. Nicholas explicó lo que pasaba, que habían entrado en nuestra casa y dónde nos habíamos escondido. Le informaron de que una patrulla estaba de camino y que no nos moviésemos de donde estábamos. Cuando colgó, me abrazó y me besó en la coronilla.

—¿Estás bien? —preguntó echándose hacia atrás para poder mirarme a la cara—. Aquí no nos verán, no va a pasarte nada.

Me encontraba en un estado de nervios tan intenso que sentí cómo mis manos empezaban a temblar. La pesadilla, saber que Nicholas me había oído, lo que me había dicho después y haber tenido que saltar por esa ventana... Quería hacerme un ovillo en el suelo y esperar a que todo volviese a la normalidad. Necesitaba escapar de los malos recuerdos.

—¿Me das un beso? —dije evitando responder a su pregunta. Sentía la adrenalina correr por mis venas y hasta que no viese llegar a la policía no iba a quedarme tranquila.

Pareció extrañado por mi petición, pero, de todas formas, se inclinó para posar sus labios sobre los míos. Su intención había sido darme un simple beso, pero entrelacé mis dedos detrás de su nuca y lo animé a profundizarlo. Nicholas me cogió y me puso de espaldas contra la pared. Sabía lo que estaba pasando, toda la frustración desde el día que nos habíamos vuelto a ver después de un mes separados, la pelea con mi madre, las dudas... Todo estaba resolviéndose justo en ese instante.

Nick ralentizó el beso cuando notó que la situación se nos estaba yendo de las manos y yo lo abracé y dejé que siguiera pegado a mí. Mis manos tocaron algo sobre la cinturilla de sus vaqueros y entonces dio un paso hacia atrás, separándose totalmente de mí.

Por un segundo nos miramos, en silencio, pero con nuestros pulmones trabajando afanosamente. Vi que se sacaba algo de la espalda y se lo recolocaba de forma que no le molestara. Temblé al ver la pistola plateada.

—No deberías tener eso —le advertí cuando se apartó.

Antes de que pudiera responder, oímos las sirenas de los coches de policía. Se acercó a mí y me cogió el rostro entre sus manos.

—Ahora, por favor, no te separes de mí.

Asentí y cogí su mano para enfrentarnos a lo que nos esperaba fuera.

Nicholas no se apartó de mi lado en ningún momento. Cuando salimos de nuestro escondite nos encontramos con dos coches patrulla; en la puerta se había formado un buen revuelo y algunos vecinos se habían acercado, con miedo, a interesarse por lo que había pasado. Eran dos los que habían intentado robar, los habían cogido con las manos en la masa, no pudieron escapar. Lo peor de todo era que ellos iban armados, lo que me recordó que Nick también lo estaba.

Lo observé callada a su lado mientras hablaba con los policías y les explicaba todo lo que había pasado y cómo habíamos bajado por la ventana. Los agentes anotaron todo en sus libretas y nos dijeron que debíamos ir a comisaría a declarar.

—Puede hacerlo mañana, señor Leister —puntualizó el policía observándome con preocupación—. Quizá es mejor que ahora descansen.

—Espero que se pudran en la cárcel —manifestó Nicholas desviando su mirada del policía al coche patrulla que salía en ese momento de nuestra casa.

Después de eso y de varias conversaciones de cortesía con los vecinos, la policía se marchó, al igual que todos los demás. Llamé a mi madre para contarle lo que había pasado.

—Dile a Nick que se quede en casa contigo esta noche —me pidió, y aunque me sorprendió, sentí una calidez y un agradecimiento en el estómago largamente olvidados—. Nosotros llegaremos lo antes posible.

Cuando colgué, Nick me arrastró dentro, cerró la puerta con llave y marcó el número de la alarma que yo ni sabía que existía. Me explicó cómo se ponía y dónde estaba. Yo, por mi parte, me juré no volver a dejarla desactivada.

—Vamos a la cama —dijo cogiéndome de la mano y subiendo las escaleras.

Subimos a su cuarto y me dejó una camiseta limpia de pijama. Los dos nos cambiamos en silencio, totalmente absortos en nuestros pensamientos.

—Si yo no hubiese decidido venir... —comentó de repente y vi el miedo cruzar su rostro. Las imágenes que hacía un rato habían pasado por mi mente ahora las veía reflejadas en la suya—. Por eso quiero que vivamos juntos, para protegerte, para estar ahí siempre que me necesites.

Ahora lo veía tan claro... La seguridad que me transmitía, lo bien que me sentía cuando sabía que estaba ahí. Era verdad lo que decía, lo necesitaba, era en quien confiaba, era la cura para mis pesadillas: él espantaba mis demonios.

—Se lo diré a mi madre, Nick, te lo prometo —aseguré, despejando cualquier duda que rondara por mi mente. Ya estaba claro, era con Nicholas con quien tenía que estar. Una genuina sonrisa apareció en su rostro, me besó en los labios y me abrazó fuerte. Era raro estar ahí, en su habitación. Habían sido pocos los momentos que habíamos compartido entre esas cuatro paredes, porque él se había mudado nada más empezar a salir, pero me vino a la cabeza la primera vez que nos acostamos..., lo nerviosa que estaba y lo bonito que había sido. Me había tratado como si fuese de cristal... Ahora nuestras relaciones eran tan distintas, tan diferentes... A medida que pasaba el tiempo todo parecía volverse más intenso, como si necesitásemos más y no supiésemos cómo sobrellevarlo.

—Ven —me indicó simplemente.

Hice lo que me pedía, me metí en su cama y me acurruqué bajo las mantas; me pegué a él como una lapa dejando que me abrazara y apoyé mi cabeza en su pecho. Nicholas apagó la luz y lo último que recuerdo es que estaba soñando, solo que esta vez con algo mucho más hermoso: él.

22

NICK

Me desperté con Noah susurrándome al oído.

—Nick —dijo en voz baja—, despierta.

No abrí los ojos, simplemente gruñí y, en respuesta, su lengua empezó a recorrer mi mandíbula de forma suave y seductora.

«Oh, mierda.»

—Nick —repitió mientras su mano bajaba por mi pecho y se detenía ligeramente sobre el vello oscuro que subía hasta mi ombligo.

Me estremecí, pero decidí seguir con ese juego.

—Estoy molido, Pecas. Si quieres algo vas a tener que esforzarte más.

No solía tener a Noah queriendo llamar mi atención de esa manera; es más, casi siempre era yo el que la asaltaba siempre que podía y me gustó ese cambio de papeles.

—Tendré que buscarme a otro —soltó entonces, captando mi atención de inmediato y poniéndome en alerta. La sentí apartarse, abrí los ojos y me coloqué encima de ella tan rápido que ni queriendo se hubiese podido escapar. Apreté con fuerza contra su cuerpo y disfruté del roce de mi erección contra la suave tela de su ropa interior.

Noah respiró profundamente y clavó sus ojos en los míos. Colé mi mano por debajo de la camiseta y le apreté suavemente uno de sus pechos desnudos.

—Apenas hemos dormido, Pecas —dije acariciándola mientras mi boca se hundía dulcemente en su cuello—. ¿A qué viene este asalto por la mañana?

—Estoy haciendo uso de tu deber como novio —respondió moviendo las caderas hacia arriba y suspirando entrecortadamente contra mi hombro desnudo.

—Puedes hacer uso de mi deber como novio cuando quieras; ahora estate quieta —le ordené inmovilizándola sobre la cama. ¡Dios, la sentía tan pequeña debajo de mí...! Quería comérmela a besos lentamente hasta que no recordase ni su nombre—. Eres consciente de que nuestros padres pueden haber llegado ya, ¿verdad?

Me importaban una mierda nuestros padres, pero quería que esperara un poco más antes de darle lo que quería. Como respuesta a mi pregunta, me rodeó la cintura con sus piernas y se apretó suavemente contra mí.

—¿Desde cuándo te importa eso? —contestó molesta.

Sonreí en la penumbra y, antes de darme cuenta, su mano bajó hasta alcanzar mis pantalones. Intentó meterla dentro, pero la detuve antes de que me obligase a perder el control.

—Si no recuerdo mal, la última vez fuiste tú quien llevó las riendas, Pecas, y ahora intentas hacer lo mismo. ¿Quién te ha dado permiso?

—¿Permiso? —repitió alzando las cejas—. Al final te quedarás sin sexo, por listo.

Me reí enterrando mi cara en su hombro y la mordí y, por un momento, perdí la razón.

—No te arrepentirás de haberme despertado, amor —le aseguré, quitándole el pijama y acariciando su cuerpo hasta colocarme justo donde quería estar. Le besé dulcemente las piernas y los muslos y conté hasta diez intentando mantener el control. Noah se movió inquieta, suspirando en silencio, y noté cómo sus manos se aferraban con fuerza a las sábanas, confirmando que lo que había dicho iba a convertirse en realidad—. Mírame —le pedí.

Cuando nuestros ojos se encontraron ya no fui capaz de apartar la mirada en ningún momento.

—¡Dios...! —exclamó.

—¿Te gusta? —le pregunté y entonces oí un ruido detrás de la puerta.

Maldije entre dientes y me coloqué encima de Noah, cubriéndola totalmente con mi cuerpo, y puse el edredón por encima de ambos.

—Pero ¡¿qué haces?! Estaba a punto... —le tapé la boca con la mano justo cuando la puerta de mi habitación se abría con un chirrido.

—¿Nicholas? —preguntó la voz de Raffaella en la penumbra.

¡Joder!

—Estaba durmiendo, Raffaella —respondí intentando que no se me notase agitado al hablar. Noah se tensó bajo mi cuerpo, como un palo.

—Lo siento, solo quería darte las gracias por quedarte con Noah.

Apreté con fuerza mi cuerpo contra el cuerpo de Noah y la noté temblar yendo a mi encuentro casi por inercia. Sus ojos se cerraron con fuerza.

—No hay de qué. No la habría dejado sola —aseveré sonriendo en la oscuridad y acariciándola con mi mano. Me miró alarmada y tuve que hacerme con todo mi autocontrol para no soltar una carcajada.

—Lo sé —declaró Raffaella tranquilamente—. Bueno, te dejo dormir. A tu padre y a mí nos gustaría que desayunáramos todos juntos hoy. Iré a despertar a Noah.

—Genial —contesté a la vez que hacía una mueca de dolor al sentir los dientes de Noah clavarse salvajemente en mi brazo. Su madre cerró la puerta por fin y ella me dio un manotazo fuerte en el hombro.

—¡Idiota! —me increpó enfadada.

Volví a reírme y la acallé con un beso. Introduje mi lengua entre sus labios apretados y la saboreé entera mientras mis dedos seguían jugando con su piel. Su enfado desapareció tan rápido como los movimientos de mi mano.

—Eres un capullo —dijo cerrando los ojos con fuerza y disfrutando de mis atenciones.

—Un capullo con suerte. Ven aquí —le indiqué mientras me quitaba la ropa interior y, sin esperar más, la abrazaba con fuerza. Gruñí contra la almohada al sentirla contra mí. Noah murmuró algo ininteligible y empecé a moverme sin perder tiempo.

—Por favor, Nicholas, necesito terminar... —me susurró abrazándome con tanta fuerza que me clavó las uñas en la espalda. La había dejado a medias antes, así que volví a acariciarla mientras yo seguía moviéndome bajo su cuerpo.

Cuando la sentí suspirar, me detuve unos segundos concentrándome para alargar el momento y no irme con ella.

Le tapé la boca con mi mano para que nadie la escuchara y empecé de nuevo, esta vez yendo más lento, esperando que se recuperara.

No había nada que se pudiese comparar con sentirla así, sin ninguna barrera, piel con piel. Desde que Noah tomaba las pastillas anticonceptivas aquello era la gloria.

—Uno más, Noah —le pedí yendo cada vez un poco más deprisa—, vamos a hacerlo juntos.

Y lo hicimos... Juntos alcanzamos esa liberación espectacular que nos dejó exhaustos durante minutos. Nos quedamos quietos en la cama, respirando agitadamente e intentando recuperar el aliento.

—Esto pasa si me asaltas por las mañanas —comenté junto a su cuello.

—Lo recordaré la próxima vez.

Habían pasado meses desde la última vez que desayuné con mi padre en la cocina. Creo que fue poco después de que Noah volviese del hospital debido al secuestro. Repetirlo fue de lo más extraño. Raffaella también estaba, así que tuvimos desayuno familiar.

No quería que viesen lo poco que quería estar allí; además, a Noah la entristecía cuando me veía disgustado con su madre, así que intenté aparentar tranquilidad. Noah estaba a mi lado jugando, más que comiendo, con sus cereales. La radio, como siempre, sonaba de fondo y, cuando mi padre y Raffaella se sentaron frente a ambos, supe que ese desayuno no era simplemente un desayuno familiar.

—Bueno... —empezó a hablar mi padre, con sus ojos yendo alternativamente de Noah a mí—. ¿Cómo va todo? Dentro de poco te vas a la facultad, Noah. ¿Lo tienes todo preparado?

—Qué va, aún ni he empezado —respondió metiéndose una cucharada de cereales enorme en la boca.

Me puse tenso al ver que no decía nada sobre venir a vivir conmigo... Ese momento era tan bueno como cualquier otro, pero no dio señal alguna de que esa fuese su intención.

—¿Sabes ya quién será tu compañera de habitación? —quiso saber su madre y ella casi se atraganta. Estiré la mano y empecé a darle suaves golpecitos en la espalda.

—Aún no —contestó con la voz rasposa.

Mierda, quería largarme de esa cocina.

Raffaella miró a mi padre y después ambos se centraron en nosotros.

—Queríamos hablar con vosotros —empezó él—. Supongo que estos últimos meses no nos hemos comportado como una familia... Hemos tenido varias confrontaciones y queríamos solventar los problemas para poder llevarnos todos un poco mejor.

Eso no me lo esperaba. Fijé mi mirada en mi padre y dejé la taza de café sobre la mesa. Era todo oídos.

—¿Vais a aceptar de una vez por todas que estamos juntos? —planteé sin titubeos.

Raffaella se irguió en la silla y mi padre le lanzó una mirada de advertencia.

—Aceptamos que sois jóvenes y que os gustáis y que... —dijo Raffaella.

—Nos queremos, mamá, creo que eso es más que simplemente gustarse —declaró Noah interviniendo en la conversación.

Su madre apretó los labios y asintió.

—Lo comprendo, Noah, de veras, ya sé que creéis que os he estado amargando la vida y que no acepto vuestra relación, y puede que estéis en lo cierto..., pero sois muy jóvenes y los casi cinco años de diferencia de edad es muchísimo, sobre todo cuando se tienen dieciocho recién cumplidos, Noah —puntualizó centrándose solo en ella—. Únicamente os pido que os toméis las cosas con calma. Nick, espero que sepas comprender que mi hija tiene muchas cosas por vivir, que está a punto de empezar la facultad y que quiero que experimente y se divierta, que saque el máximo partido de lo que yo nunca había soñado con poder darle.

Me tensé y noté cómo la rabia empezaba a cocerse a fuego lento.

—¿Estás diciendo que conmigo no se divierte, que no la voy a dejar disfrutar de la universidad?

—Está diciendo que no centréis vuestra vida el uno en el otro, tenéis muchas cosas por ver y por hacer aún, no queremos que vayáis demasiado deprisa —intervino mi padre intentando calmar las aguas—. A lo que íbamos —prosiguió suspirando profundamente—, queríamos hacer un trato, algo así como un acuerdo de paz. ¿Qué os parece?

—No pienso llegar a ningún acuerdo de nada: Noah es mi novia y no hay nada más que hablar ni negociar.

Mi padre respiró hondo y supe que estaba aguantándose las ganas de comenzar a despotricar.

—Pues entonces necesito que nos hagáis un favor y, a cambio, prometemos no inmiscuirnos más en vuestra relación.

—¿Qué tipo de favor? —lo corté queriendo ir al grano de una puta vez.

Mi padre parecía estar sopesando su manera de formular su petición.

—Dentro de un mes se cumple el sexagésimo aniversario de Leister Enterprises; vamos a hacer una fiesta a la que asistirán todo tipo de personas, creemos que incluso el presidente. Todo el dinero que se recaude por cubierto se donará a una ONG destinada a alimentar a personas del tercer mundo. Es un acontecimiento vital para la empresa, Nicholas, tú sabes perfectamente de lo que estoy hablando, y ahora que estamos emprendiendo nuevos proyectos es muy importante que demos una imagen fuerte y unida, que nos presentemos como un equipo ante la prensa y demás invitados.

—Sé lo importante que es, yo he colaborado en organizarlo —dije con el ceño fruncido—, pero no sé qué tiene que ver eso con mi relación con Noah.

—Pues es muy simple: si os presentáis en la fiesta como pareja, ya puedes ir imaginando los artículos de prensa... Todo se centrará en vosotros y en el escándalo que supone esta relación. No, Nicholas, no me interrumpas

—me cortó al ver que mi intención era rebatir lo que decía—. Sé perfectamente que vuestra relación, por mucho que no nos haga gracia, es plenamente aceptable, sois hermanastros, simplemente, pero muchas personas no lo verán así, necesito dar una imagen familiar sólida y, si aparecéis juntos como pareja, esa imagen se verá emborronada por la confusión y el disgusto de muchos de los miembros que van a asistir a la fiesta. Estoy hablando de gente mayor, gente de mucho dinero que no acepta ciertas conductas.

—Esto es ridículo, nadie va a reparar en nosotros, por Dios santo, a nadie le importa lo que hagamos o dejemos de hacer.

—Eso sería cierto si desde los últimos años no te hubieses dejado ver con todo tipo de chicas que suelen salir en las revistas del corazón. Nicholas, sabes muy bien que siempre has despertado el interés de la prensa, no hay más que ver cómo te reciben en cada puñetero acto social al que decides asistir.

Noah me miró de reojo y yo maldije entre dientes. ¡Joder!

—¿Me estás pidiendo que acuda a la fiesta solo y que actúe como si Noah fuese mi puñetera hermana pequeña?

—Te estoy pidiendo que vayas con alguna amiga tuya y que os mantengáis separados durante una noche. Noah iría también con alguien, posaremos como familia ante la prensa, cenaremos, tendremos algunas charlas y negociaciones importantes con quienes acudan, y luego cada uno a su casa y todo como siempre.

Antes de que explotara, Noah decidió intervenir:

—Me parece bien —concedió y la fulminé con la mirada.

—Ni de broma, no vas a ir a una fiesta de tal importancia con algún gilipollas que se crea que estás soltera. Me niego.

Raffaella, que se había mantenido callada hasta el momento, abrió la boca.

—Nicholas, a esto me refiero cuando te digo que debes tomarte las cosas con calma, solo es una fiesta. Tu padre te está diciendo lo importante que es, no es que Noah se vaya a casar con otro, por el amor de Dios, como si quiere venir sola, nos da igual.

Respiré hondo varias veces y me puse de pie.

—Iremos, posaremos ante las cámaras como tú quieras, pero solo te advierto que, cuanto más adelante se descubra lo nuestro, vas a quedar como un puto mentiroso.

Salimos juntos al jardín trasero, ambos sin decir una palabra. Yo estaba tan cabreado que simplemente me quedé mirando las olas del mar chocando contra el acantilado que había bajo nuestra casa para intentar tranquilizarme. Sentí los brazos de Noah abrazarme por detrás y su mejilla apoyarse tiernamente contra mi espalda. Coloqué mi mano encima de las suyas y me sentí un poco mejor.

—No es para tanto, Nick —dijo entonces, borrando cualquier posibilidad de calma. Me volví y la miré muy serio.

—Sí que lo es, para mí lo es... Noah, no soporto que la gente piense que no eres mía.

—Pero lo soy, sabes que lo soy, es una estúpida fiesta, serán un par de horas como mucho, no le des más importancia de la que tiene.

Negué con la cabeza y le cogí el rostro entre mis manos.

—Tiene toda la importancia del mundo. Esta es la última vez que cedo en algo como esto. —La besé antes de que pudiese decir nada—. Yo le gritaría al mundo que estoy contigo, no entiendo cómo no te pasa lo mismo.

Se encogió de hombros con una sonrisa.

—A mí lo que piense el mundo me da igual. Tú sabes que soy tuya y con eso debería ser suficiente.

Suspiré y le besé la punta de la nariz. «Debería, pero no lo es...», pensé en mi fuero interno. Las cosas tenían que empezar a cambiar.

23

NOAH

Aquella tarde había quedado con Jenna. Hacía más de un mes que no la veía, desde que me había ido a Europa, y tenía la sensación de que me estaba evitando. Por fin había aceptado que fuera a verla a su casa, y era lo que estaba haciendo en aquel instante.

Esperé en la puerta y no pude evitar admirar el inmenso jardín delantero que tenían. A diferencia de los Leister, ellos no contaban con un portón privado, sino que daba a la calle directamente, aunque había que andar un buen tramo hasta llegar a la puerta de la vivienda. Tenían un montón de árboles altísimos con columpios de color amarillo y un pequeño estanque con ranas y bonitas flores, justo a la derecha de la casa, lo que otorgaba a esta un aire de ensueño. Casi todas las mansiones de aquella urbanización eran increíbles, pero la de Jenna tenía un toque especial, un toque del que estaba segura de que ella era responsable.

—Pase, señorita Morgan —dijo Lisa, la asistenta. Le sonreí en respuesta.

—¿Jenna está en su habitación? —pregunté. A lo lejos se escuchaba el sonido de los videojuegos en marcha, lo que confirmó que los hermanos de Jenna estaban en casa.

—Sí, la está esperando —contestó. De inmediato salió casi corriendo cuando el ruido de algo al romperse llenó la estancia.

Me reí y fui directamente hacia las escaleras. Al contrario que en mi casa, estas estaban en una sala aparte, donde un salón elegantemente decorado y un bar con cientos de botellas de distintos licores parecía tentarte a permanecer en él.

Cuando llamé a la puerta de la habitación de mi amiga y entré, la encontré rodeada de maletas y de montones de ropa por el suelo, sentada como un indio sobre la alfombra de cebra. Llevaba el cabello recogido en lo alto de la cabeza en un moño flojo. Una sonrisa apareció en su rostro cuando me vio y se levantó para darme un abrazo.

—Te he echado de menos, rubita —me confesó soltándome un momento después sin añadir nada más. Me sorprendió que no estuviese saltando como loca o que no me arrastrara de inmediato hasta su cama para empezar a hablar y a preguntarme cosas. Vi en su rostro que había algo que la preocupaba, algo que no la dejaba mostrarse tal y como era, enérgica y divertida.

—¿Qué estabas haciendo? —le pregunté intentando disimular mi preocupación.

Jenna miró a su alrededor, despistada.

—¡Ah, esto! —respondió sentándose otra vez en el suelo e invitándome a mí a hacer lo mismo—. Estoy decidiendo qué me voy a llevar a la universidad. ¿Te puedes creer que falte tan poco?

A diferencia de todas las veces que habíamos hablado sobre la universidad, sobre nuestra independencia y cómo lo haríamos para visitarnos mutuamente, parecía más preocupada que ilusionada por marcharse.

—Yo ni siquiera he empezado a hacer las maletas todavía… —le conté y me puse nerviosa sabiendo que al cabo de nada iba a tener que enfrentarme a mi madre y decirle que me iba a vivir con Nick. También tenía que explicárselo a Jenna, pero algo me dijo que ese no era el momento.

La ayudé unos minutos a doblar algunas camisetas y, mientras me desvivía por averiguar qué podía haberle pasado, me dediqué a mirar a mi alrededor, distraída.

El cuarto de Jenna era lo opuesto al mío: mientras que mi habitación era azul y blanca y llamaba a la tranquilidad y a la relajación, en la de Jenna las paredes estaban pintadas de color rosa fucsia y los muebles eran todos negros. En una de las paredes había un gran maniquí con muchísimos collares enredados que, en más de una ocasión, habíamos intentado desenredar, sobre todo porque eran chulísimos y queríamos ponérnoslos. Sin embargo, nuestros intentos fueron en vano y esos collares habían pasado a ser algo decorativo. En otra de las paredes, un sofá de cebra blanco y negro a juego con su alfombra te invitaba a quedarte mirando la televisión de plasma que había en la otra pared. Al igual que yo, tenía un vestidor, solo que este era un desastre en aquellos momentos.

La música de Pharrell Williams sonaba de fondo y otra vez me extrañó que ni siquiera estuviese tarareando las letras de las canciones. La observé unos segundos más. ¿Desde cuándo Jenna Tavish se pasaba más de cinco minutos en silencio? Dejé la camiseta que estaba doblando sobre el suelo.

—Ya puedes estar diciéndome qué te pasa —dije en un tono un poco más duro de lo que me hubiese gustado emplear en un principio.

Jenna, sorprendida, levantó la mirada del suelo y la clavó en mí.

—¿Qué dices? No me pasa nada —contestó. No obstante, se levantó, dándome la espalda, y fue hacia su cama, una cama inmensa que en ese momento estaba a rebosar de ropa interior y de revistas de moda.

La miré con el ceño fruncido.

—Jenna, nos conocemos... Ni siquiera me has preguntado por el viaje, sé que te pasa algo, suéltalo —la insté, levantándome y acercándome a ella. No me gustaba verla así, no me gustaba que mi amiga, mi mejor amiga, alegre y vivaracha, estuviese tan deprimida.

Cuando levantó la cabeza de un papel que tenía entre las manos vi que tenía los ojos húmedos.

—He discutido con Lion... Nunca lo había visto así, nunca me había gritado así. —Una lágrima se derramó por su mejilla y me acerqué a ella, sorprendida por lo que me decía.

Lion era un sol, bastante capullo a veces, al igual que Nick, pero un sol al fin y al cabo. A Jenna la tenía entre algodones, no entendía qué podría haber pasado para que hubiesen discutido.

—¿Por qué os habéis peleado? —pregunté temiendo que hubiese sido por lo de la paliza del otro día y aquel lío en el que Lion se había metido... y había terminado involucrando también a mi novio. Decidí, sin embargo, dejar eso a un lado.

Jenna se rodeó las piernas y apoyó la cabeza sobre sus rodillas.

—He decidido no ir a Berkley —me soltó entonces.

Abrí los ojos por la sorpresa. Jenna había trabajado muy duro para poder ir a la misma universidad que su padre, la cual, huelga decir, es una de las mejores del país.

—¿Qué dices? Y eso ¿por qué?

Jenna resopló enfadada.

—Me miras como si hubiese cometido un delito, igual que Lion —replicó soltándose el pelo y volviéndoselo a recoger en lo alto de la cabeza. Siempre hacía eso cuando estaba nerviosa o enfadada.—. La UCLA es igual de buena que muchísimas universidades, tú vas a ir allí, Nicholas va a graduarse en esa facultad...

—Ya, pero Jenn, entrar en Berkley no es fácil... Además, podrías seguir viendo a Lion los fines de semana, San Francisco no está tan lejos...

—¡No puedo irme a San Francisco! —dijo desesperada—. No sé qué le pasa a Lion últimamente, pero está raro... Y no pienso ir a vivir a otra ciudad sin saber que estamos bien.

Asentí. Comprendía perfectamente su punto de vista.

—¿Qué te ha dicho Lion? —le pregunté.

—Se puso como un energúmeno, me dijo que era una idiota por cambiar de universidad simplemente por él, que no iba a permitir que mi futuro se viese afectado por lo nuestro... —La voz de Jenna se quebró y la observé angustiada—. ¡Me amenazó con dejarme!

Abrí los ojos por la sorpresa. Pero ¿qué...?

—No va a dejarte, Jenna, tú eres libre de hacer lo que quieras; además, se muere por ti, nunca te dejaría y menos por esto.

Jenna negó con la cabeza, limpiándose las lágrimas con el dorso de la mano.

—Tú no lo entiendes, ha cambiado, está distinto, no sé qué le pasa, pero está obsesionado con ganar dinero... Lo del otro día... —dijo ahogando un sollozo— . Tendrías que haberle visto la cara, Noah, aunque, bueno, Nicholas tampoco es que saliese de rositas, pero pudieron haberle matado y todo por culpa...

Sus ojos se encontraron con los míos y dejó la frase inconclusa.

—¿Por culpa de qué, Jenna?

Mi amiga miró hacia otro lado antes de ponerse de pie, coger un montón de ropa y dejarla al lado de una de las maletas abiertas que había en el suelo. Me dio la impresión de que no quería mirarme a la cara.

—Nada, simplemente que no me gusta que Lion se meta en líos como ese, no me gusta que siga haciendo las cosas que hacían él y Nick el año pasado...

—Ya no las hacen, Jenna, han cambiado, Nicholas ha cambiado —declaré intentando ignorar la vocecita que me decía que Jenna se acababa de referir a Nick.

Jenna se volvió hacia mí, soltando una carcajada.

—¡No lo han hecho! —repuso mirándome con incredulidad—. Nicholas sigue metido en los mismos líos de siempre...

Me quedé quieta, sintiendo una presión en el pecho que me dejó sin aire unos segundos.

—¿De qué demonios estás hablando? —inquirí enfadándome y sin saber muy bien por qué. No pensaba dejar que Jenna pagara su mal humor conmigo y, menos, con Nick. Lo que decía era una sarta de mentiras.

Jenna parecía arrepentida por haber soltado esa bomba, pero siguió hablando de todas formas.

—¡Nuestros novios son idiotas, siguen metidos en todas esas mierdas y nos hacen creer que lo han dejado por nosotras!

—¡Y lo han hecho, Jenna, Nicholas ya no se codea con esa gente, ha cambiado!

Jenna soltó una carcajada, una carcajada que sonó incluso cruel. No reconocía a mi amiga en ese preciso instante, no sabía quién era, estaba arremetiendo contra mi novio sin motivo ni lógica, como si fuese culpa suya que Lion criticase su decisión sobre qué universidad escoger.

—Eres más ingenua de lo que pensaba, Noah, de verdad, no sabes nada.

Me acerqué a ella, estaba colmando mi paciencia.

—¿Qué es lo que no sé?

Jenna cerró la boca unos segundos.

—Piensan volver a las carreras —contestó con voz amarga—. Los dos. La semana que viene, ¿a que eso no te lo había contado?

Me quedé sin palabras.

—Nick nunca volvería a las carreras, no después de lo que pasó el año pasado —afirmé tajante un momento después.

—Bueno, solo es cuestión de tiempo que lo veas por ti misma.

Al final terminé yéndome de su casa. No quería seguir hablando con ella, no quería seguir escuchándola. Nicholas no volvería a esas carreras. Los dos habíamos prometido no cometer de nuevo ese error. A raíz de esas carreras me había ganado el odio de Ronnie, que casi me mata, sin contar que había ayudado a mi padre a secuestrarme. Lo que en un principio había sido divertido se había convertido en algo terriblemente peligroso y por eso no me creía ni una palabra de lo que Jenna había dicho.

Cuando llegué a casa ya era casi la hora de cenar. Entré intentando no hacer ruido y escuché que mi madre estaba en el salón. No me apetecía hablar con ella, así que me metí en la cocina, cogí una ensalada preparada de la nevera, una Coca-Cola Zero y subí casi corriendo las escaleras. Justo cuando dejé todo sobre mi cama, mi teléfono móvil empezó a sonar.

Otra vez un número desconocido.

Mierda, solo podía ser una persona. Dejé que sonara, sintiendo cómo el corazón se me aceleraba en el pecho. Aún me sentía totalmente culpable por haberle dicho a la madre de Nicholas que me reuniría con ella para tomar algo y hablar de él a sus espaldas, pero la asistente social ya había llamado a Nick para decirle que su madre había decidido que se quedara con su hermana unos días y él se había llevado una gran alegría. Ya no había vuelta atrás. Maddie no llegaría hasta el jueves, aún quedaban dos días, pero sabía que en cuanto esa mujer pusiese un pie en Los Ángeles iba a querer verme.

El teléfono volvió a sonar y otra vez preferí no cogerlo. Entonces me llegó un mensaje de texto.

Nos vemos en el Hilton de LAX a las doce del mediodía.

A.

Mierda, Anabel Grason acababa de dejarme un mensaje en mi teléfono. Lo borré nada más leerlo, no quería que hubiese ninguna prueba de lo que estaba a punto de hacer. Me sentía fatal, es más, sentía como si estuviese traicionando a Nick, y en el fondo lo hacía. Sin embargo, una parte de mí, al margen de querer que su hermana pasase unos días con él sin asistente social ni horarios que cumplir, quería averiguar qué tenía que decirme aquella mujer, cuál era su interés en verme aparte de conocer a través de mí a su propio hijo.

Cogí el teléfono y tecleé una simple y monosílaba respuesta.

OK.

Después de eso perdí el apetito y la poca dignidad que me quedaba, al menos ante aquella mujer.

—Venga, Noah, escoge uno —me pidió Nicholas con exasperación después de llevar un buen rato con el muestrario de colores delante y sin saber cuál elegir.

—Yo lo pintaría de beige —propuse después de haberle dado muchas vueltas.

Nick puso los ojos en blanco.

—Para pintarlo de beige lo dejamos de verde, como está y punto —contestó quitándome el muestrario de las manos.

—¿Verde? —dije con asco—. ¿Cómo vas a pintar el cuarto de una niña de color verde?

La mujer que nos estaba ayudando, esperando pacientemente a que eligiésemos un color para la habitación de Maddie, decidió que ya era hora de intervenir.

—El verde está muy de moda, aunque si no estáis seguros... ¿De cuántos meses está? —preguntó entonces mirándome la barriga con una sonrisa.

Tardé unos instantes en comprender lo que estaba insinuando.

—¿Qué? ¡No, no! —negué.

A mi lado Nicholas se puso repentinamente serio y clavó la mirada en la dependienta.

—Creí... —dijo ella pasando su mirada de Nick a mí y después a mi barriga.

Aquella mujer se había creído que estaba embarazada y que estábamos eligiendo el color del cuarto de nuestro bebé. Nuestro bebé... Por Dios, ¿por qué tenía que pensar en eso? Se me hizo un nudo en el estómago.

—Estamos eligiendo el color de la habitación de mi hermana de seis años —le contó Nicholas dejando el muestrario sobre el mostrador—. ¿Acaso nos ve con pinta de convertirnos en padres? Mi novia solo tiene dieciocho años, y yo veintidós. ¿Por qué no piensa antes de sacar conclusiones estúpidas?

Abrí los ojos por la sorpresa. ¿A qué demonios venía ese arrebato?

—Yo... lo siento, n-no... —Comprendí el aturdimiento de la mujer. Nicholas le estaba lanzando esa mirada, la misma que me lanzaba a mí cuando hacía algo que lo sacaba de quicio.

—No pasa nada. Mire, nos quedamos con el blanco, puede decirle a los pintores que empiecen mañana temprano —le indiqué intentando calmar el ambiente. Nicholas me taladró con sus ojos azules, pero no dijo nada más.

Después de pagar salimos de la tienda en un incómodo silencio. No pude aguantar mucho, así que le cogí del brazo obligándolo a mirarme cuando llegamos hasta su coche.

—¿Puedes decirme qué te pasa?

Nicholas evitó mi mirada, lo que hizo que la angustia que ya sentía en mi interior creciera de forma vertiginosa. Ese miedo..., ese miedo a no ser lo suficientemente buena para él siempre estaba ahí. El tema de los hijos era algo que no me permitía pensar, simplemente no podía, al menos no todavía, porque sabía que en el instante en que lo hiciera iba a derrumbarme y no sabía si iba a poder salir de ese agujero cuando llegase la hora de caer en él.

—No soporto la gente que se entromete donde no la llaman, solo eso —me contestó cogiendo mi rostro y dándome un dulce beso en la frente.

Sabía que me ocultaba algo; es más, sabía exactamente qué era lo que le preocupaba..., pero no quería oírlo, no en ese momento.

Lo abracé apoyando mi mejilla en su pecho y puse mi mejor cara. Ignoré aquel miedo que en ocasiones como esa amenazaba con salir a la luz y me subí al coche como si las palabras dichas no hubiesen sido pronunciadas.

Después de eso, estuvimos toda la tarde comprando los muebles para la habitación. Todo llegaría al día siguiente; además, íbamos a tener que montarlo todo en veinticuatro horas si queríamos que la habitación estuviese lista para antes del jueves. Nick estaba emocionado, lo veía en sus ojos, lo veía en su ilusión al elegir las cosas. Dejando al margen el incidente del falso embarazo, había sido muy divertido entrar con Nick en tiendas y jugueterías infantiles.

Compramos algunos juguetes y la cama individual de color azul. Nick había decidido que le hiciésemos el cuarto de los mismos colores que el mío, ya que era algo neutro y tampoco demasiado cursi. Cuando llegamos a su casa, estaba agotada, y me tiré sobre su cama nada más entrar. Sentí cómo su cuerpo se colocaba sobre mi espalda con cuidado, apretujándome contra el colchón pero dejándome espacio para respirar. Su boca se acercó a mi oreja haciéndome estremecer.

—Gracias por hacer esto conmigo —me susurró depositando calientes besos en mi cuello.

Con la mejilla apoyada contra el colchón no podía verle la cara, por lo que me dejé llevar simplemente por la sensación de su boca en mi piel. Con una mano me apartó el pelo hacia un lado y empezó a besarme la nuca...

Suspiré, disfrutando de su contacto, como siempre.

—Ayer estuve con Jenna —solté de repente, expectante por ver cómo reaccionaba ante la mención de mi mejor amiga. Su boca se detuvo, se puso tenso y entonces sentí cómo me liberaba de su peso. Me volví sobre la cama, apoyándome sobre los codos para observarlo. Vi que estaba de espaldas, que se quitaba la camiseta y la dejaba caer al suelo.

—Me alegro —contestó unos segundos después.

Fruncí el ceño cuando se metió en el baño y cerró la puerta casi dando un portazo. Me incorporé y fui hacia allí sin llamar y sin importarme no hacerlo.

Tenía las manos apoyadas sobre el fregadero y levantó la cabeza cuando me oyó entrar.

—¿Sabes...? —continué, dudosa al principio—. Estuvimos hablando.

—¿Y qué? —soltó fulminándome con sus ojos celestes.

«¿Por qué me habla en ese tono?»

—Que te pongas a la defensiva no hace más que confirmar que lo que Jenna me ha dicho que vas a hacer es cierto —dije imitando su tono.

Se colocó delante de mí.

—¿Y qué voy a hacer si se puede saber? —inquirió de mal humor.

Odiaba que me hablase así. Me arrepentía de haber sacado el tema a relucir, pero si era verdad que pretendía regresar a las carreras...

Me fijé en su torso desnudo, en las marcas que aún seguían ahí... Eso tenía que acabar.

—No puedes seguir haciendo lo que haces, Nicholas —le solté midiendo mis palabras—. Jenna me ha dicho que Lion pretende volver a las carreras...

Sin ni siquiera mirarme, me rodeó para salir del baño.

—Lion puede hacer lo que le dé la gana, ya es mayorcito, ¿no crees?

—O sea, ¿que tú no vas a ir? —insistí para quedarme tranquila.

Me fulminó con la mirada.

—No, no voy a ir —negó clavando su mirada en mí—. Y, sinceramente, ahora mismo no me interesa una mierda lo que Jenna diga de mí y de nuestra relación.

Aquello me molestó.

—¡Jenna no es lo importante, sino que nunca debiste meterte en esa pelea con Lion! ¡Me prometiste que eso se había acabado!

—¡Y se ha acabado! Noah, de veras, ya te lo expliqué. Lion estaba en apuros y le eché un cable. —Nick suspiró y se acercó a mí. Me abrazó con fuerza. Luego susurró—. Nunca pensé que se nos iría de las manos, pero no voy a cometer el mismo error, ¿vale?

—No más líos, Nick, no más situaciones peligrosas. ¿Lo prometes? —le pedí, arqueando el cuerpo cuando su boca empezó a besarme el cuello.

—Lo prometo.

24

NICK

Cuando abrí los ojos aquella mañana, lo primero que vi fue el rostro de Noah a escasos centímetros de mí. Tenía la cabeza en mi hombro y casi todo el cuerpo encima del mío. Tuve que contenerme para no echarme a reír, parecía como si hubiese intentado escalar por mi cuerpo y se hubiese quedado a medio camino.

Le aparté un mechón de pelo de la cara con cuidado y dejé que mi pulgar rozara suavemente su piel llena de pecas... Esas pecas que me volvían loco, esas pecas que no solo estaban en su rostro, sino también sobre sus pechos, en sus esbeltos hombros, en la parte baja de su espalda... Me encantaba saber que yo era el único que conocía ese cuerpo a la perfección, el único que sabía en qué lugar estaba cada lunar, cada marca, cada curva y cada herida.

Me fijé en su tatuaje, ese pequeño tatuaje que estaba debajo de su oreja, el mismo que yo me había hecho en el brazo. Cuando decidí hacérmelo simplemente fue porque me gustó la idea de la fuerza que puede llegar a tener algo simple si lo entrelazas de una forma determinada, pero ahora significaba mucho más que eso, ahora quería creer que había sido por ella que había decidido tatuarme ese dibujo... Era ridículo pensarlo, pero esa idea no dejaba de dar vueltas en mi mente, que ambos, a lo mejor, nos habíamos hecho el tatuaje porque sabíamos que terminaríamos encontrándonos...

Mi teléfono empezó a sonar. Estiré el brazo y lo cogí. Era Anna, la asistente social de Maddie. Aún me costaba creer que mi madre hubiese decidido dejarme a la niña el fin de semana de mi cumpleaños, pero no pensaba quejarme. Este año no habría fiestas, ni striptease, ni nada del otro mundo:

este año pasaría ese día especial con las dos chicas que más quería en el mundo.

La pequeñaja estaba emocionada por venir conmigo y yo no podía ser más feliz. Hablé con Anne durante unos minutos para saber a qué hora llegaría su vuelo y dónde nos encontraríamos y colgué con una sonrisa radiante en la cara. Por fin iba a estar con mi hermana como siempre había deseado.

Poco después llegaron los pintores: los había hecho venir antes de las siete porque debía ir al despacho a trabajar a las ocho y media. Cuando les mostré la pequeña habitación, me prometieron que terminarían en un par de horas.

No me hacía gracia dejar a mi novia dormida estando aquellos tíos en mi piso, por lo que fui a despertarla mientras ellos se ponían a hacer su trabajo.

—Noah, despierta —dije dándole pequeños toquecitos en el hombro.

Ella emitió un gruñido y siguió durmiendo. Empecé a vestirme, mirando el reloj que había junto a mi mesilla de noche. Tenía que irme de inmediato si no quería llegar tarde.

—¡Noah! —insistí levantando el tono de voz. Sus ojos se abrieron, cansinos y molestos después de haberla llamado casi a gritos viendo que no se despertaba.

—¿Sabes lo que significa la palabra «vacaciones»? —soltó rodando por las sábanas y dejando la cabeza debajo de mi almohada.

Joder. No tenía tiempo para eso.

Cogí el móvil. Al tercer timbrazo Steve me contestó, despierto y alerta, como siempre.

—Nicholas.

—Necesito que vengas a mi apartamento y te quedes con Noah hasta que los pintores terminen su trabajo.

Noah abrió los ojos al oírme decir aquello.

—Estás de broma, ¿no? —replicó incorporándose y pasándose las manos por los ojos como si tuviese cuatro años.

No, no estaba bromeando en absoluto.

—Salgo ahora mismo —me informó Steve al otro lado de la línea.

—Te espero aquí —contesté y colgué.

Noah se cruzó de brazos mirándome enfadada.

—Lo tuyo es de psiquiatra.

Sonreí ignorando su tono malhumorado mientras seguía vistiéndome. Iba a llegar tarde, pero no me importaba: no pensaba dejar a Noah sola con dos tíos cualesquiera.

—Solo cuido de ti —afirmé terminando de anudarme la corbata.

—Sé cuidarme sola —repuso levantándose de la cama y rodeándome para meterse en el baño.

Suspiré al oír cómo el agua de la ducha empezaba a correr. Podía enfadarse todo lo que quisiese, pero había demasiados pirados en el mundo como para correr ningún riesgo, y menos con ella. Ya la habían secuestrado una vez, no iba a permitir que volviese a pasar.

Salió diez minutos después envuelta en una toalla y con el pelo chorreando.

—¿Sigues aquí?

Sonreí divertido. Enfadada estaba arrebatadora.

—Steve está aparcando, así que ya puedo irme tranquilo... ¿No me vas a dar un beso?

Estaba terriblemente sexy. Me acerqué para darle un beso que la dejase con las piernas temblando.

—Te voy a mojar —advirtió dando un paso hacia atrás.

—Eso siempre —respondí con una sonrisa burlona.

—Eres asqueroso —replicó, pero vi que su enfado flaqueaba y que me pegaba un repaso con sus bonitos ojos de color miel.

La cogí por la nuca y la atraje hacia mí. Introduje mi lengua en su boca y cuando la cosa empezaba a calentarse, llamaron al timbre. Noah intentó retenerme tirando de mi corbata pero me aparté, tenía prisa, no podía perder más tiempo.

—Me voy ya —anuncié dándole la espalda y yendo hacia la puerta.

Cuando fui a cerrarla, sus ojos se clavaron en los míos y, un segundo después, dejó caer la toalla sobre el suelo de madera.

¡Joder!

Llegué a la oficina justo a tiempo. Mi despacho estaba al final del pasillo y fui directamente hasta allí sin detenerme ni a tomar un café. Sabía que ese día mi padre tenía pensado venir y Dios no quisiera que me viese llegar tarde... Si eso pasaba me pondría a servir café a todo el personal.

Lo que no esperaba era encontrármelo en mi despacho..., hablando tranquilamente con una chica que no había visto en mi vida. Esta estaba sentada en mi silla y sonreía educadamente ante algo que mi padre acababa de decirle. Cuando entré, ambos se volvieron hacia mí. Mi desconcierto paso a ser cabreo en cuanto vi una segunda mesa, ubicada al otro lado de la habitación junto a la ventana..., mi ventana.

—Hola, hijo —saludó mi padre con una sonrisa amigable.

Por lo menos hoy estaba de buen humor, ¡qué novedad!

—¿Qué es esto? —pregunté señalando alternativamente a la chica y la mesa de la esquina.

Mi padre frunció el ceño.

—Sophia es la hija del senador Aiken, Nicholas. Ha decidido hacer las prácticas aquí; yo mismo le ofrecí este puesto de trabajo.

Miré con los ojos entornados a la hija del senador. No tenía ni idea de la oferta que le había hecho mi padre, supongo que le interesaba tener buena relación con el suyo, aunque no comprendía qué pintaba yo en todo este asunto.

—Tú has hecho prácticas bastante tiempo, estás a punto de terminar la carrera y le he dicho a Sophia que te encantaría echarle una mano, ayudarla a encajar en este mundillo.

«¡Joder, mierda, no!»

Sophia me lanzó una seca sonrisa, que supe que era más de animadversión que de otra cosa. Genial, el disgusto era mutuo. Mi padre nos observó unos instantes, supongo que molesto por mi silencio, pero demasiado educado como para mencionar algo al respecto.

—Bueno, Sophia, espero que estés a gusto aquí, y para cualquier cosa, ya tienes mi número de teléfono o, si no, simplemente se lo dices a Nick.

—Gracias, señor Leister, lo tendré en cuenta y de veras que le agradezco esta oportunidad: siempre he querido trabajar para Leister Enterprises, creo que los sectores a los que su empresa ha decidido abrirse son cruciales a la hora de expandir el negocio y prosperar. Conociendo bien las leyes, se pueden conquistar nuevos mercados y estoy segura de que con la ayuda de su hijo podremos conseguir algo magnífico.

Y encima pelota, aunque el discursito le había quedado redondo. Mi padre la miró con aprobación y se despidió antes de marcharse, no sin antes lanzarme una mirada de advertencia.

—Se nota que eres hija de un político —le solté mirándola fijamente—. Estás sentada en mi silla, ya puedes moverte.

Sophia sonrió y se levantó con cuidado. Mis ojos se desviaron hacia ella sin poder evitarlo. Pelo negro, piel bronceada, ojos castaños y piernas largas. Vestía una falda de tubo gris perla y camisa blanca impoluta. Sí, señor, tenía delante a toda una hija de papá.

—No te dejes engañar por mi aspecto, Nicholas, he venido aquí para quedarme.

Fruncí el ceño, pero decidí ignorar su comentario. Me senté en mi silla, abrí mi correo y me puse a trabajar.

25

NOAH

Dentro de dos días llegaba Maddie y había que terminar su habitación. Le había dicho a mi madre que iba a quedarme algunos de los días que la niña estuviese con Nick y como no quería que nuestra relación se volviese aún más tirante, me comporté como una buena chica y me fui a casa después de asegurarme de que la habitación de Madison quedaba libre de chismes y lista para que los muebles fuesen montados y colocados en sus respectivos lugares. Nicholas iba a tener que encargarse de supervisarlo todo, ya que a mí no me vería hasta que no hubiese hablado con Anabel Grason.

Los dos días siguientes pasaron deprisa. Supongo que cuando quieres que el tiempo no pase, que las horas se alarguen lo máximo posible, estas vuelan. De manera que, sin darme tiempo a mentalizarme, esa mañana llegaban Maddie y su madre. Estaba nerviosa y sabía que Nicholas también lo estaba. Me había mandado un montón de fotos preguntándome si la habitación me gustaba, si le gustaría a su hermana, si cambiaba los muebles, si quizá era mejor poner la cama bajo la ventana en lugar de en la esquina, si la cómoda sería suficiente y si el tren teledirigido le gustaría tanto como le había gustado a él.

Me reí divertida al otro lado de la línea.

—Nick, le va a encantar; además, a tu hermana lo que le interesa es verte a ti, no a su nueva habitación.

Se hizo un silencio.

—Estoy muy nervioso, Pecas, nunca he pasado más de un día con mi hermana, y ¿si de repente se pone a llorar porque extraña su casa? Es una enana y yo soy un tío: a veces no sé cómo lidiar con esas cosas.

Sonreí al espejo que en ese momento tenía delante. Adoraba cuando lo veía tan preocupado, siempre era tan seguro de sí mismo, tan autoritario y mandón, que cuando bajaba la guardia y me demostraba que debajo de aquella coraza había algo tierno y fraternal, solo quería abrazarlo.

—Yo intentaré estar contigo la mayor parte del tiempo —le contesté sentándome en mi cama y fijándome en las vigas de madera del techo.

—¿Cómo? Vas a estar todo el fin de semana, ¿no? —replicó de repente cambiando el tono y poniéndose serio.

Me mordí la lengua. Y justo entonces llamaron a la puerta.

—¿Podemos hablar un momento? —me preguntó mi madre al tiempo que entraba en mi habitación y me observaba tranquilamente.

Asentí, agradeciendo por primera vez que mi madre interrumpiera una conversación con Nick.

—Mi madre quiere hablar conmigo, mañana te llamo, ¿vale?

Colgué antes de arrepentirme. Dejé el móvil junto a mí, sobre el colchón, y la observé mientras empezaba a deambular por mi cuarto. Parecía distraída y también un poco abatida. No llevábamos una buena racha, ninguna de las dos. Apenas nos habíamos dirigido la palabra durante las últimas semanas y la cosa se iba a poner peor cuando se enterase de lo que tenía planeado hacer.

—¿Te falta mucho para acabar las maletas?

Sabía que mi madre estaba tanteando el terreno. Yo nunca hacía la maleta del todo hasta el día antes de irme, y esa costumbre la había heredado de ella. No entendíamos por qué la gente necesitaba semanas para seleccionar su ropa, ponerla en la maleta y cerrarla, pero negué con la cabeza, con la intención de aprovecharme de su intento de acercamiento para comunicarle que iba a quedarme con Nick ahora que su hermana venía a visitarlo.

—Ya casi están. Oye, mamá... —empecé a decir, pero me interrumpió.

—Sé que estás deseando marcharte de aquí, Noah —declaró cogiendo una de mis camisetas y empezando a doblarla, distraída.

Respiré hondo cuando vi cómo sus ojos empezaban a humedecerse.

—Mamá, yo no...

—No, Noah, déjame decirte una cosa: sé que los últimos días han sido difíciles, que no nos hemos llevado bien desde que regresamos de Europa, créeme que entiendo que estás enamorada y que quieres pasar todo tu tiempo con Nicholas... Solo que me hubiese gustado que esto —dijo señalándonos a ambas— no se hubiese estropeado. Tú y yo siempre hemos tenido una buena relación, siempre nos lo contamos todo, incluso cuando salías con Dan —hice una mueca al escuchar el nombre de mi exnovio, pero dejé que continuara— venías corriendo a mi habitación para decirme qué tal te había ido la noche y qué cosas románticas te había dicho él, ¿lo recuerdas?

Asentí medio sonriendo y viendo adónde quería ir a parar.

—Ahora que se acerca el momento en el que tienes que marcharte, solo quería decirte que he intentado darte lo mejor que he podido; de verdad que quería que llegases a considerar esta casa tu hogar, siempre quise que vivieses aquí, rodeada de todas estas oportunidades, incluso cuando eras pequeña soñaba con verte en esta habitación, con más juguetes y libros de los que jamás hubiese podido imaginar darte...

—Mamá, sé que estuve insufrible cuando decidiste venir aquí, pero ahora entiendo por qué lo hiciste y no tienes por qué explicarme nada, ¿vale? Me has dado todo lo que estaba a tu alcance, y sé que para ti es difícil verme con Nicholas, pero yo lo quiero.

Mi madre cerró los ojos al oírme decir eso y forzó una sonrisa.

—Espero que te conviertas en una magnífica escritora algún día, Noah. Sé que vas a conseguirlo y por eso quiero que aproveches cada una de las oportunidades que te dé la vida. Estudia, aprende y disfruta de la universidad, porque van a ser los mejores años de tu vida.

—Lo haré —susurré con una sonrisa, aunque sintiéndome un poco culpable por no ser capaz de sincerarme del todo y decirle lo de Nick.

A la mañana siguiente me desperté temprano. Estaba muy nerviosa y bajé a desayunar intentando no darle muchas vueltas a lo que iba a hacer. Maddie llegaría en unas horas y no había ninguna posibilidad de que su madre se echase atrás. Me repetí una y mil veces que lo estaba haciendo por él, que no estaba haciendo algo imperdonable, pero una parte de mí, una muy oculta y profunda, quería conocer a Anabel y saber qué quería de Nick y qué motivos la habían llevado a abandonar a su hijo.

Apenas comí nada en el desayuno: una simple tostada, que dejé a medias, y un café con leche. Nick me había informado de que se reuniría con Maddie a la misma hora que yo había quedado con su madre, por lo que tenía tiempo desde ese momento hasta que Nicholas empezara a preguntarse dónde me había metido. Él estaría distraído llevando a comer a Maddie y yo podría acabar lo antes posible con la dichosa reunión clandestina.

Sabía que el restaurante del Hilton era de etiqueta y también estaba al corriente de cómo se las gastaba la madre de Nick. Era otra de las muchas pijas y repelentes mujeres de multimillonarios a quienes les gustaba alardear de cuántos yates, caballos y mansiones tenían repartidos por el mundo. Por ese mismo motivo y solo con la intención de no llamar la atención, escogí una falda de cintura alta y con vuelo, de color azul claro y un top amarillo de Chanel que llevaba allí bastante tiempo. Jenna me había regalado unas sandalias Miu Miu blancas, muy bonitas y muy caras, todo hay que decirlo, pero que quedaban perfectas con el conjunto. Creo que esa era una de las pocas veces que me decidía a vestir de marca de pies a cabeza, pero no quería que aquella mujer me intimidara. Todo el mundo sabe que una mujer bien vestida es una mujer poderosa.

Cuando llegué al Hilton, un hombre elegantemente vestido se acercó a mi descapotable. Bajé y le tendí las llaves, rezando por que no le hiciese ningún rasguño. Mis sandalias repiquetearon por el suelo enlosado y subí los escalones que me llevarían a la puerta giratoria del hotel. Dentro me encontré con una recepción muy elegante con pequeños sillones esparcidos estratégicamente sobre finas alfombras de color beige y marrón claro. Al final de la sala había unas enormes escaleras que se dividían en otras dos, igual que en mi casa. No tenía ni idea de adónde tenía que dirigirme, por lo que me acerqué hasta la recepción, donde dos chicas bien vestidas me sonrieron con amabilidad.

—¿En qué puedo ayudarla, señora? —me preguntó una de ellas y vi cómo sus ojos miraban con admiración mi atuendo. Supongo que se estaría preguntando por qué una chica que debía de tener su misma edad podía estar justo al otro lado del mostrador, frente a ella, y tener todo lo que yo tenía. A veces agradecía no ser ese tipo de persona, ese tipo de persona a la que le importan las marcas de ropa y el dinero. Nunca había querido nada de esto, nunca lo había deseado siquiera, era sencilla por naturaleza y hubiese dado todo lo que llevaba puesto a esa chica sin dudarlo ni un segundo.

—He quedado para almorzar con Anabel Grason... No sé si ha dejado una nota para mí o algo... —expliqué dudosa. La chica consultó en su ordenador y asintió con una sonrisa.

—La señora Grason la espera en el Andiamo. Si sigue por ese pasillo, a la derecha encontrará las puertas. Espero que disfrute del almuerzo.

Le sonreí agradecida y caminé intentando no flaquear. Justo cuando llegué a las puertas del restaurante que las recepcionistas me indicaron, recibí un mensaje en el teléfono. Lo abrí antes de entrar: era una foto de Nicholas con Maddie, estaban en el McDonald's. Sonreí al ver que a Maddie le faltaban las dos palas. ¡Dios mío, no quería ni imaginar lo que debía de estar diciéndole Nicholas a la pobre niña! Aún con la sonrisa en mi cara, les mandé un mensaje diciéndoles que me reuniría con ellos en un rato. Acto seguido apagué el móvil.

Cuando entré en el restaurante miré a mi alrededor, nerviosa. El Andiamo era un lugar acogedor y sin pretensiones, pero muy elegante: sillas de color té con leche, manteles blancos sobre mesas cuadradas con cubertería también blanca y servilletas granates, así como bonitas plantas decorativas. Nada más traspasar sus puertas, el olor a pasta recién hecha y a pesto fresco me inundó los sentidos.

En cuanto vi a Anabel, respiré hondo y fui a encontrarme con ella. Estaba, como supuse, elegantemente vestida con un traje pantalón de color beige y, debajo, una bonita blusa negra. Calzaba, asimismo, unos tacones de infarto, con los que me sacaba bastantes centímetros. Me sonrió cuando me acerqué a ella y le tendí mi mano antes de que la situación se volviese incómoda: no tenía ni idea de cómo tenía uno que saludar cuando te reunías a escondidas para almorzar con la madre de tu novio, a quien abandonó diez años atrás.

—Hola, Noah —dijo amablemente.

—Señora Grason —contesté con educación.

Ella se sentó indicándome que hiciera lo propio.

—Me alegro de que aceptases mi invitación —reconoció. Luego se llevó la copa de vino a los labios pintados de rojo.

Bueno, aquí empezaba la función. Respiré hondo.

—Más que una invitación fue un soborno —repliqué con calma fingida.

No pensaba flaquear.

Sus ojos celestes se clavaron en los míos, igual que hacían los de su hijo, y sentí un escalofrío recorrerme la espina dorsal.

—Eres una chica muy guapa, Noah, aunque seguro que lo sabes; si no lo fueses, mi hijo no se habría fijado en ti, claro está.

Forcé una sonrisa cortés. Su comentario me había molestado, como si mi relación con Nick solo fuese algo superficial y vacío, aunque para esa mujer seguramente las relaciones se basaban en eso... Todo el dinero que había invertido en aparentar tener treinta años lo demostraba claramente.

—Estoy segura de que podríamos hablar de muchas trivialidades durante horas, señora Grason, pero me ha hecho venir aquí por algo, y me gustaría que fuésemos al grano —dije intentando ser lo más educada posible, aunque me estaba costando lo mío. Mis sospechas no habían sido infundadas: esa mujer no me gustaba, no me gustaba y nunca lo haría—. Quería que le hiciera un favor. Dígame de qué se trata.

Anabel sonrió, quizá con admiración. Me pareció que le gustaba que yo fuese tan directa como ella.

—Quiero recuperar la relación con mi hijo, y tú vas a ayudarme —soltó sin tapujos. Sacó un sobre sellado del bolso de marca que llevaba y me lo tendió. El papel era grueso y lujoso, de color marfil, y en él estaba escrito el nombre de Nicholas con una caligrafía exquisita—. Solo necesito que te asegures de que Nicholas lee esta carta.

Miré el sobre con desconfianza. No tenía ni idea de cómo podría convencer a Nick de que lo leyese. Además, entregarle ese sobre significaría contarle que me había reunido con su madre y no iba hacer eso ni loca.

—Lo siento, pero no sé cómo una simple carta va a ayudarle a recuperar a su hijo. Usted lo abandonó —contesté y sabía que estaba mirándola con odio, con el mismo odio que siempre sentiría cuando alguien dañase a alguno de mis seres queridos, no podía evitarlo.

—¿Cuántos años tienes, Noah? —me preguntó entonces, dejando el sobre encima de la mesa.

—Dieciocho.

—Dieciocho —repitió ella saboreando la palabra, sonriendo de aquella forma angelical, de aquella forma que quedaría bien en una niña de seis años, no en alguien como ella—. Yo tengo cuarenta y cuatro años... Llevo en este mundo mucho más tiempo que tú, he vivido muchas más cosas que tú, así que antes de juzgarme como ya estás haciendo, párate a pensar que solo eres una cría y que seguramente lo peor que te ha pasado ha sido que te sacaron de tu casa y te trasladaron a una mansión en California.

—Usted no sabe nada de mi vida —declaré con voz gélida.

La imagen de mi padre muerto me vino a la cabeza y sentí un pinchazo de dolor en el pecho.

—Sé mucho más de lo que crees —afirmó—. Sé incluso cosas que tú no sabes y que desearías no saber nunca, pero puedo cambiar esto con solo un par de llamadas.

Una sonrisa diabólica apareció en su semblante. Cogió la carta que había dejado sobre la mesa, se levantó y se puso a mi lado. Con un movimiento lento y elegante, metió la carta dentro de mi bolso, que había dejado colgado en el respaldo de mi silla.

—Tú asegúrate de que Nicholas la lee —susurró—. Si no, haré que toda esta fantasía que crees estar viviendo, todas estas riquezas que te han caído del cielo, se conviertan en nada.

Me puse de pie como si me hubieran electrocutado.

—No vuelva a ponerse en contacto conmigo —dije intentando controlar mis emociones, porque acababa de amenazarme y no sabía exactamente con qué.

—No te preocupes. No tengo ninguna intención de volver a hacerlo. Pero te lo repito: si no quieres vivir tu peor pesadilla, asegúrate de hacer lo que te he pedido.

Le di la espalda y salí del restaurante, ni siquiera me detuve a pensar en la amenaza implícita que encerraban sus últimas palabras. Crucé la recepción del hotel y salí fuera.

Había sido una tonta, una imbécil por haberme reunido con esa mujer. Nicholas me había advertido, me había hablado de ella, de lo cruel que era y yo, como una estúpida, había dejado que me embaucase, y encima me había soltado todas esas mentiras, porque eso es lo que eran: mentiras a las que no pensaba dedicarles ni un segundo de mi tiempo. Una vez fuera, saqué la carta de mi bolso, la rompí en mil pedazos y los repartí entre todas las papeleras que encontré.

Para mí, esa reunión nunca había existido.

26

NICK

Noah tenía el móvil apagado. Llevaba así toda la tarde y estaba empezando a preocuparme... Intenté no llevar mi ansiedad a niveles que nada bueno podían traer a la situación. Mi hermana estaba conmigo, Anne me la había traído como había prometido, y estaba feliz de tenerla durante cuatro días solo para mí. No iba a dejar que nada arruinara estos días con mi enana, de ninguna manera, y Noah... Prefería pensar que simplemente se había quedado sin batería.

—¡Nick! —gritó Maddie llamando mi atención con aquella voz suya tan particular. Me volví hacia ella; estábamos en Santa Mónica, en el puerto. Siempre le había hablado a Maddie de aquel sitio, de la playa, de las atracciones, de cómo los niños subían a la noria y veían el mar cuando estaban en lo más alto... En ese momento mi hermana pequeña, al contrario que cualquier niño normal, estaba con la cabeza pegada al cristal de una de las muchas piscinas donde exponían moluscos y bichos marinos en el acuario que había allí. Me acerqué a ella.

—Mad, si los tocas pueden hacerte daño con las pinzas —le advertí.

Estábamos en la parte de la tienda donde vendían algunos de esos bichos. Cogí a Maddie por la cintura y la saqué de allí. Fuera ya anochecía e, inseguro, empecé a preguntarme a qué hora debía la niña cenar e irse a dormir.

—¿Tienes frío, enana? —le pregunté antes de quitarme mi chaqueta y agacharme para ponérsela.

Una sonrisa divertida apareció en sus labios carnosos.

—¿Estás contento de que esté aquí? —preguntó a su vez, y vi en sus inocentes ojos que mi respuesta le importaba más de lo que debería.

Sonreí mientras le subía la cremallera. Parecía un pequeño fantasma con esa prenda que casi le llegaba al suelo, pero era mejor eso a que cayera enferma.

—¿Estás tú contenta de estar aquí? —le dije mientras se la arremangaba.

—Claro que sí —respondió emocionada—. Eres mi hermano preferido, ¿te lo había dicho?

Solté una carcajada. ¡Como si tuviese más hermanos...!

—No, no me lo habías dicho, pero tú también eres mi hermana preferida, así que perfecto, ¿no?

La sonrisa que me dedicó me llegó al corazón, literalmente.

—¿Subimos a la noria? —le propuse y su entusiasmada respuesta me perforó el tímpano otra vez.

El puerto estaba a rebosar de gente con sus familias y el ruido del oleaje a lo lejos te incitaba a quedarte y no irte de allí jamás. El atardecer era precioso y justo cuando iba a sacar el teléfono para volver a intentar ponerme en contacto con Noah la sentí. Mi mirada la divisó entre la multitud. Una sonrisa de oreja a oreja apareció en su rostro y supe que mi cara debía de demostrar lo mismo.

—¡Eh, Maddie! —la llamó Noah, deslumbrante como siempre y captando la atención de mi hermana, que no tardó ni un segundo en salir corriendo.

—¡Noah! —gritó ilusionada y me reí viéndola correr hacia ella. La alegría en mi interior se hizo aún mayor cuando Noah se puso a su altura y la levantó del suelo en un dulce abrazo.

Que Maddie se acostumbrase a Noah había sido más fácil de lo que había esperado, no es que Noah no fuese un amor, era Noah, pero Mad no era una persona muy fácil, todo hay que decirlo. Yo la adoraba, porque era mi hermana, pero también podía ser a veces un poco insufrible y hosca: no se llevaba bien con cualquiera, no le gustaba que invadiesen su espacio personal, no si no tenía la confianza suficiente, y también, siendo sincero, estaba un pelín malcriada, bueno, como cualquier niña de seis años a la que los padres le compraban absolutamente todo. Era mi princesa de las tinieblas, como a mí me gustaba llamarla. Pero Noah la adoraba y Maddie a ella, así que no había problema.

Cuando las alcancé, Noah me dirigió una mirada que me resultó un poco extraña, como si estuviese aliviada de verme o algo así. Le sonreí y la atraje hacia mí, con Maddie entre los dos.

—¡Noah, subamos a la noria, subamos los tres! —Maddie tiró hacia abajo moviendo las piernas para que la soltara y salió corriendo hacia la zona de las atracciones. Sin quitarle los ojos de encima, le pasé el brazo a Noah por los hombros y la besé en la cabeza mientras seguíamos a mi hermana.

—¿Estás bien? —pregunté.

—¡Claro! Tu hermana está preciosa —respondió para, de inmediato, cambiar de tema.

—¿Sin las dos palas? —dije divertido—. He tenido que echar mano de todo mi autocontrol para no meterme con ella, Pecas.

Noah se rio, pero no hizo ningún comentario al respecto. Había algo extraño en ella, pero lo dejé correr por el momento. Nos reunimos con Maddie en la noria y pagué el pase para los tres. Mi hermana empezó a hablar sin parar, contándole en su lenguaje infantil todas las cosas que habíamos hecho y cómo había sido volar en el avión y lo mucho que se alegraba de estar allí. Noah le seguía la conversación, divertida con la pequeña y sonriéndome cada vez que volvía la cabeza hacia mí.

Estaba a punto de anochecer y apenas hacía frío, solo un poco de fresco. No había ni una sola nube en el cielo, por lo que la puesta de sol se veía preciosa desde donde estábamos. Sin decir nada, Noah se pegó a mí y se subió a mi regazo, con la mirada fija en el mar y en el sol que se ocultaba. La rodeé con mi brazo y la estreché contra mi costado. Mirar a Noah era lo más hermoso del mundo, más que cualquier ocaso en el mar. Consciente de mi mirada, fijó sus ojos en los míos y me sonrió como solo ella sabía hacer.

Maddie se durmió en el coche. No me extrañó, llevaba despierta desde muy temprano y para ella ese día había estado lleno de novedades. Era de noche y, mientras cruzaba la autopista, con Noah a mi lado y en silencio, no pude evitar recordar la conversación que había tenido esa misma mañana con Lion.

Mi amigo me había llamado para decirme que las carreras iban a ser el próximo lunes. Tras el secuestro de Noah, me había alejado de mi banda y de los problemas de la calle: no quería que mis relaciones afectasen a mi vida y, menos aún, que pusiesen en peligro la vida de mi novia o de mi familia. No obstante, siempre quedaba Lion, y Lion, desafortunadamente, vivía en ese mundo y yo no podía sacarlo de él, no mientras él no quisiese cambiar. No es que a él le gustase, pero era dinero fácil y rápido y por eso me había pedido que lo acompañase y que corriera por él como siempre hacíamos. Le había ofrecido un préstamo, pero Lion era demasiado orgulloso para aceptarlo. Había decidido ayudarlo solo porque sabía que él necesitaba el dinero y también porque, exceptuando el año pasado, nunca había habido ningún tipo de problema. Los coches siempre me habían gustado y correr de noche, en medio del desierto, sentir la adrenalina, la velocidad, la victoria después de ganar... me encantaba.

Noah me mataría si llegaba a enterarse. Jenna ya le había puesto la mosca detrás de la oreja y, aunque yo creía haberla convencido de que estaba al margen de los marrones de Lion, tenía que hacer algo para que dejara de estar alerta. Lion me había jurado que Jenna no sabía cuándo sería la carrera y que, además, iba ser una cosa rápida: íbamos, corríamos, ganábamos y vuelta a casa. Sin problemas.

Lo único que se me ocurría para que Noah no sospechase nada era quedar con ella ese mismo lunes. Citarla para cenar en algún restaurante al otro lado de la ciudad, lo más lejos posible de las carreras, y bueno... dejarla plantada. Ya me inventaría una buena excusa para justificar el plantón, pero así por lo menos me aseguraría de que estuviera lo más lejos posible de mí, a salvo en algún bonito lugar. Su cabreo iba a ser monumental, pero ya se lo compensaría al regresar.

Satisfecho con mi plan, aparqué el coche, bajé y fui a abrirle la puerta.

—¿Todo bien, Pecas? —me interesé acariciándole la mejilla y apartándole un mechón de pelo de la cara. Había estado apagada toda la tarde y, ahora que mi hermana estaba dormida, pude centrarme en ella. Me fijé en lo elegante que iba vestida.

—Estoy cansada, solo eso —contestó saliendo del coche sin ni siquiera mirarme.

—¿Qué he hecho esta vez, Noah? —le pregunté analizando mentalmente cada cosa que había dicho y hecho desde que nos habíamos visto en el muelle.

Una sonrisa divertida afloró en su semblante y me tranquilicé un poco.

—No has hecho nada, tonto —respondió y respiré con calma cuando se volvió, me cogió la cara con sus manos y se puso de puntillas para besarme en los labios. Antes de que se apartara bajé mi mano a su cintura y la apreté contra mi cuerpo. No profundizó el beso, así que lo hice yo: le abrí los labios y la saboreé con gusto.

Me devolvió el beso, pero la noté distraída.

Cuando me aparté me la quedé mirando otra vez.

—Me ocultas algo y ya averiguaré qué es —comenté medio en broma y la solté.

Abrí la puerta trasera del coche y sonreí como un idiota al ver a esa niña tan bonita dormida junto a un conejo de peluche espantoso. Le desabroché el cinturón y la cogí en brazos. Cerré el vehículo después de sacar la pequeña maleta que había traído y, con Noah a mi lado, subimos a mi apartamento.

No quería despertar a mi hermana, así que la metí directamente en la cama.

—Duérmete, princesa —dije besándola en la mejilla.

Al salir y cerrar la puerta me encontré con Noah esperándome, apoyada contra la pared de enfrente de la habitación. Teníamos que hablar y me gustó que fuese ella quien diera el primer paso.

—¿Te bañas conmigo? —me propuso con una sonrisa cálida.

Sonreí, la cogí de la mano y le llevé hasta el baño. Abrí el agua caliente y dejé que se fuera llenando la bañera. Me volví y me acerqué a ella.

—Hoy estás muy guapa..., muy elegante con esa ropa —observé y con cuidado tiré de su gomilla del pelo, que de inmediato cayó como seda alrededor de su cuello—. ¿Qué has hecho toda la mañana? Aparte de ignorarme, claro.

Sus ojos se fijaron en los botones de mi camisa y, con dedos temblorosos, empezó a desabrocharlos uno a uno. Le cogí las manos, deteniéndola y sintiendo un pinchazo de ansiedad al notar que había algo que no estaba contándome.

—He ido por ahí con mi madre —contestó elevando el rostro y mirándome fijamente a los ojos—. Me quedé sin batería, por eso no vi tus llamadas.

Asentí y dejé que siguiera con lo que estaba haciendo. Cuando me quitó la camisa se inclinó hacia delante y cerré los ojos cuando sentí sus labios justo encima de mi corazón.

Las caricias de Noah no tenían comparación alguna, era una sensación tan increíble..., me hacía sentir tan bien..., en calma conmigo mismo. Era mi droga personal, hecha a medida y a conciencia para volverme maravillosamente loco. Abrí los ojos y le cogí las manos cuando estas fueron subiendo hasta mi cuello. La quería conmigo en la bañera, relajada, y a lo mejor así podía averiguar qué demonios le pasaba.

La despojé del top y de esa falda que hacía que su piel resplandeciese. Luego me agaché y le quité las sandalias. Tenía un cuerpo increíble, atlético, ni demasiado voluptuoso ni demasiado delgado: estaba hecha para que me pasase las horas admirándola.

Con una sonrisa que hizo que algo se me revolviera dentro se desabrochó el sujetador y se quitó la ropa interior para meterse directamente en la bañera. Quise advertirla de que el agua estaba muy caliente, pero no hizo ningún gesto de dolor, simplemente se sumergió y el agua la cubrió hasta los hombros. No tardé en seguirla y, cuando se echó hacia delante para que pudiese sentarme detrás de ella y envolverla entre mis brazos, apreté con fuerza los dientes, quemándome instantáneamente la piel.

—¡Joder, Noah! —me quejé aguantando unos segundos hasta que mi cuerpo se acostumbró—, ¿no te quema?

—Hoy no —respondió con aire distraído mientras cogía espuma entre sus dedos y la observaba entretenida.

Pegué mi mejilla a su oreja y estuvimos un rato en silencio, disfrutando de la agradable sensación de estar juntos, relajados y tranquilos. Sabía que algo le pasaba. A veces estaba tan inmersa en sus pensamientos que daría lo que fuera por saber qué estaba pasando por su cabeza.

—¿Puedo hacerte una pregunta? —dijo entonces, despertándome de mis cavilaciones.

—Claro.

—Pero tienes que prometer que vas a contestarme.

Mi mano, que estaba sobre su estómago, comenzó a trazar pequeños círculos alrededor de su ombligo. Sabía lo que estaba haciendo, pero sentía curiosidad por lo que quería preguntarme, así que terminé aceptando, no sin antes disfrutar de un poco de placer. Sonreí al notar cómo soltaba el aire de forma entrecortada cuando mi mano bajó solo un poquito más de la cuenta—. ¿Crees que tu padre quería a tu madre? Me refiero a antes de que se divorciaran, claro.

No me esperaba esa pregunta, y en vez de aclararme qué le pasaba por la cabeza, me dejó aún más desconcertado.

—Supongo que la quiso, sí... Aunque en casi todos mis recuerdos aparecen ellos peleándose o mi padre fuera trabajando... Mi madre no era una mujer fácil, pero él no se quedaba atrás —contesté recordando todas las veces que había pasado de nosotros, alegando tener que trabajar o estar demasiado cansado—. Cuando era pequeño llegué incluso a pensar que todos los padres vivían lejos de las casas y que solo regresaban cuando tenían hambre o sueño. Claro que, al hacerme mayor y visitar las casas de mis amigos, vi que no era así, que estaba equivocado y que los padres podían ser geniales. Uno de mis compañeros de la escuela tenía un padre que lo llevaba y lo recogía todos los días del colegio y a la vuelta siempre se paraban a merendar tortitas y a jugar al béisbol en el parque del barrio... Lo envidiaba, fue ahí cuando comprendí que muchos padres hacían cosas con sus hijos.

Me quedé mirando al frente, perdido en los recuerdos, y no fue hasta que Noah volvió el rostro cuando me di cuenta de que mi mente me había transportado a otro tiempo. Forcé una sonrisa y dejé que me besara cuando tiró de mi cuello hasta que nuestros labios se juntaron.

—No debería haberte preguntado nada —se excusó.

Eché la cabeza hacia atrás y la observé.

—Puedes preguntarme lo que quieras, Noah, mi vida no ha sido un cuento de hadas, aunque casi, comparado con las cosas que ocurren ahí afuera. No todos nacen queriendo ser padres y la mayoría fracasan en el intento.

No iba a lamentarme por haber tenido unos padres conflictivos, mi infancia no había sido ideal, pero no pensaba quejarme, y menos delante de ella. Noah se lamentaba por mí, lo veía en sus bonitos ojos, y todo eso teniendo en cuenta que la que se llevaba el premio al cuento de terror había sido ella. Mi padre podía haber sido un capullo egoísta cuando yo era un niño, pero no había intentado matarme. A veces mi cabeza me jugaba malas pasadas, imaginándose a una Noah pequeña, un poco más grande que Maddie, escondiéndose de su propio padre, viéndose obligada a saltar por una ventana... ¿Cómo podía siquiera dedicar un segundo de su tiempo en compadecerme?

—¿Crees que existen familias normales y corrientes? —me planteó—. Ya sabes a lo que me refiero, como las que salen en las películas, con padres normales, que trabajan y cuya mayor preocupación es pagar la hipoteca a fin de mes.

¿Era eso lo que la había preocupado toda la tarde? ¿Acaso le había dicho algo su madre esa mañana? Me embargó un sentimiento de rabia solo de pensar que Raffaella pudiese haberle estado dando la lata con lo imposible que era nuestra relación. Me quedé pensando en ello unos segundos.

—Tú y yo vamos a ser ese tipo de familia. ¿Qué te parece? Aunque sin lo de preocuparnos por la hipoteca, claro.

Noah soltó una carcajada y me entraron ganas de demostrarle lo muy en serio que estaba hablando.

—Ahora me toca a mí hacer la pregunta —dije y sus ojos volvieron a buscar los míos. Sonreí—. ¿Dónde quieres hacerlo, en la bañera o en la cama?

27

NOAH

No podía quitarme de la cabeza las palabras de la madre de Nicholas.

Me asustaba su amenaza, pero no quería ir más allá, no quería seguir por un camino que no sabía si iba a poder recorrer sola. Me sentía culpable por haber roto esa carta. No tenía ningún derecho a hacer eso porque no era mía, pero no quería que esa mujer le hiciese más daño a Nick. ¿Qué había dicho Nick la mañana de los pintores? ¿Que quería protegerme? Bueno, eso era también lo que yo estaba haciendo con él.

Me centré en Nicholas, como siempre: él era mi medicina, mi distracción, mi lugar seguro. Me obligó a darme la vuelta y agradecí el tamaño de aquella bañera.

—¿Dónde quieres hacerlo, en la bañera o en la cama? —me preguntó con aquella mirada oscura, aunque entreví que necesitaba de mi contacto, y más después de haber removido su pasado. Yo también lo necesitaba, porque como me pusiese a darle vueltas a todo este asunto iba a terminar descubriendo verdades que prefería que quedasen escondidas..., al menos por ahora.

Me sentó sobre sus piernas y nuestras bocas volvieron a unirse con dulzura. Ambos nos necesitábamos en ese momento, porque ese día había sido intenso para los dos, aunque distinto en todos los sentidos.

Con sus manos en mi espalda se inclinó sobre mí y saboreó mi boca con veneración. Mis manos fueron subiendo por sus hombros hasta posarse en sus mejillas ásperas y húmedas por el agua que nos rodeaba. Su fragancia inundó todos mis sentidos y sentí cómo me calentaba por dentro.

—Eres tan preciosa —dijo en voz baja contra mi piel hirviendo. Su boca se separó de mis labios y fue recorriendo mi mandíbula, depositando pequeños mordiscos hasta llegar a mi cuello. Mis manos bajaron por su pecho, por sus abdominales, hasta que sus manos apretaron mi espalda para que nuestros torsos estuviesen en contacto, piel con piel, sin separación ninguna—. Tan cálida, tan suave... —iba diciendo a medida que su boca y su lengua saboreaban mi piel desnuda y húmeda.

Me inclinó hacia atrás mientras yo soltaba un suspiro entrecortado al sentir cómo sus manos subían y bajaban por mi espalda, y su boca se apoderaba de mi pecho izquierdo, saboreando mi piel sensible, ávida de sus caricias. Me incorporé y le apreté las caderas con mis piernas. Él buscó mi boca con la suya y volvimos a repetir la danza más antigua, nuestras lenguas jugando la una con la otra...

—Mírame —dijo entonces, separándose de mí, y al abrir mis ojos vi que los suyos estaban fijos en mi rostro, tan azules como siempre, pero con algo diferente, algo difícil de expresar con palabras—. Te amo y voy a amarte toda mi vida —declaró, y sentí cómo mi corazón se paralizaba, se detenía para reanudar su carrera frenética; sin apartar mis ojos de los suyos me levantó despacio con el brazo que rodeaba mi cintura y me colocó justo encima de él, moviéndose con infinita lentitud y con una dulzura casi tan palpable como sus palabras. Cuando me penetró, abrí la boca para soltar un grito, pero sus labios me silenciaron con un beso profundo.

—¿Lo sientes? ¿Sientes la conexión? Estamos hechos el uno para el otro, amor —me susurró al oído mientras se movía suavemente, marcando un ritmo lento que me estaba volviendo loca. Sus palabras siguieron en mi cabeza mientras me daba placer como solo él sabía hacer y solo él haría.

«Te amo y voy a amarte toda mi vida.»

—Prométemelo —dije cuando un miedo horrible se apoderó de mi cuerpo y de mi alma; un miedo a perderlo, un miedo infinito a no tener lo que estaba experimentando en esos momentos el resto de mi vida.

Sus ojos, oscuros de deseo, regresaron a los míos, perdidos sin saber a qué me refería.

—Que me querrás siempre, prométemelo —casi le rogué.

Sin contestarme se levantó de la bañera arrastrándome con él, sus manos sujetándome firmemente por los muslos. Lo rodeé con mis brazos y enterré mi cara en el hueco de su cuello, mordiéndome el labio inferior para no gritar al sentirlo tan dentro de mí mientras me llevaba hasta la habitación, ambos chorreando y poniéndolo todo perdido. Me dejó en la cama sin separarse ni un centímetro de mí.

—No hay promesa que valga —aseveró mientras nuestras respiraciones agitadas parecían llegar a estar en sintonía. Estaba a punto de estallar y él lo sabía, sus manos atendiendo a cada una de las partes de mi cuerpo que necesitaban de su contacto— porque me tienes tan cautivado... que soy más tuyo que mío; haré lo que me pidas, lo que quieras —dijo mirándome fijamente—. Te lo prometo, amor.

Y así, con sus palabras y su cuerpo pegado al mío, dejé de sentir frío.

Los siguientes días fueron geniales. Fue increíble compartir todos los momentos que pudo vivir con su hermana, momentos que nunca había podido tener debido a la distancia y a las pocas horas que le permitían verla. El día del cumpleaños de Nick fuimos a Disney y, aunque era un lugar para niños y nos pasamos el día detrás de Maddie, me encantó ver cómo Mickey Mouse y su pandilla le cantaban a Nick «Cumpleaños feliz». Un año antes, por estas fechas, apenas empezábamos a salir y, si alguien entonces me hubiese dicho que al año siguiente estaría viendo a Nick con unas orejas de ratón y comiendo tarta de chocolate con forma de princesa Disney, habría dicho que estaba loco.

Pero los días pasaron deprisa y enseguida llegó la hora de llevarla al aeropuerto. La azafata que se encargaría de cuidarla hasta que la recogiesen en Las Vegas nos esperaba junto al control de pasajeros. Después de pasar tanto tiempo juntos, la despedida fue mucho más dura de lo que imaginaban.

—¿Estás bien? —le pregunté mientras salíamos hacia donde habíamos aparcado el coche. Sus dedos me apretaban la mano con fuerza.

—Lo estaré —contestó simplemente.

No quise insistir porque sabía que a Nick no le gustaba mucho hablar y menos aún cuando se trataba de sus sentimientos. Su hermana era su debilidad y saber que se marchaba para ir con unos padres que apenas tenían tiempo para ella no ayudaba. Subimos al coche en silencio y no fue hasta que pasaron unos diez minutos cuando decidió volver a dirigirme la palabra.

—¿Te dejo en tu casa? —preguntó.

Una alarma se encendió en mi interior. Jenna me había llamado el día anterior mientras Nick bañaba a Maddie para decirme que había descubierto que las carreras iban a ser el lunes. No quise creerla entonces, pero si estaba en lo cierto, Nick no iba a querer tenerme cerca. A punto estuve de decirle que no, que me quedaba a dormir con él, pero no podía abusar de mi madre, que bastante enfadada estaba ya. Además, debía terminar de hacer el equipaje, puesto que solo faltaban cinco días para irme a la facultad. Tenía que hablar con mi madre, aunque había estado dándole vueltas a la idea de decírselo cuando ya me hubiese mudado y estuviese instalada, cuando ya no hubiera vuelta atrás. Era una idea arriesgada, pero prefería enfrentarme a mi madre en la distancia que tener que decírselo en persona.

—Sí, déjame en casa —contesté mientras miraba por la ventanilla, intentando decidir qué hacer con respecto a las carreras. Cuando llegamos a casa y aparcó el coche en la entrada, pensé que bajaría, al menos a saludar a su padre, pero ni siquiera apagó el motor, aunque eso no fue lo que me dejó descolocada, sino lo que me dijo a continuación.

—¿Quedamos para cenar mañana?

Me volví sorprendida.

—¿Qué?

Una sonrisa que no le llegó a los ojos se dibujó en su rostro.

—Tú y yo..., juntos en un restaurante bonito... ¿Te apetece? —me preguntó estirando el brazo y colocándome un mechón de pelo detrás de la oreja. Me quedé sorprendida, eso no me lo esperaba, no si Jenna tenía razón y mañana iba a ir a las carreras.

—¿Me recoges tú?

Su mirada se desvió de la mía hasta la casa.

—No creo que pueda, trabajo todo el día… Será mejor que nos veamos en el restaurante.

Cuando volvió a mirarme no vi ni un atisbo de duda en su rostro, parecía sincero. A lo mejor Jenna se equivocaba después de todo. Una sonrisa apareció en mi semblante, odiaba haber dudado de Nick, él no me mentiría, no iría a las carreras, no sin decírmelo, y mucho menos después de todo lo que había pasado.

—Muy bien, nos vemos allí, entonces —dije colocando una mano en la puerta.

—¡Hey! —exclamó deteniéndome antes de que saliera del coche. Me volví hacia él—. Gracias por haber estado conmigo estos días, no habría sido lo mismo sin ti.

Coloqué mi mano en su mejilla y le acaricié hasta que me incliné para besarlo. Cuando profundizó el beso, solo pude rogar mentalmente que no me estuviese mintiendo.

Al día siguiente por la tarde Jenna pasó por mi casa. Nunca la había visto tan deprimida. Ella y Lion no estaban pasando por su mejor momento y no ayudaba que mi amiga estuviese completamente segura de que ese día irían a las carreras. Cuando le conté que Nick me esperaba para cenar en Cristal, un restaurante elegante de la ciudad, su mirada demostró incredulidad.

—Yo sé lo que digo, Noah, y estoy casi segura al cien por cien de que los capullos de nuestros novios van a liarla parda esta noche.

Suspiré mientras buscaba un vestido bonito que ponerme. Ya me había cansado de intentar convencer a Jenna de que Nicholas no me mentiría, y mucho menos me haría ir a un restaurante si no pensaba estar allí para cenar conmigo.

—¿Cómo estáis Lion y tú? ¿Sigue enfadado contigo? —le pregunté más para cambiar de tema que otra cosa.

Jenna, que estaba sentada en el sofá que había en mi tocador, parecía tener el color inverso al rojo sangre de sus uñas.

—Si a estar enfadado te refieres a que nuestra relación ahora mismo se basa en matarnos a gritos y después follar como descosidos, pues sí, supongo que sigue enfadado conmigo.

—¡Qué bruta eres! —repliqué sorprendida por su forma de hablar, aunque tampoco es que me chocase mucho: Jenna no era tan pija como el mundo creía que era. Pero a pesar del tono despreocupado sabía que estaba mal, que estaba destrozada y lo de esa noche la tenía mucho más nerviosa de lo que intentaba aparentar. Si la teoría de Jenna era cierta, Lion pretendía correr en todas y cada una de las carreras para sacar dinero, sin importarle que la gente que frecuentaba esas competiciones ilegales casi nos hubiera matado la última vez que habíamos estado allí. Y no solo era eso, desde entonces ambas éramos mucho más conscientes de que, si Lion seguía por ese camino, lo más probable era que terminase en la cárcel, igual que su hermano.

—El otro día, por cierto, vi a Luca —comentó levantándose del sofá y empezando a pasar perchas distraídamente. Me detuve un instante y la miré por el reflejo del espejo.

—¿Cómo es? —pregunté con cautela.

—Si te soy sincera, me pareció bastante simpático, aunque tiene un aire... No sé, se me puso la carne de gallina cuando lo conocí —admitió deteniéndose en una camiseta simple, de color blanco. Jenna estaba en cualquier parte menos allí, mirando ropa, y eso pasaba desde hacía más de un mes—. Es muy guapo, no tanto como Lion, pero es obvio que sus padres debían de ser atractivos... Tiene los mismos ojos verdes que él, pero su mirada oculta muchas cosas, cosas que Lion no quiere que sepa porque cuando me vio entrar en su casa el otro día casi me echa a patadas.

Su voz tembló un poco cuando dijo aquella última frase. Me acerqué a ella, odiando ver la tristeza en mi amiga; la Jenna de antes era lo opuesto a la Jenna que tenía delante. ¿Dónde estaba su sonrisa constante, el brillo en sus ojos y los disparates que solía soltar a cada segundo del día? Tenía ganas de darle una patada en el culo al imbécil de Lion.

—¿Por qué no vienes esta noche a cenar conmigo y con Nick? —le propuse, sabiendo que a él no le importaría. Jenna era su amiga y seguro que me ayudaba a levantarle el ánimo.

Jenna me miró y movió la cabeza frustrada.

—¿Sigues pensando que va a llevarte a cenar?

Respiré hondo antes de contestarle.

—Nicholas no me mentiría, Jenna, y no me dejaría plantada.

Sopesó unos instantes mi respuesta.

—Está bien..., pero lo hago para que no estés sola cuando ese idiota no aparezca como te ha prometido; así después podemos ir directamente a buscarlos.

Sacudí la cabeza, aunque no pude evitar sentir un pinchazo de incertidumbre en el pecho al oírla decir eso.

Unas horas más tarde nos habíamos duchado y estábamos terminando de acicalarnos. Jenna no parecía muy por la labor; había tenido que convencerla para que se arreglara, puesto que no íbamos a cenar a un McDonald's precisamente. Por fin se había puesto unos pantalones cortos de cuero negro y una blusa blanca con sandalias planas. Yo preferí un vestido negro ajustado y unos zapatos blancos con un poco de plataforma. Me dejé el pelo suelto y me maquillé, esta vez realzando mis labios.

Jenna puso los ojos en blanco al mirarme, pero se ahorró sus comentarios. Justo entonces me llegó un mensaje de Nick.

La reserva está hecha a mi nombre, esperadme dentro y tomaos unas copas.

Le enseñé el mensaje a Jenna, quien me ignoró mientras salía de mi habitación.

Tardamos una hora más o menos en llegar al restaurante. Como me dijo Nick, había una reserva para tres a su nombre. El sitio era muy agradable, con pequeñas mesas al estilo francés y una iluminación tenue y romántica. Me hizo gracia estar ahí con Jenna, rodeadas de velas, y también me costó imaginarme a Nick allí conmigo, ese lugar era demasiado cursi para él. Jenna empezó a bromear mientras las parejas a nuestro alrededor nos observaban un poco molestas.

—Venga, Noah, cógeme la mano, a lo mejor cae confeti de alguna de esas lámparas que cuelgan por encima de nuestras cabezas —dijo acercándose a mí e insinuándose tontamente. Me reí, mientras bebíamos una copa de vino blanco, a la espera de que Nick apareciera.

Cuando llevábamos más de cuarenta minutos esperando, las bromas dejaron de hacerme gracia y empecé a sentir un malestar en la boca del estómago.

El ruido de mi móvil al vibrar me sacó de mi mutismo y leí el mensaje con el ceño fruncido.

Lo siento, Pecas, no voy a poder ir esta noche, estamos hasta arriba de trabajo y, si no termino los informes que me han pedido, adiós al puesto de becario. Por favor, no te enfades, te lo compensaré... Cena con Jenna y divertíos esta noche.

Sentí un fuego crecer en mi interior, algo que había estado conteniendo desde los primeros veinte minutos de espera. No podía creer que fuese tan gilipollas como para pensar que esa estratagema iba a funcionarle.

Levanté los ojos hasta Jenna que, a pesar de todo, me miró con cierta pena.

—¿Dónde demonios van a celebrarse esas carreras?

28

NICK

En cuanto le di a «Enviar», supe que todo aquello iba a terminar en problemas. Justo en ese momento salíamos de mi apartamento. Nada de todo eso me hacía mucha gracia, pero una parte de mí sentía la adrenalina recorriendo mi sistema nervioso por completo, algo que en el fondo había echado de menos. No es que ahora no estuviese genial, pero las peleas, las carreras, las locuras que solía hacer me habían proporcionado una válvula de escape que era difícil dejar atrás sin más. Me decía que hacía aquello por Lion, pero también lo hacía por mí, quería hacerlo; es más, lo necesitaba. Todos los recuerdos que había removido el tema de mi madre, mi hermana despidiéndose de mí en el aeropuerto, la sensación de que Noah me ocultaba cosas y saber que no había sido capaz de curarla de sus pesadillas me tenía en un estado de nervios constante, y tampoco ayudaba saber que absolutamente todo el mundo quería vernos separados.

Me repetí una y otra vez que ella estaba a salvo con Jenna, lejos de toda esa mierda y segura de todos y de mí. No la quería esa noche conmigo... Había momentos en los que simplemente necesitaba estar solo y ese era uno de ellos.

Me puse el casco y subí a la moto. Lion y Luca iban a llevar los coches hasta allí, así que habíamos quedado en encontrarnos directamente en el lugar. Este año las carreras no iban a ser en el desierto, sino en la ciudad. No sería un tramo demasiado largo, pero las apuestan eran increíblemente altas; si ganábamos, nos llevaríamos una gran cantidad de dinero y Lion lo necesitaba.

La música estaba a todo volumen cuando atravesé con la moto los grandes grupos de gente. Muchos de ellos me vitorearon cuando me vieron llegar y la adrenalina empezó a correr por mis venas nada más sentir que volvía a estar con mi banda. No podía negar que lo había echado de menos.

—¡Mira a quién tenemos aquí! —gritó Mike, el primo de Lion, acercándose hasta mí.

Choqué el puño con él mientras me apeaba de la moto y dejaba el casco sobre el asiento.

—¿Qué pasa, tío? —dije evaluando lo que tenía a mi alrededor. Hacía mucho tiempo que no veía a esa gente y a los pocos minutos me encontraba rodeado por todos ellos. Todos gastaban bromas y me tomaban el pelo, todos bebían como auténticos cosacos y la música estaba tan alta que me dolían los oídos.

Lion apareció por allí unos minutos después y todos lo vitorearon cuando lo vieron llegar con semejante coche, un Lamborghini que yo había alquilado para la ocasión. Todo eso me recordó a las carreras del año pasado, en cómo mi demonio rubio había corrido y había derrotado a Ronnie, sorprendiéndonos a todos y a mí casi matándome de un infarto, claro. Nunca olvidaría lo increíble que había estado en esa carrera, Noah sabía correr, y verla hacerlo me había puesto cachondo y me había cabreado a partes iguales.

Mientras la gente a mi alrededor bailaba y hacía el gilipollas a la espera de que llegasen los demás, saqué un cigarrillo y me apoyé contra la moto. Necesitaba saber que Noah estaba bien y que había llegado a casa.

No me había contestado al mensaje y eso no me daba muy buena espina. Seguramente estaba enfadada, pero se encontraba con Jenna, así que no era lo mismo que si la hubiese dejado plantada en medio de un restaurante romántico..., ¿no?

No podía llamarla porque oiría el estruendo que me rodeaba, así que probé a mandarle otro mensaje.

¿Qué tal la cena? ¿Estás ya en casa?

Le di una calada al cigarrillo y un minuto después la vi en línea.

En pijama y acostada.

Suspiré aliviado al quitarme ese peso de encima. Con Noah en casa, podía relajarme y concentrarme en lo que tenía que hacer esa noche, o sea, correr, ganar y despedirme de todo ese mundo para siempre.

Lion me hizo una señal y nos reunimos con un tío llamado Clark, que era quien había diseñado el recorrido de la carrera. Nos colocamos en círculo en torno a él mientras nos enseñaba dónde empezaba y acababa el recorrido. Seríamos cuatro corriendo esta vez: la carrera era de las gordas, porque había que pagar para poder entrar —nada más y nada menos que cinco mil dólares cada uno—, pero quien ganase se lo llevaría todo, aparte de lo conseguido en las apuestas, claro.

—Si no hay problemas estaréis de vuelta en diez minutos, tenemos las zonas listas para cortarlas, pero la pasma puede presentarse de improviso, eso yo no lo controlo —expuso Clark mirándonos a los cuatro participantes. Los otros dos eran bastante buenos, y uno de ellos pertenecía a la antigua banda de Ronnie que ahora era de Cruz.

Lo había visto, se encontraba en una esquina rodeado de todos sus miembros, todos tan colocados como él mismo. Odiaba a esa gente, pero una parte de mí quería vengarse por lo de la otra noche, quería hacérselo pagar, pero no a golpes, sino con dinero, eso que ellos tanto valoraban y deseaban.

—Os veo aquí en diez minutos —dijo Clark. Acto seguido me acerqué a Lion y a su hermano.

—No creo que sea muy complicado ganar, pero no quiero líos, si la cosa se pone difícil, lo dejamos, ¿está claro? —les dije. Luca pensaba ir de copiloto con Lion. Yo, en cambio, prefería ir solo porque odiaba tener a alguien a mi lado en las carreras: me distraía y no conseguía dominar el coche por completo. Ambos asintieron y nos volvimos, listos para ir a buscar nuestros coches.

Entonces un destello claro captó mi atención. Mi cuerpo lo supo incluso antes de que mis ojos se clavaran en el Audi rojo que acababa de llegar. Mi corazón se detuvo y, cuando sus piernas largas descendieron del vehículo, toda la adrenalina que había estado sintiendo se disparó e invadió todo mi sistema nervioso.

—¡No me jodas! —exclamó Lion a mi espalda.

Noté cómo mis pies aceleraban el paso y mi respiración se descontrolaba al ver a Noah allí, rodeada de toda esa mierda de gente. Mis zancadas se hicieron cada vez más grandes, deseando acortar la distancia que nos separaba, deseando llegar a su lado antes que ningún otro. Sus ojos se clavaron en los míos en la distancia. Se cruzó de brazos y me fulminó con una mirada de odio. Cuando la tuve delante, me contuve para no meterla en el coche y largarme de allí en menos de un segundo, pero su mano voló tan rápido que cuando me di cuenta me había cruzado la cara con un golpe seco.

—¡Eres un puto mentiroso! —gritó sobre el ruido de la música y el alboroto de la gente.

Respiré hondo varias veces para tranquilizarme, pero no lo conseguí.

—Entra en el coche —le ordené entre dientes, procurando mantener la calma.

—¡Y una mierda, Nicholas! —replicó adelantándose con sus manos por delante con la intención de darme un empujón. La detuve, cogiéndola por las muñecas—. ¡Ni se te ocurra! ¡Ni se te ocurra ordenarme que haga nada!

La empujé contra el Audi y la inmovilicé con mi cuerpo.

—Quiero que te subas al coche y te vayas por donde has venido en menos de tres segundos, ¿me oyes? Me da igual lo enfadada que estés, joder, no deberías estar aquí. ¡¿Acaso tengo que recordarte lo de la última vez?!

Sus ojos ardieron en los míos, estaba tan furiosa que tuve que reprimir las ganas de zarandearla por ser tan testaruda. Daba igual que yo estuviese allí, a mí no podían hacerme daño; yo podía soportar cualquier mierda, pero ¿Noah? El miedo a que alguien se volviese a fijar en ella, a que alguien la reconociese... Mis ojos se desviaron instintivamente a donde Cruz bebía con sus amigos y vi que todavía no habían advertido su presencia.

—¡Claro que no tienes que recordármelo! ¡Yo estuve allí! ¿Recuerdas? —repuso forcejeando con su cuerpo para apartarse de mí, pero sin conseguirlo. A pesar del forcejeo y la tensión del momento me di cuenta de cómo iba vestida... ¿Se podía ir aún más llamativa?

—Para, maldita sea —le ordené sujetando con una de mis manos las suyas y con la otra cogiéndole el rostro para que me mirase—. Esto no es una broma, Noah, necesito que te marches.

—No pienso largarme si tú no vienes conmigo —dijo desafiante a la vez que elevaba la barbilla obligándome a soltarla.

Apoyé ambos brazos sobre el coche, respirando hondo mientras Noah se quedaba resguardada entre la especie de escudo que se estaba formando entre la gente y ella. Volví el rostro y olí su piel más que nada para tranquilizarme. Sus manos ahora libres decidieron no tocarme esta vez, se quedaron quietas, como muertas a ambos lados de su cuerpo.

—No deberías estar aquí —susurré acercando mi boca a su oreja, y ambos sentimos el escalofrío que recorrió su piel.

—Ni tú tampoco.

Me aparté lo suficiente para mirarla a la cara. Estaba ligeramente maquillada y se había puesto un vestido corto que dejaba sus piernas desnudas a la vista de todos. Se había arreglado para mí... y yo la había dejado plantada para participar en unas carreras ilegales.

Respiré hondo varias veces.

—Lo siento, Pecas —me disculpé colocando mis manos en su cintura. La tela del dichoso vestido era tan fina que parecía que estuviese tocando su piel desnuda. Entre eso y el cabreo que parecía tener, me moría de ganas de besarla y saber que me perdonaba.

Cuando me incliné para hacerlo, apartó la cara hacia un lado.

—No soporto que me mientas —dijo.

—Lo sé, no volveré a hacerlo.

—No te creo —repuso.

Respiré hondo de nuevo intentando que no se diese cuenta de lo mucho que me dolían sus palabras.

—Estas son las últimas carreras que voy a correr, puedes preguntárselo a Lion, se lo dije esta mañana. Se acabó, Noah... Solo hago esto como despedida y porque sé que Lion me necesita.

—No puedes seguir haciendo esto por él, Nicholas —replicó, pero en su voz ya no había rabia, sino preocupación—. Sé que lo quieres como a un hermano, pero he hablado con Jenna y él no es el mismo; que tú lo apoyes en todo esto solo va a conseguir que las cosas empeoren.

Tenía razón. Yo seguía hacia delante mientras él se cavaba su propia tumba. O salía de esto conmigo o se hundiría en la miseria junto con tipos como Cruz o como su propio hermano Luca.

Estiré las manos hacia Noah y la atraje hacia mí. Nunca dejaría que ella temiese por mí, nunca más, eso se había acabado.

—Haré todo lo que pueda para que Lion deje esto conmigo —aseguré y me hinché de felicidad cuando la mano de Noah se colocó en mi mejilla. Sabía que esa caricia significaba que me perdonaba.

Subí mi mano por su columna y la besé tiernamente en la mejilla, acariciándola cuidadosamente con la punta de mi nariz desde el pómulo hasta su oreja.

—Vete a casa, por favor; yo iré en cuanto termine esto.

Noah se quedó callada e interpreté su silencio como un «de acuerdo».

Volví la cabeza y vi que ya estaban los tres corredores hablando con Clark.

—Tengo que irme.

Ella asintió, le di un beso en los labios y esperé a irme hacia donde estaban los chicos hasta que la vi con Jenna junto al Audi, listas para marcharse. Solo entonces me volví hacia los demás.

—Suerte a todos, nos vemos a la vuelta —le dije a Lion repitiendo lo que siempre me decía cuando me tocaba correr solo.

Vi la sonrisa en su rostro, aunque también algo que no me dio buena espina, antes de que se volviera y se subiese al coche.

Caminé hacia donde habían aparcado el Lamborghini, subí y lo puse en marcha. Lion se montó en el coche que había traído Luca y condujo hasta el punto de salida. Una chica vestida simplemente con la parte superior del biquini y unos pantalones diminutos, ya estaba en medio de la pista con dos banderines en alto. La ciudad se veía iluminada a sus espaldas esperándonos para vernos pasar a más de ciento noventa kilómetros por hora por sus calles cortadas. Todo tenía que hacerse rápido y bien; si no, podíamos acabar muy mal...

Y entonces, justo en el último minuto, cuando la cuenta atrás ya había comenzado y mis manos aferraban el volante, la puerta del copiloto se abrió de repente y Noah entró con rapidez y se sentó a mi lado.

—¡¿Qué coño haces?!

El disparo que daba comienzo a la carrera resonó por todo el claro y los banderines bajaron: la carrera había empezado.

29

NOAH

Cuando Jenna me informó de cómo iban a ser esas carreras, me invadió un miedo terrible, por lo que cuando vi el coche de Nick en fila, listo para salir, eché a correr y, sin pensar en las consecuencias, me subí al asiento del copiloto. Nick me miró primero sorprendido y luego rabioso. Me dio tanto miedo que desvié la vista a la palanca de los cambios y con rapidez metí primera obligándolo a concentrarse en lo que tenía que hacer.

—¡Vamos, pisa el acelerador, Nicholas!

Menos mal que sus reflejos eran increíbles porque ni siquiera sé cómo lo hizo para arrancar y ponerse a la altura de los demás coches, que nos habían sacado una pequeña ventaja.

—¡Voy a matarte! ¡¿Me oyes?! —gritó cambiando a cuarta y centrándose en la carretera. En nada entraríamos en la ciudad y sabía que debía callarme y dejar que se concentrara.

Sus ojos se desviaron a mi cuerpo un segundo casi imperceptible.

—¡Ponte el puto cinturón!

Pegué un salto en el asiento e hice lo que me pedía.

Dios, eso iba a costarme muy caro, lo sabía, pero necesitaba estar ahí con él: esa carrera no era como la que había corrido el año pasado. Daba igual cuántas veces le hubiese pedido que no lo hiciera, Nicholas tomaba sus propias decisiones y a veces me dejaba a mí fuera de ellas. Esta había sido mi decisión: si él corría, yo también; si él se ponía en peligro, yo también lo haría y me importaba tres pimientos lo que tuviese que decirme, ya afrontaría las consecuencias más adelante.

—¡Te dije que te fueras! —vociferó, pegándole un golpe al volante. Estaba furioso, pero yo también, no pensaba amilanarme, las cosas no se hacían así y quería demostrarle que si seguía en ese mundo, yo estaría a su lado, y si eso ayudaba a que lo dejase atrás, pues merecía la pena correr el riesgo.

—Y yo decidí no hacerlo —repuse clavando la mirada en la carretera. Mi osadía hizo que su mandíbula se tensara marcando las venas de su cuello de forma temible, por lo que me encogí en mi asiento involuntariamente.

Cuando llegamos a la primera curva, mis propios pies se movieron como si pisasen los pedales del coche. ¡Me gustaba tanto correr que mi cuerpo era pura adrenalina en ese momento y estaba deseando ocupar el asiento de Nick, deseando coger los mandos y demostrarle a todos lo buena que era, aunque la última vez no podía haberme salido peor, por mucho que hubiese ganado.

A pesar de que Nick era bueno, en ese momento solo veía a una persona que no comprendía el daño que aquello podía causarnos a los dos. Daba igual cuántas cosas ocurriesen, Nicholas seguía tirando hacia el lado incorrecto y, al hacerlo, me arrastraba a mí con él. Había dejado atrás las carreras, había dejado atrás todo lo que me recordase a mi padre... Me había costado muchísimo y ahora allí estaba, odiándome por disfrutar tanto de algo que había conseguido acabar con mi familia.

Mi cerebro empezó a desconectar de los problemas y pasó a concentrarse únicamente en los coches que teníamos delante, delante, no detrás: íbamos perdiendo.

—Tienes que acelerar, Nicholas.

La vena de su cuello se hinchó aún más y me mordí el labio con nerviosismo.

—No me puedo creer que esté yendo a ciento sesenta contigo en el coche.

«¡Por Dios, esto es una competición, no un paseo por el parque!»

—Pues este coche va a doscientos, así que pisa a fondo porque vamos a perder.

—¡Cállate! —me ordenó volviendo el rostro hacia mí.

Cerré la boca y lo dejé a su aire. Estaba tan nerviosa que me temblaban las manos. Lo observé en silencio mientras veía cómo manipulaba la palanca de cambio, cómo aceleraba hasta casi rozar los doscientos kilómetros por hora y alcanzaba así a los demás. Lion iba por delante y los otros dos estaban justo a nuestro alcance. La siguiente curva era la única oportunidad que tenía de pasarlos y recé para que lo hiciese bien. Si perdíamos, no solo me mataría, sino que me echaría la culpa.

Entonces las cosas cambiaron y observé horrorizada cómo al adelantar a uno de ellos, aparecieron otros coches: el último tramo no debía de estar cortado, por lo que nos metimos de lleno en una carretera transitada. Eso no me gustó nada, no quería que nadie saliese herido por una carrera ilegal... Se suponía que eso no debía pasar.

—¡Mierda! —masculló Nick entre dientes mientras tomaba otra curva a la vez que esquivaba a dos coches que iban a setenta. Con una maniobra espectacular, pasó al coche que iba en segunda posición. No pude evitar emocionarme.

Lion era el único que estaba por delante de nosotros y, aunque el segundo lugar también se llevaba algo de dinero, mi yo competitivo quería ganar. Nicholas tomó una curva de forma increíble, todo hay que decirlo, y tuve que sujetarme al salpicadero para no golpearme contra la puerta. Nos colocamos por detrás de Lion, estábamos cerca, pero no lo suficiente... Pegué un grito cuando Nick se metió en la carretera contraria para poder adelantar a un camión que nos atronó con el claxon. Ni yo hubiese sido así de atrevida, pero eso nos sirvió para acortar distancias. Si lo adelantábamos en la próxima intersección podíamos quedar los primeros.

—¡Vamos, Nick! ¡Tenemos que ganar! —grité sin poder contenerme.

Sus ojos se desviaron furiosos hacia mí y justo en ese momento, cuando apenas quedaban unos metros para poder alcanzar el coche de Lion y su hermano y adelantarlo en la curva, la aguja del acelerador descendió en picado, de doscientos a ciento veinte.

—¡¿Qué haces?! —chillé con incredulidad girando todo mi cuerpo hacia él y observando horrorizada cómo Lion volvía a sacarnos los metros que habíamos conseguido recortar.

—Darte una lección —respondió pisando el acelerador otra vez, pero sin servirnos ya de nada: Lion acababa de cruzar la meta.

Respiré profundamente, muy indignada.

—No me lo puedo creer... ¡Podríamos haber ganado!

—El dinero va a ser para Lion. Solo teníamos que conseguir quedar primero y segundo, no importa el orden —dijo al cruzar la meta.

Paró el coche de un frenazo y me preparé para lo que fuese que me iba a soltar, pero de repente unas luces captaron su atención y giró el cuerpo para mirar por la ventana trasera. El ruido de unas sirenas resonó en el aire y el rostro de Nick se transformó.

—¡No me jodas! —exclamó acelerando de nuevo al tiempo que, saltándose todas las normas de tráfico, tomaba una curva y se metía de lleno en la carretera que había a nuestro lado. El ruido de las bocinas de los coches y los gritos de los transeúntes me sobresaltaron y entonces fui consciente de lo que pasaba.

El móvil de Nick empezó a sonar.

—Cógelo —me ordenó concentrado en la carretera—, está en mi bolsillo izquierdo.

Me incliné sobre él y metí la mano en el bolsillo de sus vaqueros hasta sacar el teléfono.

—Ponlo en manos libres —gruñó.

Lo hice y la voz de alguien que no conocía resonó en el interior del coche.

—¡Tíos, la pasma va para allá! ¡Nos han pillado, esto es una locura!

—¡No me jodas, Clark, dijiste que estaba controlado!

—¡Lo sé, no sé qué ha pasado, alguien habrá dado el chivatazo, tienes que salir ahora mismo de la carretera!

—¡¿Dónde está mi moto?!

Oí ruidos de todo tipo que resonaban al otro lado de la línea: al parecer los habían pillado en el descampado y ahora iban hacia allí. Supongo que teníamos algo de ventaja, pero estaba tan asustada que no era capaz de pensar con claridad. Ahora veía lo peligroso que era todo aquello, y también me daba cuenta de que Nicholas era un idiota por haber venido, debería haberme hecho caso, deberíamos habernos marchado, los dos.

—Toni la ha llevado a donde siempre, ya sabes lo que tienes que hacer. Si te das prisa no creo que te pillen. —Nicholas cogió el móvil que estaba apoyado en mi pierna, cortó y lo tiró de malas formas sobre el salpicadero.

Se hizo el silencio.

—Nicholas..., no pueden pillarnos —comenté aterrorizada; si lo hacían, las consecuencias serían terribles. Para empezar, yo no podría ir a la facultad y él, que ya contaba con antecedentes, saldría aún peor parado. Ni siquiera su padre iba a sacarlo de esa si lo terminaban arrestando.

—No van a cogernos —aseguró en voz baja. Pisó el acelerador y se metió por unas calles que yo no conocía. Él parecía muy seguro de hacia dónde iba y yo me limité a rezar para que hubiera alguna salida. Los coches patrulla estaban siguiéndonos, lo sabía porque escuchaba el ruido de las sirenas, pero aún estaban lo suficientemente lejos como para no ver la matrícula del coche.

Continuamos hasta que Nick dobló y tomó una carretera secundaria. No tardamos en llegar a una calle llena de naves industriales y filas de garajes con números; se metió por una calle embarrada y sacó algo de la guantera al frenar delante del número 120. Cuando la puerta se abrió, metió el coche; la moto que había visto en nuestro garaje estaba allí aparcada.

—Baja del coche —ordenó y no se me ocurrió desobedecerle.

Al bajar vi que había cajas y muebles viejos: esto debía ser el trastero de los Leister, usado por Nick en casos como ese.

Con rapidez cogió una lona que había sobre una mesa y cubrió el coche con ella. Una nube de polvo se levantó, apenas se veía nada y empecé a toser apartándome del vehículo. Entonces lo noté detrás, me cogió por la cintura y lo siguiente que sentí fue que mi espalda chocaba contra el coche. Él me cogió el rostro con una de sus manos.

—Ahora vas a hacer todo lo que yo te diga, Noah. Lo digo muy en serio —me soltó destilando rabia por todos los poros de su piel—. Si no fuera por tu mierda de trauma, te dejaba aquí para que aprendieras de una maldita vez a no entrometerte en mis putos asuntos.

Tuve que pestañear varias veces, sorprendida por sus duras palabras y las ganas que tenía de echarme a llorar. Por mucha razón que tuviese, él era el responsable de que estuviésemos en esa situación, él había sido quien había decidido volver a ese mundo de mierda. Me tragué mi orgullo y asentí, porque en ese momento lo más importante era que no nos pillasen.

Tiró de mí hasta llegar a su moto. Solo había un casco y se apresuró a ponérmelo. Sus ojos se detuvieron un instante de más en los míos y no supe interpretar lo que pasaba por su cabeza. Subió a la moto y yo me monté de paquete. Me incliné hacia su pecho y lo rodeé con mis manos. Luego salimos a la fría noche.

A cada minuto que seguíamos en la carretera mi cabreo iba en aumento. No podía creer que estuviese en una moto, huyendo de la policía y encima aguantando su rabia cuando había sido él el que nos había metido en eso. Sentí cómo mis manos se tensaban sobre su firme estómago y cómo su cuerpo respondía al instante. Una de sus manos voló hacia las mías y me apretó con fuerza.

«¿Qué se supone que significa esto?»

Diez minutos después vi que doblaba una esquina y paraba en una gasolinera.

—No te muevas —me ordenó sin ni siquiera mirarme mientras se apeaba de la moto y se marchaba a la cabina para pagar la gasolina.

Aproveché la ocasión: bajé casi de un salto, tiré el casco al suelo y me alejé de él todo lo posible, no quería ni mirarlo.

—¡Noah! —me gritó. Oí cómo dejaba lo que estaba haciendo y salía detrás de mí; lo vi acercarse y eché a correr. No quería tenerlo delante, no quería que me tocara ni que me gritara, quería alejarme todo lo posible.

Esta noche había sido él quien había cruzado los límites, no yo.

Corrí hasta que llegué a la parte trasera de un edificio en construcción. Tiré de la valla que estaba entreabierta y me colé dentro. Nicholas no cabía por ahí, ni en broma, así que me detuve y, cuando le escuché frenar al otro lado, me volví para ver cómo sus ojos me miraban descontrolados.

—Sal de ahí.

—No.

Sus manos se aferraron a la valla y, cuando levantó la cabeza, vi que estaba más cabreado de lo que lo había visto en todo el año que habíamos estado saliendo.

—¿Te crees que no puedo saltar esta mierda de valla? —me retó, claramente calculando cómo hacerlo.

—¿Y qué pretendes hacer cuando la saltes, Nicholas? —repuse elevando la voz y sintiendo cómo mi cuerpo empezaba a temblar de frío. No solo la adrenalina empezaba a desaparecer, sino que las palabras que Nicholas había soltado por su boca resonaban ahora en mi cabeza como si estuviesen en modo repetición.

Se detuvo un momento, supongo que porque no tenía ni la menor idea de qué hacer.

Me llevé las manos a los brazos para resguardarme del frío. Quería irme a casa, quería marcharme y no quería que fuese él quien me llevara.

—¡Joder, Noah! —me gritó entonces explotando por fin—. ¡Te dije que te marcharas! ¡Nunca haces lo que te digo! ¡Hoy podrían habernos cogido, podríamos estar ahora mismo en una puñetera celda y yo estaría volviéndome loco al ver lo que te habría hecho!

—¡¿Se te pasa alguna vez por la cabeza que esta no es solo tu relación?! ¡¿Que todo esto va en doble sentido?! ¡¿Que yo también me preocupo por ti y estoy harta de que me mientas y me dejes fuera!?

—¡Yo sé cuidar de mí mismo; tú, en cambio, no tienes ni puta idea!

Abrí los ojos, incapaz de creer lo que estaba oyendo.

—¿Que no sé cuidar de mí misma? —bramé al tiempo que me acercaba a la valla para tenerlo delante—. ¡¿Qué sabrás tú de cuidar a alguien!? ¡¡He cuidado de mí misma y de mi madre desde que tenía cinco años!! ¡Tú, en cambio, lo único que has hecho ha sido emborracharte, drogarte y meterte en mierdas ilegales cuando tu vida estaba solucionada!

Nicholas se echó hacia atrás, obviamente sorprendido por mis gritos, pero estaba fuera de mí: esa noche había temido por él, por los dos, porque lo había arriesgado todo, todo lo que teníamos, todo lo que nunca soñé que podría llegar a tener.

—¡Intento protegerte! Pero tú no me dejas —repuso claramente dolido.

Me llevé las manos a la cabeza.

—A lo mejor es de ti de quien tengo que protegerme... —susurré entre lágrimas, abrumada por decir todo lo que llevaba meses guardándome—. Sigues diciendo que vas a cambiar, que dejarás todo esto atrás..., pero ¡no lo haces, Nicholas!

Me devolvió la mirada con incredulidad.

—Al menos lo intento, lo he dejado todo por ti, he intentado ser mejor, pero tú, en cambio, te pones en peligro y no confías en mí, hay cosas que no me cuentas. ¡¿Crees que no lo sé?!

—¿Te refieres a mi «mierda de trauma»?

Nicholas suspiró, cerró los ojos y, cuando volvió a mirarme, supe que acabábamos de cruzar una línea roja.

—No quise decir eso.

Me reí sin ganas.

—Pero lo piensas —dije simplemente mientras le daba la espalda y me alejaba hasta el otro extremo.

—Noah, sal de ahí, por favor —me rogó mientras todos mis miedos se agolpaban en mi pecho y las lágrimas asomaban a mis ojos sin poder hacer nada para detenerlas—. ¡Joder!

Me senté en el suelo y me rodeé las piernas con las manos. No quería que me viese llorando, así que enterré la cabeza entre mis brazos.

—¡Noah! —gritó desesperado y oí cómo la valla rechinaba cuando le dio una patada—. ¡Sal!

Levanté la cabeza y me quedé mirándolo desde donde me hallaba. Parecía desesperado, pero yo también lo estaba, porque tenía muchas cosas guardadas dentro y no sentía la seguridad suficiente para saber si, cuando las supiese, iba a seguir queriéndome igual. Todo lo que hacía solo conseguía que me encerrase más en mí misma.

—¡Ahora no quiero estar cerca de ti! —le grité con todas mis fuerzas—. ¡Me haces daño!

El dolor tiñó sus facciones y sus brazos tiraron con fuerza de la valla intentando soltarla. Me puse de pie. Eso era una locura.

—¡Y tú a mí, joder! —replicó pegándole una patada al ver que no había forma de soltarla—. Lo he dado todo contigo, absolutamente todo, me he abierto a ti... ¿y me dices que te hago daño?

Me quedé callada, no pensaba explicarle por qué me hacía daño, si no era capaz de verlo él mismo lo nuestro no iba a ningún lado.

—¡Pues lárgate! —le espeté y, furiosa, cogí un ladrillo que había suelto y lo tiré contra la valla con todas mis fuerzas. Ni siquiera llegó a chocar contra ella—. Si no podemos hacer que esto funcione, ¡lárgate, Nicholas!

Me dio la espalda y maldijo en voz alta. Después de unos minutos de silencio volvió a mirarme y su rostro era otro.

—Mira, lo siento, de verdad. He sido un capullo, pero me he acojonado al verte en las carreras. Estaba furioso, sigo estándolo, pero también sé que si yo no hubiese ido no estaríamos en esta situación ahora mismo.

—¿Y qué te crees que he sentido yo al verte allí, Nicholas?

—Lo sé, ¿vale? Lo entiendo... Pero, por favor, no aguanto estar lejos de ti, necesito que salgas.

Respiré hondo y me limpié las lágrimas con el brazo.

—No hemos solucionado nada, lo sabes, ¿no? —dije casi en un susurro.

Se quedó callado, simplemente mirándome y esa mirada bastó para que mis pies decidieran por mí. Me acerqué hasta donde él estaba y salí por el hueco. Su mano tiró de mí y un segundo después me rodeaba con sus brazos, que me apretaron contra su cuerpo como si le doliese no tenerme lo suficientemente cerca. Respiré la fragancia de su cuerpo y los latidos de mi corazón se calmaron casi al instante. ¿Cómo podía ser mi enfermedad y mi medicina al mismo tiempo?

—Me dejaste plantada —le recriminé dolida. No podía quitarme de dentro la decepción que sentía.

—Te quería lo más lejos posible de mí —contestó.

—Una vez dijiste que no estábamos hechos para estar separados —susurré entrecortadamente.

—Y no lo estamos, he sido un idiota. No merece la pena, no merece la pena la carrera si el resultado puede ser perderte.

Iba a responderle, pero justo entonces algo empezó a vibrar entre los dos. Nick se sacó el teléfono del bolsillo y nos separamos unos centímetros.

Esperé mientras escuchaba atentamente y me preocupé al verle fruncir el ceño.

—Tranquilízate, Lion —dijo soltando una maldición por lo bajo—. Sí..., sí, puedo sacarla, no te preocupes, estaré ahí en menos de veinte minutos.

Sentí un pinchazo de temor cuando Nick se metió el móvil en el bolsillo trasero y me miró.

—Han detenido a Jenna.

30

NICK

Cuando llegamos a la comisaría de North Hollywood, Luca y Lion estaban apoyados contra su coche, el hermano mayor fumando y el pequeño con las manos en la cabeza. Cuando me vio, su mirada pareció iluminarse a pesar de que daba pena mirarlo.

—¿Qué ha pasado? —preguntó Noah acercándose a Lion mientras se quitaba el casco, que le iba demasiado grande. Cuando me acerqué a ella, se lo cogí de las manos y me lo colgué del codo—. ¡¿Cómo la han cogido?!

—La policía llegó al descampado primero, lo que obviamente supone que alguien dio el chivatazo —explicó Lion y se acercó a mí—. ¡Como pille a quien ha sido, te juro que lo mato!

—Tranquilízate —dije intentando pensar qué hacer. Podía llamar a mi padre, pero, joder, como se enteraran de lo de esta noche, no tenía ni idea de lo que podía llegar a pasar. Mis ojos se clavaron momentáneamente en Noah y pensé en cómo su madre reaccionaría si sabía lo que habíamos estado haciendo.

—¿Dónde está Jenna? ¿La tienen encerrada? —siguió preguntando Noah con la clara intención de meterse en la comisaría. Di un paso adelante, apresurándome para detenerla.

—Ni de broma, Noah, no quiero que pongas ni un pie ahí dentro. Quédate aquí y espera con Lion mientras hago unas llamadas.

Noah y Lion me miraron fijamente, pero decidieron hacerme caso por una maldita vez. Busqué los contactos de mi teléfono y un nombre me vino directamente a la cabeza. Era la última persona a la que le pediría ayuda, pero llegados a ese extremo... El teléfono sonó lo que me parecieron horas hasta que al final contestaron.

—¿Por qué demonios me llamas a las cuatro de la madrugada, Leister? —protestó una voz pastosa al otro lado de la línea.

Respiré hondo tragándome mi orgullo.

—Necesito tu ayuda, Sophia.

Media hora más tarde seguíamos esperando a que mi dichosa compañera de prácticas decidiera hacer acto de presencia. Había acudido a ella porque sabía que tenía contactos por esta zona. Su padre vivía en una de las urbanizaciones cercanas y, además, en esos momentos era ella la que llevaba los casos pro bono, por lo que estaba bastante acostumbrada a trabajar en asuntos donde los menores infringían la ley. Si no recordaba mal, la semana anterior había librado a un adolescente de la cárcel por posesión de droga y había conseguido que borrasen los antecedentes de su historial. Sophia Aiken podía ser un coñazo, pero sabía lo que hacía.

Un todoterreno blanco apareció por la esquina y supe que era ella. Indiqué a Noah y a mis amigos que se quedasen en el coche y me dejaran solucionarlo a mí. No sabía de qué humor estaría Sophia y prefería enfrentarme a ella yo solo. Por lo poco que sabía por Lion, había ocurrido todo muy deprisa: a Jenna no le dio tiempo ni a montarse en el coche, la pillaron mientras todos salían corriendo. No había sido la única arrestada, pero ahora mismo no podía preocuparme por nadie más, todos sabían a lo que se arriesgaban yendo a las carreras y mi prioridad número uno era mi amiga.

Por suerte, se habían llevado el coche de Noah y Clark me aseguró que se encargaría de que nos lo trajeran a casa de mi padre al día siguiente. Lo único que me faltaba era que la policía hubiese apuntado la matrícula del coche de Noah y que ella acabase metiéndose en un lío. Me alejé del coche de Lion y me acerqué a Sophia.

—Me debes una tan grande que no vas a vivir suficientes años para compensarme —soltó bajando del coche impecablemente vestida, aunque con el pelo recogido en una cola un poco desaliñada.

Hice el máximo esfuerzo para no poner los ojos en blanco.

—Gracias por venir —dije poniendo mi mejor cara. Ella pareció disfrutar de la situación porque no dudó ni un instante en sonreírme con superioridad.

—¿Acabas de darme las gracias? —preguntó mirándome con perversa diversión—. Creo que me gustaría oírlo de nuevo.

Di un paso hacia ella.

—Te las daré si sacas a mi amiga.

Supongo que mi cara debía de ser un poema y sus ojos se desviaron de los míos al coche de Lion, donde los tres, Luca incluido, esperaban con nerviosismo.

—No sé en qué líos estás metido, Leister, pero te juro que cada día estoy más intrigada.

Sus ojos me observaron con curiosidad y tuve que armarme de toda mi paciencia para no mandarla a la mierda.

—¿Puedes sacar a mi amiga o no?

—¿Cómo se llama, si se puede saber?

Dudé unos instantes.

—Jenna Tavish.

Sus ojos se abrieron.

—¿Tavish? ¿De Tavish Oil Corporation? ¿Esos Tavish?

Asentí poniéndome nervioso.

—Es una broma, ¿no? —dijo enfadándose, aunque ya suponía que iba a hacerlo—. ¿Me llamas a mí, a una becaria, para que saque de la cárcel a la hija de uno de los principales magnates del petróleo?

—No queremos que nadie se entere, necesitamos discreción. Además, ella no ha hecho nada, simplemente estaba en el lugar y el momento equivocado —repuse rezando para que todo eso no acabase muy mal.

Sophia soltó una carcajada mientras rebuscaba en su bolso.

—Si tuviese que cobrar un dólar cada vez que un delincuente ha dicho eso...

—¡Mi novia no es ninguna delincuente! ¡¿Me oyes?! —protestó Lion apareciendo tras mi espalda.

Me volví hacia él poniéndole una mano sobre el pecho.

—Tranquilo, Lion. Sophia ha venido a ayudarnos, ¿verdad, Soph? —dije intentando calmar los ánimos.

Nos miró con una sonrisa condescendiente, primero a mí y luego a Lion, y supe lo que estaba pensando nada más ver su mirada de superioridad.

—Os ayudaré —anunció dirigiéndose a ambos—, pero no vuelvas a llamarme Soph, porque entonces vamos a tener un problema.

Me reí al ver la seriedad con la que lo dijo. ¡Dios mío, las mujeres de las nuevas generaciones venían con las armas bien cargadas y, si no, que se lo dijeran a mi novia!

Sophia nos ordenó que nos quedásemos fuera mientras ella hacía una llamada tras otra. Después de lo que se me antojó una eternidad, entró en la comisaría y todos nos quedamos fuera esperando a que ella hiciese lo que fuese necesario.

Noah seguía dentro del coche y aproveché para asomarme por la ventana. Parecía agotada y sucia después de haber estado en el suelo y rodeada de polvo.

—¿Estás bien, Pecas? —pregunté observando cómo Luca roncaba en el asiento delantero, sin apenas importarle lo que pasaba a su alrededor.

Noah asintió en silencio sin ni siquiera mirarme, pero no pude hacer mucho al respecto porque entonces oí cómo la puerta de la comisaría se abría y allí, sucia, despeinada y con una pequeña herida en el pómulo derecho, estaba Jenna.

Noah abrió la puerta del coche y salió corriendo hacia ella.

Sophia estaba detrás con una sonrisa de suficiencia en el rostro y mirándome solo a mí. Le sonreí en la distancia y observé cómo se montaba en su coche y se marchaba por donde había venido. A lo mejor después de todo no era tan coñazo.

Mi tranquilidad no duró mucho porque el ruido de una sonora bofetada cortó el silencio de la noche. Cuando me volví vi que Lion tenía la mano en la mejilla y sus ojos miraban desesperados a Jenna.

«¡Mierda!»

—¡No quiero volver a verte! ¡¿Me oyes?! —le gritó ella mientras las lágrimas se deslizaban por sus mejillas.

Noah me buscó con la mirada, como pidiéndome ayuda, pero ambos nos habíamos quedado boquiabiertos, esperando la reacción de Lion.

—Jenna, lo siento, escúchame...

—¡No! —bramó ella dando un paso hacia atrás—. ¡Ni se te ocurra pedirme perdón! ¡Me juraste que esto se había terminado, he estado aguantando todo este verano esperando a que cambiaras, a que hicieses lo correcto por una puta vez! ¡Y estoy harta!

Me acerqué hacia ellos sin saber muy bien qué hacer. Entendía a Jenna, pero también a Lion.

—He sido una estúpida —dijo ella sollozando—, me has hecho sentir culpable por lo que soy, por lo que tengo, he intentado permanecer a tu lado, hacer todo lo que estuviese en mi mano para poder seguir juntos y lo único que has hecho ha sido hacerme sentir que no estoy a tu altura cuando en realidad ¡es justamente lo contrario!

Lion parecía desesperado y perdido, y cuando se acercó a ella y vio que Jenna volvía a apartarse, vi el dolor reflejado en su rostro.

—Jenna, solo intento darte lo mejor... Estoy ahorrando dinero.

Eso pareció ser la gota que colmó el vaso porque Jenna dio un paso al frente y lo empujó con todas sus fuerzas mientras las lágrimas seguían deslizándose por sus mejillas.

—¡Me importa una mierda el dinero! ¡Yo estaba enamorada de ti! ¡¿No lo entiendes?! ¡De ti, no de tu estúpido dinero!

Lion le cogió los brazos con fuerza mientras ella le pegaba en el pecho.

—Has dejado que me arresten... —le recriminó entonces destrozada—. Antes nunca me hubieses dejado sola, yo era lo más importante para ti...

—Y lo eres, Jenna, yo te amo —declaró él intentando que lo mirase.

Jenna negó y, cuando levantó la cara y todos pudimos verla, supe que nada bueno iba a salir de su boca.

—Tú no tienes ni idea de lo que es querer a alguien. —Sus brazos se soltaron de Lion y sus pies dieron tres pasos hacia atrás—. No pienso dejar que me arrastres contigo.

—Jenna... —La voz de Lion sonó rota y supe que ese iba a ser el último clavo en el ataúd de mi amigo.

Jenna buscó a Noah con la mirada.

—Quiero irme a casa.

A mi lado, Noah se movió y fue a darle un abrazo. Me acerqué a Lion.

—Tío —dije poniéndole una mano en el hombro; parecía totalmente aturdido—. Yo las llevo a casa, no te preocupes, ¿vale?

Lion me miró sin apenas verme y Noah acompañó a Jenna al asiento trasero del coche.

—Toma las llaves de la moto. —Le lancé las llaves a Luca, que había observado toda la escena como un mero espectador, aunque su mirada no se desviaba del rostro de su hermano. Las cogió al vuelo—. Cuida de tu hermano esta noche —añadí subiéndome al asiento del conductor.

Me hubiese gustado quedarme con Lion, pero sabía que lo mejor que podía hacer en ese momento era poner a salvo a las dos chicas que llevaba detrás y rezar para que al día siguiente las cosas se viesen de otra manera. Noah decidió quedarse a dormir con Jenna y, cuando fui a besarla para despedirme, la noté fría y distante. Lo que había ocurrido había sido una clara advertencia de lo que podía llegar a pasarnos si no nos andábamos con cuidado y estaba seguro de que Noah pensaba exactamente lo mismo.

Temí que tanto mi amigo como yo hubiésemos cruzado un límite aquella noche que ni siquiera sabíamos que existía.

Los dos días siguientes los pasé con Lion. Estaba que daba pena, borracho y sucio, tirado en el sofá de su casa. Además, la peste a maría y suciedad acumulada hacían que aquella pequeña casa fuera una leonera. Luca parecía estar a sus anchas en su antiguo hogar y se aprovechaba del mal estado de su hermano para hacer y deshacer a su antojo. A pesar de haberse tirado cuatro años en la cárcel, seguía teniendo todos esos malos hábitos y no quería pensar en la influencia que podía tener en Lion.

—Deberías darte una ducha, tío, apestas —le dije a Lion mientras iba tirando en una bolsa todas las porquerías que había sobre el sofá y la mesita cochambrosa de la esquina. Me estaba cabreando por momentos, no tenía por qué limpiar toda esta mierda, pero me tragué mi mala leche y los ayudé.

—Dejadme en paz, joder, solo quiero emborracharme y perder el conocimiento.

Solté la bolsa exasperado.

—Mira, Lion, ya han pasado dos putos días, ¿vale? No te digo que lo superes, pero ya va siendo hora de que te levantes del sofá, hostias.

—Jenna seguro que está destrozada y todo por mi culpa, todo por no ser lo suficientemente bueno para ella... Puto dinero y putas clases sociales.

—Es que hay que ser gilipollas para liarse con la hija de un magnate... —Esa fue la magnífica contribución de Luca a la conversación. Lion le tiró una lata de cerveza vacía a la cabeza.

Tenía que hacer algo para que esos idiotas volviesen a estar juntos: por muy jodido que estuviese Lion, no era persona si no estaba con Jenna.

—Estás equivocado si crees que Jenna está tirada en su cama llorando por ti —dije lavándome las manos en el fregadero. Eso captó la atención de Lion, que se incorporó en el sofá y me miró—. Está con Noah en la playa, iban a salir por última vez con los de su clase antes de marcharse a la universidad.

—¿Está con los pijos de ese puto colegio de capullos?

Elevé las cejas mirándolo con condescendencia.

—¡No me mires así! Excepto tú, son todos unos capullos redomados. —De un salto se levantó del sofá y fue hacia el baño—. Tardo cinco minutos.

Dejé la bolsa en el suelo y sonreí a Luca divertido. Al menos había conseguido que se levantara del sofá. Ya le daría su merecido por llamarme pijo gilipollas y capullo redomado.

Tengo que confesar que a mí tampoco me había hecho ninguna gracia que Noah estuviese en la playa bebiendo con los de su clase. Y por mucho que me hubiera prometido que iba a dejarla en paz, una parte de mí había utilizado el pretexto de Jenna y Lion para poder ir y ver que todo estaba bien..., que nosotros estábamos bien, para ser más exactos. No nos habíamos vuelto a ver desde la noche de marras y no estaba seguro de cómo estaban las cosas entre nosotros. Tenía que verla y hablar con ella.

La pequeña reunión se hacía en casa de una de las compañeras de Noah, Elena no sé qué, que tenía su propia playa privada..., como todos, vaya.

Aparqué en la puerta de su casa, observando que había más coches de la cuenta para ser una pequeña reunión. Cuando entramos, había más de cien personas, casi todas en bañador. La música a todo volumen resonaba por todas las habitaciones. Lion parecía tan fuera de lugar rodeado de toda esta gente que lo obligué a salir a la parte trasera.

Allí, junto a la orilla, habían hecho dos hogueras y un gran grupo estaba sentado a su alrededor, quemando nubes y bebiendo directamente de la botella.

—Yo pensando que estaba llorando y mírala... —comentó Lion señalando a dos chicas que venían andando por la orilla, agarradas la una a la otra y llevando una botella de lo que parecía ser tequila.

Jenna y Noah. Genial.

Nos acercamos a ellas y, en cuanto nos vieron, se quedaron de piedra. Acto seguido, empezaron a reírse a carcajadas.

—Mira a quiénes tenemos aquí, Noah, el capullo número 1 y el capullo número 2 —dijo Jenna sonriendo a la vez que se llevaba la botella a la boca y hacía una mueca de asco. Ambas iban vestidas con pantalones cortos minúsculos y la parte superior de un biquini.

Observé cómo Lion se acercaba a ella con cuidado.

—Eh, Jenn, ¿podemos hablar? —le preguntó Lion repentinamente nervioso.

Jenna lo observó como si estuviese analizando un insecto en un microscopio.

—Lo siento, capullo número 2, pero no me apetece —soltó tambaleándose peligrosamente hacia un lado.

—¿Se supone que yo soy el capullo número 1? —repuse contrariado y Noah se encogió de hombros.

—A veces lo eres —afirmó, pero dejó que le pasara un brazo por la cintura.

—¿Al menos puedo llevarte a casa? Estás muy borracha, Jenna —se ofreció Lion, que la sostuvo cuando creyó que iba a caerse.

—¡Suéltame! —gritó ella, apartándose y cayéndose de culo sobre la arena.

Noah se revolvió entre mis brazos para que la soltara.

—¡Déjala, Lion!

Observé la escena con detenimiento. Conocía a mi amigo casi más que a mí mismo. Estaba tan cabreado por toda aquella situación que no me extrañó su reacción. Yo habría actuado de la misma manera.

Se agachó cuan grande era y se colgó a Jenna de un hombro.

—¡¿Qué haces?! ¡Suéltame, *Homo erectus*! —protestó ella como loca, dejando caer la botella sobre la arena, pero sin conseguir, pese a su empeño, zafarse de mi amigo.

—Puedes soltarme todos los insultos intelectuales que quieras, pero vienes conmigo.

Noah se volvió hacia mí con las mejillas sonrosadas.

—¡Haz algo! —me pidió y la sostuve con fuerza cuando vi su clara intención de intervenir.

—Lo ha llamado *Homo erectus*. No puedo meterme después de eso, los hombres tenemos nuestro orgullo, ¿sabes?

Noah me fulminó con la mirada y yo me reí mientras la levantaba por las rodillas y me la llevaba junto a la hoguera menos concurrida.

—Tienes que dejar que hablen, Pecas; si no, no se van a arreglar nunca.

Noah estaba temblando de frío y su borrachera le permitió olvidarse de su enfado porque, en cuanto me senté con ella encima de mí, se acurrucó entre mis brazos y dejó que nos calentase el fuego.

—Estoy bebida —reconoció.

—¡No me digas! No lo había notado —repliqué con sarcasmo.

—Y sigo enfadada contigo...

La observé y le acaricié la espalda con delicadeza.

—Lo suponía... ¿Hay algo que pueda hacer al respecto?

—Sigue acariciándome así —contestó tras un silencio, y un escalofrío le recorrió todo el cuerpo. Me separé de ella y me quité la sudadera. Con cuidado la obligué a meter los brazos por las mangas; después le subí la cremallera hasta arriba. Un segundo después apoyó la cabeza sobre mi hombro y sentí su respiración contra mi cuello.

—Mañana habrá pasado un año... —dijo con melancolía, y su labio tembló ligeramente.

—Un año ¿de qué? —pregunté sin comprender, pero cerró los ojos y se quedó dormida.

Me levanté y la llevé en brazos hasta el coche. Ya había tenido fiesta suficiente por ese día. No tenía ni idea de dónde estaba Lion, pero no podía ser su niñera eternamente. Él sabría lo que hacía. Puse el vehículo en marcha y me encaminé a su casa. Noah estaba tan borracha que no quería ni imaginar la resaca que tendría al día siguiente. Supongo que era de esperar que bebiera, tenía dieciocho años, pero nunca me había hecho gracia verla así.

Muy a pesar mío, decidí quedarme a dormir en casa de mi padre. En un par de días, estaríamos Noah y yo viviendo juntos en mi apartamento, y solo podía contar los minutos que faltaban.

31

NOAH

Ese no iba a ser un buen día, lo supe en cuanto abrí los ojos aquella mañana. No solo por la resaca, el dolor de cabeza y las increíbles ganas de vomitar, sino porque ese día se cumplía un año de la muerte de mi padre por mi culpa.

Salí de la cama sintiendo cómo mi estómago se quejaba por todo el alcohol que me había metido entre pecho y espalda la noche anterior y fui trastabillando hasta el baño para darme una ducha. Ni siquiera sabía cómo había llegado hasta mi habitación. Había bebido tanto tequila que creo que era alcohol en vez de sangre lo que corría por mis venas. Recordaba haber visto llegar a Nick... y a Lion.

Iba a tener que llamar a Jenna y ver cómo había acabado la noche, pero ese día no... Ese día no pensaba hablar con nadie, pensaba recluirme en mi habitación con mis demonios interiores y llorar al padre que nunca me había querido, llorar a la persona que había intentado matarme y llorar a la niña que nunca consiguió que su padre la quisiera.

Sé que era una idiota por seguir pensando en él, pero sus palabras y la culpa que vivía conmigo después de su muerte no desaparecía, mis pesadillas formaban parte de mis noches y a veces me perseguían durante el día.

Yo lo había querido. ¿Eso me convertía en un monstruo? ¿Era un monstruo por haber querido a la persona que pegaba a mi madre y le hacía daño cada día? ¿Estaba loca por seguir pensando que si me hubiese comportado de forma distinta mi padre aún seguiría vivo?

Cerré los ojos, dejé que el agua me cayera por encima y me pasé la esponja por el cuerpo. Me sentía sucia por dentro... Odiaba esos pensamientos, en ocasiones era como si otra persona estuviese dentro de mí, obligándome a ser masoquista, obligándome a comportarme de una forma que ni yo ni mi difunto padre nos merecíamos. Porque no se merecía mis lágrimas, no se merecía que sintiese pena por él...

Daba igual cuántas veces me hubiese llevado al parque o a pescar... No importaba que me hubiese enseñado a conducir cuando aún no llegaba a los pedales, no importaba que adorase verlo correr y ganar.

Había sido mi padre y mi mente infantil, mi retorcida mente infantil, me había obligado a mirar hacia otro lado cada vez que ese hombre maltrataba a mi madre. No comprendía mi forma de pensar, ni de actuar, intentaba analizarme a mí misma desde otra perspectiva y nada tenía sentido.

En los meses que pasé en la casa de acogida, había echado de menos a mi madre, sí, claro que sí, pero también a él... Había echado de menos que me tratase a mí mejor que a ella; de un modo horrible me había gustado ser diferente, ver que mi padre nunca me hacía daño, que me quería más que a nadie, que yo era especial para él... Claro que todo se desmoronó al final porque terminó haciéndome daño..., muchísimo daño.

Los recuerdos, las conversaciones, volvieron a mí sin que pudiese hacer nada para remediarlo.

—¡Eres mala! —me había gritado una de las niñas de la casa de acogida. Éramos cinco niñas y un niño pequeño los que nos habíamos quedado en esa casa horrible y con padres de mentira que ni nos querían ni se ocupaban de nosotros.

—¡Tú me has quitado mi muñeca! —le grité a mi vez intentando hacerme oír sobre los lloros de la niña rubia que estaba a nuestro lado—. ¡Si te portas mal, recibes un castigo, ¿es que nadie te lo ha enseñado!?

—¡No vuelvas a pegarle! —La niña morena, la que tenía esas trenzas tan bonitas, no dejaba de acusarme con su dedo sucio mientras abrazaba a su her-

mana de cuatro años que lloraba con la mejilla roja después de la bofetada que le había dado.

Las otras dos niñas, que tenían siete y seis años respectivamente, se colocaron detrás de Alexia, la morena de las trenzas. Odiaba ver cómo la querían a ella y no a mí. Yo solo había reclamado lo que era mío, esa niña pequeña me había quitado mi muñeca a la fuerza, debía pegarle por ello, ¿no?

Eso es lo que se hacía cuando uno se portaba mal.

—Eres mala, Noah, y nadie te quiere —me espetó Alexia. Era casi tan alta como yo, éramos las más mayores de esa casa, pero ella tenía una mirada feroz que yo era incapaz de imitar. A pesar de haber pegado a esa niña, yo solo quería que fuésemos amigas, le había intentado explicar que en cuanto yo terminara de jugar podía quedarse con mi muñeca, que debíamos compartirla, pero me la había quitado, me la había arrancado de las manos—. Que nadie hable con ella —ordenó volviéndose hacia las demás—. A partir de ahora te quedarás sola, porque las niñas abusonas como tú no merecen que nadie las quiera, ¡eres mala y fea!

Sentí cómo las lágrimas asomaban a mis ojos, pero a mí no se me permitía llorar. Mi padre me lo había dejado muy claro: solo lloraban los débiles. Mi madre era débil porque lloraba, yo no lo era.

—¡Eres mala! ¡Eres mala! ¡Eres mala! ¡Eres mala! ¡Eres mala!

Las demás niñas se unieron al coro, incluso la pequeña que había estado llorando ahora sonreía y cantaba junto con las demás. Cogí mi muñeca con fuerza y salí corriendo.

Salí de la ducha intentando borrar esos recuerdos. Me miré en el espejo y me fijé en mi tatuaje. Mi dedo lo recorrió de arriba abajo, era pequeño, pero significaba muchísimo. Respiré hondo intentando tranquilizarme, no quería que todo esto me superara, ya lo había hecho en su momento, no podía dejar que volviese a afectarme.

Justo en ese instante llamaron a la puerta del baño.

—Noah, soy Nick —dijo.

Cerré los ojos con fuerza y conté mentalmente hasta tres. Me acerqué hasta la puerta y dejé que entrara. No sabía que se había quedado a dormir. Le di la espalda, envuelta en la toalla y cogí la crema que había en una repisa. No quería compañía, ese día necesitaba estar sola.

—¿Estás bien? —preguntó acercándose lentamente, como tanteando el terreno.

—Me duele la cabeza —contesté rodeándolo y saliendo hacia mi habitación. Sabía que me seguiría y solo esperaba que comprendiese que ese no era un buen día. A veces éramos capaces de percibir nuestros estados de ánimo y esperaba que él lo hiciera entonces.

Me metí en el vestidor y me puse una camiseta de propaganda que tenía de cuando me había mudado a esa casa. Eran las pocas cosas que no había metido en las maletas para llevarme a la facultad. Esa camiseta y unas mallas era lo que pensaba ponerme ese día.

Lo sentí detrás de mí justo cuando me quitaba la toalla de la cabeza y mi pelo húmedo caía sobre mis hombros. Me tomó del brazo y me dio la vuelta para que le mirase.

—¿Te encuentras bien? —repitió a la vez que su mano me apartaba el pelo mojado.

—Solo estoy cansada y tengo resaca —respondí observando cómo en ese instante él era lo opuesto a mí. Con sus vaqueros Levi's, su camiseta blanca de Calvin Klein y con el pelo despeinado parecía un modelo de pasarela.

—Te prepararé algo para desayunar antes de irme —dijo besándome en la mejilla—. Me gustaría quedarme contigo y pasar la tarde viendo una película, pero tengo que ir a trabajar.

Suspiré aliviada. No quería que me viese en ese estado; no estaba para compañías, terminaría asustándole.

—No te preocupes, me pasaré la tarde durmiendo.

Di un paso adelante y lo besé en la boca. Fue un beso dulce y paciente. La pelea que tuvimos el día de las carreras seguía en mi cabeza, las cosas que nos habíamos gritado, su manera de echarme en cara que no confiaba en él..., pero ¿y si lo que sientes no lo entiendes ni tú misma? ¿Cómo iba a contarle esto a Nick? Sabía que percibía que algo no iba bien, y una parte de mí se moría por buscar consuelo en sus brazos, pero no podía... Me daba miedo contar ciertas cosas y no quería que se sintiera decepcionado o me juzgara.

Se marchó preocupado y yo intenté forzar una sonrisa para que estuviese tranquilo. No sé si lo logré.

Hacía tiempo que no me pasaba horas frente al televisor, viendo *Friends* y comiendo chocolate. A pesar de que no sé qué estudio científico decía que comer chocolate liberaba endorfinas de felicidad al cerebro, en mí no estaba funcionando: solo contribuiría a que pesara algún kilo de más.

Ese día era mi día negro y, por mucho que al principio hubiese querido que Nick se marchara a trabajar, ahora lo echaba de menos y necesitaba con todas mis fuerzas que me diese un abrazo.

Me sorprendió ver el ajetreo que tenían montado en la cocina cuando bajé a por un refresco... y más chocolate. Mi madre estaba ataviada con un bonito vestido y sandalias, se había incluso maquillado, y ya cuando vi a William entrar por la puerta con su camisa y su pantalón de trabajar supe que pasaba algo.

—¿Esperáis a alguien para cenar?

Mi madre, que estaba dándole instrucciones a Prett, se volvió hacia mí y me observó de arriba abajo con el ceño levemente fruncido.

—El senador Aiken y su hija vienen a cenar esta noche.

«¿El senador?»

—¿Por algún motivo en especial? ¿Pensabas decírmelo? —Mi madre normalmente me avisaba con antelación de situaciones como esa, a no ser que no quisiese que estuviese presente.

—Es un viejo amigo de Will y quieren empezar un negocio juntos. Como te encontrabas mal pensé que preferirías quedarte arriba —agregó a la vez que se quitaba el delantal que tenía anudado a la cintura.

Menos mal.

—Si, la verdad es que prefiero saltarme la cena antes que sentarme a hablar con un viejo y su hija, gracias —dije un poco más gruñona de lo que pretendía: tenía un humor de perros.

Mi madre me lanzó una mirada intimidatoria que esquivé lo mejor que pude.

—Le diré a Prett que te suba algo para cenar.

—No te preocupes, no tengo hambre —contesté girando sobre mis talones y regresando a mi habitación. Un poco dubitativa, cogí el teléfono para llamar a Nick. Sabía que al día siguiente trabajaba y que no iba a venir hasta mi casa, pero también sabía que solo hacía falta una llamada para que acudiese si se lo pedía.

Tenía dudas, pero necesitaba terriblemente oír su voz, y marqué su número.

—Hola, Pecas —me saludó contento al otro lado de la línea.

—Hola, ¿qué haces? —dije tanteando el terreno.

Oí cómo se apartaba el teléfono de la oreja y hablaba con alguien. También capté una risa femenina y, un segundo después, la voz de Nick gruñendo sobre algo de una canción horrible.

Mi cuerpo se tensó de inmediato.

—¿Dónde estás? —pregunté un poco más seca de lo que pretendía, intrigada por saber con quién estaba.

—Ahora mismo, entrando por la puerta —contestó y oí a lo lejos cómo un portón se abría con lentitud.

—¿De dónde?

—¿Cómo que de dónde? De casa de mi padre.

Abrí los ojos con sorpresa.

¿Estaba aquí?

Bajé las escaleras y fui a recibirlo con el corazón en un puño. Había querido verlo de inmediato... Parecía que alguien me lo hubiera enviado a través de un servicio de mensajería exprés. Ni siquiera me detuve a pensar lo que sus palabras significaban ni tampoco en las voces de mujer que había oído a través del teléfono. Salí de casa con la intención de tirarme a sus brazos, pero en vez de eso me encontré con ella: la chica que había sacado a Jenna de la cárcel.

Me quedé quieta junto a la puerta.

Iba elegantemente vestida con una falda de tubo hasta las rodillas, ajustada y negra, y una blusa de marca de color rosa palo. Sus zapatos eran, sin lugar a dudas, unos Manolo Blahnik y la hacían parecer casi tan alta como Nick.

¿Quién demonios era esa chica?

Los ojos de Nick se posaron en mí y vi cómo pasaban del asombro al afecto de inmediato.

Me quedé quieta donde estaba, con la puerta abierta y la corriente que entraba dándome directamente en la cara despejada por el moño flojo que me había hecho en lo alto de la cabeza.

Retrocedí ligeramente para que pudiesen entrar.

—Noah, te presento a Sophia Aiken, mi compañera de prácticas —dijo Nick a la vez que daba un paso adelante y me besaba tiernamente en la mejilla.

Sophia me miró con una sonrisa curiosa en sus atractivos labios carnosos y me tendió una mano cuya manicura era tan perfecta como la de mi madre.

—Encantada, Noah.

Asentí intimidada y sintiéndome completamente fuera de lugar.

Sin darme tiempo a responderle, mi madre apareció como la estupenda anfitriona que era y se acercó para saludar a los recién llegados. Mientras lo hacía, sus ojos se desviaron hacia mí, como si no hubiese planeado que su desaliñada hija fuera la que iba a abrir la puerta.

¿Qué diantres estaba ocurriendo?

—Tu padre aún no ha llegado, Sophia. Si quieres pasar al salón y tomarte algo, Nick te servirá una copa.

Sophia asintió y siguió a mi madre.

Antes de que Nick fuera tras ella lo taladré literalmente con la mirada.

Ahora que el shock inicial había pasado solo sentía rabia, rabia y unas ganas horribles de llorar.

—¿Por qué no me dijiste que venías?

Nick parecía tan confuso como yo y sus ojos se desviaron de mi cara a mi camiseta de propaganda y mis mallas.

Dios..., por favor, ¿acababa de abrirle la puerta a la hija del senador con esa pinta?

—Pensé que tu madre te lo había dicho... Me llamaron esta tarde para decirme que debía invitar a Sophia a cenar, que su padre quería conocerme o yo qué sé. Supuse que lo sabías. El otro día, con todo lo de Jenna, no tuve ocasión de presentártela.

—Nadie me dijo que tú venías; de haberlo sabido, no habría dicho que no cenaba con ellos —contesté mientras oía cómo mi madre hablaba con Sophia en el salón—. No pienso entrar ahí así... Me voy a la cama y ya hablaremos cuando esto termine.

Sin dejarme dar ni tres pasos ya lo tenía delante de mí.

—¿Qué te pasa? Venga, sube, cámbiate de ropa y baja a cenar... He aceptado esta mierda de cena solo porque ibas a estar tú, no sé qué se traen entre manos, pero no pienso estar ahí solo hablando de trivialidades.

Elevé las cejas y lo miré cabreada.

—No es mi problema, Nicholas —repuse intentando mantener un tono de voz tranquilo—. Además, ¿por qué nunca me habías hablado de ella? Parecéis muy amigos.

Nick se detuvo un instante con el ceño fruncido. Miró hacia donde Sophia y mi madre estaban hablando y luego volvió a centrarse en mí.

—¡Joder!, ¿estás celosa? —preguntó poniendo los ojos en blanco.

Le di un manotazo en el brazo sin prácticamente pensar.

—Pero ¿qué dices?

Nicholas soltó una risotada que fue razón suficiente para que mi mal humor se incrementase.

—¡Por Dios santo! Solo es una pija insoportable que quiere hacerse un hueco en la empresa de mi padre para no tener que trabajar para el suyo, no puedo creer que estés celosa de ella.

—¡No estoy celosa, idiota! —siseé a la vez que lo rodeaba para subir las escaleras hacia mi habitación.

—Como no bajes iré yo directamente a buscarte y te traeré a rastras —me amenazó jocoso—. Tú sabrás lo que prefieres, amor.

Si las miradas matasen, creo que Nicholas ahora mismo estaría bajo tierra.

Miré frustrada mi reflejo en el espejo. No pensaba arreglarme para esa dichosa cena, ni hablar, no pensaba arreglarme por ella.

Me quité la camiseta agujereada y la dejé tirada por el suelo mientras miraba qué podía ponerme sin tener que deshacer una de las maletas que estaban por todo el vestidor. Al final me decidí por unos vaqueros negros ajustados, simples, de esos que te pones para ir al cine, y una camiseta blanca que ponía I ♥ CANADÁ.

Sonreí para mí misma. Seguro que eso al senador le encantaba.

Me deshice el moño y lo sustituí por una cola alta, me lavé la cara y me puse cacao en los labios. Eso era lo máximo que pensaba arreglarme aquella noche. Ya podía la Sophia esa ir de Chanel si le daba la gana, yo estaba guapa con cualquier cosa... o eso me decía mi abuela.

Cuando bajé al salón, aún de un humor de perros, todo hay que decirlo, oí la voz de un hombre que no había oído con anterioridad. Los cinco, William, mi madre, Nick, Sophia y su padre estaban alrededor del bar del salón charlando amigablemente mientras Will servía unas copas. Viéndolos desde lejos parecían todos sacados de una revista; tan distinguidos, altos y elegantes. Miré mis zapatillas y no pude evitar sentirme como una intrusa.

Mi madre me vio primero y abrió un poco los ojos al fijarse en mi camiseta, pero antes de que pudiese mandarme arriba, Will se percató de mi presencia y me dio la bienvenida con una sonrisa.

—Noah, ven, acércate, te presento a un amigo íntimo de la facultad, Riston. Ella es mi hijastra, Noah; Noah, este es mi amigo Riston.

Al contrario que su hija, Riston no podía ser más americano: rubio, de ojos claros como mi madre, ancho de espaldas y tan alto como Nick. Solo pude ver que tenía los mismos ojos rasgados y aquel pequeño hoyuelo en la barbilla que Sophia... Un hoyuelo que a mí siempre me había parecido adorable en las chicas, pero ahora que lo veía en ella ya no me hacía tanta gracia.

Sonreí y le ofrecí la mano. Noté la presencia de Nick a mi lado, pero en vez de sentirlo cálido y protector, esta vez fue como una barrera que nos separaba.

No tardamos mucho en pasar al comedor, donde Prett había organizado la mesa mejor incluso que en Navidad, unas fiestas que los Leister habían decidido ignorar hasta que mi madre y yo llegamos para trastocar sus mundos. Aún recordaba lo divertido que fue ver a Will y a Nick con gorros de Papá Noel y también el ceño fruncido de Nick cuando lo obligué literalmente a adornar la mansión con un gran abeto y guirnaldas. El muy listo solo había disfrutado colocando muérdago en los rincones más recónditos.

Para mi fastidio, y debido a que habían puesto mi plato a última hora, me habían sentado junto al senador, por lo que Sophia y Nick quedaban sentados frente a mí... juntos.

¡Dios...!, ¿por qué estaba tan celosa? ¿Era por lo mucho que me costaba evitar compararla conmigo?

Se pasaron la cena hablando sobre no sé qué proyecto con el cual Sophia parecía especialmente emocionada. Hablaba de leyes, números y estadísticas con la misma pasión que hablaba yo de las hermanas Brontë o de Thomas Hardy. Y, para mi pesar, Nick también parecía emocionado. Vi en sus ojos que aquel proyecto le interesaba de verdad y yo ni siquiera era capaz de seguirles en la conversación... Tantos números me mareaban y me sentía como una completa idiota. William no dejaba de adularla y de dirigirse a ellos dos como si formaran un equipo. Todos parecían mirarlos como si fuesen el juguete nuevo y yo empecé a sentir un cosquilleo muy desagradable en el estómago.

Hacia el final de la cena, el senador Riston pareció fijarse en mí.

—¿Y tú qué, Noah? ¿Qué tal el instituto?

Su pregunta consiguió que un calor intenso brotara de mi interior y se colocase en mis mejillas.

¿Tan obvio era que no tenía ni la más remota idea de lo que hablaban? ¿Tan obvio era que no era tan adulta como su hija y tenían que preguntarme por pena, al final de la conversación, como cuando se les pregunta a los niños cómo les va en la escuela?

—Me gradué el pasado mes de junio, así que bien, deseando irme a la facultad —contesté llevándome a la boca la única copa rellena con refresco de la mesa.

Los ojos de Nick se cruzaron con los míos y sentí un pinchazo de dolor en el pecho.

Yo no podía compartir con él sus proyectos, porque no tenía ni idea siquiera de que existían. Nick no hablaba conmigo del trabajo, porque sabía que no iba a poder ayudarlo en nada... En ese instante Sophia se inclinó hacia él para decirle algo al oído, no sé qué fue, pero Nick sonrió y me observó.

¿De qué coño estaban hablando?

La siguiente pregunta del senador me llegó a medias.

—... la residencia te va a encantar, es lo más divertido de ir a la facultad...

Mi mirada se volvió hacia el senador.

—De hecho, voy a vivir con Nicholas —solté con la voz tan calmada que solo empecé a sentirme mareada cuando el silencio se apoderó de la estancia, interrumpido solo por los cubiertos de mi madre al caer sobre la mesa.

Nick levantó la mirada hacia mí con los ojos abiertos como platos y luego la dirigió hacia nuestros padres.

El senador parecía un poco perdido y miró en mi dirección para volverse hacia Nick... Vaya, a alguien se le había olvidado decirle que éramos novios.

Sophia no parecía sorprendida, cosa que me cabreó aún más. Si sabía que estábamos saliendo, ¿por qué demonios no se había mantenido alejada de él? Dejé que mis ojos se desviaran a mi madre unos segundos después de haber soltado la bomba y me arrepentí casi de inmediato: iba a morir esta noche, estaba claro.

32

NICK

Cuando fijé mis ojos en Noah después de que Sophia me dijese que hacíamos buena pareja, lo último que esperaba es que soltara aquello.

Todo mi cuerpo se puso en tensión; el silencio que se cernió sobre nosotros cuando Noah admitió por fin que venía a vivir conmigo solo fue interrumpido por su silla al deslizarse hacia atrás y ponerse de pie.

—Si me disculpáis, no me encuentro bien, será mejor que me acueste —dijo con la cara blanca. Sin esperar respuesta, salió casi de inmediato del salón. Su madre hizo amago de levantarse, pero mi padre le cogió la mano y le susurró algo en voz muy baja. Raffaella me traspasó con sus ojos azules y me sentí repentinamente mareado.

En realidad, estaba contento de que por fin Noah hubiese decidido decirle a su madre lo que había estado pidiéndole todo el verano, pero esa no había sido la mejor forma. Necesitaba hablar con ella. Sabía que algo no iba bien, por eso había aceptado lo de la puñetera cena, para tener una excusa para verla y quedarme a dormir otra vez en esa casa. Por mucho que odiase este lugar, me encantaba desayunar con Noah y besarla antes de irme a trabajar. Además, algo me decía que, aparte de los celos que parecía sentir por Sophia —un sentimiento ridículo y sin fundamento alguno—, me ocultaba alguna cosa importante.

Mi padre me advirtió con la mirada que me quedase donde estaba cuando también hice amago de levantarme. Sophia, que fue consciente de lo que ocurría, sacó rápidamente otro tema de conversación y la situación dejó de parecer tan incómoda..., hasta que oí el ruido de la puerta de casa cerrarse con fuerza.

«¡Mierda!»

Me levanté sin importarme absolutamente nada y fui corriendo hacia la entrada. Cuando salí al porche vi cómo Noah sacaba su descapotable de la plaza de aparcamiento y, sin mirar atrás, salía casi a la carrera por la rampa de acceso.

¿Qué estaba haciendo?

Entré en la casa para recoger las llaves que siempre dejaba en la mesa de la entrada. Raffaella apareció de la nada, y la mirada que me lanzó fue tal, que tuve que detenerme unos instantes antes de largarme.

—Os pedimos que fueseis despacio —me recriminó mirándome como no lo había hecho nunca. Creo que acababa de perder cualquier tipo de afecto que esa mujer aún tuviese por mí.

—Raffaella...

—Os lo pedimos y prometimos no inmiscuirnos en vuestra relación a cambio de que fueseis discretos —insistió dando un paso en mi dirección—. Supongo que el acuerdo ha quedado obsoleto.

¿Y eso qué se suponía que significaba?

—Ve y tráela de vuelta... Hoy no es día para que esté sola.

Algo se iluminó en mi cerebro cuando dijo aquello.

—¿Qué quieres decir?

Raffaella me observó de forma impasible.

—Hoy hace un año del secuestro... Hace un año que murió su padre.

No tenía ni la menor idea de adónde podía haber ido. Estaba dando vueltas como un completo idiota a la vez que no dejaba de recriminarme haber estado tan ciego. El día anterior, cuando estaba borracha, me lo había dicho. ¡Joder!, por eso estaba como estaba... ¿Cómo podía haber olvidado la fecha? Aún recordaba el terror en sus ojos cuando la pistola la apuntó directamente a la cabeza, aún recuerdo cómo mi corazón casi se me sale del pecho al oír el disparo... El disparo que por unos segundos creí que le había dado a Noah. No, esa pesadilla había quedado atrás, yo la había enterrado muy en el fondo de mi mente, no quería volver a recordar nada de eso.

Sin embargo, estaba claro que ella no había olvidado nada. Las pesadillas seguían existiendo por mucho que ella lo negara, y estaba seguro de que seguía durmiendo con la luz encendida cuando no estaba con ella. Pero su padre había muerto, ya no estaba, ya nadie podía hacerle daño. ¿Por qué no enterraba todos esos malos recuerdos de una vez por todas?

Fue entonces, tras esos pensamientos, cuando creí saber dónde podía estar mi novia. Sentí un escalofrío recorrerme de arriba abajo.

Giré a toda prisa en dirección al cementerio. Cuando llegué y vi el coche de Noah estacionado solo en el aparcamiento de grava que había junto a la puerta, respiré con alivio y me apresuré a bajar. Nunca había estado en aquel lugar; los antepasados de mis padres descansaban en un mausoleo privado al otro lado de la ciudad. Costaba una pequeña fortuna tener ahí a tus seres queridos, pero ahora que veía el cementerio público por primera vez supongo que merecía la pena invertir en ello.

Mientras entraba en el camposanto fui muy consciente del frescor de la noche y de que Noah había salido simplemente con lo que llevaba puesto en la cena. Había tenido que contenerme para no soltar una carcajada cuando la vi con aquella camiseta y creo que la quise un poco más si es que ello era posible por su hermosa simplicidad y belleza. No le hacía falta arreglarse para ser preciosa, y me lo demostraba cada día.

Comencé a caminar entre las lápidas buscando el apellido de Morgan. Muchas de ellas estaban deterioradas y muy pocas tenían flores o alguna muestra de que la gente se acordaba de los difuntos que reposaban tras ellas.

De pronto, la vi. Allí estaba, sentada en la hierba frente a una lápida cuya inscripción no llegaba a leer desde la distancia. La observé unos instantes antes de acercarme. Se abrazaba las piernas con fuerza y, cuando vi que se enjugaba las lágrimas con el dorso de la mano, me acerqué acortando la distancia en un suspiro.

Me oyó llegar porque se levantó deprisa, con los ojos muy abiertos, vulnerables y perdidos. Se limpió las lágrimas con rapidez, incluso creí ver cierta culpabilidad cuando finalmente decidió mirarme.

—¿Qué haces aquí? —no pude evitar preguntar. No entendía por qué había ido a la tumba del hombre que casi la mata.

Noah se quedó callada y un escalofrío la recorrió entera. Di un paso adelante a la vez que me quitaba la cazadora. La avisé con la mirada de que no protestara y le pasé la prenda por encima de los hombros.

—No deberías haberme seguido —dijo por fin sin atreverse a mirarme a los ojos otra vez.

—Es una manía que tengo..., sobre todo cuando mi novia decide soltar una bomba en medio de una cena y largarse corriendo después.

Creí ver cierta culpabilidad cruzar su rostro, pero se recompuso de inmediato.

—Yo sobraba en esa estúpida cena y tú parecías estar muy a gusto.

No iba a dejar que se fuese por las ramas. Por más celosa que estuviese de Sophia, esto no tenía nada que ver con ella o con el hecho de que nosotros fuéramos a vivir juntos, era algo mucho más grande e importante que todo eso.

—¿Por qué has venido aquí, Noah? —volví a preguntarle dando un paso hacia ella y deseando con todas mis fuerzas comprenderla—. Explícame por qué lloras la muerte de un hombre que intentó matarte, explícamelo, porque creo que me voy a volver loco tratando de entender todo esto.

Sus ojos se apartaron de mí y se centraron en la lápida. De repente, la noté nerviosa.

—Vámonos —pidió entonces, adelantándose para cogerme de la mano—. Quiero irme, por favor, llévame a mi casa o a la tuya, me da igual —insistió tirando de mi brazo para que la siguiera.

Me sorprendió su reacción, parecía como si quisiera esconder algo. Instintivamente, desvié la mirada hacia la tumba de su padre.

La lápida era nueva y estaba muy limpia y, sobre ella, un jarrón de cristal con flores naranjas y amarillas la hacía destacar sobre el resto de las lápidas llenas de suciedad y hierbajos. La inscripción, trazada con una letra elegante, rezaba lo siguiente:

Jason Noah Morgan
(1977-2015)

El tiempo puede curar la angustia de las heridas que dejaste,
pero la ausencia de tu ser siempre me perseguirá
mientras duerma.

Debajo de esas palabras el dibujo grabado de un nudo del ocho destacaba sobre el inmaculado mármol.

33

NOAH

Nicholas no debería haber visto eso.

Noté el latir de mi corazón acelerarse hasta casi llegar a un ritmo enfebrecido; cuando finalmente él decidió mirarme, vi que estaba completamente perdido. Y asustado. No me gustó nada esa mirada.

—No es lo que tú crees —dije dando un paso hacia atrás. Eso era de lo que había estado huyendo desde el principio, eso era lo que no quería que supiera...

—Pues explícamelo, Noah... De verdad que estoy intentando comprenderte, creo que nunca he intentado algo con tanto esfuerzo, pero me lo estás poniendo muy difícil.

Me sentía avergonzada, avergonzada porque ese tema era algo tan íntimo, tan mío... No quería ser juzgada por nadie, y menos por él.

—¿Qué quieres que te diga, Nick? —repuse intentando controlar las ganas de llorar que amenazaban con volver a anegar mi rostro en lágrimas—. Era mi padre....

—Intentó matarte —replicó evidentemente confundido—. Maltrataba a tu madre, Noah. No lo entiendo... ¿Lo echas de menos?

Su mirada era tan franca que me derritió el corazón. Estaba claro que quería ponerse en mi lugar, pero también estaba dolorosamente claro que no podía y eso era lo que nos separaba, lo que yo temía que iba a separarnos del todo.

—No lo entenderías, Nicholas, porque ni yo misma sé controlar lo que siento; no lo echo de menos, es distinto... Simplemente me siento culpable por que las cosas terminasen así... En el fondo, él... él me quiso una vez.

Nick dio tres pasos seguidos hasta llegar a mí. Me cogió el rostro entre sus manos con ternura y me miró fijamente.

—No pienses así, Noah —dijo suavemente, pero con firmeza—. Nada de eso fue culpa tuya. El problema es que eres demasiado buena, ¡joder!, no eres capaz de culparle porque era tu padre y lo entiendo, ¿vale?, pero tú no tuviste la culpa de lo que pasó... Fue él quien firmó su sentencia en el momento en que te apuntó con esa pistola... La firmó en el instante en que te puso una mano encima aquella noche hace diez años.

Negué con la cabeza. No tenía ni idea de cómo explicarme, no sabía cómo explicar lo que sentía en mi interior, porque todo era contradictorio... Me había hecho daño..., pero ¿y todas esas veces en las que me había abrazado, todas esas noches que me había llevado con él a la pista y habíamos corrido a toda velocidad... y cuando me enseñó a pescar... o cuando me enseñó a hacer nuestro nudo...?

Nicholas cerró los ojos con fuerza y juntó su frente con la mía.

—Sigues temiéndolo, ¿verdad? —dijo abriendo los ojos—. Sigues teniéndole miedo, a pesar de que esté muerto, sigues creyendo que le debes algo, te sientes culpable y por eso vienes aquí, por eso has escrito ese epitafio y por eso has traído esas flores que no se merece.

Mi labio comenzó a temblar... Sí que lo temía... Lo temía más que a nadie porque eso era casi todo lo que había conocido de él.

No fui consciente de que mi mano subía hasta mi tatuaje hasta que Nick colocó la suya sobre la mía y la apartó.

—¿Por qué te lo hiciste?

Suspiré intentando calmarme, pero no sirvió de nada. Yo sabía muy bien por qué me lo había hecho.

Miré a los ojos de Nick y vi mi reflejo en ellos..., un reflejo que no tenía nada que ver conmigo.

—Cuando atas a una persona demasiado fuerte... se lastima al liberarse o se queda atrapada para siempre. Yo soy de las que se quedan atrapadas.

Nicholas frunció el ceño y me miró con impotencia. Creo que era la primera vez que se quedaba sin palabras ante mí.

Me acerqué a él y lo rodeé con mis brazos. No quería que se sintiese así, y menos por mí, yo lidiaba bien con mis problemas, él no tenía por qué preocuparse.

—Creo que necesitas ayuda, Noah.

Cuando dijo eso me aparté.

—¿Qué quieres decir?

Me observó con cautela antes de seguir hablando.

—Creo que deberías hablar con alguien imparcial..., alguien que pueda ayudarte y que intente comprender cómo te sientes, que te ayude con las pesadillas...

—Tú me ayudas —lo corté de inmediato.

Nicholas negó con la cabeza, parecía tan triste de repente...

—No lo hago... No sé hacerlo, no sé cómo hacerte entender que no hay nada de lo que debas tener miedo.

—Cuando estoy contigo me siento a salvo, tú me ayudas, Nick, no necesito a nadie más.

Se llevó las manos a la cabeza, parecía estar sopesando qué decir a continuación.

—Necesito que lo hagas por mí —soltó entonces—. Necesito verte feliz para poder serlo yo, necesito que no temas a la oscuridad ni a tu padre muerto y, sobre todo, necesito que dejes de creer que debes quererlo o que debes defenderlo porque, Noah, tu padre era un maltratador y eso nadie puede cambiarlo, ni tú ni nadie, ¿lo entiendes?

Negué lentamente, me sentía perdida... No sabía qué contestarle porque era la primera vez que admitía en voz alta estos sentimientos y estaba pasando lo que más temía: me estaban juzgando.

—No estoy loca —aseguré apartándolo de un empujón con mis manos.

Nicholas lo negó rápidamente.

—Claro que no lo estás, amor, pero has pasado por cosas que la mayoría de la gente no puede ni imaginar y creo que no sabes cómo sobrellevarlo... Noah, solo quiero que seas feliz, ¿vale? Yo voy a estar siempre a tu lado, pero no puedo pelear contra tus demonios, eso tienes que hacerlo tú sola.

—¿Yendo a un loquero? —contesté de malas maneras.

—Psicólogo, no loquero —me corrigió con dulzura a la vez que volvía a acercarse a mí—. Yo fui a uno, ¿sabes? Cuando era pequeño... Después de que mi madre se fuera empecé a tener insomnio, apenas dormía ni comía... Estaba tan triste que era incapaz de superarlo por mí mismo. A veces hablar con alguien que no te conoce ayuda a ver las cosas con perspectiva... Hazlo por mí, Pecas, necesito que al menos lo intentes.

Parecía tan preocupado por mí... y en el fondo sabía que tenía razón. No podía seguir así, teniendo miedo de estar a oscuras y de esas pesadillas que me perseguían casi todas las noches...

—Por favor.

Lo observé unos instantes y, de repente, me sentí agradecida de tenerlo a mi lado. Sabía que sin él no me habría atrevido a tomar esa decisión.

—Está bien, iré.

Sentí su suspiro de alivio en mis labios cuando se inclinó firmemente para besarme.

No deseaba volver a casa. Mi madre iba a estar hecha una furia y lo último que quería hacer en ese instante era enfrentarme a ella.

—La he cagado, ¿verdad? —dije pasándome las manos por la cara mientras volvíamos en su coche.

Sentí sus dedos acariciar mi nuca mientras seguía con la vista en la carretera.

—En la forma de decírselo, tal vez, pero por lo menos lo has hecho.

Me volví para observarlo. Dios..., íbamos a vivir juntos, de verdad, ya estaba hecho, y sería inminente. Si quería, podía coger mis cosas ese mismo día y salir por la puerta, empezar una nueva vida junto a él.

Nick aparcó junto a la entrada de la casa. Al parecer el senador y su hija ya se habían marchado porque no había más coches que el de Will y mi madre. El mío lo habíamos dejado en el cementerio... Nick había sido tajante con respecto a que regresara sola y me había dicho que Steve iría a buscarlo al día siguiente.

Sin querer bajarme, y aún con una angustia incómoda en el centro de mi pecho, apoyé el codo en el reposabrazos y mi cara en el cristal. El día había sido horrible.

—Ven aquí —dijo Nick, tirando de mí y obligándome a sentarme sobre su regazo, con mis pies reposando de lado sobre el otro asiento. Me rodeó con sus brazos y apoyé mi mejilla en el hueco de su cuello—. Todo va a salir bien, amor.

Cerré los ojos y dejé que sus palabras me tranquilizaran.

—Sobre Sophia... Sé que no debería haberme puesto de ese modo, pero es la chica que sacó a Jenna de la cárcel y tú ni siquiera me habías dicho que tenías una compañera de trabajo...

—No tienes nada de que preocuparte, Noah, no siento absolutamente nada por Sophia, ni por nadie que no seas tú... ¿Cómo puedes siquiera pensarlo?

Giré un poco el cuello y posé mis labios en la suave piel de su clavícula. Olía tan bien... y me sentía tan segura entre sus brazos..., entre esos brazos fuertes que me protegían de todos y que, a la vez, me acunaban como si pudiesen llegar a romperme.

—Quédate conmigo esta noche —susurré, sabiendo que eso significaba enfrentarse a su padre por la mañana.

—Por supuesto —contestó y yo me sentí como si me quitaran un enorme peso de encima.

34

NICK

Por la mañana salí de casa muy temprano cargado con dos maletas enormes de Noah. No tenía tiempo de lidiar con nuestros padres antes de ir al trabajo y tampoco quería que me estropearan la felicidad de saber que ya habíamos empezado el traslado y que dentro de muy poco Noah y yo estaríamos viviendo juntos por fin.

Nada más llegar fui directo a la sala de café. Apenas había tenido tiempo de desayunar y estaba muerto de hambre. Justo cuando terminaba mi segunda taza y me pasaba la servilleta por la boca, Sophia hizo acto de presencia.

La observé sabiendo que la noche anterior la había dejado tirada, aunque tampoco es que fuera mi responsabilidad; además, estaba con su padre. La saludé con la cabeza y pasé junto a ella con la intención de salir.

Se interpuso en mi camino y me miró desafiante.

—¿Sabes qué es lo más divertido de que te inviten a una cena que no te apetece absolutamente nada y que encima te dejen sola con tu padre, tu jefe y su mujer?

Tuve que morderme el labio para no reírme. La verdad era que, visto así, era gracioso y todo. Una parte de mí disfrutó viéndola tan cabreada.

—Soy todo oídos, Aiken —dije apoyándome en la mesa y cruzándome de brazos.

—Que entre los tres no hayan parado de soltar gilipolleces sobre lo buen abogado que eres, el futuro brillante que tienes por delante, el hijo responsable y maduro en el que te has convertido...

La sonrisa que ya se había formado en mi cara desapareció casi de inmediato.

—¿Qué mierda estás diciendo?

Sophia levantó las cejas y me rodeó para acercarse a la máquina de café. Me volví esperando una respuesta.

—Al parecer mi padre cree que sería una magnífica idea que tú y yo trabajásemos juntos en un futuro... y ya sabes a lo que me refiero cuando digo «trabajar».

Abrí los ojos sintiendo un calor intenso en mi interior.

—¿Qué gilipollez te han metido en la cabeza? ¿Mi padre dijo que yo era un hijo responsable y maduro? No sé qué coño tomaste ayer antes de la cena, pero estoy seguro de que oíste mal: mi padre no me soporta.

Sophia se volvió otra vez para mirarme mientras sus labios pintados de rojo bebían un sorbo de café con deliberada lentitud.

—A mi padre le encanta buscarme novios, al parecer es su pasatiempo preferido, y el hijo de William Leister se le ha metido entre ceja y ceja, aunque no solo fue él, sino también tu madrastra. Cualquiera que la oyera hablar de ti diría que te adora, aunque sospecho que lo que pasa es que no le hace ni puñetera gracia que te acuestes con su hija... y menos que vayas a vivir con ella.

Apreté los puños con fuerza. No podía creer lo que estaba oyendo. Esa mujer iba a acabar conmigo. ¿Cómo coño se atrevía a insinuar que yo siquiera podía llegar a interesarme por Sophia y mucho menos teniendo a su hija para poderla comparar? ¿Qué clase de madre intentaba que el tipo del que su hija estaba enamorada se liara con otra?

Apreté el vaso de plástico entre mis dedos, convirtiéndolo en algo inservible e intentando controlar la rabia que amenazaba con volverme loco. No solo había jugado con nosotros, sino que nos había faltado al respeto.

Sophia se me acercó con el rostro un poco más relajado.

—Se nota que la quieres, Nick —dijo apoyando una mano sobre mi antebrazo—. Pero te digo por experiencia que tener una relación que tantas personas están dispuestas a destrozar... no suele acabar bien.

Dicho esto se marchó sin añadir nada más.

Me llevé las manos a la cara intentando tranquilizarme y tratando de ignorar, otra vez, todas las cosas que amenazaban con acabar con Noah y conmigo. Desde la noche anterior, desde que había comprendido lo afectada que estaba Noah debido a lo de su padre, un miedo difícil de ignorar se había apoderado de mi ser. Una cosa era pelear con garras y dientes contra las terceras personas que se empecinaban en hacer que alguno de los dos rompiera con la relación, pero otra muy distinta era luchar contra Noah y sus fantasmas. Y ahora que comprendía que nadie excepto nosotros iba a hacer que lo nuestro siguiese adelante, no pude evitar temer que no fuese suficiente el empeño que estábamos poniendo. Yo podía aguantarlo todo, podía seguir tirando de esto hasta el final, nunca dejaría de hacerlo, amaba a esa chica con tanta desesperación que solo pensar en estar sin ella me volvía loco, pero ¿y si Noah se dejaba embaucar por terceras personas? Y no solo personas... ¿Y si al final ese muro que se tambaleaba de vez en cuando, pero no se decidía a terminar de romperse, se erigía aún más alto impidiéndome llegar a ella de la forma que sabía que era necesaria?

Solo tenía una cosa clara: nadie que no fuese Noah iba a apartarme de su lado, nadie.

Era ya última hora de la tarde cuando mi jefe apareció por la puerta. Sophia estaba guardando sus cosas en el bolso y yo apagando el portátil.

—Tengo una buena noticia para los dos —anunció mirándonos a ambos con una sonrisa.

—Me muero de intriga —dije con sarcasmo. Era muy sabido que el cabrón de Jenkins y yo nos odiábamos a muerte. Básicamente porque ocupaba mi puesto hasta que yo tuviese la experiencia suficiente para sustituirlo y porque él sabía muy bien que ese puesto del que tanto presumía era algo más que provisional.

Sophia se detuvo y lo miró con un brillo peculiar en la mirada. A Sophia le encantaba nuestro jefe y, al contrario que yo, se desvivía por hacer su trabajo a la perfección y así poder ascender y tener un puesto más importante.

—Ha habido dos bajas en el caso Rogers de mañana y nos han pedido que enviemos a alguien de aquí. Si no recuerdo mal, tú, Nicholas, querías ese caso, pero lo dejaste porque para seguirlo debías quedarte en San Francisco; pues bien, el trabajo duro ya está hecho, solo tendríais que presentaros ante el juzgado y colaborar en la defensa. Será todo muy rápido y estoy seguro de que podéis aprender mucho en un caso como este.

—Es estupendo, señor, ¿cuándo tendríamos que estar ahí? —Sophia parecía tan emocionada que no me hubiese extrañado que empezara a dar saltos.

—Os he sacado dos billetes para primera hora de mañana.

«¡Mierda!»

—¿Tan pronto? No puedes avisarnos con tan poco tiempo, tenemos vidas, ¿sabes?

Jenkins ignoró el tono de mi voz y siguió hablando con calma.

—Aunque te cueste aceptarlo, el mundo no gira a tu alrededor, Nicholas; el caso es mañana por la tarde, así que tenéis que estar allí lo antes posible. Si no estás de acuerdo, estoy convencido de que tu padre estará encantado de escuchar tus quejas.

Me puse de pie con lentitud y apoyé los puños sobre la mesa.

—Te recomiendo que no saques a mi padre a relucir en estos momentos, J, porque no estoy seguro de que te guste comer cemento.

Una mueca de desagrado se formó en su rostro y supe que estaba abusando de mi poder, al ser el hijo del jefe, pero era eso o partirle la cara de verdad, y eso sí que podía traernos graves problemas.

—Algún día te van a dar un buen baño de realidad, Nicholas, y cuando eso pase me encantará estar presente para contemplarlo. —Sin dejarme contestar se volvió hacia Sophia—. ¡A las cinco en el aeropuerto, y más os vale no cagarla, porque entonces alguno de los dos se verá de patitas en la calle!

Dicho esto, se marchó dejándome con ganas de ponerle la cara del revés.

El rostro de Sophia apareció frente a mí y tuve que enfocar la vista para centrarme en lo que fuese que me estaba diciendo.

—... seré yo la que pague los platos rotos, ¿me has oído? ¡Contrólate, porque no voy a perder mi trabajo por tu culpa!

Ignoré deliberadamente lo que decía y salí del despacho dando un portazo.

¿Quién le decía ahora a Noah que tenía que irme a San Francisco con la misma chica de la que estaba celosa y con quien nuestros padres habían intentado emparejarme?

35

NOAH

El silencio en el que mi madre parecía estar refugiándose no presagiaba nada bueno. Esa calma antes de la tormenta me preocupaba. Mientras yo seguía haciendo las maletas, terminando de empaquetarlo todo, Jenna se dedicaba a enumerar todas las cosas malas que podían pasar si me iba a vivir con Nick. Fue entonces cuando supe que tenía que empezar a ignorar a todo aquel que quisiese opinar sobre mi relación.

Jenna tenía el sistema antirromanticismo en modo *on*; desde que lo había dejado con Lion había pasado de ser un mar de lágrimas a convertirse en una feminista de tomo y lomo, asegurando que las mujeres éramos muy capaces de seguir adelante con nuestra vida sin un hombre a nuestro lado, que el mundo de hoy en día estaba hecho para disfrutar y no tener ningún tipo de atadura. Por añadidura, «que le den a Lion» era su frase favorita desde hacía unos días.

—Yo estaba ilusionada al pensar que ahora que íbamos a ir a la misma facultad saldríamos por las noches e iríamos a las hermandades y haríamos cosas de universitarias novatas —dijo ayudándome a meter cosas en cajas.

—Iré a la facultad, Jenna, solo que en vez de dormir en una residencia lo haré con mi novio.

Jenna puso los ojos en blanco.

—Como si Nicholas fuese a dejarte ir de fiesta hasta las tantas...

Levanté la vista y la miré.

—Nick no es mi padre, yo puedo ir a donde quiera —repliqué tajante.

—Eso lo dices ahora. En cuanto te acostumbres, serás de esas amigas a las que nunca se les ve el pelo y están todo el día con los novios.

Solté una risa amarga.

—¿Como tú hace pocas semanas?

Jenna se quedó observándome con uno de mis libros en la mano.

—Romper con Lion es lo mejor que me podría haber pasado —declaró, y yo fui consciente de que estaba convenciéndose a sí misma más que a mí—. Ahora hago lo que quiero, no me peleo con nadie, excepto con los idiotas de mis hermanos pequeños, no tengo por qué sentirme culpable por ser quien soy, lo que significa que he alquilado una de las habitaciones más guais de la residencia, de esas que valen una pasta y que tiene incluso cocina propia... Sí, sí, como lo oyes, y ¿sabes qué me he comprado hoy? —dijo levantándose la falda larga ajustada que llevaba—. ¿Ves estas sandalias?

Asentí dejando que se desahogara... a su manera.

—¿Sabes cuánto me han costado?

—No, ni quiero saberlo —contesté levantándome del suelo y doblando una manta para colocarla en una caja.

—Pues unos seiscientos dólares. ¡Sí, señor! Me he gastado esa pasta en estas sandalias que seguramente dentro de unas cuantas semanas ya no podré usar porque hará frío y se me mojarán los pies.

—Tiene lógica —convine siguiéndole el juego.

—Claro que la tiene, porque a pesar de que he aprendido al ver lo mucho que trabajaba mi exnovio, cómo se deslomaba para mantener su trabajo y su casa, a pesar de saber que el dinero no cae de los árboles y que hay muchas personas que lo pasan mal, sé que casi todas ellas, si estuviesen en mi lugar, eso es exactamente lo que harían. Así que ¿por qué voy a ser yo tan idiota para no aprovecharme de que he nacido en una cuna de oro?

Levanté la vista y la miré.

—Porque tengo todo lo que deseo, ¿no es cierto? Puedo comprarme lo que quiera, puedo elegir a qué universidad ir; es más, ¿sabes que mi padre ha decidido comprar un avión privado? Sí, sí, como lo oyes, avísame cuando quieras que te lleve a algún sitio... porque soy millonaria y el dinero, al parecer, es lo único que me importa...

Su voz se quebró al final de la frase y di un paso hacia delante.

Rápidamente y enjugándose la lágrima que se había deslizado por su mejilla, traicionándola, me apuntó con el libro que tenía en la mano.

—Estoy perfectamente —afirmó tajante.

Al contrario que mucha gente, Jenna y yo teníamos algo en común y era que no nos gustaba demostrar nuestros sentimientos abiertamente, si llorábamos era porque estábamos realmente mal y con eso quiero decir que mucho tenía que estar mintiéndose a sí misma como para que llorase delante de mí.

—Sé que no quieres hablar del tema, Jenn, pero creo que esto solo va a ser algo temporal, Lion te quiere con locura y tú sab...

—No sigas por ahí, Noah —me cortó otra vez de forma brusca—. Lo nuestro se acabó, no pienso volver a ese círculo vicioso, los dos pertenecemos a mundos diferentes, así que olvídate del tema. Ahora solo quiero oír hablar de lo mucho que nos vamos a emborrachar cada viernes y la de tíos buenorros que vamos a conocer.

No quise recordarle que yo no estaba soltera, pero lo dejé correr. Si lo que en ese momento necesitaba era a una amiga fiestera a su lado, eso era lo que le daría. Siempre en dosis moderadas, claro.

No tardó mucho en irse y aproveché para llamar a Nick. No habíamos hablado desde que se fue la noche anterior y necesitaba saber cuándo vendría a recogerme al día siguiente. Aún quedaban algunas cosas que quería llevarme y prefería contar con su fuerza física antes que ponerme a cargar yo con todo.

Saltó el contestador, así que le dejé un mensaje avisándolo de que lo necesitaría al día siguiente y que cuando lo escuchase me llamase.

Justo cuando estaba a punto de quitarme la ropa, darme una ducha y meterme en la cama para pasar la última noche en esa casa, mi madre hizo acto de presencia y lo que vi en su rostro al entrar hizo que me preparara para una buena discusión.

—Esperaba que vinieras a hablar conmigo y me confesaras que lo que dijiste en la cena era una broma de mal gusto.

—No es ninguna broma, mamá —le contesté cruzándome de brazos.

Mi madre miró todas las maletas y cajas dispersas por el suelo que pensaba llevarme.

—He hecho lo posible por no inmiscuirme en tu relación con Nicholas; es más, estaba dispuesta a soportarlo, pero has cruzado una línea roja sin tenernos en cuenta ni a mí ni a William y no pienso tolerarlo.

No me gustaba su manera de hablarme: lo hacía como si se dirigiera a una extraña en vez de a mí y comprendí lo cabreada que estaba. Sus palabras no hicieron más que avivar mi enfado por cómo se entremetía en mi vida.

Estaba harta.

—Esto no es algo que tenga que discutir contigo, es mi vida y tienes que aprender a dejarme cometer mis propios errores y tomar mis propias decisiones.

—Será tu vida cuando seas capaz de independizarte y tengas un trabajo para mantenerte, ¿me oyes?

Me quedé callada. Eso había sido un golpe bajo, y ella lo sabía. El dinero del que hablaba ni siquiera era suyo.

—¡Fuiste tú la que me trajo aquí! —le solté comprendiendo hacia dónde se dirigía esa conversación—. Por una vez soy feliz, he encontrado a alguien que me quiere y ¡no eres capaz de alegrarte por mí!

—¡No pienso dejar que te vayas a vivir con tu hermanastro a los dieciocho años!

—¡Soy mayor de edad! ¿¡Cuándo vas a entenderlo?!

Mi madre respiró hondo varias veces.

—No voy a entrar en este juego, no voy a discutir contigo, de ninguna manera, y voy a dejarte clara una cosa: si te vas a vivir con Nicholas, olvídate de ir a la facultad.

Abrí los ojos, incapaz de creer lo que estaba oyendo.

—¿Qué?

Mi madre me miró fijamente sin un atisbo de duda en la mirada.

—No pienso pagarte la carrera, ni pienso pasarte dinero pa...

—¡Es William quien paga todo eso! —grité fuera de mí. Mi madre se estaba comportando como una completa extraña. ¿Qué coño estaba diciendo?

—Lo he hablado con William, eres mi hija y él va a aceptar lo que yo decida hacer contigo: si le digo que no te pague absolutamente nada, no te pagará absolutamente nada.

—Te has vuelto completamente loca —dije sintiendo la presión de sus palabras.

—Crees que puedes tenerlo todo y no es así. Se te da la mano y coges el brazo, y no pienso consentirlo.

—Pediré una beca, porque pienso irme con Nicholas; puedes quedarte con tu dinero y el de tu marido, me da igual.

Mi madre sacudió la cabeza, me miraba como si tuviese cinco putos años, y yo empezaba a sentir un calor intenso en mi interior, avivándose al ver que hablaba en serio.

—No te darán ninguna beca, ante la ley eres hijastra de un millonario, deja ya de decir tonterías y de comportarte como una malcriada.

—No puedo creer que me estés haciendo esto —admití sintiendo un dolor en el pecho.

Ella pareció titubear cuando sentí cómo mi labio empezaba a temblar ligeramente. Esto era lo último que necesitaba ahora mismo.

—Lo creas o no, quiero lo mejor para ti.

Solté una carcajada.

—¡Eres una egoísta! —le espeté—. No paras de decir que todo esto lo haces por mí, cuando me obligaste a dejar mi país para casarte con un desconocido, me prometiste un futuro brillante y, ahora que por fin tengo todo lo que siempre he querido, cuando por fin soy feliz, tienes que arrebatármelo y amenazarme con quitarme lo único que te he pedido y que de verdad me importa desde que llegamos hace un año.

—Tendrás todo lo que quieres, solo tienes que mudarte a una maldita residencia, no es como si no fueses a ver a Nicholas nunca más. ¡Además, estoy segura de que esto no fue idea tuya!

—¡Y qué si no lo fue! ¡Yo había tomado mi decisión! —le reproché y me alejé de ella yéndome al otro extremo de la habitación—. Si me obligas a hacer esto no pienso perdonártelo.

Mi madre no pareció oír mis palabras porque se quedó mirándome simplemente con los brazos cruzados y sin ningún atisbo de duda.

—O la facultad o Nicholas, tú decides.

No tardé ni dos segundos en soltar mi respuesta.

—Elijo a Nicholas.

Media hora después había cargado las maletas en el coche. No podía creer que mi madre me hubiese hecho chantaje, y nada más y nada menos que con Nicholas. Ella se había metido en su habitación y no había vuelto a salir. Creo que ni siquiera era consciente de lo en serio que iban mis palabras. Estaba tan cabreada que me dio exactamente igual marcharme de casa de los Leister sin mirar atrás. Había un Leister en particular que me importaba más que toda esa mierda que mi madre parecía querer meter entre nosotras.

Ya encontraría una solución, de alguna forma conseguiría el dinero aunque tuviera que trabajar por las noches.

Sentada en el coche todavía en el garaje de casa, llamé a Nick. Había estado intentando dar con él desde que mi madre se había encerrado en su habitación. Por fin cogió el teléfono.

—Lo siento, Pecas, creía que iba a poder regresar a tiempo, pero no ha sido así.

Me quedé callada sin comprender absolutamente nada.

—¿De qué hablas? ¿Dónde estás?

—Tuve que salir esta mañana temprano rumbo a San Francisco, nos han dado un caso muy importante y creía que podría coger el vuelo de esta noche, pero no creo que vuelva hasta dentro de varios días.

Sentí un dolor extraño en el pecho. No estaba allí... No estaba allí para darme un abrazo y decirme que todo iba a salir bien.

El dolor dio paso a algo más fácil de sobrellevar, y todo lo que había estado acumulando decidió salir en ese instante.

—¡¿Estás en San Francisco y no me has llamado para decírmelo?!

—Tenía previsto regresar hoy y no creí que fuese importante. ¿Por qué estás gritándome?

Lo vi todo rojo, muy rojo.

—¿Y si yo me fuese a otra ciudad sin comunicártelo? ¿Qué habrías hecho tú?

Sabía que estaba pagando con él todo lo que acababa de pasarme, pero lo necesitaba en esos momentos. Había dejado todo atrás para irme con él y ni siquiera estaba para recibirme y ayudarme con las maletas. ¡No estaba, no estaba, y eso era lo único que me importaba!

—¡Joder, vale! Entiendo por dónde vas, pero nos lo dijeron de imprevisto.

—¿Nos? —pregunté sintiendo cómo se me formaba un nudo en el estómago.

Nicholas se quedó callado unos segundos.

—Estás con ella, ¿verdad?

—Es mi compañera de prácticas, nada más.

Unos celos incontrolables se apoderaron de mi manera razonable de pensar.

—¡Dios, por eso no me lo dijiste...! Sabías que me enfadaría.

Escuché cómo maldecía al otro lado de la línea.

—¿Puedes calmarte? Te estás comportando como una cría.

—Vete a la mierda —le solté y colgué.

Tiré el móvil en el asiento del conductor y le di un puñetazo al volante sintiéndome una completa idiota. ¿Eso iba a pasar a partir de ahora? ¿Él se iba a ir a San Francisco con Sophia mientras yo me quedaba en su piso, sin dinero y sin estudiar?

¡Joder! Todo se estaba complicando muy deprisa y el miedo a quedarme sin ir a la facultad consiguió que se me escaparan algunas lágrimas. No había dudado ni un instante en elegir a Nicholas, pero había algo en lo que mi madre tenía razón: él tenía prácticamente cinco años más que yo... Dentro de nada estaría trabajando y heredaría la empresa de su padre, pero ¿y yo?

Yo no tenía absolutamente nada y no quería que Nicholas me pagase todo. Si me quedaba en ese piso, perdería mucho más que mi carrera: iba a perder mi independencia, porque estaba segura de que Nick me ayudaría si se lo pedía, pero ¿con qué cara me levantaría yo todas las mañanas sabiendo que mi novio me estaba pagando no solo el alquiler del apartamento, sino también la carrera?

Siempre había sido independiente y, si mi madre no se hubiese casado con Will, seguramente podría haber pedido una beca para estudiar en alguna facultad... Ahora, al ser hijastra de alguien tan importante, no iban a darme ni un centavo, y estudiar en Estados Unidos no era barato. Iba a endeudarme hasta el cuello, por mucho que me matase a trabajar...

A medida que la rabia se iba diluyendo y dejaba paso a la angustia, comprendí que por mucho que quisiera vivir con Nick, por mucho que deseara quedarme allí, despertarme a su lado, no podía hacerlo hasta que no pudiese independizarme por completo. Mi madre tenía razón en eso: por muy mayor de edad que fuera, si no tenía dinero para empezar mi vida, era ella la que tenía la última palabra.

Si lo miraba con perspectiva, era una locura ir a vivir con él. El alquiler costaba siete mil dólares, ya me había parecido una locura cuando me lo dijo, ya me había sentido incómoda al saber que no iba a poder permitírmelo, ni siquiera podría pagar un cuarto de lo que costaba al mes...

Mi teléfono no dejaba de sonar.

Lo miré y vi que tenía llamadas perdidas tanto de Nick como de mi madre.

¿Qué iba a hacer? La pregunta de mi madre resonó en mi cabeza una y otra vez.

La respuesta estaba clara: ir a vivir con Nick iba a tener que esperar..., al menos por ahora.

Salí del coche y volví a subir a mi cuarto. Rebusqué en el cajón donde había dejado la carta de admisión a la residencia hasta encontrarla y leí toda la información. Tendría que haber confirmado la reserva hacía una semana para que me diesen la habitación. Sentí que me ahogaba. ¿Qué coño iba a hacer ahora? Me senté en la cama y sentí cómo mi corazón latía a toda prisa y cómo cada vez me costaba más respirar. Me ahogaba, el miedo me estaba dominando.

«Cálmate. Tiene que haber una solución.»

Justo en ese momento oí la puerta de entrada de casa. Will había vuelto temprano del trabajo y mi madre iba a decirle que yo había preferido vivir con Nick que estudiar una carrera. Respiré hondo. Si iban a separarme de él, lo menos que podían hacer era buscarme una residencia. Decidida, me sequé las lágrimas con la mano y salí de mi habitación dispuesta a poner orden en mi vida.

Al despertarme la mañana siguiente me sentí extraña. El día anterior me había levantado feliz de saber que iría a vivir con mi novio y ahora tenía un nudo en el estómago al pensar que me iba a vivir con una perfecta desconocida. Tras comunicar mi decisión a mi madre y a Will la noche anterior, el padre de Nick había hecho unas cuantas llamadas y por fin había logrado conseguirme un lugar donde vivir. Me dijo que no había podido encontrar un apartamento para mí sola, pero sí un sitio en una residencia de lujo donde iba a tener mi propia habitación y compartiría la cocina con otra chica. Will parecía satisfecho con eso, así que imaginé que era lo mejor a lo que podía aspirar.

Me levanté y encendí el móvil. Nick me había dejado de llamar hacia la una de la madrugada, aunque yo había apagado el teléfono mucho antes. Por muy infantil que fuese, una parte de mí lo culpaba por no haber estado aquí conmigo... No podía evitarlo, estaba muerta de celos y también agobiada con todo el tema de mi madre y la facultad.

Esperé hasta que Will se fue de casa y entonces salí de mi habitación para desayunar. No tenía ganas de verlo, ni a él ni a mi madre. Cuando estaba terminándome el café, recibí otra llamada de Nick y decidí por fin contestarle.

—Hola —saludé nerviosa, mordiéndome una uña.

Escuché silencio al otro lado de la línea.

—¿Crees que es razonable que te pases toda la noche sin contestarme a las llamadas?

Vale, sabía que no íbamos a tener una conversación agradable, pero no estaba dispuesta a soportar su enfado, no ese día.

—Ninguno de los dos somos razonables, así que no puedo responder a tu pregunta.

—No te he llamado para discutir, Noah, así que no voy a entrar en este juego. Solo quería decirte que llegaré dentro de cinco días, las cosas aquí no estaban como nos habían hecho creer.

—¿Cinco días? —pregunté sabiendo lo lastimera que ahora sonaba mi voz.

—Lo sé, ni siquiera estaré cuando empieces la facultad y lo siento, ¿vale? No había planeado que te mudases tú sola y mucho menos que tuvieses que quedarte a dormir en el apartamento sin estar yo, pero no puedo hacer nada.

Respiré hondo, tenía que decírselo, tenía que confesarle que ya no iba a vivir con él, pero temía cuál iba a ser su reacción, era capaz de llamar a mi madre o de hacer una locura. Sabía que le iba a sentar como una patada en el estómago y por eso preferí seguirle la corriente y, cuando llegase, contárselo en persona. La conversación terminó un poco tensa tanto por mi parte como por la suya y, cuando colgamos, sentí que me sumergía en una profunda tristeza.

Dos horas más tarde Jenna y su padre pasaron a recogerme. Estaba demasiado cabreada con mi madre para pedirle que me ayudara con la mudanza, así que cuando Jenna se ofreció no pude más que aceptar, totalmente agradecida.

Había visto al señor Tavish solo en dos ocasiones —se pasaba la vida viajando por todo el mundo—, pero sabía que adoraba a Jenna y por eso había cancelado todas las reuniones para llevar a su hija a la universidad. No parecía molesto por tener que recogerme y ayudarme a meter casi todas mis cosas en su Mercedes. No sé ni cómo conseguimos poner tanto mis cosas como las de Jenna, pero, finalmente y un poco apretujada, conseguí abrocharme el cinturón y esperar a llegar a la que sería mi nueva residencia.

Ya había estado en la Universidad de California con anterioridad, Nick estudiaba aquí, por lo que había ido muchas veces a algunas de las fiestas de las hermandades o simplemente a visitarlo. En ocasiones había llevado mis libros conmigo y había pasado horas estudiando en la inmensa biblioteca, maravillada al saber que había más de ocho millones de libros ordenados en todas aquellas estanterías. Sabía que la biblioteca iba a ser uno de mis lugares preferidos, pero la universidad en general era increíble. De ladrillo rojo y con inmensos jardines era una de las más importantes de Estados Unidos. Entrar en ella no había sido fácil, había tenido que esforzarme al máximo para conseguir una plaza y estaba orgullosa por no haber tenido que recurrir a los contactos de Will. Ahora que ya habíamos llegado, no pude evitar sentir cierto pesar por no estar compartiéndolo con mi madre. Debería haber sido ella quien me trajese a mi residencia y no el padre de Jenna, y también me hubiese gustado que Nick estuviese aquí para mostrarme la facultad y para poder sentir de alguna manera esa misma ilusión que veía reflejada en todos los estudiantes que nos rodeaban. Jenna estaba ilusionada, pero también veía la tristeza en sus ojos.

¿Dónde estaban nuestros novios?

36

NICK

Estaba sentado en el vestíbulo del hotel en el que nos hospedábamos. No había wifi en las habitaciones, por lo que había tenido que bajar a recepción y compartir mi tiempo con gente extraña. Ya era tarde, así que saqué el teléfono y comprobé por cuarta vez si Noah me había mandado un mensaje de buenas noches. No me gustaba cómo había terminado nuestra conversación del día anterior y, aunque no empezaba las clases hasta el día siguiente, había querido desearle suerte en su primer día. Era claramente consciente de que estaría intentando dormir y que a lo mejor estaba teniendo pesadillas. Me encantaba saber que yo era el único capaz de conseguir que no las tuviera y por ese mismo motivo odiaba que durmiese sola.

Para mí, suponía un alivio que hubiese aceptado ir a un psicólogo y había estado investigando en internet sobre traumas infantiles y cómo superarlos. Tenía una lista de los mejores psicólogos de la ciudad y ya había llamado a unos cinco para charlar con ellos sobre el tema. Quería que Noah fuese ella misma, sin miedos ni nada que la frenase a la hora de ser completamente feliz, y si tenía que pagar un ojo de la cara por las horas de terapia, lo haría.

A veces pensaba en lo que había tenido que sufrir a manos de su padre y un escalofrío desagradable me recorría la espalda. Mi mano se cerró en un puño casi sin darme cuenta y tuve que respirar hondo para tranquilizarme. Justo en ese momento vi con el rabillo del ojo cómo Sophia aparecía, llevando su Mac y aquellas gafas de pasta negra que por algún motivo inexplicable me hacían sonreír: le quedaban fatal.

—¿Qué hay, Leister?

—Aiken —contesté devolviendo la vista a mi pantalla.

Solo la miré un segundo, pero noté que se sentaba a mi lado en el largo sofá blanco. Llevábamos dos días allí juntos y tenía que admitir que no era como me había imaginado en un principio. Podía parecer superficial y bastante estirada, pero no lo era en absoluto. Más aún, era bastante graciosa cuando se lo proponía. Dado que estaba rodeada de hombres —éramos cinco los que trabajamos en ese caso y ella, la única mujer— hacía todo lo posible por no llamar la atención, no quería que la tratasen de forma especial.

—¿No te apetece salir a cenar algo de comida basura? —me preguntó después de haber estado trasteando con su portátil y cerrarlo de un golpe.

Levanté las cejas y la observé.

—¿Tú? ¿Comida basura? —dije guardando mi teléfono en el bolsillo. Cero noticias de Noah—. No creo que sepas lo que es eso.

Ella puso cara de circunstancias, guardó el portátil en su bolso y se levantó mostrando que no llevaba tacones, sino unas sencillas sandalias de color blanco.

—Me apetece un Big Mac, y voy a ir contigo o sin ti. Te lo decía porque la comida de este sitio apesta, así que tú decides, ¿vienes o no?

Dudé unos instantes, pero tenía razón: la comida era un asco.

—Está bien, pero te advierto que hoy no soy muy buena compañía —accedí levantándome y encaminándome a la entrada. Sophia se colocó a mi lado y pude ver lo baja que era sin esos zapatos que llevaba siempre.

Ella soltó una risotada.

—Ni hoy ni nunca, Leister. Creo que desde que te conozco no he te visto relajado ni una sola vez, deberías hacértelo mirar.

Ignoré su comentario y fuimos hasta el aparcamiento.

—¿Qué te crees que estás haciendo? —le pregunté cuando vi cómo sacaba unas llaves del bolsillo.

—El coche lo he alquilado yo, Nicholas —fue toda su explicación.

—Lo siento, guapa, pero conduzco yo —dije a la vez que le quitaba las llaves de la mano tan rápido que ni se dio cuenta.

Para mi sorpresa, mis actos no tuvieron una discusión como respuesta. Sophia se encogió de hombros y se sentó en el asiento del copiloto.

A cambio la dejé que eligiera la música y estuvimos todo el trayecto desde el hotel hasta el restaurante escuchando canciones de los ochenta. Fuera el tiempo era bastante agradable, aunque en San Francisco hacía más frío de lo que estábamos acostumbrados en Los Ángeles. A pesar de que a muchas personas les molestaban las calles empinadas de la ciudad, para mí eran lo que la hacían especial, eso y las casas de colores, todas con ese aire distinguido y tan agradables para la vista.

Quería traer a Noah para que viese la ciudad, había tantos lugares que quería que conociese... Desde que salíamos solo la había podido llevar a Bahamas, y mejor ni recordar cómo habían acabado las cosas.

Evité pensar en ella durante un rato, y aparqué el coche delante de un restaurante que había descubierto cuando tuve que estar en San Francisco una semana.

—Esto no es un McDonald's —observó Sophia a mi lado desabrochándose el cinturón.

—Yo no como en McDonald's —contesté apagando el coche y riéndome cuando me miró con mala cara—. Vamos, Soph, aquí hacen las mejores hamburguesas caseras de la ciudad; si no, no te habría traído.

Sophia levantó las cejas con condescendencia y me dio un manotazo en el brazo.

—Te he dicho mil veces que no me llames Soph —protestó. Luego se apeó del coche; yo la imité.

—Lo siento, Soph.

Me eché a reír al ver su cara, pero decidí dejarla en paz. Un camarero nos atendió de inmediato y nos sentaron a una mesa apartada al otro lado del restaurante. No me gustó que creyesen que éramos pareja, pero no podía meterme en la mente de la gente, así que lo dejé correr.

—Espero que las hamburguesas de aquí sean mejores que las CBO, porque, si no, me vas a ver enfadada de verdad.

Al final tuvo que tragarse sus palabras porque, como yo sabía, las hamburguesas estaban de miedo.

—Así que al final vais a vivir juntos —me preguntó después de que hablásemos de todo un poco, sobre todo del trabajo, hasta llegar sin darnos cuenta al tema Noah— a pesar de que sus padres no la dejen, ¿no?

—Su madre —aclaré, y proseguí—. Parece que todo el mundo olvida que ella es mayor de edad y que puede tomar sus decisiones libremente.

Sophia asintió aunque hizo un gesto que indicaba lo contrario.

—Es una cría, Nick —afirmó llevándose la bebida a los labios.

—La madurez no va ligada a un número de mierda, sino a las experiencias vividas y a las cosas que hemos aprendido de ellas.

—Y nadie te dice que no, pero no puedes olvidar que está a punto de empezar en la facultad, que va a querer hacer cosas como cualquier chica de su edad y, si no me equivoco, tú pareces ser el típico novio controlador.

Coloqué los codos sobre la mesa y apoyé mi barbilla descuidadamente sobre mis manos.

—Cuido lo que es mío, simplemente eso.

Sophia pareció disgustada por mis palabras.

—Eso es un pensamiento bastante machista, ella no es tuya.

Apreté los labios con fuerza.

—¿Vas a darme un discurso feminista, Soph?

—Como mujer que intenta abrirse camino en una empresa liderada absolutamente por hombres, podría dártelo, pero esa no es la cuestión. Tu problema es de confianza: si de verdad estuvieses seguro de lo enamorada que está de ti, no estarías intentando por todos los medios llevártela a tu casa, contrariando a toda tu familia por ello. En mi opinión, es un movimiento bastante estúpido por tu parte.

—Ella me necesita a su lado y yo también, no hay ninguna razón oculta. No tienes ni idea.

Sophia sacudió la cabeza y clavó sus ojos en los míos.

—Solo sé que tenerte de novio sería lo último de mi lista.

—Soy el novio que toda chica quisiera tener, guapa —repuse mirándola fijamente. Empezó a reírse y yo sonreí. Obviamente no era el mejor novio, ni de lejos, pero al menos lo intentaba.

Eso me dio una idea.

—Para que veas qué buen novio soy —dije sacando mi teléfono y entrando en el navegador—. ¿Qué te parecen las rosas azules? Son bonitas, ¿no?

Sophia puso los ojos en blanco mientras yo hacía el pedido. Hoy en día las tecnologías nos hacían la vida mucho más fácil.

—Preciosas —observó ella llevándose la copa a los labios.

Le di a «Comprar», puse la dirección y redacté una pequeña nota.

Cuando me guardé el teléfono en el bolsillo, tenía una sonrisa divertida en el rostro.

—¿Una docena de rosas azules? —me preguntó.

—Dos; es bueno repetir el mensaje, así queda bien afianzado.

—¿Y cuál es el mensaje, que eres un capullo prepotente?

Ignoré sus palabras.

—Que la quiero más que a nadie.

Después de cenar fuimos otra vez al hotel. A pesar de mis reparos y aunque sabía que me podría traer muchos problemas si lo decía en voz alta, Sophia no era una mala compañía. Lion estaba metido en sus líos y Jenna era la mejor amiga de Noah, así que me había quedado sin ningún amigo imparcial con quien hablar de mis cosas. No es que yo fuese muy hablador en general, pero me gustaba hablar con Sophia y descubrir que había personas que tenían una vida normal. Por lo que me había contado, sus padres seguían juntos, tenía un hermano mayor que era arquitecto y le iba bastante bien y su padre era un político respetado por la mayoría de los partidos democráticos, tal vez un futuro presidente. ¿Quién sabía cómo podían ir las cosas?

Era agradable poder evadirme de todo ese drama que era mi vida normalmente y su compañía consiguió que me relajara, que mirara los problemas desde otra perspectiva. Las cosas no me iban tan mal... Con Noah viviendo conmigo, todo resultaría más fácil, ella dormiría tranquila, al menos, y si hacía lo que le había pedido, uno de los mejores psicólogos la ayudaría a afrontar los problemas con su padre muerto. Las cosas podían ir mejor, y no veía la hora de regresar y de demostrarle que podíamos conseguirlo, que podíamos luchar contra todos, que juntos formábamos el mejor equipo.

37

NOAH

Mi primer día en la facultad fue mejor de lo que esperaba. El ambiente universitario era algo que se te metía en las venas y no podías ignorarlo. Mirara donde mirase, había gente joven, riéndose, sacando muebles de los coches para subirlos a sus residencias, padres despidiéndose y panfletos sobre fiestas, fiestas y más fiestas.

Mi horario era bastante razonable, con asignaturas que por fin me interesaban y no todas esas cosas absurdas que teníamos que aprender en el colegio, como, por ejemplo, las leyes de Newton o la Independencia. Yo quería libros, literatura, quería escribir, quería leer. Por fin me veía rodeada de gente que amaba lo mismo que yo, y los profesores, algunos más intimidatorios que otros, consiguieron que sintiéramos ese gusanillo de nervios en el estómago.

Tengo que admitir que por unos minutos disfruté estando sola. No quería hablar con nadie, nadie que conociera al menos, ni con mi madre, ni con Jenna ni tampoco con Nicholas, aunque las razones por las que no quería comunicarme con él eran diferentes. A veces dejar todo atrás y empezar de cero te hace ver que no solo hay una puerta abierta, sino también muchas otras ventanas.

A Jenna apenas la había visto desde que me había dejado en mi residencia y es que ella asistía a clases completamente distintas a las mías: Jenna Tavish quería estudiar medicina, algo que no le pegaba en absoluto, pero que deseaba desde que era muy pequeña. Solo nos habíamos comunicado por mensajes y me había contado que estaba ocupada buscando alguna compañera de habitación que quisiera pagar la barbaridad que costaba cada mes; no iba a resultarle muy complicado, ya que los ricachones abundan por todas partes.

Después de salir de clase, de haber conocido a los profesores y de que me invitasen a ir a cenar con algunos chicos de la residencia, decidí pasar por el apartamento de Nick, sobre todo para asegurarme de que N tenía comida suficiente y también para llevarme todo lo que todavía tenía allí. Había intentado posponer esa tarea más que nada porque me entristecía ir para sacar mis cosas, pero quería hacerlo antes de que él volviera. Sabía que iba a arder Troya y prefería tenerlo todo para estar perfectamente instalada en mi residencia antes de enfrentarme a él; así, además, evitaría la tentación de mandarlo todo al infierno y regresar a vivir con mi novio.

No tardé mucho en recoger las pocas cosas que me quedaban... Una vez que las tenía todas apiladas en la puerta, comprendí que era tarde para volver a la residencia. Sabiendo que estaba haciendo trampas y que debería dejar de aferrarme a algo que no iba a poder tener —no ahora al menos— me metí en la cama de Nick, me acosté en su lado y abracé su almohada aspirando ese aroma que solo él tenía y que causaba reacciones instantáneas en mi cuerpo.

Un mensaje de texto llegó a mi móvil justo entonces.

Al parecer has decidido ignorar mis llamadas. Cuando llegue hablaremos. Que duermas bien, Pecas.

Suspiré.

Las cosas estaban raras, sobre todo por mi culpa. Sentí un nudo en el estómago y casi marco su número para confesarle por qué no había querido hablar con él. Esperando que creyese que estaba dormida y por eso no le contestaba, metí el móvil bajo la almohada y cerré los ojos con la esperanza de descansar.

El ruido del timbre me despertó por la mañana. Un poco desorientada miré a mi alrededor, para comprobar dónde estaba. El timbre volvió a sonar y salté de la cama enredándome con las sábanas y casi cayéndome hasta que al fin pude alcanzar la puerta.

Al abrir me encontré con un ramo gigante de rosas.

—¿Es usted Noah Morgan? —preguntó la voz de un hombre cuya cara quedaba oculta tras ese espectacular ramo.

—S-sí —conseguí articular.

—Esto es para usted —dijo dando un paso hacia delante. Dejé que entrara, aturdida por lo que veían mis ojos. El hombre dejó el impresionante ramo encima de la mesa del salón y sacó un cuaderno de recibos del bolsillo trasero de su pantalón.

—Si me firma aquí, se lo agradeceré —me pidió amablemente.

Lo hice y cuando se fue, me quedé mirando las rosas con un nudo en la garganta. Había una nota y al leerla tuve que contenerme con todas mis fuerzas para no echarme a llorar.

> Los dos sabemos que estas cursiladas no son lo mío, Pecas, pero te quiero con todo mi corazón y sé que cuando llegue vamos a empezar algo nuevo y especial. Vivir contigo es algo que he deseado desde que empezamos a salir y un año después por fin he logrado lo que quería. Espero que tu primer día haya sido magnífico y siento no haber estado ahí contigo para ver cómo te metías en el bolsillo a todos tus nuevos profesores. Nos vemos en unos días, te amo. Nick.

Cogí el teléfono de encima de la mesa y marqué su número.

—Hola, amor —me saludó en un tono alegre.

Me senté en el apoyabrazos del sofá con la mirada clavada en esas impresionantes flores. Eran preciosas, de un color azul celeste, un celeste que me recordaba a los ojos de Nick, ni siquiera sabía que había rosas de ese color.

—Estás loco —dije con voz temblorosa.

Escuché un montón de ruido al otro lado de la línea, sobre todo del tráfico.

—Loco por ti, ¿te han gustado las flores?

—Me encantan, son preciosas —declaré queriendo echarme en sus brazos y esconderme de todo.

—¿Qué tal fue tu primer día de clase?

Le conté por encima lo que había hecho, evitando hablar de mi residencia o mi compañera de apartamento; la verdad es que nunca se me había dado muy bien eso de ocultar información y por eso quise cortar la conversación antes de que me descubriera.

—Tengo que colgar si no quiero llegar tarde a clase —dije mordiéndome el interior de la mejilla.

—Sé que te pasa algo, no sé si es por Sophia o porque he tenido que irme justo cuando te mudabas, pero te lo compensaré, ¿vale?

Me despedí de él rápidamente y metí el móvil debajo del almohadón del sofá. Me sentía fatal, fatal porque le estaba mintiendo y también porque iba ser la responsable de que se llevase una gran decepción cuando volviese y comprendiese que no íbamos a vivir juntos.

Odiándome por ello, me vestí rápidamente, le puse comida y agua a N para los próximos días y saqué mis últimas cosas del apartamento. Al apagar las luces supe que se liaría la de Dios cuando él regresase y no me viese allí.

Tenía tres días para idear un plan de persuasión.

Los siguientes dos días los pasé entre clase y clase y saliendo con algunos compañeros. Con mi madre solo había hablado una vez y porque me había amenazado con presentarse en la facultad si no le cogía el teléfono. No habíamos solucionado nada, las cosas seguían igual entre nosotras y así continuarían durante bastante tiempo, al menos hasta que me sintiese capaz de perdonarla por haberme hecho semejante chantaje.

Estaba sentada en la cafetería de la facultad charlando con Jenna, quien por fin había encontrado una compañera de habitación, que se llamaba Amber y trabajaba en una empresa informática de la ciudad. Combinaba su empleo con las clases y le daba lo suficiente como para vivir con Jenna, que ya era decir mucho.

—¿Cuándo vuelve Nick? —me preguntó, mientras yo me terminaba la ensalada.

—Mañana por la noche —respondí con la boca pequeña. No quería hablar de eso.

Jenna me observó divertida: por alguna razón retorcida le hacía gracia la situación en la que me encontraba.

—¿Y sabe ya que vives con una extraña en un apartamento del campus?

Levanté la mirada y la miré fijamente de mal humor.

—Lo sabrá cuando llegue y se lo diga, no quiero hablar de Nick; repíteme el plan de esta noche otra vez, que no me ha quedado muy claro.

Jenna puso los ojos en blanco, pero se ilusionó rápidamente.

—La fiesta la celebran unos chicos de mi clase, son de una hermandad, y es para dar la bienvenida al inicio de curso. Por lo que sé, hoy se celebran varias fiestas y la del sector salud es la que todos están esperando. Voy a estar rodeada de médicos guapos y un montón de gente que comprende que la medicina es el futuro de la humanidad y no la física ni la literatura... Sin ofender, claro —agregó cuando la miré con mala cara.

—Vale, iré contigo, pero me largaré no más tarde de la medianoche, tengo que tener todas las pilas cargadas para enfrentarme a Nick mañana.

Jenna se rio, recogió sus libros y se levantó de la mesa.

—Nos vemos en unas horas, ponte cañón. —Me guiñó un ojo y salió contoneando las caderas de esa forma que hacía que los chicos se volviesen para contemplarla. Jenna soltera era algo nuevo para mí: desde que la conocía había estado con Lion y suponía que antes de él, había sido una persona demasiado liberal.

A diferencia de las últimas fiestas a las que había asistido —todas ellas en inmensas casas junto a la playa y con gente de mucho dinero—, en esta por fin podía relacionarme con personas de diferentes procedencias, tanto geográficas como de estatus social: eso era lo bueno de la enseñanza pública, que no era elitista. Nunca me había sentido del todo a gusto rodeada de gente millonaria porque yo nunca lo había sido ni tampoco lo era ahora, a pesar de que mi madre insistiera en lo contrario, y me gustó la sensación de que por fin podía encajar. No tardé mucho en encontrar a Jenna, que estaba con Amber en una esquina de la cocina bebiendo cerveza. Mis ojos se abrieron sorprendidos cuando la vi con una Budweiser en la mano, me hubiese encantado sacarle una foto para echársela en cara después, pero la vi tan integrada que me ahorré los comentarios maliciosos.

—Noah —dijo mi nombre al verme entrar. Me acerqué hasta ella y me envolvió en uno de esos abrazos estranguladores.

Era la primera vez que veía a Amber y me pareció alguien muy del estilo alocado de Jenna, aunque más reservada, si es que eso tenía sentido. Me sonrió con alegría mientras movía la cabeza al ritmo de la música y charlaba seductoramente con uno de los chicos que había a su lado.

No tardé mucho en tomarme unas cuantas cervezas y, sin comerlo ni beberlo, me vi envuelta por cincuenta estudiantes borrachos pegando saltos en medio de un salón en donde habían apartado todos los muebles. La música estaba muy alta y apenas se escuchaba nada más. Jenna saltaba y se me pegaba contoneando las caderas. Amber había desaparecido hacía rato con el chico musculoso.

—¡Necesito parar un rato, Jenn! —le grité riéndome cuando la gente empezó a chillar al oír una canción que estaba de moda—. ¡Me voy a la cocina!

Jenna asintió, en realidad ignorándome olímpicamente y se unió a otro grupo para bailar.

Hacía un calor infernal en esa sala; me remangué y me pasé la mano por la frente. Cuando llegué a la cocina estaban haciendo una ronda de chupitos.

—¡Eh, tú, novata! —me gritó un chaval desde la otra punta—. ¡Esto por las chicas guapas!

Todos los chicos del círculo que había allí se llevaron el chupito a los labios, gritando y riéndose. Me reí, pero fui discretamente al otro lado de la cocina. Me apoyé contra la mesa y, antes de que pudiera sacar el teléfono para ver qué hora era, el chico que me había gritado se me puso delante.

—Toma, que te veo un poco sedienta —dijo tendiéndome un vasito y rellenándolo con un líquido ambarino.

—No creo que el tequila me quite la sed, pero gracias —respondí aceptando lo que me ofrecía y procediendo a bebérmelo. El alcohol me quemó la garganta e hice una mueca de asco. El chico empezó a reír y vi con el rabillo del ojo cómo se colocaba a mi lado con aire despreocupado.

—¿Cómo te llamas? —me preguntó mientras cogía un vaso y lo llenaba de agua.

—Noah —contesté sintiendo cómo me daba vueltas la cabeza. No debería haberme bebido ese último chupito, con las cervezas había tenido suficiente.

—Yo soy Charlie —se presentó amigablemente—. Estamos juntos en clase de literatura, no sé si me recuerdas, suelo ser el que se queda dormido en la parte de atrás.

Me reí ante su comentario y admití que sí, que me sonaba de haberlo visto en mis clases.

—¿Qué te trae por aquí? Estás muy lejos de las fiestas shakespearianas, aunque está claro que los tíos del área científica están mucho más buenos que los aficionados a la lectura, ¿no te parece?

Sonreí y me relajé al comprobar que definitivamente era gay.

—Mi amiga estudia medicina, he venido con ella —le expliqué encogiéndome de hombros.

Charlie parecía contento de estar hablando conmigo, porque se pasó los siguientes diez minutos charlando distendidamente y comentando cosas sobre nuestras clases y nuestros compañeros. Me alegré de estar trabando amistad con alguien de mi clase, ya que odiaba sentarme sola y aún no había intercambiado con nadie nada más que un hola y un adiós.

Me estaba riendo a carcajadas ante un comentario bastante inquietante sobre uno de nuestros profesores cuando sus ojos se desviaron a la puerta de entrada. Un chico acababa de entrar y nos divisó unos segundos después.

—Genial, ¿ves a ese chico?

Asentí observando cómo nos miraba con mala cara.

—No hagas caso de nada de lo que diga a continuación.

No me dio tiempo a preguntarle, porque nos alcanzó en unas cuantas zancadas.

—¡¿Tú eres gilipollas?!

—A esto me refería —me comentó por lo bajini.

Sonreí.

—Hey, compórtate, hay una dama delante —le recriminó Charlie con una sonrisa en el rostro.

—Estoy harto de hacerte de niñera, ¿me oyes? ¿Qué estás bebiendo?

Miré a ambos chicos disimuladamente. Me habría apartado de no ser porque me habían dejado en medio. Charlie era rubio, un poco más alto que yo y de complexión delgada; en cambio, el que acababa de llegar nos sacaba casi una cabeza a los dos, rubio también y con los ojos color verde musgo. Parecía querer estar en cualquier sitio menos ahí, rodeado de adolescentes, porque estaba claro que él no lo era.

—Estoy bebiendo agua, idiota. —El alto no se lo creyó, ya que le arrancó el vaso de la mano y se lo acercó a la nariz para poder olisquearlo.

Charlie parecía divertido y también satisfecho.

—Si dejas de gruñir como un perro rabioso podré presentarte a mi nueva amiga. Noah, este es mi hermano Michael; Michael, esta es Noah.

Michael no parecía ni remotamente interesado en mí, es más, yo diría que me miró con disgusto, como si fuera una mala compañía para su hermano o algo parecido.

Antes de que pudiese decir nada, mi teléfono empezó a sonar. Me disculpé con un ademán y salí fuera, para poder oír mejor. Mi corazón se detuvo cuando vi las quince llamadas perdidas de Nicholas. Contesté cuando su nombre volvió a aparecer en la pantalla.

—¿Dónde estás, Noah?

38

NICK

Cogí las llaves y salí del apartamento dando un portazo. Nada, no había absolutamente nada, ni sus maletas, ni su ropa, ni siquiera las pocas cosas que normalmente se dejaba para cuando pasaba la noche aquí. Noté cómo me calentaba poco a poco, no solo porque no estaba aquí, sino porque no había contestado a ninguna de mis últimas llamadas. No sabía nada de ella desde hacía tres horas y no pensaba llamar a su madre para preguntarle. Algo me decía que mejor era dejarla apartada de todo esto porque si lo que creía que estaba pasando era cierto...

—¿En qué fiesta? —le gruñí al teléfono esperando que me dijese exactamente dónde estaba.

—¿Puedes calmarte? —me contestó Noah y pude oír cómo se iba alejando del ruido ensordecedor de la música.

«¿Que me calme?»

—Me calmaré cuando te vea y me expliques qué coño está pasando —dije metiéndome en el coche y poniéndolo en marcha.

—Creo que no quiero decirte dónde estoy.

Me detuve con la llave en el contacto. «¿Era una puta broma?»

—Noah, dime dónde estás —le pedí con fingida calma.

La música ya apenas se escuchaba; ahora podía oír su respiración agitada al otro lado de la línea.

—Ya te lo he dicho, en una fiesta.

—Calle, número, edificio... ¿Dónde?

Oí cómo suspiraba y un minuto después me dijo dónde recogerla.

Tenía un mal presentimiento con todo eso y solo esperaba llegar y que ella me dijese lo contrario. Había llegado antes, quería darle una sorpresa, llevarla a cenar y compensarla por esos días que no habíamos podido estar juntos. En vez de eso, al llegar me encontré con la casa vacía a excepción de las flores que le envié, que estaban marchitándose sobre la mesa.

No tardé mucho en llegar y, cuando doblé la esquina, la vi. Estaba apoyada en su coche, con los brazos cruzados sobre el pecho. Cuando me vio llegar se incorporó y me miró nerviosa. Aparqué frente a ella y bajé.

Respiré hondo intentando calmarme. Ahora que la veía y comprobaba que estaba sana y salva, pude pensar con un poco más de tranquilidad.

Me acerqué a ella con paso decidido, pero no hice lo que estaba deseando hacer desde que me había marchado, no, simplemente la observé con detenimiento. Ella se quedó callada, aunque vi que la enervaba mi silencio.

—Vamos —dije dándole la espalda sin tocarla siquiera—, quiero un chocolate caliente.

—Espera, ¿qué? —preguntó con incredulidad.

Abrí la puerta del copiloto esperando a que se acercara.

—Por lo visto tienes mucho que contarme, y no pienso hablar aquí mientras te congelas y te tambaleas medio borracha.

A pesar de que estaba intentando controlarme, intentando con todas mis fuerzas no ceder a la tentación de explotar, verla allí, bebida, increíblemente atractiva y sin mí, me molestaba sobremanera, más de lo que me atrevería a admitir.

Noah se acercó con paso vacilante, nunca la había visto así y eso me preocupó aún más.

Cerré su puerta, rodeé el coche y me senté en el asiento del conductor. Puse la calefacción al máximo, arranqué y busqué una cafetería abierta veinticuatro horas. Lo del chocolate era una mierda de excusa para sacarla de la calle. Estaba temblando, no sé si por el frío o por lo que fuese que me estaba ocultando, pero todas esas llamadas que ella había ignorado empezaban a tener un sentido totalmente diferente al que le había dado en un principio.

—Nicholas..., prefiero ir a casa —me comentó cuando vio que pasaba de largo y no cogía el desvío.

Ignoré sus palabras y seguí conduciendo.

—Creía que te gustaba el chocolate caliente —dije sin más, girando a la derecha y metiéndome en otra calle.

Sentía la mirada de Noah clavada en mi rostro.

—Deja de hacer como si no pasara nada, sé que estás cabreado, ¿vale? Así que para.

—¿Por qué iba a estar cabreado? ¿Porque no coges el teléfono desde que me marché a San Francisco? Los dos sabemos que te encanta sacarme de quicio, solo espero que esto no sea una especie de castigo por haberme marchado.

Vi cómo se revolvía inquieta en el asiento y opté por mantener mi rostro imperturbable y seguir conduciendo.

Apenas había coches en la carretera... Normal, teniendo en cuenta que eran más de las dos. Si me hubiesen preguntado unas horas antes qué iba a estar haciendo en esos momentos, no se me habría pasado por la cabeza que estaría haciendo lo que estaba haciendo, y menos con Noah a mi lado, tan lejos de mí como le permitía el asiento.

Al final aparqué en una cafetería de mala muerte. No había detenido aún el coche, pero Noah ya había bajado y había entrado sin mí en el pequeño establecimiento. Por un instante no pude evitar compararla con Sophia. Noah tenía un carácter tan fuerte como el mío e incluso sabiendo que en este caso yo llevaba las de ganar, no era capaz de controlarse. Fui tras ella y me senté en el lugar que había escogido: una pequeña mesa apartada de las demás con vistas a la autopista.

Tenía la mirada clavada en la mesa y no parecía muy predispuesta a tener una conversación. La camarera se nos acercó y le pedí un chocolate para ella y un café para mí. Estaba intentando calmar el ambiente, porque era raro que no estuviese comiéndomela a besos después de cuatro días sin verla, pero el enfado contenido y lo que fuera que me ocultaba se interponía entre ambos como un océano interminable e imposible de cruzar. Al ver que se quedaba callada, decidí ser yo quien hablase primero. Se acabaron los juegos.

—Tus cosas, ¿dónde están?

Su mirada se alzó por fin y pude ver sus ojos color miel. Se había maquillado y sus pestañas, además de parecer kilométricas, creaban una sombra curiosa sobre sus altos pómulos. Sus labios rosados se entreabrieron dudosos, pero antes de que pudiera contestar la camarera reapareció con el pedido.

Noah cerró la boca y abrazó la taza caliente con las manos. Esperé unos minutos.

—¿Piensas decir algo?

Pasaron los segundos hasta que finalmente decidió hablar.

—Me he peleado con mi madre —anunció con la boca pequeña. Apoyé la espalda sobre el respaldo y aguardé a que prosiguiera.

Cuando esta vez me miró vi que estaba intentando con todas sus fuerzas no echarse a llorar. Me tensé en el asiento y esperé.

—No voy a vivir contigo, Nick —anunció un minuto después.

La miré fijamente, esperando una explicación que no llegó.

—¿Qué me estás diciendo, Noah?

—Mi madre me ha hecho elegir entre pagarme los estudios o irme contigo, y yo...

—No me has elegido a mí —terminé por ella.

—Lo hice, ¿vale? Le dije a mi madre que no me importaba, que me iría contigo, pero no puedo hacer eso, Nicholas...

Negué con la cabeza, estaba harto de toda esa mierda.

—Está claro cuáles son tus prioridades.

Me levanté y Noah hizo lo mismo. Tiré un billete de veinte sobre la mesa y me dispuse a salir del café sin mirar atrás.

—¡Nicholas, espera! —me pidió y lo hice. Me detuve, pero solo porque sabía que no podía dejarla allí—. ¿Qué querías que hiciera? No tengo dinero como tú, yo no puedo pagarme la carrera, ni siquiera me dan beca...

Aquello era ridículo. Me volví hacia ella.

—¡No me vengas con esas, Noah! —le espeté. Fuera no había absolutamente nadie, solo se escuchaba el ruido de los coches al ir a más de cien por la autopista y el rugir del viento—. Sabes perfectamente que esto no es por tu madre, ella no te dejaría sin estudiar... El problema es que no eres capaz de hacerle frente, hay muchas otras opciones, ¡no deberías haberte marchado sin antes consultarlo conmigo!

Noah me miró negando con la cabeza.

—La conozco, Nicholas, está decidida a separarme de ti y no dejaré que lo haga, pero no voy a echar por tierra mi futuro por algo que hemos decidido precipitadamente y que puede esperar.

—¡Yo no quiero esperar! —grité perdiendo el control—. ¡Quiero que estés conmigo, Noah, no con tu madre, ni mi padre, ni con una amiga! ¡Quiero que de una puta vez seamos una pareja de adultos que toman las decisiones juntos, sin que tu madre ni mi padre se metan de por medio! ¡Te quiero conmigo, te quiero en mi cama cada noche, cada mañana...! Si estás conmigo, quiero que estés conmigo y con nadie más.

Sus ojos se abrieron con sorpresa.

—¿Para eso me quieres en tu casa? —preguntó con incredulidad, levantando el tono de voz e igualándolo al mío—. ¿Para poder vigilarme? ¡¿Qué mierda de relación es esa, Nicholas!?

Me llevé las manos a la cabeza. Eso era lo último que había esperado, por fin todo iba encaminado a salir bien, por fin íbamos a estar juntos sin nadie que se interpusiera entre los dos y ahora todo había vuelto a ser como antes, pero peor: Noah ya no viviría en casa de mi padre, ahora estaría en un campus, rodeada de gilipollas en una zona donde las violaciones ocurrían día sí día también.

—Si no confías en mí esto no tiene ningún sentido —declaró y me volví para observarla. La voz se le quebró en la última palabra, di un paso hacia delante y le cogí el rostro entre mis manos.

—Esto no es por ti —dije aborreciendo esa parte de mí, maldiciéndome por ser así—. Cuando no estás conmigo imagino todo tipo de cosas, no puedo controlar mi imaginación, simplemente es algo que tengo dentro y que he descubierto hace poco. Me pasa contigo y es porque te quiero. La última persona a la que quise tanto como a ti siempre la odiaré y no puedo evitar compararte a ti con ella.

No podía creer que acabase de soltarle eso.

—Nicholas, yo no soy tu madre —afirmó de forma tajante—. Yo no me iré a ninguna parte.

Las imágenes de mi madre marchándose de casa invadieron mi mente. Nunca había vuelto a confiar en una mujer, nunca. Me había jurado a mí mismo que no dejaría entrar a nadie, me juré que no me enamoraría jamás, más que nada porque no creía en el amor, no después de haber visto la relación de mis padres. Y ahora que tenía a Noah..., no podía evitar temer que hiciese lo mismo conmigo; ella era mía, no podía perderla. No lo soportaría.

Me acerqué hasta que nuestras miradas se encontraron.

—Te has ido de mi casa —susurré sobre sus labios.

Noah se quedó quieta donde estaba, esperando, supongo, a que dijese o hiciese algo. Quité mis manos de sus hombros y retrocedí un par de pasos.

—No sé cómo vamos a solucionar esto.

39

NOAH

Hicimos el trayecto a su apartamento en completo silencio. Nicholas no dijo absolutamente nada, ni siquiera me miró. Cuando llegamos a su piso lo seguí, intentando tranquilizarme. Me sentía culpable por todo aquello, a pesar de que había sido mi madre la causante de separarnos otra vez... No podía evitar sentir que Nick se alejaba de mí cada día más. Mis problemas y mi madre estaban interponiéndose entre los dos y no sabía qué hacer al respecto. Intentaba tomar las decisiones de forma objetiva basándome en lo que era mejor para ambos, pero nada salía como yo quería.

Cuando subimos al apartamento el silencio era insoportable. Prefería oír sus quejas antes que esto, porque significaba que estaba dándole vueltas a algo que era mejor ni siquiera plantearme. Observé cómo cruzaba el salón y se metía en el dormitorio. Yo me detuve en medio, indecisa. ¿Quería seguir discutiendo con él? Quizá debería haberle pedido que me dejase en la residencia, pero no quise restregarle por la cara que ya me había mudado a otro sitio. Sin él. Además, no podía soportar la idea de irme sin solucionar esto. No quería que mi madre se saliera con la suya y eso fuera lo que nos alejara definitivamente.

No oía absolutamente nada al otro lado de la puerta y, después de unos minutos, me armé de valor y me acerqué hasta entreabrirla.

Allí, sentado a los pies de la cama, estaba Nick. Se había quitado la camiseta y tenía los antebrazos apoyados sobre las rodillas y un cigarrillo en la mano derecha. Alzó la mirada del suelo a mi rostro cuando me oyó entrar.

Me quedé callada observándolo y él hizo lo mismo. Nos separaban apenas unos metros, pero de repente me parecieron un abismo. Sentí tanto miedo, tanta soledad, que crucé ese espacio hasta colarme entre sus piernas y obligarlo a levantar la cabeza para mirarme.

—No dejes que esto nos separe. —Fue lo único que se me ocurrió decir, porque no había comprendido lo mal que estábamos los dos hasta que no había oído a Nick decirme lo que me había dicho media hora antes.

Nick bajó la vista hasta mi estómago y vi que iba a llevarse el cigarrillo a los labios otra vez. Mi mano sujetó su muñeca y con la otra se lo quité. Me observó con el ceño fruncido mientras lo apagaba en el cenicero que había justo a su lado. Entonces me senté a horcajadas sobre su regazo y le cogí el rostro con mis manos para que me mirara a los ojos.

—Necesito que me dejes solo, Noah —dijo en un susurro tan bajo que creí oír mal. Mis manos fueron hasta su nuca, quería hundir mis dedos en su pelo, quería quitarle esa angustia de los ojos, ese enfado que parecía estar intentando controlar con todas sus fuerzas. Su mano subió hasta sujetar las mías, impidiéndome así seguir acariciándolo—. No juegues conmigo; ahora no.

Sus palabras fueron duras, frías, y esa frialdad se prolongó cuando se levantó de la cama y me rodeó sin apenas tocarme. Me puse de pie para mirarlo de frente.

—Te he hecho daño al largarme y estás asustado porque me voy, pero no puedes ignorarme de esta manera. ¡No puedes!

Se volvió hacia mí lanzando llamaradas por los ojos.

—¡Te ignoro porque estoy intentando controlarme!

Me sobresalté por su grito, pero intenté mantener la calma. Nicholas respiró profundamente y volvió a hablar.

—Yo podría ayudarte a pagar la matrícula de la facultad —afirmó mirándome serio.

Cerré los ojos y respiré profundamente. Ya sabía que diría eso, pero no podía aceptarlo.

—Sabes que no dejaré que lo hagas —repuse.

—Te estoy dando una solución con la que ambos estaríamos contentos. ¿Por qué no entiendes que tus decisiones nos afectan a ambos, no solo a ti? —replicó casi a gritos.

—¡Yo no estaría contenta, Nicholas! —dije procurando mantener la calma, pero fracasando en el intento—. Si vivir contigo implica tener una guerra con mi madre y tu padre y encima depender económicamente de ti, terminaría odiando estar aquí... ¿Es que no lo ves?

—¡No, claro que no! Solo te veo a ti, rodeada de gente que no soy yo. ¡Eso es lo que veo!

—Nunca te he dado motivos para que sintieses celos, y eso es lo que realmente te tiene en este estado.

—No vengas con esas, tú eres igual.

Intenté pensar cómo explicarle que los celos podían ser aceptables hasta cierto punto.

—Yo tengo más motivos que tú. Has estado con más mujeres de las que puedes contar con las dos manos; yo, en cambio, te lo he dado todo, sabes que soy tuya en todos los sentidos de la palabra y, aun así, sigues sin confiar en mí.

—Sabías a lo que te enfrentabas al salir con alguien como yo, no puedo cambiar mi pasado.

El espacio entre ambos me estaba matando. Claro que sabía a qué me enfrentaba al salir con él, pero no era algo que hubiese elegido, simplemente había ocurrido, me había enamorado de él de una forma incontrolable, pero eso no quitaba que las cosas que hacía o había hecho me afectasen igual que a él.

—Una relación sin confianza no va a ninguna parte, y lo sabes.

Sus ojos se oscurecieron al clavarlos en los míos.

—Yo no necesito confiar, te necesito a mi lado.

A pesar de lo enfadado que estaba, entendí lo que quería decir.

—Ahora estoy aquí, ¿no?

Nicholas negó con la cabeza.

—Estás a medias. Siempre a medias, Noah —me reprochó y después anduvo unos pasos con la clara intención de largarse de la habitación.

—¡Estoy aquí, Nicholas! —exclamé notando cómo se me humedecían los ojos.

No sabía qué quería de mí: le había dado todo lo que tenía, todo lo que podía dar.

—¡No, no lo estás! —me gritó volviendo a girarse hacia mí.

—Estoy todo lo que puedo estar ahora mismo.

—Pues supongo que habrá un momento en el que eso no será suficiente.

Me lo quedé mirando sintiendo un miedo horrible. Ahí estaba, lo que siempre había temido: no ser lo suficientemente buena para él.

—Es injusto que seas tú la que llore —dijo segundos después sin quitarme los ojos de encima.

—Lloro porque no puedo darte lo que quieres y porque temo que termines hartándote de mí —confesé, controlando un sollozo que se me quedó atascado en la garganta.

No soportaba ver cómo lo había defraudado. Quería irme de allí porque iba a terminar derrumbándome y no quería hacerlo delante de él.

—Debería irme —anuncié limpiándome la mejilla con la mano y mirando hacia otro lado.

Escuché cómo Nicholas respiraba hondo varias veces y entonces cruzó la habitación, me cogió la cara entre sus manos y me besó. Fue tan intenso que me aferré fuertemente a sus brazos para mantenerme en pie.

—Ni en mil años me hartaría de ti —musitó contra mis labios y con un gesto rápido me empujó contra la cama y se puso encima de mí.

Volvió a besarme y, a pesar de sus bonitas palabras, lo noté diferente conmigo. Su forma de tocarme, de besarme, de quitarme la ropa, se convirtió más en una lucha consigo mismo que en un acto de amor entre ambos. Le había hecho daño al marcharme y eso tenía consecuencias. Los besos se intensificaron y pronto su boca empezó a trazar un camino indefinido de calientes besos y pequeños mordiscos por mi cuello y mis pechos hasta llegar a mis muslos.

—Nick... —dije en un susurro entrecortado.

Nicholas no me escuchaba, estaba perdido en mi cuerpo, perdido en besar cada centímetro de piel desnuda que estuviese a su alcance.

—Chis, no quiero hablar más, Noah —me acalló quitándome las bragas con una mano y colocándose entre mis piernas—, ya nos hemos dicho todo lo que teníamos que decir.

Sus labios fueron a mi encuentro y opté por olvidarme de todo.

No podía dormir.

A mi lado Nick respiraba lentamente, sumido en un sueño profundo mientras me estrechaba con fuerza contra su costado. Sus manos rodeaban mi cuerpo asegurándose de que no pudiese casi ni moverme. Lo observé mientras dormía y sentí un nudo nostálgico en el pecho.

La noche anterior había sido tan intensa, tanto física como emocionalmente, que me había dejado destrozada. Fui al baño para lavarme la cara y volver a ser persona, pero cuando me miré en el espejo algo me llamó la atención y me desveló de golpe.

—No me lo puedo creer —exclamé enfadada.

Tenía varios chupetones repartidos por mi cuerpo.

Salí del baño y fui enfurecida hacia él. Estaba despierto y me observó sentado en la cama de manera imperturbable.

—¿Por qué lo has hecho? —pregunté sin moverme de donde estaba.

Nicholas ignoró mi pregunta, se levantó, se puso los pantalones de chándal y se fue al cuarto de baño sin decir ni una palabra. Me fui directa hacia él.

—¿Esto es lo que vamos a hacer ahora? —le dije, observando cómo colocaba las manos sobre el lavabo y dejaba caer la cabeza—. ¿Castigarnos?

Eso hizo que me mirase.

—¿Es un castigo para ti que te bese?

Negué con la cabeza, no iba a dejar que le diera la vuelta al asunto.

—Sabes que odio las marcas. —Era lo que más odiaba y me enfadaba aún más porque él lo había hecho sabiendo que lo aborrecía—. Eres un idiota —dije simplemente. Nick levantó las cejas.

—Y tú, una consentida. Comprende de una vez que no todo va a ser como tú quieras.

Solté una risa irónica.

—¡Por favor! A ti no te han dicho nunca que no en la vida, por eso me castigas, yo soy la primera y la única.

Nicholas pasó de mi comentario y se me acercó con cautela.

—En eso tienes razón..., eres la primera y la única.

Ambos sabíamos que eso no era cierto.

—Lo siento, ¿vale? No pensé cuando lo hice, me dejé llevar por el momento, pero, por favor, ¿puedes dejar de verlo como algo malo? Al fin y al cabo son solo besos, mis besos...

Suspiré frustrada, no quería volver a pelearme con él. Con la noche anterior ya había tenido suficiente.

—¿Y si fueses tú? ¿Te gustaría? —pregunté levantando una ceja y dejando que se me acercara. Me colocó un mechón de pelo detrás de la oreja.

—¿Estás de broma? —dijo forzando una sonrisa—. Amo tu boca, no hay nada que me guste más que una marca que me recuerde lo que has hecho con ella.

Eso no me convenció.

—¿Dejarías que te marcase? —le planteé observándole fijamente—, ¿de cualquier forma?

Me miró intentando adivinar qué estaba pasando por mi cabeza.

—¿Estás hablando de algo guarro, Pecas?

Su respuesta me hizo gracia y, por mucho que odiase que me hiciera chupetones, la cosa ya estaba demasiado tensa como para añadirle otro motivo en la discusión. Forcé una sonrisa y lo saqué del baño.

—Acuéstate en la cama —le ordené.

Nick me observó dubitativo, pero hizo lo que le pedía. Abrí un cajón de mi mesilla de noche y me senté sobre su barriga.

—¿Qué vas a hacer? —me preguntó con un brillo oscuro en la mirada.

—Nada que se te haya pasado por esa mente pervertida que tienes.

—Dicho lo cual, me llevé el rotulador a los labios y le quité el tapón con los dientes.

Nick abrió los ojos con sorpresa.

—Ni de coña —se opuso, levantando las manos y cogiéndome por las muñecas.

Sonreí.

—Oh, sí, me vas a dejar y vas a quedarte quieto —repliqué haciendo fuerza con los brazos para que me soltara.

Su cuerpo rodó sobre el mío y me acorraló contra el colchón.

—Deja eso donde estaba si no quieres meterte en un problema —me advirtió, pero vi en sus ojos que esto le hacía gracia.

El rotulador permanente seguía en mi mano y pensaba utilizarlo.

—Piensa que es algo que te voy a hacer yo, solo yo y nadie más. Nunca le he dibujado a nadie en el cuerpo y creo que es algo bonito y especial.

Su cabeza se elevó sobre mí y me observó con curiosidad, pero a la vez con interés.

—¿Esa es tu idea sobre algo bonito y especial?

—Cualquier cosa que haga con tu cuerpo es algo bonito y especial —afirmé con una sonrisa en los labios.

—Has pasado demasiado tiempo conmigo, eso está claro —comentó y volvió a rodar sobre la cama, obligándome a sentarme sobre él, justo donde quería estar.

—Sé buena —me advirtió, colocando sus manos en mis muslos desnudos.

Esto era muy divertido y, quisiera o no, me estaba ayudando a dejar a un lado toda la carga emocional que parecíamos haber sacado en las últimas horas. Me incliné sobre él y empecé a trazar dibujos sobre su pecho. Un corazón encima de sus pectorales, una carita feliz en su hombro, un «Te quiero» sobre su corazón... Poco a poco fui inspirándome y empecé a trazar todas las cosas que sentía por él... Recordé su carta y sus flores y se me encogió el corazón. A pesar de que esto supuestamente era un castigo, pronto se convirtió en una carta de amor en su piel... escrita por mí. Sus ojos no se separaron de mi rostro en ningún momento y sus manos simplemente trazaron círculos sobre mi piel mientras yo trabajaba decidida y con mi mejor caligrafía sobre su cuerpo escultural. Quería demostrarle lo mucho que lo quería, quería hacerle entender que no había nadie más que él para mí.

La tinta parecía estar borrando el dolor y recuperando esa complicidad.

Con una sonrisa bien ancha, cogí su muñeca y dibujé mi último mensaje: «Eres mío».

Para siempre.

40

NICK

No aparté los ojos de ella ni una sola vez mientras dejaba que hiciese con mi cuerpo lo que quisiese. Esa frase podría significar el sueño de cualquier hombre y nunca hubiese pensado que la utilizaría para dejar que me dibujasen gilipolleces en la piel, pero observarla a mi antojo, como hacía en ese instante, no tenía precio. Estaba tan concentrada en pasar la tinta por mi piel y en lo que fuese que estaba haciendo que no era consciente de lo increíblemente hermosa que me resultaba en ese momento.

Tenía las mejillas teñidas por un leve rubor y los ojos un poco hinchados por haber llorado la noche anterior. Sé que no debería ser tan cabrón, pero me gustaba cómo le quedaban los labios después de llorar... Me daban ganas de besarla hasta que ya no quedasen horas. Aproveché su distracción para empaparme de cada uno de sus gestos y aproveché para acariciarle las piernas y los muslos con cuidado mientras ella seguía inmersa en su tarea.

Cuando mi mano bajó demasiado de la cuenta, colándose en lugares prohibidos, sus ojos buscaron los míos y atajaron mis movimientos.

—Quieto ahí —ordenó Noah con una sonrisa divertida para después fijar su mirada en mi muñeca. La dejé hacer mientras dibujaba una última cosa en mi piel.

—He terminado —anunció tapando el rotulador y bajando su rostro para besar ligeramente mis labios. Eso de estar quieto durante tanto tiempo con ella medio desnuda encima de mí había sido una completa tortura.

Sujetándola por la cintura la hice rodar hasta que quedé encima de ella.

—¿Y ahora qué se supone que tengo que hacer? —pregunté, aguantando mi peso con los antebrazos para no aplastarla. Su mano subió hasta mi rostro y me acarició el pelo con delicadeza.

—Salir ahí y mostrarle al mundo mi obra maestra —contestó con un brillo divertido en la mirada. Apreté mis caderas contra las suyas, sintiéndola tan débil debajo de mí, tan pequeña y tan increíblemente perfecta... Un nudo se me atascó en la garganta cuando comprendí que esos momentos no iban a producirse tan a menudo como yo quería. Iba a tener que dejarla marchar, que viviese en la facultad rodeada de gilipollas que se pelearían por llamar su atención. De repente, ni mis besos ni nada que ella pudiese decirme me resultaron suficientes para sentir que nadie podría arrebatármela.

Perderla... me dolía de solo pensarlo, me acojonaba, era un sentimiento desgarrador que me oprimía el pecho, como si tuviese dos gigantes sentados en mi corazón. Desde que mi madre se fue, esa emoción no había vuelto a aparecer, me había cerrado tanto a los demás, me había negado tanto a sentir algo... que ahora era totalmente vulnerable, expuesto a que esa chica increíble me rompiera el corazón.

Entonces me fijé en lo que había dibujado en mi muñeca y un cosquilleo dulce y cálido se apoderó de mi cuerpo. Era suyo... Lo había puesto, lo había escrito en mi piel y comprendí que nada me haría más feliz que pertenecerle en cuerpo y alma.

Supe que mi mirada se había oscurecido, empañada por mis sentimientos y por el deseo irracional de retenerla conmigo, a mi lado para siempre. No podía controlar cómo me sentía ni cómo el amor por ella seguía creciendo a pasos agigantados.

—Voy a dejar que te marches..., por ahora —aclaré al ver que parpadeaba sorprendida—, pero sabes que esto no va a durar mucho. Cuando quiero algo, Pecas..., simplemente lo consigo, no me importa a quién tenga que llevarme por delante.

Sus ojos se entornaron y se removió inquieta bajo mi cuerpo.

—¿Te me llevarías a mí por delante?

Su pregunta me distrajo por unos instantes.

—A ti te llevo en mi corazón, amor; no hay lugar más seguro que ese.

Sonrió y me incorporé de la cama para empezar a vestirme.

—¿No vas a ducharte? —preguntó mientras me pasaba una camiseta por la cabeza.

—¿Es una indirecta? ¿Huelo mal o algo parecido? —sugerí sonriéndole a las botas mientras terminaba de abrocharme los cordones.

Noah aún llevaba puesta mi camiseta y tenía el pelo revuelto. Siempre llegábamos tarde y no podía entender cómo no aprovechaba que yo me arreglaba para hacer ella lo mismo. Ahí estaba: sentada sobre mi cama y observándome divertida.

—Creía que correrías a borrar mi Monet —comentó captando mi atención.

Sonreí y me coloqué frente a ella en la parte inferior de la cama. Su pie reposaba tranquilamente sobre las sábanas blancas, impoluto y perfecto, como cada parte de su anatomía.

—Llevaré con orgullo estos dibujitos que has hecho, Pecas, los has hecho tú, qué menos que dejarlos hasta que se borren. —Estiré la mano y le levanté el pie, colocándolo sobre mi pecho y masajeando su tobillo. Ella me observó con perspicacia—. Es más, este elefante de aquí —dije levantando la camiseta y señalando uno de mis oblicuos— creo que me da un aire varonil bastante interesante.

Sus ojos se quedaron allí donde mi piel estaba al descubierto y una sonrisa burlona apareció en mi semblante. Tiré de su tobillo arrastrándola hasta los pies de la cama, la camiseta se le subía hasta la parte inferior de los pechos. Su estómago, terso y plano, quedó libre para que pudiese contemplarlo junto con aquella ropa interior de encaje blanco que me provocaba taquicardia.

—¿Ves algo que te guste? —pregunté inclinándome y besándole tiernamente el ombligo.

Cerró los ojos un instante. ¿Cómo podía oler tan exquisitamente bien?

—Tú —contestó simplemente.

Pero no teníamos tiempo para eso; la cogí, con una sonrisa de superioridad, e hice que me rodeara las caderas con sus piernas. Tenía que sacarla de esa habitación.

Crucé el pasillo hasta entrar en la cocina. Sonreí y la coloqué sobre la encimera. Hizo una mueca al notar el frío mármol bajo su piel. La dejé ahí mientras sacaba cosas de la nevera para prepararnos el desayuno. Sentí sus ojos siguiendo cada uno de mis movimientos.

Cogí un bol de fruta, exprimí naranjas y batí unos huevos para hacerlos revueltos.

—¿Te ayudo? —se ofreció, pero me negué.

—Déjame hacerte el desayuno por última vez —contesté sin poder evitar lanzarle una mirada fulminante. Ella se encogió donde estaba y no dijo nada.

Cuando todo estuvo listo sobre la pequeña isla de la cocina, la volví a coger y me la senté sobre mi regazo frente a la mesa. Su brazo me rodeó el cuello y, mientras ella jugaba distraídamente con mi pelo, le di de comer sumido en mis propios pensamientos. Ella comía lo que le daba, también distraída por lo que fuese que pasaba por su cabeza.

Era consciente de que por muy buena cara que pusiésemos los dos, lo que había pasado la noche anterior seguía presente como un fantasma deambulando alrededor. Nervioso, le eché la cabeza hacia atrás y junté mis labios con los suyos, saboreando la naranja recién exprimida de su deliciosa boca.

Se sorprendió ante mi arrebato, pero me devolvió el beso. Su lengua se enroscó con la mía a la vez que mi brazo la rodeaba con fuerza atrayéndola hacia mí.

Cuando me aparté junté mi frente con la suya y nuestras miradas se encontraron. Tenía ese color miel que me derretía y sentí la urgencia irracional de encerrarla en mi habitación y no dejarla salir.

—Te amo, Noah..., no lo olvides nunca.

Su mirada brilló de esa forma tan increíble mientras sus dedos me acariciaban las mejillas y mi labio inferior. Parecía estar perdida en sus pensamientos y cuando fue a apartar su mano la retuve y me la llevé a los labios.

Besé cada uno de sus nudillos con cuidado y luego la dejé seguir comiendo lo que tenía en el plato.

Si antes estaba pensativa, ahora la había perdido por completo.

—¿A qué hora tienes clase? —pregunté sin poder aguantar más su silencio.

—A las doce y media.

—Yo te llevo.

Después de dejar a Noah en la facultad, me reuní con Lion y lo obligué a acompañarme a un lugar concreto.

—Noah va a matarte —auguró mi amigo mientras dejaba que terminaran.

—¿No te gusta? —pregunté con una sonrisa burlona y sintiéndome increíblemente bien.

Había quedado perfecto.

—Te estás volviendo un blandengue, esto va a terminar afectando a tu reputación, ya verás —agregó mientras recogía la pelotita de baloncesto y la intentaba encestar en la canasta que había pegada en la puerta.

Ignoré su comentario y me levanté. Necesitaba terminar con otros asuntos.

—Yo no soy el que va llorando por las esquinas, Lion —le recordé ignorando el pinchazo de culpabilidad. Lion ahora iba de duro, como si no le importara nada ni nadie, y que no se me ocurriera mencionar ese nombre que empezaba por J, porque entonces sí que la liábamos.

—Eres un capullo —repuso tirando la pelota y haciéndola golpear con el instrumental que había en la esquina.

Cogí mi chaqueta, me la puse y salí sabiendo que me seguiría.

Mi coche estaba aparcado justo al lado, subimos y, mientras daba marcha atrás, supe que algo le estaba rondando por la cabeza.

—He pensado en vender el taller —anunció.

Me volví hacia él.

—¿Qué?

El taller era lo más importante que tenía Lion, era su negocio, el de su familia. Mi amigo mantuvo la vista fija en la carretera, moviendo el pie con nerviosismo.

—Quiero arreglar las cosas con quien tú sabes —comentó.

Puse los ojos en blanco.

—Creo que vas por mal camino si ni siquiera la llamas por su nombre.

—Es que sigo cabreado con ella —admitió soltando un bufido—. Pero su padre me llamó anoche.

Desvié los ojos de la carretera para mirarlo con incredulidad.

—¿Y qué te dijo?

—El señor Tavish siempre me ha tratado bien, no me mira como todos esos ricachones, ya me entiendes... Es un tío legal.

Greg Tavish era un gran hombre y había criado a sus hijos de una forma impecable. Jenna era como era porque nunca le había faltado de nada. Incluso yo había sentido envidia cuando éramos críos.

—Pues eso..., estuvimos hablando, ya sabes, al principio porque quería saber por qué Jenna ya no hablaba de mí en su casa y también por qué su hija se había pasado dos noches seguidas llorando sin parar.

Miré de reojo y vi que, a pesar de que no le gustaba que Jenna sufriera, saber que le dolía la separación y que él no era el único que lo estaba pasando mal suponía un alivio para él.

—Me dijo que me dará un puesto en su empresa, empezaría desde abajo, claro, tendría que hacer un examen e ir escalando puestos con los años. Ese tío es una máquina, Nick, tendrías que haberlo oído hablar... Se lo ve tan seguro, tan inteligente..., normal que Jenna lo adore, ¿sabes? ¿Quién no quiere un padre así?

Miré fijamente al coche que tenía delante.

—¿No me dices nada?

Mi mente se había desviado por terrenos oscuros, no podía evitar comparar a mi padre con Greg, ni tampoco cómo aceptaban él y su esposa la relación de su hija con Lion, y eso que él era un chico de la calle, un tío cojonudo sí, pero al fin y al cabo un hombre sin recursos, sin estudios. El padre de Jenna lo aceptaba incluso así, y yo tenía que luchar con uñas y dientes para que me aceptasen en mi propia familia.

—Creo que es lo mejor que te ha podido pasar, colega —le contesté con una sonrisa.

Lo observé y, por primera vez en años, lo vi sentirse seguro. Los ojos verdes de mi mejor amigo reflejaban una calma total.

41

NOAH

Pasé los tres siguientes días sin ver a Nick. Nos mantuvimos en contacto, hablábamos por la noche y me mandaba mensajes que hacían que me ruborizara en clase, pero no habíamos podido encontrar un hueco para vernos.

Esos días salí con Jenna. No íbamos a la discoteca ni a bailar, pero en los alrededores de la facultad había varios bares que estaban muy bien, siempre y cuando llegases antes de la hora punta, cuando era imposible encontrar mesa. En ese preciso instante me encontraba con Jenna y Amber, su compañera de habitación, en el Ray's, el bar de moda. Habíamos ido con tiempo y por eso disfrutábamos de una de las mejores mesas. Un grupo de chicos jugaban al billar a solo unos metros de distancia y estaba clarísimo que intentaban llamar nuestra atención. Tres chicas guapas y sin ningún tío a nuestro alrededor era motivo suficiente para que quisiesen entablar conversación.

Amber no dejaba de decir que se había enamorado de uno de ellos, de uno pelirrojo, delgado y un poco desgarbado, pero bastante mono. Me hacía gracia cómo, en menos de cinco segundos, ya se había montado toda una película en su cabeza.

—Creo que al primero le llamaríamos Fred, ya sabes, siempre me ha gustado Harry Potter y seguro que nuestros hijos heredarían su pelo pelirrojo...

—Acércate y dile que ya sabes el nombre de su primer hijo. Seguro que con eso lo enamoras —la animó Jenna, que no había dejado de beber y parecía asqueada con cada mirada que recibíamos del sexo opuesto.

—Oye, Noah, hay uno que no te quita los ojos de encima —comentó Amber ignorando a Jenna y volviéndose hacia mí. No pude evitar mirar hacia atrás esperando ver a Nick.

Me encontré con unos ojos totalmente distintos: no era Nick, para nada, y tal como decía mi nueva amiga, no apartaba su mirada de mí. Era alto y rubio y sujetaba el taco de billar como si fuese otro miembro de su cuerpo. Lo más extraño es que me resultaba familiar. Dejé de mirarlo y me concentré en mis amigas.

—Quizá está en mi clase, pero no lo recuerdo bien —comenté, encogiéndome de hombros.

Jenna se asomó para poder observarlo descaradamente.

—Ese tío lo he visto yo; creo que saliendo de la cafetería que tenemos en el edificio de biología y te aseguro que no está en primero; es más, creo que es un profesor... ¡Eh, a lo mejor te da alguna clase o algo...!

¿Una clase? De eso nada.

Lo miré disimuladamente a través del pelo y, como estaba concentrado en el juego, inclinado sobre la mesa y apuntando a alguna bola, pude mirarlo con más libertad. No, estaba segura de que no era ningún profesor, era demasiado joven para eso, aunque no tanto como para estar en primero. Intenté exprimirme el cerebro para averiguar de qué lo conocía, pero me fue imposible. Después de unos minutos dejamos el tema y seguimos hablando de trivialidades.

—Oye, ¿me traes otra copa? —pidió Jenna al cabo de un rato.

Le dije que sí y aproveché para ir al lavabo al ver que no había mucha cola. Para llegar hasta ahí tenía que pasar por delante de las mesas de billar. Ya me había olvidado del tipo misterioso, por lo que, al interceptarme este a mitad de camino y obligarme a detenerme, me llevé una gran sorpresa.

—Hola —saludó simplemente, observándome con curiosidad.

—Hola —respondí fijándome en su rostro y recordando inmediatamente dónde lo había visto: fue en aquella fiesta a la que había ido con Jenna, la misma noche que Nick regresó de San Francisco y me recogió en la calle.

—Lo siento, no quería abordarte así, pero creo que estabas con mi hermano hace unos días en una fiesta, ¿me equivoco?

—Sí, vamos juntos a clase —contesté.

Él asintió. No recordaba su nombre, pero sí que nos había abordado de muy mala manera.

—Me gustaría pedirte un favor. Mi hermano es especialista en desaparecer y no dar señales de vida. Si lo ves en clase, ¿podrías decirle que me llame? Es importante.

Le dije que sí mientras él sacaba su cartera y buscaba algo dentro.

—Sé que es mucho pedir, pero no conozco a nadie más que vaya con él a clase... Si alguna vez notas que está extraño o que no se encuentra bien, ¿puedes llamarme a este número?

Cogí la tarjeta que me tendía.

—Claro, no te preocupes —contesté al verlo tan agobiado—. No le pasa nada, ¿no?

Charlie me caía demasiado bien como para perderlo como amigo. Gracias a él, en los últimos días me había reído como no hacía en mucho tiempo; me encantaba su buen humor constante y cómo se reía de todo el mundo, incluso de sí mismo, sin maldad alguna.

El hermano de Charlie sonrió sin enseñar los dientes, en lo que supuse era una forma clara de no querer hablar del tema.

—Nada de lo que debas preocuparte.

Su respuesta podía parecer antipática, pero me lo dijo en un tono de voz tan transparente y amigable que no pude más que devolverle la sonrisa antes de que desapareciera por donde había venido.

Al bajar la mirada y leer la tarjeta se me pusieron los pelos de punta.

MICHAEL O'NEILL
Psicólogo/psiquiatra
(323)634-7721

No tardé mucho en irme a la residencia, estaba cansada y no podía dejar de pensar en lo que me había dicho el hermano de Charlie. El tema del psicólogo estaba en mi lista de tareas pendientes. Nick me había pedido que lo hiciese por él, y aunque había aceptado, odiaba tener que abrirme a un extraño, contarle mis miedos e intimidades. No era una persona a la que le resultara fácil contar sus problemas y mucho menos a un desconocido. Aun así, era consciente de que las pesadillas continuaban y mi terror a la oscuridad estaba presente en mi día a día. Sabía que era algo que no podía seguir posponiendo, pero no me gustaba nada que alguien me analizara, me juzgara o me dijese que estaba completamente loca. Mi madre había intentado llevarme en más de una ocasión, incluso había ido de niña, pero había llorado tanto en la consulta de esos profesionales que finalmente ella había desistido, me había comprado luces suaves para mi habitación y así hasta ahora. Claro que las pesadillas eran algo relativamente nuevo que había surgido a raíz de ver morir a mi padre.

Me metí en la cama y me volví a fijar en la tarjeta. ¿Era esto una especie de señal? El tal Michael parecía buena gente, y lo más importante: no era alguien demasiado mayor, eso me infundía seguridad porque las sesiones podían pasar por simples conversaciones entre amigos. Quería hablar con Charlie primero; además, quería saber por qué su hermano estaba preocupado por él, aunque contarle a Charlie mis problemas no era algo para lo que estuviese preparada.

Sabía que si terminaba contándoselo, buscaría cualquier excusa para autoconvencerme de que su hermano no sería un buen psicólogo para mí, así que finalmente decidí llamarlo directamente a él y preguntarle sobre su terapia.

Al día siguiente, después de las clases de la mañana, busqué un hueco y llamé a Michael. Le conté mi problema por encima, sin especificar mucho y él me contó que era uno de los psicólogos del campus. Llevaba dos años trabajando para la universidad y me animó a ir a su consulta. De Charlie no sabía nada, porque no había aparecido por clase, aunque le aseguré que él no solía ir por las mañanas.

A pesar de los nervios, me sentí un poco aliviada al haber dado ese pequeño paso; ahora solo me quedaba ir y ver qué tal me iba, y sobre todo ver si me sentía a gusto estando con él y contándole mis cosas.

Pasé el resto de la mañana en la cafetería de la facultad. Tenía un nudo en el estómago, estaba nerviosa, por eso simplemente pedí una taza de café y saqué un libro de los que teníamos que leer en clase. El ambiente de la cafetería era un poco agobiante, por eso elegí una de las mesas más apartadas.

No fue hasta después de un rato cuando una sensación extraña se me instaló en el estómago; como si mi cuerpo fuese capaz de sentirlo, levanté la mirada y lo vi: ahí estaba Nick, entrando en la cafetería con una taza de café desechable en una mano y el portátil Mac en la otra. Y lo peor de todo, no solo fui yo la que se percató de su llegada. Las cinco chicas que ocupaban la mesa que estaba a mi lado, que no paraban de hablar, empezaron a cuchichear y a mirarlo descaradamente. Miré a mi alrededor, observando atentamente desde mi posición privilegiada, y comprobé que las de la mesa de al lado no eran las únicas que estaban pendiente de mi novio. Nick pasó entre la gente hasta sentarse a una mesa donde un grupo de chicos lo recibieron con los ya acostumbrados golpes en la espalda.

—¡Dios mío, está buenísimo! En serio, es que solo con verlo me pongo supernerviosa —confesó una de las chicas a mi lado.

Me puse en tensión casi de inmediato.

—Es mi futuro marido, así que ya puedes apartar los ojos de él —le espetó otra y todas rieron. No había sido consciente de que obviamente Nick no era invisible, y era guapo a rabiar, solo había que mirar cómo iba, con esos pantalones que le caían por las caderas, esas camisetas que se le pegaban ligeramente, resaltando sus musculosos brazos... y lo peor de todo era que llevaba puestas sus gafas de leer, esas gafas que me resultaban tan increíblemente incitantes, esas gafas que creía que solo se ponía estando en su apartamento, estando conmigo.

Una parte de mí quería ir corriendo y reclamarlo como mío, pero nunca había podido tener esta posición ventajosa para poder observarlo y ver cómo se comportaba cuando yo no estaba.

Sinceramente parecía pasar olímpicamente de sus compañeros de mesa. Estos no dejaban de armar jaleo mientras que él estaba centrado en lo que fuera que leía en su ordenador. Dos chicas se sumaron a su mesa y lo observaron de forma provocativa. Una de ellas le dijo algo, Nick levantó la mirada y le sonrió. Un calor intenso se formó en mi interior.

—Algún defecto tiene que tener —comentó otra chica a mi lado.

—El único defecto que tiene es que se tira a todo lo que se mueve, nunca lo querría como novio. Además, a mí solo con tenerlo delante se me congelarían las palabras, me convertiría en una completa idiota, os lo digo en serio.

Como si Nick hubiese escuchado esas mismas palabras, levantó la cabeza del ordenador y sus ojos se encontraron con los míos en la distancia. Me hubiese hecho la tonta o la distraída, pero quería que me viese, quería ver qué hacía ahora que me encontraba en su territorio, en su facultad, donde todo el mundo lo conocía y hablaba de él.

Una sonrisa divertida apareció en sus labios. Yo, en cambio, me quedé simplemente mirándolo.

—Nos está mirando —anunció alguien de la mesa de al lado y escuché cómo se reían como tontas.

Nick se levantó, cogió sus cosas y, sin apartar sus ojos de los míos, se encaminó hacia donde estaba. Fui claramente consciente de cómo muchas chicas lo seguían con la mirada.

Volví a concentrarme en el libro y esperé a ver qué hacía. Oí claramente cómo la silla de mi lado se movía y él tomaba asiento.

—Hola —dijo simplemente y, sin esperar mi respuesta, cogió mi silla y la colocó de forma que quedáramos cara a cara, con mis piernas casi rozando sus rodillas.

Las chicas de la mesa de al lado nos contemplaban estupefactas.

Lo observé y sentí mariposas en el estómago. No podía evitarlo: su presencia, al igual que le ocurría a todo el sector femenino, revolucionaba mis hormonas.

—Hola —contesté un poco tirante. Estaba acostumbrada a que las mujeres lo mirasen. Pero nunca había escuchado las cosas que decían de él, ni cómo era vivirlo desde el otro lado. Obviamente, cuando estaba conmigo lo miraban, pero no hacían comentarios que yo pudiese oír. Ahora era consciente de la cola de chicas que esperaban ansiosas a que yo metiese la pata y así poder ocupar mi lugar.

«Nunca lo tendría de novio..., se tira a todo lo que se mueve.»

Centré la mirada en el libro otra vez, estaba demasiado nerviosa al saber que todo el mundo nos miraba, además, odiaba escuchar cómo la gente hablaba de él, como si fuese alguien frívolo, superficial, simplemente guapo. Nick era mucho más que un físico.

—A esto lo llamo yo un recibimiento cálido, sí, señor —me espetó tomándome el pelo.

Volví a mirarlo y fruncí el ceño.

—No sabía que hoy tenías clase, ni que estarías aquí. Podrías habérmelo dicho.

Las chicas no dejaban de cuchichear y reírse, y empezaban a tocarme las narices.

—No pensaba venir, pero he tenido que entregar un trabajo. Como no vivimos juntos, tengo mucho tiempo libre. —Sus ojos me miraron de aquella forma oscura que me recordaba todo lo que me estaba perdiendo por no vivir bajo el mismo techo.

—No sabía que eras tan popular en la facultad —comenté cambiando de tema sin querer meterme otra vez en la misma discusión.

Nick desvió los ojos hacia las chicas de la mesa de al lado. No quería ni que las mirara.

—¿Estás celosa? —preguntó centrándose en mí otra vez.

Preferí no responder a esa pregunta, así que me incliné sobre la mesa y tiré de su camisa para atraerlo hacia mí.

—Creo que aquí hay demasiada gente que no tiene ni idea de quién soy yo —admití, dejando que sus ojos recorrieran mi rostro y una sonrisa divertida se dibujase en sus seductores labios.

—No hay nada malo en que reclames lo que es tuyo, amor.

Sus palabras fueron suficientes para mí. Juntamos nuestros labios en un beso delicioso. El silencio que se hizo en la mesa contigua sirvió para que una sonrisa apareciese por fin en mi rostro. Mi intención solo había sido darle un beso intenso, pero Nick parecía tener otros planes en mente. Me sentó sobre su regazo sin apartarse ni un centímetro. Entonces, me entreabrió los labios con un beso, empujando con su lengua, y dejé que invadiera mi boca.

En esa posición yo le daba la espalda a casi toda la cafetería, por lo que la gente deducía lo que estábamos haciendo, pero sin llegar a montar un espectáculo. Nick me mordisqueó el labio inferior, succionó y volvió a apretar sus labios sobre los míos, como sellando nuestro amor.

Cuando me aparté comprobé que todo eso le divertía y también cómo la excitación oscurecía sus ojos.

—Me encantan las demostraciones de amor en público —confesó dibujando círculos constantes con su dedo pulgar en la parte baja de mi espalda. Me estremecí.

Entonces el tacto de algo extraño rozó mi piel. Fruncí el ceño y le hice mover el brazo para que pudiese verlo: una venda blanca cubría su muñeca.

—¿Qué te ha pasado? —le pregunté con horror.

Pareció dudar unos segundos y mi inquietud fue en aumento.

—Nada, no te preocupes.

Imágenes de Nicholas metiéndose en otra pelea acudieron a mi mente, busqué algún otro rastro de violencia, pero su cara estaba impecable, sin un rasguño. Me fijé en sus puños y tampoco vi magulladuras.

—¿Por qué tienes una venda en la muñeca, Nicholas? —le pregunté cambiando el tono y poniéndome seria.

Echo la cabeza hacia atrás y una sonrisa que no supe muy bien cómo interpretar apareció en su semblante.

—No flipes ni nada parecido, ¿vale?

Fruncí el ceño y cogí su muñeca.

—¿Qué has hecho?

Un timbre de alarma resonó en mi interior.

—Míralo tú misma —dijo indicándome que levantase el vendaje.

Lo hice sin esperar ni un segundo, y allí, un poco hinchado pero claramente visible, había un tatuaje.

—¡Dios mío! —exclamé con la voz entrecortada.

Nick terminó de arrancarse el vendaje y lo dejó sobre la mesa.

—Creo que no hace falta cubrirlo, ¿no te parece?

Sobre su bonita piel, en color negro, imitando mi caligrafía, estaba lo mismo que yo había escrito hacía tres días en su cuerpo: «Eres mío».

—Dime que esto no es un tatuaje —le rogué con el corazón en un puño.

—¿De verdad creías que iba a dejar que esto se borrara? —repuso observando la muñeca con orgullo.

—¡Estás loco, Nicholas Leister! —le espeté sintiendo un montón de emociones encontradas. Un tatuaje, eso era para siempre, una marca en su piel que siempre le recordaría a mí... Esas dos palabras le reclamaban como mío.

—Estabas grabada en mi piel mucho antes de haberme hecho el tatuaje; esto simplemente es un recuerdo tuyo que llevaré siempre, Pecas. No le des más importancia de la que tiene.

Entonces sentí miedo. Comprendí lo mucho que eso significaba y, a pesar de sus bonitas palabras, una conocida presión en el pecho hizo que me costase respirar.

—Tengo que irme —anuncié empezando a levantarme, pero su brazo me mantuvo quieta donde estaba.

Nick entornó los ojos y me observó con seriedad.

—Estás flipando y no era mi intención —reconoció claramente disgustado.

Negué con la cabeza; de repente, me faltaba el aire y necesitaba salir al exterior. Notaba como si todo el mundo estuviese atento a mi siguiente movimiento.

—Un tatuaje es para toda la vida, Nicholas —dije con un nudo en la garganta—. Vas a arrepentirte de habértelo hecho, lo sé. ¿Qué pasa si un día se convierte en un recuerdo malo, un fantasma que te persigue? Te arrepentirás y me odiarás porque te recordará a mí incluso cuando no quieras... —Sus labios me silenciaron con un beso rápido. Aunque pareciese algo tierno, sentí su tensión bajo mi cuerpo y la dureza de sus labios contra los míos.

—Hay veces que no sé qué hacer contigo, Noah, de verdad que no lo sé.

Observé cómo cogía su portátil sin mirarme y se marchaba por donde había venido.

Mierda... ¿Había herido sus sentimientos?

Esa noche no pude dormir. La mirada disgustada y herida de Nick fue el motivo por el que no pude pegar ojo; me sentí culpable por haberme comportado de esa manera, por haber reaccionado así. Fue entonces cuando comprendí que necesitaba hablar de eso con alguien, necesitaba que alguien me ayudase, me ayudase a ser lo que Nick esperaba de mí.

A la mañana siguiente tuve mi primera sesión con Michael O'Neill.

—Cuéntame sobre ti, Noah. ¿Por qué crees que necesitas mi ayuda?

La consulta de Michael no era como me la había imaginado. No había diván de por medio ni objetos extraños ni nada parecido: era un simple despacho, con un escritorio en una esquina, dos sofás negros con una mesita en el centro y acogedores cojines de color blanco. Las cortinas del gran ventanal estaban abiertas y dejaban pasar una cálida luz. Michael me había ofrecido té y galletas, y yo me sentía como si tuviese cinco años.

Le conté por encima cómo había sido mi infancia, la relación que había tenido con mi padre y los problemas que este había tenido con mi madre. Mi intención no había sido desvelar todos mis secretos en la primera sesión, pero Michael era bueno sacando información sin que prácticamente te dieses cuenta. Casi sin darme cuenta, le había confesado lo de mi caída por la ventana y el trauma que tenía con la oscuridad; asimismo, le conté que hacía poco más de un año había tenido que dejar mi casa y mudarme a Los Ángeles y también mencioné a Nick. Al fin y al cabo estaba ahí por él.

—¿Tienes novio? —me preguntó parando de escribir en su bloc de notas.

Asentí removiéndome inquieta en el sofá.

—Háblame de tu relación con él.

La sesión pasó volando y apenas me dio tiempo a contarle mucho más.

—Mira, Noah, esta hora ha servido para conocerte un poco mejor, pero no hemos podido entrar en materia... Me gustaría que empezases viniendo dos horas a la semana. Por lo que me dices, lo que más te preocupa es tu nictofobia, y eso puede solucionarse con terapia. Te sorprendería la de gente que tiene tu mismo problema, no tienes por qué sentirte avergonzada.

Me hubiese gustado decirle que no lo estaba, que simplemente odiaba tener ese bloqueo mental cuando las luces se apagaban. No tenía muy claro si me había servido de algo esa hora con él, pero sí que me sentía cómoda, y eso era muy importante.

Michael se levantó y me acompañó hasta la puerta.

—Ha sido un placer conocerte, Noah, y de veras espero poder ayudarte.

Le devolví la sonrisa. Su forma de hablar, tan calmada, y su forma de mirarme me transmitían una tranquilidad casi absoluta. Supongo que era bueno en su trabajo.

42

NICK

Miré los edificios que tenía delante de mí. A veces mirar desde esa altura podía resultar embriagador; otras te hacía sentir superior, observando a la gente sin que ellos lo supieran, el tráfico nocturno, los últimos destellos del sol... Las alturas nunca me habían disgustado; en cambio, las distancias ya no me hacían tanta gracia. Llevaba un buen rato dándole vueltas a la cabeza, pensando, intentando entender por qué en ocasiones era tan difícil conseguir lo que uno deseaba. Muchas personas podían llegar a recriminarme esas palabras, pues a mí precisamente no me faltaba de nada, pero algo en particular me tenía cautivado, alguien, en realidad, y no sabía cómo hacer para asegurar que se quedase a mi lado pasara lo que pasase.

Su cara al ver el tatuaje no había sido lo que me esperaba, tampoco creía que fuera a saltar de emoción, pero nunca creí que fuese a ver miedo. El miedo no entraba en mis pensamientos, ni en mis planes, era muy difícil que yo me asustase de algo.

Noah vivía con miedo, lo había admitido y yo no podía hacer nada para poder ayudarla al respecto. Mi sola presencia conseguía que durmiese sin pesadillas y calmaba sus demonios, pero no los hacía desaparecer. Temía que esos demonios terminasen por convertirse en míos también, porque las personas teníamos un límite... Yo como hombre tenía mis límites bastante marcados, pero parecían redefinirse al son de esa persona que me volvía completamente loco.

Quería conocerla por entero y cuando creía que lo había conseguido me sorprendía con algo que no estaba preparado para encajar. Entonces debía volver a la casilla de salida.

«¿Qué pasa si un día este tatuaje se convierte en un recuerdo malo, un fantasma que te persigue? Te arrepentirás y me odiarás porque te recordará a mí incluso cuando no quieras...»

¿Cómo podía haberme dicho esas palabras? ¿Acaso no había dejado claro mis sentimientos hacia ella, no era obvio que mi mundo giraba prácticamente en torno a ella?

Miré hacia el contrato que me habían enviado esa misma mañana. Habíamos ganado el caso Rogers, un novato como yo había conseguido sacar adelante algo que todos habían dado por perdido. Jenkins nos había mandado a mí y a Sophia para que perdiésemos y así conseguir demostrar que aún no estábamos preparados para asumir casos más complicados... Jenkins defendía su puesto con uñas y dientes, y con esta estratagema le había salido el tiro por la culata.

Y ahí estaba el papel que siempre había querido leer. Me ofrecían dos años de prácticas en un bufete que no tenía relación alguna con el de mi padre, en Nueva York, con piso pagado y un sueldo de cuatro mil dólares al mes que se renegociaría nada más acabar mi período de prueba. Una oportunidad única, la oportunidad de empezar por mí mismo, por mis logros y méritos sin depender de mi padre.

Y ahí estaba otra vez..., ese bonito rostro, ese rostro por el que mataría y daría mi vida: Noah.

Cogí el contrato y lo metí en uno de los cajones. Sobre este asunto no había nada más que pensar.

43

NOAH

Silencio.

Eso es lo que había entre Nicholas y yo, y no era algo que hubiese esperado. Estaba sentada en mi cama mirando fijamente el móvil y pensando qué podía hacer o decirle para justificar mi comportamiento del otro día. Lo echaba de menos y me daba miedo pensar que había terminado por colmar su paciencia.

Haciendo de tripas corazón empecé escribiéndole un mensaje... Luego lo borré y decidí ser valiente y llamarlo por teléfono. Esperé ansiosa hasta que escuché cómo descolgaba.

—¿Diga?

Voz de mujer.

Tres latidos y después el ruido de la sangre bombeando en mis oídos.

—¿Está Nicholas?

Mi voz era un poema, y si no hubiese sido porque la rabia me cegaba, hubiese cortado la llamada en cuanto oí la voz de Sophia.

Ella asintió y unos minutos después escuché su respiración al otro lado de la línea.

—Noah.

Noah... Nada de «Pecas», al parecer.

Me sentía tan lejos de él en ese instante que me dolía el corazón.

—¿Qué haces con ella?

No había sido mi intención preguntarle eso precisamente.

—Trabajo con ella.

Respiré hondo intentando encontrar una forma de conectar con él, pero habían pasado cuatro días sin que ninguno de los dos diese señales de vida y eso nunca había ocurrido antes. Estaba perdida, porque no entendía qué ocurría.

«El tatuaje.»

Había hablado de esto con Michael; últimamente iba casi todos los días a su consulta, y hablábamos de todo. Nunca antes me había sentido capaz de abrirme tanto a un desconocido, pero él lo había conseguido y había sido idea suya que esperase a ver cómo se desarrollaban los acontecimientos con Nick. Me había dicho que presionar nunca era bueno y que era mejor esperar a que el enfado desapareciera antes que dejar que este hablase por mí.

Bien, pues así estábamos: hablando. Pero no era precisamente la conversación y mucho menos el recibimiento que había esperado.

—Nick...

—Noah...

Ambos hablamos a la vez y ambos nos callamos para escuchar lo que el otro tenía que decir. En otra ocasión eso hubiese resultado divertido, pero no en ese momento, no cuando lo sentía a kilómetros de distancia.

—Quiero verte —dije al ver que no tomaba la iniciativa.

Escuché al otro lado de la línea cómo se aislaba del jaleo que lo rodeaba, debía de haberse encerrado en alguna habitación.

—Siento no haberte llamado —admitió un segundo después—. He estado liado con lo del aniversario de la empresa...

—Estoy yendo al psicólogo —solté sin pensar, después de un silencio que ninguno de los dos quiso interrumpir. No sé por qué lo había soltado así, de repente, tal vez porque sentía que tenía que explicarle que, a pesar de mi actitud, sí que estaba dispuesta a cambiar y mejorar por él.

—¿Cómo? ¿Desde cuándo? ¿Por qué no me lo habías contado?

—Te lo estoy diciendo ahora.

—No puedes ir a cualquier psicólogo, Noah, había investigado, había hablado con los mejores y ahora vas tú...

—Nicholas, ¿qué más da quién sea? Me está ayudando y es joven, de la facultad, es más como si estuviese hablando con un amigo que otra cosa.

—¿Amigo?

El tono cambió de frío a gélido en cuestión de segundos.

—Se llama Michael O'Neill, es el hermano de un compañero de clase, y me ha dicho que si...

—Los psicólogos de la facultad son niñatos mal pagados que no tienen ni la menor idea de lo que hacen. ¿Cuántos años dices que tiene?

Esto era increíble.

—¿Qué importancia tiene eso?

—Créeme, la tiene. ¿Qué coño puede saber un tío que se graduó hace nada sobre lo que te está pasando a ti?

—Tiene veintisiete, y me está ayudando... Eso es lo único que debería importarte.

—Me importas tú y lo que es mejor para ti, y te aseguro que un psicólogo de la facultad no va a saber ni qué hacer cuando empieces a contarle lo que te pasa.

—¿Qué insinúas con eso?

—Insinúo que quiero que dejes de ver a ese idiota y que me...

No podía seguir escuchándolo. Colgué el teléfono e intenté respirar hondo para tranquilizarme. ¿Cómo demonios se había convertido esa conversación en otra maldita pelea?

Cogí la chaqueta de cuero, me calcé las botas y salí al salón donde mi compañera miraba distraída la televisión. Nuestro apartamento era bastante acogedor, con dos habitaciones, un baño compartido y un salón con cocina americana. No podía quejarme, al menos William se había molestado en buscarme un lugar agradable. Mi compañera se llamaba Briar y, ahora que ya llevaba conviviendo con ella varias semanas, podía decir sin ningún tapujo que era bastante ligera de cascos. No es que fuese vestida excesivamente provocativa ni nada por el estilo, es que simplemente tenía ese don por el cual cualquier tío con ojos querría llevársela a la cama y ella accedía encantada. Su pelo era precioso, más rojo que naranja, y sus ojos, verdes y exóticos. Era alta y esbelta, y según me había contado trabajaba como modelo para muchas firmas conocidas. Sus padres eran unos famosos directores de Hollywood y ella sabía que terminaría trabajando con ellos más temprano que tarde.

No era de extrañar, con esa cara, yo también me hubiese metido a actriz, pero Briar tenía un aire de «paso de todo» que era hasta preocupante. Conmigo había charlado bastante, era simpática eso sí, pero no terminaba de pillar su rollo.

—¿Peleas de enamorados? —me preguntó indiferente mientras se inspeccionaba una uña y luego se la volvía a pintar de ese color rojo sangre.

Fui hasta la nevera y saqué una lata de Coca-Cola. No es que necesitase cafeína para alterarme más de la cuenta, pero me movía por reflejos, ni siquiera tenía sed; no podía estarme quieta. Esa última conversación me había tocado la fibra.

—No quiero hablar del tema —le contesté en un tono bastante borde. Los ojos de Briar se clavaron en mí y me sentí culpable de inmediato.

No es que fuésemos colegas ni nada parecido, pero ella había sido simpática conmigo. Suspiré y le conté por encima lo que me pasaba con Nick. La verdad era que estaba falta de amigas, porque Jenna iba a su bola desde que habíamos empezado la facultad y, además, vivía al otro lado del campus. No le conté lo del psicólogo, obviamente, pero sí lo del tatuaje y cómo había reaccionado.

—Caray, un *tattoo*, lo tienes enamoradito, ¿eh? —comentó sentándose en un taburete de los que estaban dispuestos alrededor de la mesa de la cocina. Jugué distraída con la lata de Coca-Cola mientras decidía hasta dónde podía contarle.

—Lo nuestro es diferente a cualquier cosa que haya sentido por cualquier otro chico... Es intenso, ¿sabes? Una palabra suya puede elevarme al quinto cielo o enterrarme cinco metros bajo tierra.

Briar me observaba con atención.

—Yo solo he sentido algo así por una persona, y resultó ser un mentiroso manipulador que estaba jugando conmigo... —Sus palabras fueron sinceras y mientras las decía se sacó de forma descuidada el brazalete de plata que siempre llevaba puesto en la mano derecha—. Entiendo cuando dices que las cosas pueden ser intensas.

Abrí los ojos al ver las dos marcas de su muñeca. Nuestras miradas se encontraron y vi en ella mucho de lo que veía en mí cuando me miraba en el espejo.

Sus labios dibujaron una sonrisa.

—No es para tanto, es divertido cómo la gente te mira cuando le cuentas que intentaste suicidarte —me contó colocándose otra vez el brazalete—. Es una marca de debilidad, sí, pero yo lo hice y aquí estoy, hablando contigo y sin ningún tipo de remordimiento. La vida es una mierda a veces, cada uno la sobrelleva como puede.

No sabía muy bien qué decir. La entendía, la entendía más de lo que ella podía imaginar. Me resultaba tan extraño ver cómo hablaba del tema sin ningún tipo de reparo... Yo había tardado diez años en enseñar libremente mi cicatriz del estómago.

Marcas en la piel..., recuerdos infinitos sobre momentos que nunca querría revivir.

—Me gusta tu tatuaje —declaró y fui consciente de que me lo estaba tocando. En ocasiones lo hacía sin darme cuenta.

—A veces me pregunto qué me pasaba por la cabeza cuando decidí hacérmelo.

Briar sonrió, se subió la camiseta y me enseñó el costado de sus costillas. En negro y con una caligrafía preciosa podía leerse un mensaje que me tocó el corazón: «Keep Breathing».

Comprendí inmediatamente el sentimiento detrás de esas palabras.

—Ahora es cuando nos abrazamos y juramos ser amigas para siempre —dijo bajándose la camiseta y riéndose de forma despreocupada.

Estaba claro que no era la primera persona a la que le contaba todo esto. Nos conocíamos hacía muy poco y el modo en que hablaba de su pasado dejaba patente que en realidad no buscaba la conmiseración de nadie. Dejaba sus demonios al descubierto sin reservas y supe enseguida que era para que nadie llegase a conocerla plenamente. Sabía que escondía muchas cosas, y al verla ahora con otros ojos comprendí que pertenecía a ese lado de la vida donde no todo es siempre de color de rosa.

—¿Te apetece salir por ahí? —pregunté sin ni siquiera ser consciente de lo que decía.

Ella me observó sorprendida.

—No es esa la reacción habitual de la gente después de oírme contar que intenté suicidarme, Morgan —bromeó esbozando una sonrisa y empecinada en llamarme por mi apellido. Aún no la había escuchado decir mi nombre ni una vez—. La mayoría suele mirar hacia otro lado o cambiar rápidamente de tema, ¿y tú quieres invitarme a una copa?

Me encogí de hombros.

—Yo no soy como el resto de la gente y no he dicho nada de invitarte a una copa.

Briar soltó una carcajada y bajó del taburete.

—Me caes bien... Salgamos por ahí, pues.

Sonreí y entré en mi habitación.

Comprendí entonces que no era la única que tenía problemas, no había sido la única chica a la que le habían hecho daño. Hablar con Briar me había hecho sentir mucho mejor de lo que hubiese imaginado.

—¿Con cuál de esos tíos te pegarías un revolcón?

Estábamos en un pub cercano al campus. Briar era una especie de salvoconducto para entrar a los reservados. Una simple mirada consiguió que nos dejasen pasar sin ni siquiera hacer cola.

—Tengo novio, ¿recuerdas? —contesté llevándome la pajita de mi copa a los labios.

El camarero nos había estado invitando a la bebida desde que llegamos. Briar hizo un gesto de indiferencia con la mano.

—Déjate de novios, estamos hablando hipotéticamente.

Observé que un grupo de chicos de un reservado contiguo no nos quitaban los ojos de encima. No era de extrañar, dos chicas solas en un pub y encima con Briar, que no dejaba de lanzarles miradas...

—Deja de hacer eso, vas a conseguir que se acerquen —le pedí cuando ella le guiñó un ojo descaradamente a uno de los más guapos.

—Aquí vienen —dijo con una sonrisa radiante. Tenía los dientes superalineados y blancos. Se notaba que venía de una familia con dinero, pero, a pesar de todo eso, no tenía nada que ver con la gente que conocía de mi colegio. Briar parecía distinta a cualquier chica que hubiese conocido.

No quería que se nos acercaran porque no podía ignorarlos mientras Briar tonteaba descaradamente con ellos. Además, fueron dos los que decidieron sentarse en nuestro reservado sin ni siquiera preguntar.

—Hola, preciosas —saludó el rubio, el que Briar había mirado con ojos soñadores.

El otro tenía el pelo oscuro, y me recordó a Nick. Esto estaba mal y ya no me sentía tan cómoda.

Después de diez minutos de charla informal y sin profundidad ninguna, Briar empezó a comerle la boca al rubio. Yo, en cambio, seguía diciéndole a su amigo que tenía novio y que me dejase en paz.

—Tu novio no está aquí, y sé que te gusto, te pongo nerviosa, admítelo —dijo acercándose aún más.

Apreté los labios con fuerza.

—No voy a repetírtelo —lo amenacé, ahora más cabreada de la cuenta—. No quiero absolutamente nada contigo, no te daría ni la hora, ¿me entiendes? Ahora lárgate.

Su mano voló hasta mi rodilla y le di un manotazo, poniéndome de pie.

—¡¿Eres idiota aparte de sordo?! —le grité por encima del ruido de la música.

—¿Por qué no imitas un poco a tu amiga y dejas de ser tan estirada?

Miré a Briar, que se separó del rubio para lanzarme una mirada significativa.

—Nadie va a enterarse, Morgan.

Eso era ridículo.

—Me largo.

Me fui del reservado maldiciendo haber venido a ese estúpido antro. No me sorprendió que Briar no viniese detrás de mí: ya me había demostrado que para ella cada uno era libre de hacer lo que le diera la gana.

Salí fuera para respirar un poco de aire. Estaba más borracha de lo que había pensado en un principio. No debería haber bebido tanto sin apenas moverme del sitio. Ahora todo me daba vueltas.

Decidí encender el móvil para llamar a un taxi y que este me recogiera. Al hacerlo vi que tenía varias llamadas perdidas de Nick. Me había cabreado mucho con lo del psicólogo y había decidido no responderle, pero de repente me di cuenta de que estaba cansada de enfadarme con él. Teníamos que vernos y arreglar nuestros problemas cara a cara. Decidí mandarle un mensaje con la dirección del pub.

Estoy aquí. ¿Me recoges? Tenemos que hablar.

Enseguida recibí la respuesta.

Estoy ahí en cinco minutos.

No tardó mucho en llegar y, cuando vi su Range Rover aparcar en la acera de enfrente, no supe muy bien qué hacer. No sabía cómo estábamos o cómo proceder porque todo era muy extraño entre los dos después de los últimos roces que habíamos tenido. Opté por quedarme donde estaba mientras él se bajaba del coche.

Justo cuando cruzaba la calle en mi dirección, oí que gritaban mi nombre. Era el tío del bar.

—¿No piensas entrar? Solo estaba bromeando antes —dijo el chico alcanzándome antes que Nicholas.

Me volví hacia a Nick cuando me rodeó la cintura con el brazo y empujó al tío con la otra mano.

—Apártate. —Su voz era tan gélida como el tiempo aquella noche. Sentí un escalofrío.

El chico levantó la mirada hacia Nick.

—¿Quién eres tú?

—El que va a partirte la cara como no te apartes de mi novia.

Me tensé al oír lo cabreado que estaba.

El moreno dio un paso hacia atrás a regañadientes.

—No te mencionó en ningún momento cuando tonteaba conmigo ahí dentro.

Abrí los ojos estupefacta. Será gilipollas...

Nick me soltó la cintura y dio un paso hacia delante.

—Como no desaparezcas de mi vista en menos de un segundo, te vas a meter en un problema, ¿me has entendido?

Vale, esto se estaba desmadrando. Me adelanté y cogí la mano de Nick.

—Vámonos, por favor —le pedí en voz baja.

No quería que se peleara, deseaba largarme de allí inmediatamente.

El gilipollas del bar pareció comprender que tenía las de perder porque estaba claro quién mordería el polvo si ambos se enfrentaban. Entonces la puerta se abrió y el ruido de la música amortiguada resonó en la calle. Vi a Briar salir de la mano con el chico rubio amigo del gilipollas.

—¿Qué pasa aquí? —preguntó este encaminándose a nosotros. Nick tardó un segundo de más en volverse hacia ellos.

Todo su cuerpo se tensó al instante y supe que aquello no iba a acabar bien.

44

NICK

Clavé los ojos en la chica que acababa de salir del bar.

Briar Palvin.

No me lo podía creer.

El tío del que iba colgada del brazo la soltó y se apresuró a acercarse a su colega. Ya estaba tan cabreado que podría darme de hostias con cuatro tíos a la vez si hacía falta, pero ver a Briar me descolocó por completo. Su rostro también reveló sorpresa, pero aparté la mirada y la centré en los dos capullos.

—¿Qué decías que ibas a hacer, imbécil?

Apreté el puño deseando callarle la puta boca de un golpe. Se creía que porque ahora fuesen dos me iba a acobardar... Qué equivocados estaban. El único motivo que me frenaba para dejarles sangrando en el suelo era la chica que me tenía fuertemente cogido del brazo.

—Nicholas, por favor —insistió Noah.

El rubio dio un paso adelante, invadiendo mi espacio personal.

—Te recomiendo que te apartes —dije controlando el tono de voz.

—O si no, ¿qué? —El otro capullo se posicionó al lado de su amigo. Sería tan fácil dejarlos en el suelo, pero no era eso lo que quería. No era el momento ni el lugar, y menos delante de Noah.

Desvíe la mirada hacia Briar y vi que justo en ese instante se acercaba con un matón al que había ido a buscar a la puerta. El tío corpulento nos observó con mala cara hasta detenerse a nuestro lado.

—Largaos de aquí si no queréis que llame a la policía —dijo desviando la mirada hacia mí un segundo después—. Los tres.

Los capullos parecieron achantarse y yo aproveché para evitar una situación de la que solo hubiera sacado unos puños lastimados y una pelea aún más grande con Noah.

Tenía un problema más importante al que hacer frente, sobre todo al ver que Briar se acercaba a Noah y le rodeaba el brazo con el suyo. Intenté con todas mis fuerzas buscar algo que decirle a esa chica con el pelo rojo como el fuego. Su mirada fue totalmente indiferente.

—¿No nos vas a presentar, Morgan? —preguntó con esa voz angelical que sabía que usaba siempre a conveniencia.

Noah me miró nerviosa, mordiéndose el labio. Me hubiese gustado estirar de él hacia abajo, para que no se hiciese daño, pero las palabras que salieron de su boca consiguieron que todas las alarmas de mi cuerpo se pusiesen en tensión.

—Nick, ella es mi nueva compañera de piso, Briar; Briar, él es mi novio, Nicholas.

Tardé unos segundos de más en levantar la mano y estrechar la que ella me tendía.

No podía creer que eso estuviese pasando. Briar Palvin era la última chica que hubiese elegido para vivir con Noah, no solo por cómo era, sino porque había conocido lo peor de mí, y cuando digo lo peor, me refiero a lo peor.

—Encantada, ¿Nicholas...? —dijo esperando mi respuesta.

Fruncí los labios de inmediato.

—Leister —casi ladré.

Como si no lo supiera... No entendía por qué estaba simulando que no me conocía, pero ya era tarde para dar explicaciones. Además, lo último que quería era que Noah tuviera otra razón para dudar de lo nuestro. Briar Palvin pertenecía a mi pasado y ahí se iba a quedar.

—Nosotros ya nos íbamos —comenté cogiendo a Noah y tirando de ella en dirección al coche.

—Espera —me pidió Noah soltándose—. ¿Puedes conducir, Briar? —le preguntó preocupada.

Quise coger a Noah y meterla en el maletero, siempre preocupada por quien no debía. Esa chica sabía perfectamente si podía conducir o no y, si no estaba en condiciones de hacerlo, ya se las arreglaría para llegar a casa sana y salva. Ya sabía yo muy bien cómo se las gastaba.

—Sí, no te preocupes, ve y arregla las cosas con tu chico —respondió en un tono de voz bajo, pero que pude oír claramente.

Noah le sonrió, como si fuesen amigas de toda la vida, y yo me metí y arranqué el coche con la intención de no seguir escuchando.

Cuando me fijé en cómo Noah le daba la espalda y se acercaba a la puerta del copiloto, mi mirada y la de Briar se encontraron. Sus felinos ojos verdes revelaron más de lo que yo hubiese podido esperar y supe, al ver la sonrisa en sus facciones, que tenía que alejar a Noah de ella como fuera.

El trayecto lo hicimos ambos sumidos en un silencio sepulcral. Hacía mucho que Noah no me veía tan cabreado y dispuesto a pelearme. Le había prometido que nada de peleas, pero me costaba muchísimo dejar esa parte de mí a un lado. Nunca había sido un chico tranquilo y ver a ese idiota cerca de ella...

Cuando paré el motor, me volví para mirarla. Se removió inquieta en el asiento.

Le aparté un mechón de pelo del rostro con la mano. Ella no se movió pero se le puso toda la piel de gallina cuando le acaricié el lóbulo con mis dedos. Me miró y un segundo después su mirada se desvió de mis ojos a mi muñeca. Vi que su expresión revelaba algo extraño y suspiré profundamente.

—Me hice el tatuaje porque quería, Noah. Me gustan esas palabras y más viniendo de ti. Si, además, le sumamos que fuiste tú quien las dibujó en mi piel...

—¿Puedo verlo? —preguntó.

Extendí el brazo hasta que ella cogió mi muñeca con cuidado y me la giró, dejándola expuesta. Luego, con los ojos fijos en el tatuaje empezó a trazar con la punta del dedo lo que había ahí escrito.

Sentí un escalofrío.

—Me gusta —declaró finalmente, y sus ojos volvieron a clavarse en los míos.

Solté el aire que tenía en los pulmones con lentitud mientras me perdía en su mirada. ¿Por qué era tan complicado quererla? Si ella se dejase seríamos perfectos el uno para el otro; si Noah no tuviese todos esos miedos, la amaría sin dudas ni cláusulas.

Extendí el brazo y la atraje hacia mí, pero su mano en mi pecho me detuvo. Bajó la mirada y me dio la impresión de que su corazón se detenía por un instante.

—Siempre hacemos lo mismo, Nicholas —se quejó, ahora mirándome a los ojos.

—Hacemos ¿qué? —le contesté consciente del tono que imprimía a mis palabras.

Noah desvió la mirada hasta clavarla en las luces que teníamos enfrente.

—No puedes ponerte como te pusiste por teléfono y luego venir aquí, como si nada, darme cuatro besos y pretender que lo olvide.

Al ver que me quedaba callado se volvió de nuevo hacia mí.

—Estoy yendo al psicólogo por ti, estoy haciendo terapia, contándole mi vida a un desconocido por ti, y ¿qué es lo que te preocupa? Que es joven y que, según tú, estoy demasiado jodida como para que me ayude... Lo que te pasa es que estás celoso.

—No son celos, joder, quiero que estés bien, quiero el mejor psicólogo para ti, Noah, no uno cualquiera.

—Quieres controlarlo todo, Nicholas, y hay cosas que se escapan a tu control. Es decisión mía a quién le cuento yo mis cosas o en quién decido confiar. Pero a ti lo único que parece preocuparte es que el psicólogo sea un hombre. ¡Hay hombres por todas partes, no puedes aislarme en una burbuja! No estarías así si fuese una mujer la que me tratase.

—Solo quiero lo mejor para ti. ¡Quiero que te curen de una puñetera vez!

Sus ojos se abrieron con sorpresa e incredulidad para mirarme con dolor un segundo después.

«Mierda.»

—¿Que me curen? —repitió en voz baja, pero quebrándosele la voz en la última sílaba. Sin apenas darme tiempo a retenerla, salió del coche y cerró de un portazo.

Bajé tan deprisa como pude y, cuando la alcancé, ya estaba marcando un número en su teléfono.

—¿A quién llamas? —le pregunté acercándome a ella.

Sus ojos relucientes de lágrimas me detuvieron en seco.

—Noah..., no quería decir eso.

Intenté hablar en un tono conciliador.

—Aléjate de mí —me ordenó dando un paso hacia atrás, con el teléfono en la oreja y la mano extendida—. Yo no estoy enferma, Nicholas, no puedo creer que hayas dicho eso.

«¡Joder, mierda!»

Di otro paso adelante.

—¡He dicho que te alejes!

Maldije entre dientes, mientras la escuchaba darle la dirección a alguien.

—Noah, escúchame —le pedí cuando se metió el teléfono en el bolso.

Se volvió hacia mí echando fuego por sus ojos.

—¡Esto no es nada fácil para mí, Nicholas! Estoy haciendo todo lo posible para estar bien, para que lo nuestro funcione y tú no quieres entenderme, solo me echas cosas en cara, no confías en mí y ¡estoy harta!

Sus palabras me dolieron, como estacas clavadas en mi corazón, una a una.

—No quería decir eso, Noah —me excusé, procurando que se calmara—. No estás enferma, nunca lo he pensado, solo quiero que mejores, que no tengas miedo, que dejes de huir de mí, eso es lo único que quiero.

—¡Quieres que mejore siempre bajo tus condiciones, Nicholas! —replicó abrazándose los brazos desnudos—. Esto es una locura... ¡Eres tú el que necesita ayuda! ¡Ves amenazas donde no las hay!

Me acerqué a ella importándome una mierda que sus pies se alejasen de mí y sus ojos me advirtiesen que me quedase donde estaba.

Mis manos le sujetaron los brazos y me agaché para ponerme a su altura.

—Lo estás haciendo otra vez, buscando cualquier excusa para distanciarte de mí. ¡¿Por qué lo haces?!

Noah negó con la cabeza y cerró los ojos.

—Creo que necesitamos un tiempo —reconoció mirando el suelo.

Le cogí la barbilla con dos dedos y la obligué a mirarme.

—No lo dices en serio.

En sus ojos brillaban las lágrimas que aún no había derramado.

—Creo que ambos necesitamos ver las cosas con perspectiva, necesitamos echarnos de menos, Nick..., porque ahora mismo no te reconozco, no nos reconozco. Solo veo celos por todos lados, y eso está mal.

—No hagas esto, no te apartes de mí. —Puse mis manos en sus mejillas, acuné su rostro con ellas y bajé mis labios para rozar los suyos.

—Solo unos días, Nicholas —dijo—. Dame tiempo para que asimile todo lo que ha pasado: irme de casa, de tu piso..., haber empezado a hablar de mi pasado, remover recuerdos dolorosos, sentir que no soy suficiente para ti...

Su voz se quebró en la última palabra y la estreché entre mis brazos, abrazándola con fuerza.

—Tú eres todo lo que necesito, amor, por favor no me prives de tenerte conmigo, no me prives de esto —le supliqué echándole la cabeza hacia atrás y besándola de verdad, con infinito cariño, pero también con infinita pasión. Su cuerpo se estremeció y me aparté.

—Creo que los dos tenemos que solucionar nuestros problemas, Nicholas, y gritarnos a la cara no soluciona nada. Tienes que aprender a confiar en mí y yo tengo que dejar de huir de lo que me haces sentir... porque te quiero demasiado, Nick, te quiero tanto que me duele.

Sentí que me faltaba el aire, no podía dejarla marchar así, no podía irme de allí sin ella, viendo cómo se tragaba las lágrimas.

—Por eso mismo estar separados no va a servir de nada. Tú y yo no estamos hechos para eso, ¿recuerdas? —dije limpiándole una lágrima que se había escapado, sin permiso, de sus preciosos ojos.

—Necesito pensar... Necesito saber qué es lo que quiero, qué es lo me estoy perdiendo, porque ahora mismo lo único que hago es pensar en ti, y aunque una parte de mí sabe que te necesita, hay otra que está desapareciendo. Nicholas, no hay Noah sin ti y eso no puede ser así, no puedo depender de ti de esta manera, porque terminaré perdiéndome a mí misma... ¿No lo ves?

Lo que veía era una chica preciosa y destrozada por mi culpa, por no saber hacerla feliz. ¿Por qué no era capaz? ¿Qué es lo que hacía mal? ¿Qué había sido de ese tiempo en que Noah me brindaba cien sonrisas al día? ¿Dónde había quedado ese brillo especial que obtenía nada más cruzar una mirada?

¿Tenía ella razón? ¿La estaba cambiando?

En ese instante unas luces nos alumbraron por detrás. Noah miró en esa dirección, y supe que estaba a punto de echarse a llorar, a llorar de verdad.

Respiré hondo intentando dejar mis sentimientos a un lado.

—Te doy una semana, Noah —afirmé obligándola a que sus ojos comprendieran la seriedad que desprendían mis palabras—. Te doy una semana para que me eches de menos con todos los poros de tu piel, siete días para que te des cuenta de que tu lugar es conmigo y con nadie más.

Se quedó quieta y me incliné para besar esos labios sensuales, esa boca preciosa, esa boca que me pertenecía y la abracé con fuerza, transmitiéndole mi calor, mi deseo por ella, mi dolor por dejarla marchar.

Cuando me aparté ambos estábamos jadeando.

—Siete días, Noah.

Observé cómo se subía al coche. Solo cuando vi el destello de color rojo comprendí que era Briar quien había ido a buscarla.

El miedo de que hablara hizo que me arrepintiera al instante de haberla dejado marchar.

45

NOAH

Miré fijamente la taza que tenía entre mis dedos. El humo salía haciendo remolinos hacia arriba y calentándome la cara. Cada vez hacía más frío en la ciudad, el verano había quedado atrás y, mientras observaba cómo las nubes se derretían en mi chocolate caliente, tuve que hacer un esfuerzo para comprender lo que Michael insistía en hacerme ver. Hablar con él me estaba ayudando, o eso creía, aunque cada palabra que salía de su boca me confundía más con respecto a mi relación con Nicholas.

—Siempre he tenido miedo a la oscuridad —le estaba diciendo en ese momento—, siempre he sentido que me encontraba debajo del agua, hundiéndome cada día más, sin ser capaz de salir a flote. Solo cuando conocí a Nick pude volver a respirar, pude salir a la superficie. ¿Cómo puede ser eso malo? ¿Cómo puede ser perjudicial para mí?

Michael se levantó de su silla y se acercó al sofá donde yo estaba sentada. Me observó detenidamente.

—Tienes que nadar sola, Noah, Nicholas no podrá ser siempre tu salvavidas; o aprendes a nadar o a la mínima que él se distraiga volverás a hundirte.

Habían pasado seis días, seis largos días en los que no nos habíamos dirigido la palabra. Al principio Nick había intentado ponerse en contacto conmigo, y me faltó poco para olvidarme de la distancia y rogarle que viniese a verme al apartamento, que me estrechase entre sus brazos...

—Estás haciéndolo genial, Noah, estás haciéndome caso, estás aprendiendo a subsistir sin él, y solo así, cuando aprendas a caminar sola podrás hacerlo con alguien.

Respiré hondo. Al final siempre terminábamos hablando de Nick, y yo quería que me ayudase con mis miedos, con mis pesadillas...

Me puse de pie dejando la taza sobre la mesita y me acerqué hasta la ventana. Fuera ya casi era de noche, y vi pasar a algunos alumnos que seguramente salían del turno de tarde.

—Yo solo quiero ser... normal —confesé sin querer volverme ni ver la reacción a mis palabras.

Entonces sentí que me rodeaba el brazo con la mano, me obligó a volverme y sus ojos buscaron los míos.

—Noah, eres normal, solo que has vivido situaciones que no son nada normales, ¿entiendes? Estás extrapolando tus miedos e inseguridades a tu relación sentimental con Nicholas y por eso intento hacerte ver que la relación que tienes con él no te conviene.

Me solté y fui a sentarme en el sofá.

—No quiero hablar más de Nick.

Michael suspiró y volvió a sentarse frente a mí. Me fijé en que se detenía un rato de más observando sus notas.

—Hablemos de cómo has pasado las últimas noches, ¿has hecho lo que te dije?

Asentí a pesar de que me había servido de poco. Las pesadillas seguían colándose en mis sueños y seguía siendo incapaz de apagar la luz para poder dormir a oscuras.

—El miedo que tienes está directamente vinculado con lo que te pasó con tu padre. Tú misma me dijiste que antes de que te atacase, te encerrabas en tu habitación a oscuras y te sentías protegida. En cierto modo tu padre le dio la vuelta a eso y lo convirtió en todo lo contrario, por eso te afecta tanto; algo que para ti era un entorno conciliador y protegido se convirtió en tu mayor pesadilla.

Odiaba recordar esa noche, odiaba volver a sentir sus manos en mi piel, sus dedos tirando de mi tobillo e inmovilizándome con fuerza contra el colchón. Cerré los ojos con fuerza y apreté los puños contra mis piernas.

—La persona que debió protegerte te traicionó, era un adulto, alguien que sabía lo que hacía; tú, en cambio, eras una niña indefensa. Estabas sola, nadie te ayudó, Noah, e hiciste lo que pudiste por escapar, fuiste valiente y no lo dudaste, luchaste por ti cuando nadie pudo hacerlo.

Abrí los ojos pensando en mi madre. En cómo ella se enfrentó a sus golpes sin obtener nunca resultados positivos; de hecho, solo consiguió empeorarlo. Observándola aprendí que a veces era mejor quedarse callada, aceptar lo que tuviesen que gritarnos... Mi padre siempre me dijo que lo hacía por ella, que yo no era una niña mala, por eso nunca me tocaba.

—A mí me quería, nunca debió hacerme daño...

A la mañana del séptimo día, me desperté con una sensación extraña en la boca del estómago. Ese día era el último de nuestra separación y no sabía si estaba preparada para ello. Por una parte todas las células de mi cuerpo querían verlo, pero por otra, la separación me estaba ayudando a replantearme muchas cosas. Decidí ir a su oficina para comprobar si nuestra separación había sido suficiente o no.

Al entrar en Leister Enterprises me puse nerviosa. Al salir del ascensor una mujer de mediana edad me indicó cómo llegar al despacho de Nick. Nunca había estado allí y me sentí tan pequeña como una hormiga. Todo relucía y las paredes eran de cristal. En el centro, pasada la recepción había un vestíbulo enorme con sofás blancos sobre una alfombra de color negro intenso. Grises, blancos y negros... ¿Por qué no me sorprendía?

Y entonces lo vi.

Su despacho era de cristal y no estaba solo. Sentí un nudo en la garganta al ver a Sophia sentada sobre su mesa. Desde donde me encontraba podía ver cómo sus mejillas se tensaban hacia arriba porque sonreía y hablaba gesticulando con las manos. Nick parecía exasperado, pero contenía las ganas de reírse por lo que fuera que ella estaba diciendo.

Me acerqué hasta la puerta y en aquel momento me vio.

Observé a través del cristal cómo se levantaba de la silla, cómo Sophia se volvía hacia mí, cómo la sonrisa desaparecía de su rostro y cómo Nick venía a recibirme.

—Noah —dijo simplemente después de abrirme la puerta.

No supe muy bien qué decir. Todas mis inseguridades, esos horribles celos volvieron a apoderarse de mí. No podía evitarlo: ella era perfecta... perfecta para él.

—Hola, Noah, me alegro de volver a verte —me saludó Sophia con una sonrisa de oreja a oreja.

Se la devolví lo mejor que pude.

Nick no me quitaba los ojos de encima.

—¿Te importa dejarnos un momento a solas, Soph?

«Soph.»

Ella asintió y salió del despacho.

Me acerqué hasta su mesa y Nick hizo lo mismo, cogió un papel que había encima de todo lo demás y lo guardó en un cajón. Después le dio a un botón y las paredes empezaron a oscurecerse. En menos de quince segundos ya no fui capaz de ver nada más que no fuese lo que había dentro de esas cuatro paredes.

Entonces sus manos me rodearon, el calor que desprendía su cuerpo me rodeó por completo y tiró de mi trenza hacia atrás para poder posar sus labios sobre los míos. No profundizó el beso; es más, me obligó a separarme unos centímetros para dejar que sus ojos recorrieran mi rostro, mi cuerpo y mis dedos temblorosos.

—Te he echado de menos, Pecas —confesó con los ojos fijos en los míos y cargados de un sentimiento extraño, difícil de definir.

Sentí que me ahogaba y, de repente, lo único que quería era salir de ahí y volver a oír a Michael decir que era capaz de lidiar con lo que fuese, que era yo la que tenía que afrontar mis miedos, que era fuerte, que era inteligente, que nada ni nadie iba a poder derribarme... Solo me había hecho falta verlo con ella para que toda mi autoestima volviese a estar por los suelos.

—¿Qué es ese papel que has guardado en el cajón? —le pregunté, más que nada para distraerme. Noté que se ponía repentinamente tenso.

—Nada, cosas de trabajo —contestó quitándole importancia—. Noah..., dime que esta mierda del descanso se acabó, porque estoy a punto de volverme loco. Dejaste de contestarme a las llamadas, dejaste de leer mis mensajes...

—Necesitaba tiempo para pensar —dije, y noté lo dura y distante que había sonado mi voz.

Nick me observó con el ceño fruncido.

—Noah... ¿Qué te pasa?

Negué con la cabeza, miré sus bonitos ojos preocupados por mí y supe que no estaba preparada.

—Necesito más tiempo.

Sus dedos detuvieron la caricia que estaban haciendo. Su piel dejó de estar en contacto con la mía y de improviso me sentí pequeña a su lado. Se incorporó y me miró fijamente desde su altura.

—No.

—Nicholas, yo...

—He estado siete días sin verte, te he dado tiempo para pensar, ni siquiera sé qué demonios tienes que estar pensando...

Se alejó y fue hasta la ventana que había tras su escritorio. Antes de que pudiese decir más nada, la puerta se abrió detrás de mí y Sophia entró.

Le bastó una mirada para saber que las cosas no iban bien.

—Yo... siento interrumpiros, pero te necesitan en la sala de juntas, Nick.

Nicholas se acercó hasta la puerta, miró a Sophia y luego a mí.

—Espérame aquí.

Cuando Nick salió del despacho, Sophia y yo nos quedamos inmersas en un incómodo silencio.

Miré cómo se acercaba hasta su mesa y tomaba asiento.

—Puedes sentarte si quieres, ¿te preparo un café u otra cosa?

Le dije que no y me quedé quieta donde estaba.

—Noah..., creo que sé por qué estás así..., pero es una oportunidad única, yo daría lo que fuera por ese puesto, y Nueva York no está tan lejos, muchas personas llevan una relación a distancia y solo sería...

—Espera, ¿qué?

Mi corazón empezó a golpear con fuerza contra mis costillas, tanto que creí que me iba a salir del pecho.

—¿Qué has dicho? —inquirí dando un paso hacia delante.

Las palabras que acababan de salir de su boca empezaron a repetirse en mi cerebro como una canción macabra.

«Oportunidad», «Nueva York», «relación a distancia»...

Sophia miró hacia la mesa de Nick, luego a mí y después sus ojos se abrieron de la sorpresa. Sus mejillas empezaron a teñirse de un intenso color escarlata.

—Yo... creía que Nick...

—¿De qué oportunidad estás hablando?

Sophia negó con la cabeza.

—Deberías preguntárselo a él, Noah, yo no debería haber dicho nada, simplemente pensé... que te lo había contado, más teniendo en cuenta lo insistentes que están siendo.

—Nicholas no me ha dicho nada, pero ya que has empezado, acaba. ¿De qué demonios estás hablando?

Sabía que pronto terminaría explotando y prefería no hacerlo delante de ella, quería largarme, pero primero quería saber qué demonios estaba pasando.

—Uno de los mejores bufetes de Nueva York le ha ofrecido un puesto de trabajo de dos años; que ganásemos el caso Rogers llamó la atención de muchas personas, personas importantes, y a pesar de que me encantaría atribuirme el mérito, no lo habríamos conseguido si no hubiera sido por Nick.

Yo ni siquiera sabía que habían ganado el caso, ni siquiera sabía que Nicholas estuviese interesado en un puesto de trabajo en Nueva York y mucho menos que el contrato sería de dos años...

Necesitaba largarme de ahí, largarme antes de que Nicholas volviera.

—Dile a Nicholas... Dile que he tenido que irme, dile que no me encontraba muy bien...

Antes de salir por la puerta, Sophia me retuvo por el brazo y me miró con sus ojos castaños rodeados de inmensas pestañas. Sus tacones la hacían estar por encima de mí y esa sensación no me gustó, no me gustó en absoluto.

—Sé que no quieres que se vaya..., pero deberías apoyarlo en esto, Noah.

La rabia se apoderó de todo mi ser y de un tirón conseguí que me soltara.

—Ni se te ocurra decirme lo que debería o no debería hacer con mi novio.

No tardé ni dos minutos en entrar en el ascensor y salir del edificio.

¿Dos años? ¿Se estaba planteando largarse durante dos años y dejarme a mí aquí? ¿Y por qué era ella la que estaba al tanto y no yo?

«Deberías apoyarlo en esto, Noah.»

¿Por qué Nick era incapaz de confiar en mí? ¿Por qué no podíamos contárnoslo todo, sin miedo a lo que diría el otro?

En cuanto abandoné el aparcamiento, pisé el acelerador hasta el fondo y pestañeé con fuerza intentando que las lágrimas no me impidiesen ver la carretera.

46

NICK

Tardé un poco más de diez minutos en salir del despacho y librarme de Jenkins. El muy cabrón no dejada de insistirme en que era un idiota si rechazaba el puesto que me habían ofrecido en Nueva York, que tenía que aceptarlo, que eso impulsaría mi carrera, etcétera. La cuestión era que a él le venía de perlas porque se libraría de mí y encima tendría vía libre para escalar en la empresa de mi padre: mataría dos pájaros de un tiro. Sus malas artes hicieron que me entretuviera y por ello cuando llegué a mi despacho solo encontré a Sophia.

—¿Cuánto rato hace que se fue? —le pregunté deteniéndome en la puerta.

—Hace cinco minutos, pero, Nick —dijo obligándome a detenerme y volver a mirarla. Algo en su tono provocó que lo hiciese—, le conté lo de Nueva York y creo que no se lo ha tomado nada bien.

—¿Que has hecho qué?

Sophia me devolvió la mirada con nerviosismo.

—Pensé que habíais estado discutiendo por eso; lo siento, he metido la pata, no era mi intención...

«¡Joder!»

Salí del despacho y fui directamente al aparcamiento. Subí al coche y enfilé el camino a la facultad.

No podía creer que se lo hubiese contado, ese tema estaba zanjado, no sabía cómo hacerle entender a la gente que no me interesaba, que no pensaba ir a ninguna parte. Sophia se había puesto especialmente pesada cuando le había dicho que no pensaba marcharme, no estaba loco, sabía la oportunidad que estaba rechazando pero no me interesaba, no pensaba dejar a Noah allí, ni de coña, ni aunque me contratasen en la Casa Blanca. Jenkins me había dado la lata desde que se había enterado, diez minutos diciéndole que no me iría a ninguna parte y él recriminándome que era un completo idiota. Y encima ahora tenía que enfrentarme a Noah, en un punto de nuestra relación que estaba siendo catastrófico. La situación se nos estaba yendo de las manos.

La llamé para decirle que iba a su apartamento, la llamé para explicárselo, pero como ya parecía ser una costumbre suya, ignoró todas y cada una de mis llamadas. Aparqué a los quince minutos frente a la residencia y bajé sopesando la manera de explicarme y evitar que todo esto avivase las cosas que ya me había echado en cara. Lo último que quería era que ese tiempo que no dejaba de pedirme se prolongase indefinidamente.

Maldita Sophia por irse de la lengua.

Llamé a la puerta tres veces y esperé a que me abrieran. No fue Noah quien lo hizo.

«Mierda.»

—Leister —dijo Briar con voz melosa. Iba cubierta solo con un escueto camisón. Llevaba el pelo rojo recogido en un moño en lo alto de la cabeza y en su rostro lucía esa sonrisa que tan malos recuerdos me traía.

—¿Está Noah? —pregunté mirando tras su espalda y apenas prestándole atención.

—En su habitación —se limitó ella a contestarme mientras se apartaba y me dejaba entrar.

Bueno, no había sido tan difícil. La ignoré hasta ir a la habitación de Noah, pero al abrir la puerta la encontré vacía.

Al volverme, Briar me observó con una sonrisa diabólica en el rostro. Se había sentado en la encimera de la cocina y el camisón se le había subido por los muslos.

—Se me olvidó que no estaba... Lo siento, tengo mala memoria.

La ignoré y me dirigí directamente hasta la puerta. Cuando fui a abrirla comprobé que estaba cerrada.

Cerré los ojos intentando que mi cabreo no se apoderase del poco sentido común que me quedaba.

—Abre la puta puerta.

—Sigues siendo igual de mal hablado que siempre.

Bajó de la encimera y abrió la nevera.

—¿Te apetece una cerveza? —me ofreció y sus ojos me recorrieron de los pies a la cabeza—. O mejor te ofrezco otra cosa... Creo que tu época de cervezas ha quedado atrás, ¿me equivoco?

Lo último que quería en ese instante era tener un enfrentamiento con esa chica. ¡Joder!, había intentado ignorar el hecho de que Noah vivía con ella, pero sabía que tarde o temprano iba a terminar encontrándomela. Solo había esperado que no fuese ese día.

—Briar, no pienso entrar en tu juego, ni hoy ni nunca. Abre la puerta.

Apoyó su espalda contra la encimera y se sacó las llaves del sujetador.

—¿Las quieres? —susurró de forma lasciva—. Ven a buscarlas.

En menos de tres zancadas la tuve delante. Sus ojos verdes, salvajes, me observaron con diversión, pero yo sabía lo que había detrás de eso. Briar me odiaba y con razón.

—Dame las llaves, Bri —le ordené conteniendo la respiración—, no juegues conmigo, sabes que no puedes.

Mis palabras consiguieron que la sonrisa de sus labios se esfumara.

—Pensaba que no volvería a verte.

Cerré los ojos intentando calmarme.

—Ni yo... y menos que estuvieses viviendo con mi novia; Briar..., no debes contarle nada, ¿me oyes?

La amargura cruzó sus facciones y me quedé momentáneamente callado.

—¿Te preocupa que lo que pueda contarle le abra los ojos, Nick? —preguntó con cara inocente. Briar Palvin tenía miles de caras distintas, pero yo había descubierto todas y cada una de ellas.

Si Noah se enteraba... De repente, sentí miedo.

—La quiero —confesé intentando que viera que estaba siendo completamente sincero.

Mis palabras fueron recibidas con una mueca desagradable.

—Tú no sabes querer a nadie y mucho menos a esa chica. No te la mereces.

Sabía Dios que no me la merecía. No necesitaba esto, ahora no, no quería remover recuerdos antiguos, no quería volver a sentir la culpabilidad de entonces. Había dejado atrás todo eso, lo dejé justo antes de regresar a vivir con mi padre, un año antes de conocer a Noah, pero Briar no debía estar aquí, se marchó, se marchó y juró no regresar. ¿Qué demonios estaba haciendo aquí otra vez?

—Puede que tengas razón, pero estaré con ella hasta que ella diga lo contrario.

Briar me observó con incredulidad. Su mano se levantó y me rozó la mejilla con sus dedos.

—La quieres —lo dijo como si eso fuese algo imposible—. ¿Cómo pude pensar que tú serías diferente?

Cuando su mano empezó a acariciarme el pelo, le cogí la muñeca y la forcé a apartarse.

—No soy la misma persona que conociste hace tres años: he cambiado.

Una sonrisa se dibujó en sus labios carnosos.

—El que nace siendo un hijo de puta, muere siendo un hijo de puta, Nick.

Tiré de ella con fuerza, perdiendo los papeles durante tres segundos infinitos.

Con mi otra mano la obligué a soltar las llaves y entonces di un paso hacia atrás, respirando hondo y procurando tranquilizarme.

Volví a fijar mis ojos en ella y un pinchazo de dolor y culpabilidad borraron la ira.

—Sé que no te va a servir de nada..., pero siento lo que te hice, siento de verdad lo que pasó.

—Que te sientas culpable te hace sentir bien a ti, Nicholas, no a mí. Ahora lárgate.

No tuvo que pedírmelo dos veces. Pero antes de hacerlo escribí una nota y la dejé debajo de la almohada de Noah. Había tomado una decisión.

47

NOAH

Cuando salí de las oficinas de Leister Enterprises, fui directa a casa de Charlie. No quería ver a nadie que pudiera persuadirme de que no tenía motivos para estar tan enfadada con Nicholas, no quería escuchar a Jenna decirme que me entendía, pero que Nick estaba en todo su derecho de plantearse aceptar un puesto de trabajo por el que muchos matarían.

Quería ser egoísta, tenía que ser egoísta cuando se trataba de Nick. Dos años separados... Llevábamos una semana y casi nos habíamos vuelto locos.

Nunca había estado en casa de Charlie, pero sí lo había acercado una vez con el coche, por lo que conocía la dirección. Cuando llamé al timbre escuché un ruido detrás de la puerta y después me abrió en un estado que yo conocía bastante bien: estaba ebrio.

—¿Noah? —dijo pronunciando mi nombre correctamente, aunque sus ojos estaban rojos y apestaba a alcohol.

—Hola..., ¿te importa si te acompaño?

Ahogar mis miedos e inseguridades en alcohol era justamente lo opuesto a lo que debería hacer, pero una copa no le haría mal a nadie.

Charlie sonrió y me invitó a entrar. Pasamos el día metidos en su habitación y nos hicimos todo tipo de confidencias acompañados de una botella de tequila. Le conté lo que me pasaba con Nick y él me confesó que estaba así porque su actual novio lo había dejado. También me habló sobre su adicción al alcohol, cosa que me hizo sentir culpable de inmediato: el emborracharme con él no ayudaba a curarlo de su dependencia, aunque en mi defensa, debo decir que ya estaba bastante borracho cuando me abrió la puerta.

—Como mi hermano me vea así, me mata —dijo en un momento determinado—. Se cree que sus terapias de mierda pueden ayudarme y, en realidad, el que debería hacer terapia es él... Es un capullo cuando se lo propone, ¿sabes? No tienes ni idea de lo que fue criarse con él cuando mi madre murió...

Me dolió ver que no era el chico alegre y sin problemas que en un principio había demostrado ser. No sabía nada de todo eso y comprendí que cada persona tenía secretos que no quería revelar a nadie.

Cuando fui consciente de que beber alcohol no iba a solucionar nada, le propuse comer algo y ver una película. Nos partimos de risa viendo *Shrek* y me olvidé de todo lo relacionado con Nick por unas horas.

Hacía tiempo que no tenía un amigo con el que compartir momentos simples como este. Jenna era muy alocada, nuestros planes casi siempre consistían en salir de fiesta o ir de compras, raras veces habíamos quedado simplemente para pasar el rato en el sofá.

Ya era casi de noche cuando la puerta del apartamento se abrió y Michael entró con cara de cabreo. No me esperaba verlo ahí, y de pronto caí en la cuenta de que aquel también era su piso. Charlie vivía con su hermano porque apenas le daba para pagarse la facultad.

No sé por qué me puse nerviosa, a lo mejor porque estaba acostumbrada a verlo en su consulta y también porque conocía casi todos mis secretos, miedos e inseguridades. Sus ojos recorrieron el salón hasta fijarse en mí. Algo extraño surcó sus facciones y yo me incorporé en el sofá, como si estuviesen a punto de regañarme. Hacía horas que habíamos dejado de beber, Charlie incluso se había dado una ducha fría y parecía bastante sereno, así que recé por que no se diera cuenta de lo que habíamos estado haciendo.

Charlie se percató de la tensión repentina que parecía haber en el ambiente.

—¿Qué hay, hermanito? —dijo a modo de saludo—. ¿Te apetece ver una peli con nosotros?

Michael empezó a sacar lo que traía en la bolsa del supermercado y a dejarlo sobre la encimera.

—¿Habéis comido algo? —Esa fue su respuesta. Ni siquiera me había saludado, y todo me resultaba tan extraño que me incorporé dispuesta a marcharme.

—Creo que debería irme —comenté cogiendo mi bolso del sofá.

Michael me observó fijamente antes de hablar.

—He traído comida para hacer la cena, puedes quedarte. Así me cuentas por qué has decidido no ir hoy a la consulta; te he estado esperando hasta las siete.

¡Mierda! Lo había olvidado por completo.... Por eso estaba tan raro, lo había dejado plantado.

Vi con el rabillo del ojo cómo Charlie nos observaba y luego decía algo sobre tener que ir a limpiar su habitación.

Qué oportuno.

Me acerqué hasta el mármol donde estaba dejando la compra de forma despreocupada.

—Lo siento, me olvidé por completo.

Michael se quedó callado unos segundos y después una sonrisa amable se dibujó en sus labios.

—No te preocupes, ya nos pondremos al día en la próxima sesión. ¿Te gusta el *risotto* con setas?

Parecía tan relajado de repente, nada que ver con cómo había entrado por la puerta, nada que ver con la mirada que me había lanzado hacía unos segundos. Asentí con la cabeza, dejando el bolso sobre la silla y decidiendo que era mejor quedarme, no iba a hacerle el feo después de haberlo dejado tirado en la consulta.

Me puse un delantal y lo ayudé con los champiñones y la salsa. Charlie no tenía ni idea de cocinar y se dedicaba a molestar más que nada y a meter el dedo en la olla caliente.

Nos sentamos a la mesita del salón, en el suelo y cenamos mientras charlamos de trivialidades. Fue agradable ver a Michael relajado y también raro verlo fuera de su entorno de trabajo. Parecía más joven y la cocina se le daba de maravilla: el *risotto* estaba de muerte. Fue interesante intercambiar recetas con él.

Aquella noche regresé a casa con una sonrisita en el rostro, había estado relajada y a gusto, hacía mucho tiempo que no me había sentido así. Con Nick era todo tan intenso, una mirada suya conseguía poner todo mi cuerpo en tensión, una caricia de sus labios hacía que me doliese el estómago.

Era una de esas situaciones en las que quieres escapar de algo tan intenso, pasar al menos unas horas en una burbuja donde nadie pueda entrar, apagar el teléfono y simplemente olvidarte de todo. No sentir nada. Estar contigo y basta.

Esa noche había sido así, había podido respirar en profundidad, había podido ser solo Noah, y no la Noah de alguien, pero nada más entrar en el apartamento e irme a mi habitación, vi la nota de Nick.

La cogí y, nerviosa, la empecé a leer.

> Voy a darte más tiempo; si eso es lo que necesitas, si eso es lo que tengo que hacer para que te des cuenta de que te quiero a ti y solo a ti, eso es lo que haré. Ya no sé qué hacer para que me creas, para que veas que quiero cuidarte y protegerte para siempre. No voy a irme a ninguna parte, Noah, mi vida y mi futuro están contigo, mi felicidad depende exclusivamente de ti. Deja de tener miedo: yo siempre seré tu luz en la oscuridad, amor.

Se me encogió el corazón al leer sus palabras, y me sentí aún más culpable por lo que le estaba haciendo pasar. Nick iba a renunciar a un trabajo único por mí...

Fui al salón a buscar una botella de agua y me tiré de cualquier manera en el sofá. Estaba hecha un completo lío, esa era la verdad. Tenía miedo de que si Nick se quedaba, en el futuro terminara echándome en cara haber desperdiciado esa oportunidad. Las palabras de Sophia seguían retumbando en mi cabeza —«Deberías apoyarlo en esto, Noah»—, ¡Dios!, ¿por qué se metía, por qué hablaba como si él le importase? ¿Por qué Nick la tenía a ella al corriente de esto y a mí no?

Odiaba a Sophia, la odiaba de verdad, sabía que lo hacía por razones infundadas, pero eran los celos los que hablaban, los celos de ver a alguien que era perfecta para él y luego mirarme a mí y saber que yo era lo opuesto.

No sé cuánto tiempo estuve ahí sentada en el sofá, pero debí de quedarme dormida. Cuando la luz que entraba por las ventanas me despertó, me di cuenta de que no estaba sola.

Un par de ojos me miraban cuando me incorporé con cuidado en el sofá. Briar estaba sentada con una taza de café en las manos.

—Buenos días —saludó con una sonrisa extraña.

—Me he quedado dormida... —me excusé.

—Tienes correo —anunció, tendiéndome un sobre blanco.

Lo leí deprisa y caí en la cuenta de que me había olvidado totalmente de ese asunto. Era la invitación para la gala de celebración del sexagésimo aniversario de Leister Enterprises.

—¡Mierda!

Briar cogió el sobre de mis manos y lo leyó.

—¿Esta es la gala de la que llevan hablando algunos medios desde hace casi un mes?

No tenía ni idea de eso, pero asentí de todas formas. Era la dichosa fiesta en donde Nick y yo teníamos que actuar como simples hermanos que se quieren y se respetan. Joder, este era el peor momento para ir a un evento de este tipo y más si estábamos peleados.

—¡Joder, no podía ser en peor momento! —exclamé levantándome de la silla y sirviéndome una taza de café.

Briar me observó con un brillo extraño en la mirada.

—Aquí dice que puedes llevar acompañante, pero si no me equivoco, ahora mismo no te hablas con tu novio, ¿no?

Más o menos, era más complicado que eso, pero había olvidado lo del acompañante. Nick me había dicho que iríamos solos, así que supongo que iba a tener que aguantar la maldita fiesta en compañía de un novio con el que estaba cabreada, al lado de unos padres con los que apenas me hablaba y gente que no había visto en mi vida.

—Lo cierto es que no sé en qué punto estamos, pero no, no voy a ir con él... —Apoyé la cabeza en mis manos y cerré los ojos con fuerza. La fiesta era ese fin de semana y algo me decía que no iba a solucionar las cosas con Nick para entonces.

—Si quieres, te acompaño... —me propuso Briar unos segundos después. Levanté la cabeza y me fije en ella—. En serio, no me importa, además, en eventos como este puedo conocer a gente influyente... Ya sabes, no hay nada como un buen contacto. Nos estaríamos haciendo un favor mutuo: te hago compañía para que no te aburras y, a cambio, yo me ligo a algún agente importante.

Sopesé lo que decía y no me pareció una mala idea. Estaba claro que era mejor ir con ella que presentarme sola.

—¿De verdad no te importa? Será un coñazo y yo voy a tener que desempeñar el papel de hija perfecta, saludando a la gente y haciéndome fotos estúpidas.

Ella sonrió enseñándome sus bonitos dientes blancos. Cuando sonreía parecía un ángel caído del cielo... Briar me desconcertaba totalmente, no era aún capaz de descifrarla.

—No me importa, en absoluto, la que me hace el favor eres tú.

Dicho esto, giró sobre sus talones y entró en su habitación.

Solo faltaban dos días para que tuviese que ver a Nick en la gala de los Leister y no tenía ni idea de cómo íbamos a actuar el uno con el otro. Me sorprendía la verdadera distancia que estaba dándome y una parte insegura de mí se preguntó si había otro motivo oculto por el cual lo estaba haciendo.

«Solo dos días, Noah, solo dos días, dentro de dos días lo verás y todo volverá a ser como antes.»

No dejé de repetirme eso mismo y procuré distraerme con la compra del vestido y demás cosas para la gala. El protocolo exigía que las mujeres fuéramos con vestido largo y tacones. Esa tarde había llamado a Jenna y estábamos paseando y charlando mientras mirábamos escaparates en un centro comercial.

—Pensaba ir, pero Lion me llama todos los días desde hace una semana, insiste en que quiere verme, que quiere llevarme a cenar, hablar y ver cómo estoy... ¿Qué, Noah? Lo echo tanto de menos que duele, pero tengo miedo... Tengo miedo de que vuelva a hacerme daño, tengo miedo de que todo siga como siempre.

Escuché a mi amiga y no pude menos que compararme con ella. Aunque Nick y yo no habíamos roto —ni siquiera podía plantearme esa posibilidad—, esa separación parecía que iba a marcar un antes y un después en nuestra relación.

—Tienes que ir, Jenna, Lion se merece al menos que escuches lo que tenga que decirte, ya lleváis más de un mes separados, es hora de poner las cartas sobre la mesa y por mucho que insistas en que estás mejor sin él, las dos sabemos que eso no es verdad.

Jenna empezó a morderse una uña de forma compulsiva y una sonrisa apareció en mis labios.

Los dos estaban hechos para estar juntos y no sé cómo no se daban cuenta.

Me probé al menos veinte vestidos. Mi madre me había autorizado a pagar todas las compras con la tarjeta de crédito que tenía para emergencias; la verdad era que me había planteado ir con un vestido prestado, pero quería tener la fiesta en paz.

Así que en ese momento me estaba paseando por tiendas de ropa como Chanel, Versace, Prada... como si no tuviese bastantes problemas económicos. Una parte de mí se planteó comprarse un vestido de segunda mano de marca, que valían la mitad, y así podría quedarme con el resto del dinero para pagar el alquiler, la comida y otras cosas básicas de la vida. Sin embargo, deseché la idea ya que estaba segura de que mi madre miraría el extracto de la tarjeta de crédito y acabaría descubriéndome.

Finalmente terminamos en Dior, una tienda que volvía loca a Jenna. Los precios eran una locura, pero me dejé llevar por mi amiga e hice como si no estuviese comprando para mí, como si estuviese haciendo un encargo.

Lo malo de entrar a lugares como esos es que te puede pasar lo peor: que te enamores de un vestido. Estaba en medio de la tienda, lo llevaba puesto un maniquí y los ojos se me fueron a él nada más entrar.

—Dios mío, Noah... Es este, este es tu vestido —dijo Jenna a mi lado, tan estupefacta como yo.

Observé la tela en color gris perla, toqué con los dedos la suavidad de la seda y admiré lo bonito que era.

—Tienes que probártelo —me indicó Jenna y un segundo después tenía a una dependienta tratándome como si fuese una especie de famosa de Hollywood. Nos llevaron a una sala contigua y me ayudaron a ponérmelo. La parte de arriba del vestido era una especie de corsé con pequeños diamantes en color plateado. La falda bajaba en cascada hasta el suelo, realzando mi figura y marcando cada una de mis curvas como si se tratase de agua cayendo por mi piel. Tenía, además, una abertura en una pierna que me llegaba casi hasta la cadera. Dios, era simplemente perfecto.

Cuando salí del vestidor Jenna abrió los ojos como platos y se me quedó mirando.

—¡Joder, estás increíble!

Bajé la mirada y cogí la pequeña etiqueta que estaba en un costado. Casi me atraganto al ver el precio.

—Cuesta cinco mil dólares, Jenna.

Sus ojos no demostraron sorpresa alguna.

—¿Y qué esperabas? Esto no es GAP. Tienes que estar a la altura, hazme caso, tu vestido será uno de los más normales. Y estás divina, Noah; en serio, creo que voy a llorar.

Puse los ojos en blanco y volví a mirarme en el espejo.

El vestido era precioso y ese color gris perla contrastaba perfectamente con mi bronceado y mi color de pelo. Este vestido era para una ocasión especial, era para lucirlo delante de las cámaras..., para lucirlo delante de Nick.

Sí, definitivamente quería ver la cara de Nicholas al verme llegar con algo tan bonito. Si la gala iba a ser el día del reencuentro después de dos semanas sin apenas hablarnos..., como bien decía Jenna, tenía que estar espectacular.

48

NICK

Faltaba un día para la gala, y Noah y yo no habíamos vuelto a hablar. Estaba preocupado, preocupado por ella, por nosotros, sentía una opresión en el pecho que no me dejaba trabajar. Esa mañana mi padre se había pasado por mi despacho, me había entregado en mano las invitaciones para el día siguiente y me había recordado lo que nos habían pedido a Noah y a mí hacía cosa de un mes. Odiaba tener que verla después de tantos días sin tocarla ni abrazarla y tener que hacer como si no fuésemos nada, era como si todo estuviese resultando ser una puta broma de mal gusto. Mi mal humor era palpable en el aire, cualquiera que estuviese en contacto conmigo se daba cuenta y ya había tenido tantas discusiones con el personal que no me habían echado por el simple hecho de tener el apellido Leister.

—He alquilado tres coches para que nos lleven mañana, uno para Ella y para mí, otro para Noah y su amiga, y otro para ti y Sophia.

Mis ojos se levantaron inmediatamente del papel que estaba leyendo de forma distraída.

—¿Qué has dicho?

Mi padre me lanzó una mirada que dejaba claro que yo no era el único que se había levantado con mal pie aquella mañana.

—Me lo ha pedido Aiken, Nicholas, y no pienso tener una discusión por esto. Él no podrá asistir mañana: Sophia irá en su nombre y me pidió que viniese con la familia.

—¿Lo sabe ella siquiera? —pregunté levantándome y cerrando la puerta del despacho de un portazo—. Sophia me dijo que no asistiría a la gala, que se marchaba a Aspen mañana por la mañana.

Mi padre se quitó las gafas y se pellizcó el puente de la nariz.

—Eso fue antes de que a Riston le saliese un asunto importante en Washington, no pueden quedarse y por eso irá Sophia en su lugar. Riston me ha pedido que vaya contigo y, obviamente, le he dicho que sí.

Sacudí la cabeza sabiendo la de problemas que eso iba a acarrearme.

—Iremos en el mismo coche. Pero no voy a ser su acompañante.

Mi padre me observó con indulgencia. Estaba diciendo tonterías, si aparecíamos juntos en el mismo coche, daba igual que las invitaciones fuesen individuales, la gente pensaría que íbamos juntos... y también Noah.

—Estás causándome problemas con mi novia —le reproché entre dientes.

Mi padre suspiró, encaminándose a la puerta.

—Tu relación con Noah ya te está costando bastante, hijo... Si no es capaz de soportar que llegues a una fiesta con una amiga, creo que deberías replantearte muchas cosas.

Ignoré sus palabras y dejé que se marchara. No podía dejar que Noah llegase a la gala y me viese con Sophia, tenía que contárselo antes. Lo último que había recibido de ella había sido un mensaje de texto con un simple «gracias». Le había prometido espacio, pero si no le explicaba lo de Sophia, romperlo iba a ser el menor de mis problemas. Me levanté, cogí las llaves del coche y fui directo hasta su apartamento.

Tuve la suerte de que justo al llegar a su bloque ella entraba por la otra entrada. Aparcó su coche junto al mío, y sus ojos se abrieron de sorpresa al verme bajar y esperé tenso su próxima reacción.

Se acercó hacia mí con cautela hasta detenerse y me miró con nerviosismo.

—Me alegra ver que aún sigues aquí y no en Nueva York.

Me dio la espalda y subió los escalones que llevaban a la puerta de entrada de los apartamentos. Joder, ¿seguía enfadada? Maldije entre dientes y la seguí, dispuesto a solucionar y zanjar ese tema de una vez por todas.

Me fijé en el vestido que llevaba y me entretuve en sus curvas mientras abría la puerta con un poco de dificultad. Nunca le había visto ese vestido: era amarillo con flores pequeñas por todas partes.

Finalmente consiguió abrir la puerta... Yo la habría ayudado, pero estaba entretenido observando el balanceo del vestido sobre su trasero.

Al entrar se volvió apretando los labios con fuerza.

—Deja de mirarme el culo, Nicholas Leister.

Solté una carcajada y cerré la puerta tras de mí. Observé el apartamento y escuché atentamente por si algún sonido me alertaba de la presencia de Briar, pero no había rastro de ella.

—Me gusta tu vestido, nada más —admití mirándola intensamente. Dios, odiaba ese vestido, odiaba la forma en la que se le pegaba en torno al pecho y le bailaba por encima de las rodillas.

Noah me miró con condescendencia y dejó la bolsa que llevaba sobre la encimera de la cocina.

Me acerqué hasta allí esperando a que dijese algo más. Se la veía nerviosa y eso no me lo esperaba.

Era Noah, la conocía como a la palma de mi mano.

La observé entretenido mientras abría la nevera y sacaba dos cervezas.

—¿Quieres? —preguntó y vi cómo sus mejillas se coloreaban, por nerviosismo o quizá simplemente porque me la estaba comiendo literalmente con los ojos.

—Claro —contesté extendiendo el brazo y rozándole ligeramente los dedos al coger la botella.

Fui claramente consciente del escalofrío que le provocó ese pequeño roce, pero fingí no darme cuenta de nada. Estaba ahí para calmar las cosas, para hablar y explicarle lo de Nueva York, aunque la verdad era que en lo único en lo que podía pensar era en meter las manos bajo ese vestido y hacer que se estremeciera de verdad.

Bajé la botella hasta el borde de la encimera y con un golpe seco de la mano la abrí para después llevármela a los labios. Noah me observó fijamente, bajó la mirada a su cerveza y, por unos instantes, pareció un poco perdida.

Sonreí ligeramente. Di otro trago y me acerqué a ella.

—Toma, Pecas —dije tendiéndole mi botella y cogiendo la suya para abrirla de la misma manera.

Era consciente de que con ese movimiento había conseguido acortar significativamente la distancia entre los dos.

Sus labios vacilaron, pero se llevaron mi botellín a los labios y dejaron que el frío líquido cayese por su garganta. Observé embobado cómo su cuello se contraía ligeramente para recibir su contenido. Respiré hondo procurando no acortar el espacio que nos separaba; algo me decía que todavía no era el momento, no al menos si quería recibir una respuesta agradable, pero no podía controlar mi manera de comérmela con los ojos.

Nerviosa, se separó de mí y fue hacia el sofá, no parecía estar muy segura de qué hacer a continuación y se puso a ordenar las revistas de forma distraída. Me apoyé contra la encimera y la observé.

Siguió ordenando cosas sin sentido y yo me mantuve en silencio. Lo hizo durante unos cuantos minutos, hasta que se volvió hacia mí, dejó las revistas sobre el sofá y se echó todo el pelo hacia atrás, exasperada.

—¡Deja de mirarme!

Sonreí divertido.

—Me estás dejando sin opciones, amor, no puedo tocarte, no puedo mirarte... Ser tu novio se está convirtiendo en toda una tortura.

Se cruzó de brazos y se me quedó mirando entre irritada y nerviosa.

—¿A qué has venido, Nicholas?

La observé durante unos segundos. Nos separaban solo un par de metros y, en cambio, la sentía a kilómetros de distancia, algo que no me hacía ni puta gracia. La echaba tanto de menos... Sabía que le había prometido espacio, que solo había ido a contarle personalmente lo de Sophia, pero antes quería asegurarme de que estábamos bien. O tan bien como podíamos estar.

—Sé que te dije que te iba a dar espacio, pero tenía que verte, aunque solo sea media hora —expliqué.

Me observó con la incertidumbre presente en todos sus rasgos. Creo que nunca la había visto tan perdida. Vino hacia mí, pero dejó un espacio excesivamente molesto entre los dos. Di un paso hacia delante. Ella retrocedió ligeramente hasta que su espalda chocó contra la encimera.

—¿Por qué no me lo contaste? —soltó entonces, su voz teñida de amargura.

Su pregunta no fue nada inesperada. Sabía que lo que más le había molestado de todo el asunto de Nueva York había sido enterarse por terceros.

—Porque nunca ha estado en mis planes irme a ninguna parte, al menos no sin ti.

Se mordió el labio con nerviosismo y quise tirar de él hacia abajo, pero no sabía si era buena idea tocarla..., al menos por el momento.

—Entonces lo harías... Si yo fuese contigo, te irías...

No era una pregunta, y la verdad es que ni siquiera me lo había planteado.

—Estoy bien como estoy ahora, Noah, me gusta donde trabajo y hacia dónde está encaminado mi futuro. —No me hacía especial ilusión heredar la empresa de mi padre, ya que suponía trabajar para él durante incontables años más, pero eso era un detalle insignificante comparado con lo que suponía trabajar para la compañía Leister.

Los ojos de Noah buscaron los míos e intenté descifrar qué estaba pasando por esa cabeza suya.

—¿Ni siquiera vas a pedírmelo?

Fruncí el ceño.

—¿Quieres venir conmigo a Nueva York?

—No.

—¿Entonces? —repuse soltando un suspiro de frustración y echando la cabeza hacia atrás.

—No quiero irme, obviamente, porque acabo de empezar la universidad aquí, solo ha pasado poco más de un año desde que me fui de Canadá, pero... si es tan importante para ti, Nicholas, pues... supongo que estaría dispuesta a hacerlo por ti.

Bajé la cabeza despacio y volví a fijarme en ella.

—¿Harías eso por mí? —pregunté intentando ver algo que me dijese lo contrario en su rostro. Pero por su forma de mirarme sabía que estaba siendo sincera.

—Nicholas..., yo te quiero —confesó en un susurro—, a pesar de que ahora mismo no estamos muy bien... Si tú me lo pidieses y fuese importante para ti, te diría que sí, iría contigo a cualquier parte y lo sabes.

Una oleada de amor infinito me inundó el mismísimo centro de mi pecho, ese agujero que había estado sintiendo en el centro de mi alma esas dos semanas que llevábamos separados. ¡Joder, la distancia había dolido!

Di un paso hacia delante, invadiendo totalmente su espacio personal. Mi mano se colocó en su cintura y apreté con fuerza, casi pellizcándole el costado debido a las ansias de querer hacerla entender lo que haría y lo que daría por estar con ella y hacerla feliz.

Noah contuvo la respiración, y creo que pude oír cómo se le aceleraba el corazón.

—Gracias —susurré.

Subí mi otra mano hacia su cuello y le aparté el pelo. Quería oler su fragancia, recordar esa esencia que solo ella parecía poseer.

Con la punta de mi nariz le rocé la barbilla y el cuello, inhalando despacio y cerrando los ojos después.

Escuché cómo su respiración se aceleraba casi al mismo tiempo que la mía. Su mano se sujetó a mi brazo, y todo su cuerpo tembló al sentirme tan carca.

—Te echo de menos —dije junto a su oreja—, me encanta que quieras venir conmigo, pero no voy a aceptar ese trabajo, aún no. Deseo quedarme aquí y sé que tú también, y eso es exactamente lo que vamos a hacer, ¿vale?

No esperé a que me respondiese. Puse una mano en su nuca y deposité mis labios justo en el hueco de su cuello. Un gemido entrecortado se escapó de su boca. Rocé ligeramente con la punta de mi lengua su clavícula hasta subir hasta el lóbulo y morderlo ligeramente con mis dientes. Noah soltó todo el aire que estaba conteniendo y noté cómo mi cuerpo reaccionaba a las respuestas del suyo. Me aparté unos instantes y la observé detenidamente. La excitación y el anhelo eran tan evidentes que tuve que controlarme para no devorarla allí mismo.

—¿Has tenido tiempo suficiente? —pregunté.

—No... no lo sé.

No me gustó esa respuesta... Tal vez necesitaba recordarle lo mucho que me había echado de menos.

—No voy a hacer nada que tú no quieras hacer, amor —susurré colocando mis manos en su cintura—. Voy a ir despacio, hasta que tú me digas que pare.

No dijo nada y procedí a subirla a la encimera con un movimiento rápido. Con delicadeza abrí sus piernas y me coloqué entre ellas.

Sonreí para tranquilizarla, ya que me daba la sensación de que estaba muy nerviosa. Entendía que habían pasado muchas cosas entre ambos, y que no había estado a la altura, sobre todo el último mes, y por eso había aprovechado esas dos semanas para intentar entenderla, para intentar averiguar qué había estado haciendo mal.

Subí mis manos a su rostro y acaricié esas pecas que me volvían loco. Con mis dedos fui trazando el contorno de su mandíbula, el de sus labios carnosos... El pecho de Noah se movía a una velocidad perceptible bajo la tela de su vestido. En cualquier otra ocasión ya la habría desnudado, ya la habría llevado a la habitación y mis manos ya se hubiesen posado en todos esos lugares que adoraban.

Ahora no pensaba volver a cometer el mismo error. Iba a ir despacio, asegurándome de que ella estaba cómoda en todo momento.

—Quiero besarte.

Me devolvió la mirada en silencio, pero me pareció que no iba a negarse, que ella lo quería tanto como yo.

—Voy a besarte.

Pegué mis labios a los suyos, con fuerza, con anhelo, y disfruté de la presión de mi boca sobre la suya, una conexión única que hizo desaparecer todo lo negativo de mis últimos días. Mordí su labio inferior para después acariciarlo con mi lengua y volver a apretar con fuerza. Sus labios eran la perdición de cualquier hombre, y yo no era una excepción. Subí mi mano hasta su nuca y me acerqué más hacia ella, obligándola a reclinarse hacia atrás y a apoyarse en mi brazo extendido. Mi boca se separó un segundo para volver a reclamar la suya un instante después. Esta vez le metí la lengua y busqué desesperado encontrarme con la suya. Lo hizo, vino a mi encuentro, y su sabor y respuesta consiguieron que perdiese el poco control que me quedaba.

Sin poder hacer nada, mis manos recorrieron todo su cuerpo, a la vez que Noah se incorporaba y con sus piernas me atraía hacia ella con avidez. Sus brazos rodearon mi cuello y nos fundimos en un abrazo pasional que solo podía desembocar en una cosa.

Mis manos bajaron hacia los bordes de su vestido, se lo subieron por los muslos y se lo enrosqué en torno a sus caderas.

Me separé de Noah y me incliné para besarle las piernas... Fui subiendo por sus muslos, depositando calientes besos con cuidado de no dejar ninguna marca. Las manos de Noah me apartaron y me obligaron a subir la cabeza. Su boca estuvo sobre la mía otra vez, y respiré su misma desesperación y su misma avidez por querer tocarme.

Con cuidado la levanté de la encimera, la sujeté por las piernas y caminé con ella rodeándome las caderas hasta llegar a su habitación. Cerré la puerta y fui directo hasta su cama. Su mano me acariciaba el pelo y se aferraba con la otra a mi nuca. Me coloqué encima de ella en la cama y fui subiéndole el vestido hasta quitárselo por la cabeza.

—Odio este vestido que llevas —confesé dejándolo caer de cualquier forma sobre la cama.

—Es nuevo —dijo ella tirando de mi nuca hacia abajo y enterrando sus labios en mi cuello. Me mordió y chupeteó esa parte de mi anatomía y yo respondí con un gruñido.

—Es espantoso.

Mi lengua acarició su mandíbula y mis dientes mordisquearon suavemente el hueco de su garganta.

Noah se rio.

—Mentiroso.

Observé su cuerpo, ese cuerpo que parecía haberse diseñado para mí, ese cuerpo que solo yo había acariciado, tocado y besado.

—Podría pasar horas contemplándote, Noah. Eres preciosa, en todos los sentidos de la palabra.

No dijo nada, simplemente me observó mientras con una mano me quitaba la camiseta y me dejaba caer sobre su torso desnudo. Tenía un sujetador de encaje... tan fino que era como si no llevase nada.

Posé mis labios sobre la fina tela y noté cómo se tensaba bajo mis manos.

—Nick...

Pronunció mi nombre de forma entrecortada y eso me animó a seguir.

Con cuidado fui besándole el estómago, despacio, mientras que con mis dedos acariciaba su costado, de arriba abajo hasta llegar al hueco de su rodilla y levantarle la pierna, obligándola a rodearme la cadera. Me coloqué a su altura y moví mis caderas sobre las de ella.

Una oleada de placer nos recorrió tanto a ella como a mí. Había pasado demasiado tiempo.

Entonces Noah se movió, me empujó hasta obligarme a recostarme de espaldas y con un rápido movimiento se sentó a horcajadas sobre mí. Su pelo rubio se derramaba sobre su hombro y se metió los mechones que le molestaban detrás de la oreja.

Vi en sus ojos que estaba librando una batalla interior y pisé el freno.

Mis manos descansaron sobre sus piernas y la observé hasta que finalmente habló.

—Creo... que no es buena idea que sigamos; siento que si lo hacemos... vamos a tirar por la borda lo que hemos intentado aclarar estas dos semanas.

Sentía que la que hablaba no era ella, sino más bien el dichoso psicólogo que la trataba. Era él quien la había animado a separarse de mí estas semanas y ver la reacción de su cuerpo a mis caricias, ver en sus ojos lo mucho que deseaba continuar... me confirmaba mis suposiciones.

Me incorporé en la cama con ella encima y junté mi rostro al suyo.

—¿Quieres parar? —le pregunté, una parte de mí deseaba que dijese que no.

Sus ojos parecían estar deliberando. Su mano me acarició la mandíbula, despacio, y sus labios bajaron para besar los míos.

—No quiero, pero es lo mejor, al menos por ahora.

Respiré hondo, nuestras respiraciones estaban agitadas por los últimos besos. Asentí dándole un beso en la nariz.

—¿Quieres que me vaya?

Vi algo parecido al miedo surcar sus facciones.

—No, quédate.

Su petición parecía ser mucho más que eso. Sonreí y la levanté hasta ponerla de pie junto a la cama.

—¿Tienes hambre?

Habíamos pedido sushi, y en ese instante estábamos tirados en la alfombra del salón... En la tele ponían una película malísima a la que habíamos dejado de prestar atención en cuanto empezó.

Yo tenía la espalda apoyada contra el sofá y Noah estaba sentada frente a mí con las piernas cruzadas y una sonrisa burlona en el rostro.

—No te creo —dijo encogiéndose de hombros.

Elevé las cejas y me puse de pie. Estiré la mano para que la cogiese.

—Te lo demostraré. Ven.

Se incorporó y esperó a que moviese un poco el mobiliario para hacer espacio. Luego, me fui directo al reproductor de música y busqué la sintonía de los clásicos.

Lo primero que salió fue un clásico de Frank Sinatra: «Young at heart».

Perfecto.

—Acércate, pequeña desconfiada.

Noah me observó entre divertida y dudosa.

Me acerqué a ella, le rodeé la cintura con mi brazo y entrelacé mis dedos con los suyos. La observé unos instantes y después empecé a moverme. La llevé conmigo, como me habían enseñado, como lo había hecho hacía por lo menos diez años.

Al principio nos dedicamos a movernos despacio, hasta que finalmente Noah le cogió el tranquillo y pude llevarla con soltura.

—No puedo creer que esté bailando contigo, en el salón, y encima Frank Sinatra. ¿Qué has fumado, Nick?

Sonreí y la obligué a separarse de mi cuerpo para después volver a atraerla hacia mí, esta vez con su espalda pegada contra mi pecho. La acuné entre mis brazos mientras nos movíamos cada vez con más lentitud... Su cabeza estaba recostada sobre mi hombro mientras la estrechaba contra mí. La besé en la cabeza y luego volví a girarla para quedar de frente.

De repente me sentí como al principio de nuestra relación, no sé cómo explicarlo, Noah sonreía, se la veía relajada y yo era un reflejo de su estado de ánimo. Mi mal humor había desaparecido y sentía la urgencia de recordar ese momento: ella en mis brazos, moviéndose junto a mí como si de pronto nuestros problemas se hubiesen esfumado después de no vernos durante días...

Bajé mi mano por su espalda y la estreché con fuerza. Le sujeté la otra contra mi corazón, nuestros pies moviéndose despacio, sin rozarnos, simplemente dejándonos llevar por la música...

—Te amo —declaré, sintiendo cada una de las letras, cada una de esas dos palabras.

Noah no contestó, simplemente me estrechó la mano con más fuerza, me besó en el centro del pecho y así seguimos..., moviéndonos hasta que la canción terminó.

Estuvimos un buen rato bailando; en realidad, más bien abrazándonos al ritmo de la música. No fue hasta que sentí cómo todo su peso recaía sobre mi pecho cuando comprendí que se estaba quedando dormida. Metí mi brazo bajo sus rodillas y la levanté del suelo.

—¿Qué haces...? —me preguntó con los ojos entornados—. Quiero seguir bailando... Se me da bien.

Sonreí al mismo tiempo que abría la puerta de su habitación y la cerraba con mi espalda despacio.

—Se te da genial, Pecas, sobre todo cuando no te sostienes en pie.

La dejé en la cama y ella se volvió un poco hasta abrir los ojos y mirarme.

Me despojé de la camiseta y los vaqueros, todo ello sin quitarle los ojos de encima.

—Te quedas —aseveró y una sonrisa exquisitamente dulce se dibujó en sus labios.

—Me quedo —convine abriéndome paso entre las sábanas. Nos metimos dentro y ella se me pegó a mí apoyando la cabeza en mi pecho.

—Ahora duérmete, amor.

49

NOAH

Me sentía como si estuviese flotando entre nubes blancas en medio de un atardecer. Sentía el calor de los rayos del sol en mi cuerpo y esa cálida sensación de haber descansado tan profundamente que mi mente encontraba dificultades para hacerme regresar a la realidad. Estaba tan a gusto, por dentro y por fuera; ese frío que había sentido los pasados días parecía haber desaparecido y, cuando por fin fui capaz de abrir los ojos lentamente, comprendí por qué: dos faroles celestes, preciosos y sensuales, me devolvieron la mirada. Sentí la urgencia de cerrarlos, tanta intensidad sin previo aviso no era recomendable para mis ya de por sí revolucionadas hormonas. Su mano, que estaba tranquilamente posada sobre mi espalda, empezó a trazar círculos sobre mi piel caliente.

—¿Cuánto rato llevas despierto?

Una sonrisa se dibujó en sus bonitos labios.

—Desde que empezaste a roncar, hará más o menos una hora.

Lo miré enfadada, cogí la almohada y se la tiré a la cabeza. Mi movimiento resultó patético, ya que aún no estaba despierta del todo.

Rodé sobre la cama gruñendo y dándole la espalda. Su cuerpo se pegó al mío sin esperar ni un segundo y me atrajo hacia su pecho. Juntó nuestras manos frente a mi cara y observé nuestros dedos enlazados. Ahora no podía verlo, pero me entretuve viendo sus dedos jugar con los míos.

—Te echo de menos en mi cama.

Yo también lo echaba de menos, Dios, era lo que más añoraba. Era increíble la de cosas que podían pasar sobre un colchón en una habitación entre dos personas que se quieren, y no me refiero simplemente al sexo, era de forma global, el lugar de las confesiones, de las caricias a medianoche, el lugar de la confianza, el lugar donde todos los complejos se dejaban a un lado, al menos cuando se estaba enamorado de verdad. Existía algo mágico en dormir con alguien y compartir el lugar de los sueños. Aunque no lo hubiese tocado esta noche, estaba segura de que mi cuerpo y mi mente habrían estado tranquilos por saber que él estaba cerca...

Moví su mano hacia un lado y vi su tatuaje. Y me encantó ver esas palabras en su piel. Me gustaron de verdad, porque yo las había escrito, era yo la que lo impulsaba a hacer esas locuras, porque estábamos enamorados... perdidamente enamorados.

La noche anterior, cuando bailamos y sentí el latir de su corazón junto a mi oído..., fue algo tan especial que tuve miedo de que se acabase. No quería que terminara, por eso aguanté hasta que mis ojos y mi cuerpo perdieron la batalla. El Nick de la noche anterior había sido el Nick de quien me había enamorado tiempo atrás, el Nick que amaba con locura. Era en esos momentos cuando comprendía que éramos perfectos el uno para el otro. Quería pensar que podíamos dejar el pasado atrás, que si seguíamos luchando, sacaríamos eso adelante; de verdad que era lo que más deseaba en este mundo y estaba dispuesta a dar todo lo que fuese necesario.

Pero entonces, ¿por qué no podía quitarme de la cabeza que lo que había pasado la noche anterior, al igual que ese momento íntimo entre los dos esta mañana, era la calma que precedía a la tormenta?

Nick hizo que me volviese para que él pudiera colocarse encima de mí.

—Estás muy callada... No decía en serio lo de los ronquidos, sabes que no roncas.

Sonreí y levanté la mano para apartarle un mechón de pelo que le caía sobre los ojos.

—Me gustó mucho bailar contigo anoche.

Me regaló una sonrisa, esa sonrisa que me encantaba y que pocas veces dejaba salir a la luz.

—Te dije que era un bailarín excelente.

Puse los ojos en blanco.

—Engreído debería ser tu segundo nombre —dije apartándole la cara cuando iba a besarme. Me reí cuando me apretó las costillas, consiguiendo que saltase por las cosquillas.

—No tengo segundo nombre, los segundos nombres son para blandengues.

—Yo tengo segundo nombre, listo.

Escondió su cara en mi cuello y noté cómo se reía a mi costa.

—¡Noah Carrie Morgan, madre mía! Tu madre seguro que estaba borracha, no irás a vengarte de mí con tus poderes, ¿verdad?

Lo empujé con todas mis fuerzas, pero no se movió ni un ápice. Sí, había leído la maldita novela de Stephen King, y no, mi madre no había elegido ese nombre porque creyese que iba a terminar siendo una chica odiada y trastocada, simplemente me lo había puesto porque mi abuela se llamaba así.

—¡Capullo! —le espeté rindiéndome y dejando mi cuerpo laxo sobre el colchón.

Entonces se calló, se incorporó y me observó fijamente.

—Amo todos tus nombres, Pecas.

Me besó la mejilla y me liberó de su prisión. Cuando ya no lo tuve encima, pude bajarme de la cama. Debía darme una ducha. Cogí las cosas que necesitaba mientras Nick se vestía a mi lado, observándome de reojo. Estaba repentinamente callado y lo observé con curiosidad. Justo cuando iba a salir de la habitación para encaminarme al baño, me tomó la mano y tiró de mí mientras se sentaba en el borde de la cama. Me cogió por la cintura y levantó la cabeza para mirarme durante unos segundos.

—Tengo que decirte una cosa... y no quiero que te enfades. —Frunci el ceño y lo observé con recelo—. No voy a ir solo a la gala de mañana.

Vale, creo que eso era lo último que había esperado que dijese.

—¿Qué quieres decir?

Era claramente consciente de que el tono de mi voz había cambiado notablemente; es más, la temperatura de la habitación bajó unos cuantos grados en un instante.

—Tengo que ir con Sophia.

Y así, de golpe y porrazo, volvimos al principio.

—Ayer vine para decírtelo en persona. No quiero que esto te disguste, vamos juntos como compañeros de trabajo, nada más.

—¿Y por qué no lo has dicho antes? —repuse enfadada.

—Porque estábamos tan bien y te había echado tanto de menos...

Me fijé en él, no quería que fuese con ella... Era lo último que me faltaba en un momento en que sentía que las cosas se me estaban yendo de las manos. No obstante, quizá era este el momento, como me había dicho Michael mil veces, en el que por una vez tenía que actuar con la cabeza y no con el corazón...

—De acuerdo. Haz lo que tengas que hacer y, cuando termines, hablaremos.

Me di la vuelta para ir al baño, pero antes de poder salir, Nick me cortó el paso.

—Mañana, cuando todo esto termine, nos iremos lejos de aquí, el fin de semana entero, nos iremos y arreglaremos nuestras cosas, porque sabes tan bien como yo que nunca miraría a otra que no fueses tú.

Solté una risa amarga.

—Recuerda tus palabras la próxima vez que me montes un lío por celos.

Pareció aceptar mi contestación.

Sus manos me cogieron el rostro y me miró a los ojos con un brillo especial.

—Te quiero y no hay otra persona más que tú en mis pensamientos.

Cerré los ojos, dejé que me besara y, cuando se fue, me metí en el cuarto de baño.

Intenté hacer oídos sordos a todos esos pensamientos negativos que regresaban para atormentarme, todos esos pensamientos que había trabajado esas dos semanas, todas esas cosas que me había esforzado por ignorar, intentando cambiar para poder sentirme mejor conmigo misma, más segura, más valiente. No podía regresar a la casilla de salida, no, no lo haría. Por eso mismo dejé mis fantasmas a un lado y me esforcé en confiar en Nick.

Ahora, una cosa sí: iba a estar tan arrebatadoramente provocativa que el idiota de mi novio no iba a poder quitarme los ojos de encima.

La mañana de la gala disfruté de la compañía de Briar y Jenna, que no dejaban de hablar, reírse y hacer que esa jornada estuviese siendo mucho más divertida de lo que esperaba. Jenna había hecho venir a la mujer que peinaba a su madre y a ella misma en todas las ocasiones que tenían que acudir a eventos como estos y, mientras esperábamos que llegase para peinarme, mi apartamento se convirtió en un auténtico salón de belleza.

Nos hicimos la pedicura, la manicura, me depilé absolutamente todo el cuerpo, me di un baño con sales de rosas para que toda mi piel oliese maravillosamente bien y me embadurné la piel de un aceite de almendras que mi madre me había comprado hacía mil años y que en una ocasión Nick me dijo que hacía que le entrasen ganas de lamerme todo el cuerpo.

Sonreí mirándome al espejo en ropa interior, el conjunto más provocativo que había encontrado, y me juré que después de esa gala iba a brindarle la mejor noche de su vida, la mejor, iba a ser tan inolvidable que no iba a volver a mirar a otra en todo lo que le quedaba de vida.

—¿Este es el vestido? —preguntó Briar mientras lo descolgaba del armario.

Asentí mientras echaba un vistazo al móvil. Mi madre me había mandado un mensaje informándome de que un coche nos vendría a recoger y nos llevaría hasta la finca donde se celebraba la fiesta. Estaba poniéndome muy nerviosa, no sabía cómo se suponía que tenía que actuar ni qué hacer cuando llegase, pero procuré dejar mis miedos a un lado y suspiré aliviada cuando la peluquera de Jenna hizo acto de presencia. Briar insistió en que se peinaba ella sola, puesto que estaba acostumbrada por todas esas alfombras rojas a las que sus padres la arrastraban.

Me senté en una silla y dejé que la estrafalaria mujer llamada Becka hiciese con mi pelo un bonito peinado. Me lo rizó entero y me lo recogió en un montón de trenzas entretejidas de forma espectacular. Aguanté todos los tirones porque sabía que iba a quedar increíble. Una hora y media después sonreí al reflejo en el espejo.

—Me encanta —declaré volviéndome para poder verme desde todos los ángulos. Jenna sacó el vestido y me lo alcanzó. Me lo puse con cuidado, admirando el delicioso roce de la seda contra mi piel.

—Vas a causar sensación —dijo Jenna tendiéndome el pequeño bolso que llevaba, donde solo cabían el móvil y un pintalabios.

Le di un abrazo rápido.

—Arregla las cosas con Lion, Jenn. Te quiere, no lo olvides. —Jenna asintió y yo salí a buscar a Briar.

Mi compañera de apartamento llevaba un bonito vestido color beige que, pegado a su voluptuoso cuerpo, no dejaba mucho a la imaginación. Su pelo le caía en bucles que había recogido hacia un lado. Estaba preciosa.

Nos despedimos rápidamente de Jenna y salimos para subir al coche de alquiler que nos esperaba fuera. Me sorprendió ver que el conductor no era un extraño, sino Steve, de punta en blanco.

Al vernos bajar las escaleras, sonrió y me tendió una cajita rectangular.

—De Nick —dijo con cara de circunstancias.

Miré la cajita y la nota que me tendió Steve con cara de pocos amigos.

Briar me observó con curiosidad cuando dejé ambas cosas sobre el asiento contiguo sin abrir ni el sobre ni la caja.

—¿No quieres saber qué te ha comprado?

Negué con la cabeza fijando la mirada en la carretera. Tenía que tener la mente fría. Cuando la noche acabara hablaríamos de todo y, entonces, podría permitirme abrirle mi corazón.

La finca se encontraba en las afueras de la ciudad y el tiempo que tardamos en llegar no hizo más que aumentar mi nerviosismo. Observé alucinada cómo todos los árboles que flanqueaban el camino hacia el lugar de la fiesta estaban alumbrados con luces blancas. Una cola de limusinas esperaba para que los integrantes de los coches pudiesen bajar en la puerta de aquella mansión blanca. Cuando el coche se detuvo, un hombre trajeado nos abrió la puerta y tuve que controlar todas mis inseguridades. Me ayudaron a bajar y treinta pares de ojos, como mínimo, se clavaron en mi persona.

—Buenas noches, señoritas —nos saludó el hombre trajeado y observé cómo se tocaba el pinganillo que tenía en la oreja y susurraba algo que no pude escuchar.

Mi madre me había dicho que no me detuviera a hacerme fotos hasta no encontrarme con ella y William. Cuando ese hombre me indicó que lo siguiera, tuve que volverme hacia Briar.

—Yo no pienso perderme esto —declaró observando el *photocall* con un interés casi calculador.

—¿Seguro que no te importa quedarte sola?

Briar puso los ojos en blanco y me dio la espalda. Sus elegantes piernas empezaron a andar hacia la aglomeración de gente y supe que no tenía que preocuparme por ella.

El tipo trajeado me indicó que lo siguiera y me llevó hasta donde un montón de reporteros entrevistaban a un gran número de personas; me sentí abrumada con tanta gente, hasta que mis ojos se cruzaron con los de mi madre... No nos habíamos visto desde la noche en que me fui de casa, un mes atrás, y aunque había pasado el tiempo suficiente como para haber dejado los problemas a un lado, al verla supe que todavía quedaba mucho de que hablar entra las dos.

—Estás preciosa, Noah —exclamó al verme y se inclinó para darme un abrazo rápido.

Mi madre parecía una estrella de cine: le habían rizado el pelo y se lo habían recogido con un precioso pasador de plata y brillantes. El vestido era de color borgoña y la hacía parecer mucho más joven de lo que era en realidad. Siempre me había dejado alucinada cómo se conservaba, porque no es que mi madre fuese muy fan de dietas estrictas ni nada parecido.

—Gracias. Tú también —respondí desviando la mirada y viendo a William en una esquina, hablando con unos reporteros de la revista *Los Ángeles Times*.

Desde donde estaba, un poco en segundo plano, pero aun así de cara al público, pude observar cómo seguían llegando más coches y de ellos descendían invitados vestidos muy elegantemente. Mi madre a mi lado charlaba en un tono elevado con la gente que pasaba. Era todo una locura y yo estaba empezando a agobiarme. Me estaban presentando a más gente de la que podría recordar y teníamos que esperar a que William acabase de hablar con todos los reporteros para hacernos las puñeteras fotos familiares.

Un revuelo entre los fotógrafos me hizo fijar los ojos en el coche que acababa de parar junto a la alfombra. La puerta se abrió y mi corazón se detuvo unos instantes. Allí estaba y, madre mía, como para no volverse loca: Nicholas bajó de la limusina, con el semblante serio y profesional a pesar de los gritos de los fotógrafos. Se abrochó el botón de la americana y tendió la mano a la chica que iba con él en el coche. Sophia Aiken salió por la puerta, ataviada con un espectacular vestido de color negro, ajustado e increíblemente sensual. Los observé desde la distancia, sintiendo unas repentinas ganas de vomitar.

Desvié la mirada y la centré en el punto contrario. En ese preciso instante William se separó de los periodistas y vino a saludarme. Todo hay que decirlo, Will estaba radiante de felicidad, supongo que era su noche... De tanto pensar en mí misma no había caído en lo importante que todo eso era para él.

—Gracias por hacer esto, Noah, estás preciosa —dijo sonriente.

Asentí ignorando el cabreo que empezaba a apoderarse de mí a pasos agigantados. Una mirada más me bastó para ver que Nick le decía algo a Sophia antes de separarse de ella y encaminarse hacia nosotros.

Cuando nuestras miradas se encontraron, sentí, literalmente, cientos de mariposas revoloteando sin cesar en mi estómago. Los ojos de Nick se abrieron más de la cuenta cuando vio mi vestido. Joder... Nick con esmoquin.

Antes de que cometiese una locura, le di la espalda y clavé la vista en los impresionantes jardines, en las luces y en los periodistas... ¿Era esa la conocida presentadora de televisión? ¿Y ese no era el actor que habían contratado para la nueva película de Spielberg?

Sentí su calor unos minutos después, hasta tal punto que todo mi cuerpo se estremeció ante el simple roce de su chaqueta con la parte trasera de mi espalda. Tenía a Will y a mi madre justo delante y sus ojos se desviaron hacia el recién llegado.

—Hola, hijo —lo saludó Will de forma distraída mientras la mujer se acercaba para decirle algo. Mi madre le sonrió tensa y se volvió hacia la mujer que les explicaba cómo iban a proceder con las fotografías.

Seguí con la vista fija en los jardines. Sin decir absolutamente nada, un dedo suyo me acarició desde el hombro hasta la muñeca de manera muy sutil pero increíblemente tentadora.

Me volví hacia él con la intención de advertirle con la mirada de que lo mejor que podía hacer esa noche era dejarme tranquila, ni roces, ni miradas, ni besos ni nada que se le pareciera. Sin embargo, todas mis advertencias se quedaron atascadas en la garganta cuando me di la vuelta y lo vi de cerca, allí, frente a mí, más imponente que nunca.

Su boca no dijo nada, pero su mirada lo dijo todo. Sentí como si me estuviese desnudando en menos de cinco segundos, como si simplemente con el recorrido de sus ojos por mi cuerpo pudiese sentir el roce de sus dedos en mi piel, la caricia de sus labios, húmedos y deliciosos, en cada rincón desnudo de mi cuerpo.

«Dios, para, para, no pienses en eso ahora.»

Sin decir una palabra se inclinó y me besó en la mejilla.

Cerré los ojos un instante e inspiré el familiar olor de su fragancia, que se mezclaba muy sutilmente con el del humo de tabaco. ¿Había estado fumando porque estaba tan nervioso como yo?

—Estás preciosa —susurró junto a mi oído antes de apartarse y hacer como si nada hubiese pasado.

Me rodeó para acercarse a los periodistas. Me quedé ahí quieta, aturdida para luego seguirlo con la mirada. Se puso a contestar a muchas de las preguntas que empezaron a hacerle y yo me quedé observándolo desde la distancia. Su forma de moverse, de entablar conversación con todos aquellos que querían saber del hijo de los Leister, la seguridad en cada uno de sus movimientos...

Se apartó unos instantes de los periodistas para mirar algo en su móvil. Automáticamente mi móvil vibró en mi bolso.

Nick ya había guardado su teléfono y estaba contestando a más preguntas, su padre se había acercado a él y ahora muchas cámaras se centraron en ellos dos.

Bajé los ojos a la pantalla del teléfono.

Voy a quitarte ese vestido tan lentamente que hoy va a ser la noche más larga y placentera de tu vida.

Un calor del todo inoportuno me recorrió desde los pies hasta aglomerarse justo en mis mejillas. Miré hacia ambos lados esperando que nadie se diese cuenta de lo mucho que sus palabras y su mera presencia me habían afectado.

Por fin, nos dejaron entrar en el salón mientras los camareros servían copas de champán y aperitivos en bonitas bandejas de cristal. Fijándome bien había cristal por todas partes, y velas... Sí, cientos de velas y luces tenues y blancas que te invitaban a integrarte, a charlar y a pasar una velada inolvidable.

Aprovechando que la gente se mezcló, Nick vino disimuladamente a mi encuentro.

—¿Te ha gustado mi regalo? —preguntó caminando a mi lado hasta dejar los periodistas atrás.

Necesitaba alejarme de él. Habíamos prometido que arreglaríamos las cosas cuando todo acabase y necesitaba que la noche pasara lo más rápido posible.

—No quiero regalos, Nicholas, quiero acabar con esta noche y olvidarme de que has venido con otra mujer.

Él suspiró e hizo el ademán de levantar la mano, con la clara intención de acariciarme, hasta darse cuenta de que no podía hacerlo. Su mano se cerró en el aire hasta convertirse en un puño junto a su costado. Desvié la mirada, frustrada por la situación, frustrada por todo.

—Puedo mandar todo esto a la mierda, Noah, puedo hacerlo; es más, ahora mismo quiero enterrar mis dedos en tu pelo y besarte hasta quedarme sin aliento... Así que una palabra tuya basta para que lo haga.

Me mordí el labio sabiendo que era capaz de hacerlo. Si yo se lo pedía, si le decía lo duro que iba a resultarme esta noche, lo haría encantado.

Pero Will nos lo había pedido y no iba a permitir que nuestros padres se pusieran todavía más en nuestra contra.

—Estoy bien —aseguré deseando en ese instante dar un paso hacia delante y que sus brazos me rodeasen con fuerza. Lo echaba de menos, echaba de menos nuestros momentos, nuestras caricias y nuestros besos, echaba de menos los momentos Nick y Noah, dos semanas habían sido demasiado y la noche pasada no había sido suficiente para ponernos al día y arreglar las cosas de una vez por todas.

Me di cuenta de la mirada de mi madre unos metros más allá. Estábamos llamando la atención, maldita sea, Nick captaba todas y cada una de las miradas.

—Tienes que irte, nos están mirando y lo último que quiero es que todo esto al final no sirva para nada.

Nicholas miró a ambos lados con disimulo y volvió a fijar su intensa mirada en mí.

—Solo serán unas cuantas horas; luego te prometo que me dedicaré a ti en cuerpo y alma... hasta que todo vuelva a ser como antes.

Sus palabras se quedaron suspendidas entre nosotros durante unos segundos infinitos.

«Hasta que todo vuelva a ser como antes.»

50

NICK

Me alejé de ella a regañadientes. Si hubiese estado en mis manos, le habría pedido que subiese conmigo al coche y nos habríamos marchado. No quería estar ahí, me importaba una mierda lo que mi padre me hubiese pedido, ahora mismo lo más importante era recuperar a Noah y no iba a conseguirlo pasando el rato con Sophia.

Desde el instante en que la vi supe que esa noche iba a ser una tortura. La gente se volvía para mirarla, era plenamente consciente de cómo estaba llamando la atención de todos los presentes, porque estaba increíblemente hermosa, tanto que me dolía mirarla. Toda ella resplandecía, su piel, su bonito pelo, sus ojos, su rostro y su cuerpo cubierto con aquel vestido que se le pegaba como una segunda piel. Su cintura parecía tan estrecha que me costaba pensar que pudiese respirar dentro de aquel corsé, pero ¡joder!, merecía la pena solo por poder contemplarla.

Me picaban los dedos de las ganas de tocarla, de las ganas de besarla, chuparla, saborearla y amarla durante horas. La echaba tanto de menos que no sé qué demonios hacía perdiendo el tiempo con toda esa farsa.

Crucé la sala, deteniéndome solo unos instantes para coger una copa de algún camarero y llevármela a los labios sin demora.

Sabía que haber venido con Sophia era una completa estupidez, y era lo último que hacía por mi padre: se acabaron los favores, se acabaron estos jueguecitos en contra de mi relación con mi novia.

Antes de llegar al salón principal, donde se serviría la cena, se pronunciarían los discursos y se clausuraría el acto con la actuación de una de las mejores orquestas del país, mis ojos se encontraron con sorpresa con unos de color verde brillante. Me detuve unos instantes antes de acercarme con cautela hasta donde se encontraba, en una esquina de la sala junto a una de las pequeñas mesas altas que habían colocado alrededor de la estancia.

—¿Qué estás haciendo aquí? —le pregunté a Briar, casi maldiciendo entre dientes.

Sonrió de forma divertida, pero sus ojos no pudieron ocultar su venenoso rencor.

—Me ha traído Morgan. ¿De verdad has venido con otra mujer delante de sus narices? —dijo mirando por encima de mi hombro. Me volví despacio para ver a Sophia conversando con los integrantes de la junta de la empresa. Alguno de ellos eran amigos íntimos de su padre, por lo que los conocía lo suficiente como para estar cómoda con ellos. Sophia me había dejado muy claro que no quería ocasionarme problemas con Noah; es más, insistió en venir sola, pero no podía hacerle eso, no después de que el senador se lo hubiese pedido a mi padre.

De todas formas, ambos sabíamos que entre nosotros solo había una bonita y profesional amistad. Ella había metido la pata contándole a Noah lo del trabajo en Nueva York y sus disculpas habían sido tan sinceras que no cabía duda respecto a que lo último que quería de mí era algo más que las horas que pasábamos trabajando.

—Es mi compañera de trabajo; además, ¿a ti qué te importa, Briar? ¿Por qué has venido? Ambos sabemos que este es el último lugar en el que quieres estar.

Su semblante se tensó de forma involuntaria y sus ojos recorrieron la sala.

—Está claro que este mundo sigue siendo igual que siempre, la diferencia es que yo ya no soy tan ingenua. El otro día me dijiste que habías cambiado, pues yo también lo he hecho. Los días en que me dejaba embaucar ya no existen, así que no creas ni por un instante que tengo miedo de estar aquí.

Cerré la boca y la observé con calma. No podía meterme en ese asunto otra vez; si había aceptado asistir al evento, supuse que sus palabras eran ciertas. Observé a mi alrededor, a la gente importante que caminaba, hablaba, bebía y presumía de logros infinitos, compitiendo por destacar sobre los demás. Finalmente me fijé en Briar, en el odio oculto tras esa fachada de mujer dura que parecía llevar a todas partes.

Antes de que tuviese oportunidad de contestarle..., algo, mejor dicho, alguien, captó mi atención. Mis ojos se desviaron a la puerta principal y sentí cómo todo mi mundo se tambaleaba peligrosamente.

Anabel Grason acababa de llegar.

Mi madre estaba aquí.

¿Qué coño estaba haciendo ella aquí?

Apreté el puño con fuerza y me alejé de Briar en dirección a la otra punta de la habitación. No podía creer que esa mujer hubiese tenido las agallas de presentarse aquí esta noche. Mierda, ¿por qué? ¿Por qué demonios había venido? Sentí una presión en el corazón que casi me hace vomitar.

Giré sobre mis talones, viéndolo todo rojo de repente y, antes de que pudiese cometer una locura, la figura de mi padre se materializó de la nada, frenándome en seco donde estaba. Mirando hacia ambos lados, me cogió por el brazo y me empujó hasta una de las ventanas. El sol ya se había puesto y la luz que entraba era la de las farolas del jardín y la de la luna que se dejaba ver a intervalos regulares debido a los nubarrones que se acercaban a gran velocidad.

—Nicholas, cálmate.

Lo observé, su semblante serio, sus ojos fijos en los míos intentando captar mi atención, pero lo único que veía era a esa mujer que odiaba sobre todas las cosas.

—¡Qué demonios está haciendo aquí! —casi grité, por lo que mi padre se apresuró a alejarme a empujones aún más del resto de los invitados.

—No lo sé, pero voy a arreglarlo. Escúchame, Nicholas, tienes que calmarte, ¿me oyes? No puedes montar un espectáculo.

Fijé los ojos en mi padre y, por un instante, me sentí perdido en el color azul de sus pupilas, ese azul más oscuro que el azul de mis ojos, claro como el de mi madre.

Mi padre me suplicó con la mirada y posó su mano en mi mejilla durante unos instantes.

—Hablaré con ella, tú no tienes por qué hacerlo.

Asentí dejando por una vez que mi padre tomase el control de la situación. No quería verla, no quería hablar con ella, simplemente la quería lo más lejos posible de allí. No obstante, todos sabíamos que había venido a decir algo —ya había intentado contactar conmigo—, pero fuera lo que fuese lo que quería comunicarnos, seguro que no era nada bueno.

Mi padre intentó trasmitirme una calma que ni él sentía y luego me dio la espalda volviendo a perderse entre los invitados.

Busqué a Noah con la mirada y la vi hablando amigablemente con un grupo de personas. No era consciente de que estaba rozando el peligro, pero antes de poder hacer nada, como cogerla de la mano, abrazarla con fuerza y meterla en un coche para salir corriendo, otra chica apareció en mi ángulo de visión.

—Deberías escuchar cómo hablan los integrantes de la junta de ti, Nick, está claro que las noticias vuelan, todos se preguntan cuándo tomarás el testigo de tu padre. —Sophia me sonrió dulcemente y yo apenas pude responder con un asentimiento de cabeza—. ¿Estás bien?

¿Bien? Estaba en el infierno.

Mis ojos volvieron a recorrer la sala para buscar a Briar. No la vi por ninguna parte y la ansiedad empezó a apoderarse de cada partícula de mi ser. Demasiados problemas en un mismo lugar.

Antes de que pudiese contestar a mi compañera, la gente empezó a dirigirse al salón donde servirían la cena. Intenté calmarme y coloqué mi mano en la cintura de Sophia, guiándola hacia nuestros lugares en la mesa.

Al entrar en el salón, agradecí la iluminación tenue, porque me sentía tan fuera de lugar que lo último que quería era focos sobre mi cabeza. La mesa de mi familia estaba en el centro, cerca del escenario donde la orquesta tocaba, donde se pronunciarían los discursos y también se celebraría la pequeña subasta a favor de la ONG que la empresa apoyaba desde el principio de los tiempos. Al llegar allí, vi que Noah ya había ocupado su asiento junto a su madre. Estaba sola, porque Briar había desaparecido. Cuando me vio llegar acompañado de Sophia, sus ojos desviaron la mirada con dolor.

«Joder.»

Mientras Sophia saludaba a Noah con educación y a los demás integrantes de la mesa, antes de poder sentarme, la voz de la única persona que sí me alegraría de ver aquella noche me llegó a los oídos y me hizo girar.

—¿Dónde está mi nieto? ¡Aquí está el orgullo de cualquier abuelo sin cabeza!

No pude evitar que una sonrisa asomara a mis labios al ver a mi abuelo Andrew acercarse con lentitud hasta la mesa. La gente estaba tan distraída hablando y buscando sus respectivos asientos que no se percataron de la llegada del único hombre al que no le tenía ningún tipo de rencor.

Andrew Leister tenía ochenta y tres años y era la persona que había levantado este imperio. Su escaso pelo canoso antaño había sido tan negro como el mío y el de mi padre. Mi abuelo tenía muchas cosas en común con mi padre, pero carecía de su frialdad. Mi abuelo era lo más parecido a un padre que había podido llegar a tener.

Todos los recuerdos desagradables que mi madre había hecho que recordase en escasos minutos desaparecieron para ser sustituidos por aquellos momentos en donde mi única preocupación era montar a caballo por la finca de mi abuelo, pescar en el lago y encontrar la rana más asquerosa que pudiera meter en el armario de mi padre para molestar.

El abuelo.

Le tendí la mano y él, con su rudeza, tiró de mí hasta estrecharme entre sus brazos.

—¿Cuándo pensabas venir a verme, niño del demonio?

Me reí para después apartarme y observarlo con alegría.

—Montana está lejos, viejo.

Gruñó molesto y me observó fijamente de arriba abajo.

—Antes no había quien te sacara de allí; ahora solo te importan tus estúpidas playas y tu estúpido surf, ¡bah! —resopló rodeándome hasta alcanzar una silla—. Ten nietos para que después se conviertan en el típico chico americano de los huevos.

Solté una carcajada agradeciendo que nadie, aparte de Noah, que no nos quitaba los ojos de encima, hubiese escuchado su último comentario. Mi abuelo había emigrado de Inglaterra cuando era un joven de veinte años para empezar una industria en este país. Por mucho tiempo que hubiese pasado aquí, nunca dejaba de recordarme que mis raíces no eran estas y que ni se me ocurriera decir que no era inglés.

Mi padre llegó en ese momento y se fijó en el abuelo con una mueca entre contrariada y cariñosa.

—Papá —dijo tendiéndole la mano. Mi abuelo no tiró de él para abrazarlo como había hecho conmigo, simplemente lo observó y entornó los ojos con interés.

—¿Dónde está esa mujer nueva que tienes que aún no me has presentado?

Mi padre puso los ojos en blanco en el mismo momento en que Raffaella hacía acto de presencia. Este último año había sido tan intenso que no habíamos tenido tiempo de viajar a ver al abuelo, y ahora que lo tenía aquí conmigo, me di cuenta de lo mucho que lo había echado de menos.

Noah se puso de pie y buscó mi mirada. Se la veía incómoda cuando mi padre la llamó para presentársela a su padre como su nueva hijastra. Esas presentaciones deberían haber sido del todo distintas: para empezar, debería haberlas hecho yo y debería haberla presentado como el amor de mi vida.

Mi abuelo le sonrió medio distraído hasta fijarse en Sophia.

—¿No me presentas a tu novia, Nicholas?

La sonrisa de Sophia, que había sido educada mientras observaba las presentaciones correspondientes, se borró de inmediato al desviar su mirada hasta Noah. La observé y me apresuré a aclarar la situación.

—Sophia no es mi novia, abuelo, es mi compañera de prácticas. La hija del senador Aiken.

Mi abuelo asintió.

—Ah, sí, sí, mejor que no seas su novia, no quiero a mi nieto metido en política, y menos la de tu padre.

Sophia se quedó un poco cortada hasta que solté una carcajada. Noah pareció mirar a mi abuelo con mejores ojos y entonces todos tuvimos que ocupar nuestros respectivos asientos.

Fue el amigo de mi padre, Robert Layton, miembro de la junta, quien hizo la presentación del aniversario de la empresa. Todo el mundo levantó la copa de champán para brindar por los sesenta años de trabajo duro. Acto seguido empezaron a servir la cena. Mi mirada se desvió por la estancia intentando localizar a mi madre entre las mesas, pero había tanta gente que me resultó imposible.

En quien noté algo extraño fue en Raffaella. Apenas tocó la comida y parecía tensa mientras se llevaba la copa de champán a los labios. Noah, por otro lado, hablaba amigablemente con el abuelo, a quien parecía estar causándole una buena impresión, y luego con Briar, que había aparecido momentos antes con los ojos vidriosos y las mejillas un poco sonrosadas: el alcohol que debía de haber ingerido ya empezaba a notársele visiblemente, cosa que consiguió aumentar mi ansiedad y nerviosismo.

No fue hasta que estábamos terminando el postre cuando la figura elegante y esbelta de mi madre decidió hacer acto de presencia. Me tensé observándola acercarse hasta que se paró justo al lado de Noah.

Se hizo el silencio por parte de mi familia y fue Noah la que se quedó casi lívida al escuchar la voz de mi madre a sus espaldas.

—Buenas noches, familia Leister, enhorabuena por el aniversario.

51

NOAH

Mi corazón se detuvo al escuchar esa voz. Me quedé tan quieta que por un instante creí que habían sido imaginaciones mías, pero una rápida mirada a Nicholas me bastó para comprobar que lo que había escuchado era cierto.

Anabel Grason estaba allí.

Giré el rostro lo suficiente para verla colocarse a mi lado y sentí como si todo el aire se me escapara de los pulmones.

—Me alegro de veros a todos, en especial a ti, Andrew. Tiene que ser un orgullo haber sido el creador de semejante imperio.

Me fijé en el abuelo de Nick, con quien había entablado una conversación de lo más interesante sobre los desastres del país y la literatura inglesa, para ahora ver en su semblante una tensa pero a la vez amigable sonrisa en sus finos y arrugados labios.

—Me alegro de verte, Bel, han pasado años desde la última vez que nos vimos.

Mis ojos parecían estar librando una batalla sobre a quién mirar primero, si a Nicholas, que parecía estar a punto de cometer un homicidio, a su abuelo o a mi madre, en quien de repente se centraron todos mis sentidos. Estaba tan blanca como las servilletas de la mesa y su postura demostraba estar tan tensa como las cuerdas de un violín.

Antes de que Anabel pudiese contestar con algún comentario falso y carente de emoción, William echó su silla hacia atrás y con los ojos clavados en su exmujer decidió tomar las riendas del asunto.

—Tenemos que hablar y será mejor que lo hagamos en privado.

Anabel volvió su esbelto cuerpo embutido en un vestido de color rojo sangre y le sonrió de una forma tensa y claramente estudiada.

—Seguramente a Raffaella le gustaría estar presente.

Mi madre levantó la vista y la clavó en ella de una forma claramente amenazadora.

—Te recomiendo que no sigas por ahí; no es el momento ni el lugar.

¿Qué demonios estaba pasando?

De repente, sentí miedo, miedo de que las sospechas que había albergado desde el almuerzo con esa mujer terminasen siendo ciertas.

Nick captó mi atención, nuestras miradas se encontraron en el espacio que nos separaba y, justo en ese instante, anunciaron por un micrófono que era el momento de salir a la pista y bailar.

La música había empezado a sonar a nuestro alrededor, y la gente se había levantado para unirse en la pista, con sonrisas en los rostros y sin tener ni idea de la crisis familiar que se estaba desarrollando frente a sus narices: bailaban y disfrutaban de la fiesta.

Sabía que tenía que alejar a Nick de ella; de repente, eso se convirtió en mi objetivo principal. Dándole la espalda, me acerqué a él y entrelacé mis dedos con los suyos. Él pareció perdido unos instantes, bajó la vista a nuestras manos unidas y tiré de él hasta llevarlo hasta la pista. No tenía ni idea de cómo se habían tomado los integrantes de la mesa que nos marchásemos juntos, ni tampoco sabía si era bastante obvio que la forma de mirarnos fuese de todo menos fraternal. Ahora mismo lo único que quería era asegurarme de que Nick estuviese bien.

Busqué sus ojos con los míos, pero estaba tan tenso que clavó la mirada al otro lado de la habitación. Miré en esa dirección y con un vuelco en el estómago vi cómo William desaparecía junto con mi madre y su exmujer en una de las salas contiguas al salón donde se celebraba la gala.

—¿De qué crees que tienen que hablar? —pregunté con un nudo en la garganta.

Nick bajó la vista como si acabase de caer en la cuenta de que estábamos juntos.

—No tengo ni idea y tampoco quiero saberlo.

Me imaginaba el estado en el que debía de encontrarse, lo había comprobado en varias ocasiones y sabía que lo más probable era que terminase explotando, ya fuese de una manera o de otra.

Levanté la mano hasta colocarla en su mejilla y lo obligué a fijarse en mí. De repente, sentía como si la reunión que había tenido con esa mujer hacía meses fuese el peor error que había podido cometer. Solo tenía que ver el estado en el que se hallaba Nicholas para saber que el dolor que le provocaba su simple presencia era inconmensurable.

Si se enteraba de que había quedado con ella...

—Nicholas, tengo que decirte algo... —empecé con un ligero temblor en la voz. No sabía cómo iba a reaccionar, pero con su madre a solo unos metros y claramente dispuesta a montar un espectáculo, temía que soltase lo de nuestra reunión y sabía que si Nick se enteraba por boca de ella... no iba a perdonármelo.

Nick echó un poco hacia atrás la cabeza y me observó.

—¿Qué tienes que decirme?

Respiré hondo intentando calmarme, intentando buscar las palabras adecuadas, pero entonces alguien nos interrumpió: Sophia apareció a nuestro lado con el rostro contrariado por la preocupación.

—Nicholas, creo que deberías ir a ver a tus padres.

Ambos nos separamos y nos fijamos en ella para después mirar hacia la puerta.

—Yo iré —me ofrecí procurando mantener la calma.

Nicholas tiró de mi brazo con fuerza.

—No —negó de forma tajante.

—Nicholas, a mí me trae sin cuidado, no tienes por qué verla.

Nicholas parecía estar a punto de perder los papeles.

Volví el rostro hacia Sophia.

—No lo dejes acercarse a esa puerta.

Antes de que Nick pudiese hacer nada, me zafé de su presa y eché a andar hasta cruzar todo el salón.

Los gritos fueron audibles nada más acercarme hasta la puerta. Dudé unos instantes si entrar o no, pero al recordar el semblante de mi madre, lo tensa que se había puesto... sabía que me necesitaba, esa mujer podía ser horrible.

Abrí la puerta con cuidado y los tres —William, Anabel y mi madre— se volvieron para mirarme con los rostros encendidos por la disputa que claramente estaban teniendo. Anabel estaba junto a la ventana y se veía que disfrutaba de la conversación; William parecía estar a punto de desmayarse, y mi madre... Mi madre estaba sentada en uno de los sofás como si quisiese desaparecer y no volver nunca más.

—¡Oh, genial! Pasa, Noah, creo que deberías escuchar lo que tengo que decir.

Al oírla, mi madre cambió de actitud, se levantó y se interpuso entre ella y yo.

—¡Ni se te ocurra meter a mi hija en todo esto! ¡Ni se te ocurra!

William se acercó a mi madre e hizo el amago de pasarle un brazo por los hombros, pero entonces pasó algo imposible: mi madre se sacudió de forma violenta y con un golpe seco le cruzó la cara. Me quedé de piedra: todo pasó tan rápido que no pude ni escuchar cómo la puerta que había a mis espaldas se abría y unas manos se colocaban en mis hombros.

—¡No vuelvas a tocarme! —Mi madre dio la espalda a William y vino hacia mí.

—Noah, tenemos que irnos, ahora.

Nicholas me rodeó para colocarse entre mi madre y yo.

—¿Qué demonios está pasando aquí?

Entonces fue el turno de Anabel de abrir la boca. Se alejó un poco más de la ventana, parecía estar disfrutando como la que más de lo que fuera que había causado que mi madre abofeteara al único hombre que había amado jamás.

—Lo que está pasando es que he venido a reclamar lo que es mío, eso es lo que pasa.

William soltó una carcajada amarga, recompuesto del golpe y más cabreado de lo que lo había visto en mi vida.

—Lo único que quieres es el maldito dinero y ahora que vas a divorciarte del estúpido al que llamas marido vienes aquí soltando mentiras para arruinar algo que ni tú ni nadie ha podido evitar, y es que ame a esa mujer más de lo que puedas imaginar.

Mi madre se volvió con las lágrimas casi desbordándose de sus ojos y se quedó quieta frente a mí, con los dedos temblándole y la mirada fija en su marido.

Anabel miró a mi madre con cara de asco.

—Todos los días me pregunto cómo pudiste engañarme durante años con una colegiala que lo único que quería era alguien que la salvara de un infierno que ella sola se buscó.

Solté el aire de forma entrecortada. ¿Qué acababa de insinuar? Ella siguió hablando:

—Ahora actúas como si fueses el mejor padre del mundo, me echas en cara que dejase a Nicholas aquí, pero ¡no me dejaste opción! Nos cambiaste a nosotros por ella y tuviste la cara de querer dejarme en la calle.

William soltó una carcajada.

—Te pedí el divorcio mucho antes de conocer a Raffaella, Nicholas no tenía más de seis años. Te dije que ya no te amaba, prometí que no te faltaría de nada pero no lo aceptaste. Quisiste seguir con la farsa del matrimonio, quisiste seguir viviendo bajo mi techo y lo acepté por nuestro hijo.

Nicholas escuchaba a sus padres discutir como si le fuera la vida en ello. Parecía estar escuchando esas respuestas que nunca había tenido, parecía querer entender por fin por qué todo había terminado como lo había hecho; por qué él había crecido sin madre.

—¿De qué está hablando? —le pregunté mirando a mi madre sin entender nada. Me aparté de Nick y me fijé en William; de repente, me veía envuelta en algo que ni siquiera había sabido que existía. Dos familias enredadas de una forma inimaginable y con consecuencias terribles.

—¿Tú y Raffaella os conocíais desde hace años? —preguntó Nick a mi lado sin dar crédito.

Anabel se volvió hacia él y lo observó sorprendida. Luego me miró a mí.

—No le diste la carta, ¿verdad?

Sentí cómo mi corazón empezó a acelerarse de forma vertiginosa. Nick bajó los ojos hacia los míos y me miró sin entender.

Yo negué con la cabeza con las palabras atascadas en la garganta.

—Yo...

—Noah y yo tuvimos una reunión de lo más interesante hace un par de meses. Es increíble lo que alguien puede hacer por unos simples billetes y curiosidad morbosa, ¿verdad, Noah?

Anabel parecía completamente fuera de sí. Nicholas dio un paso hacia atrás y me miró con la incredulidad reflejada en su cara.

—¡Eso no es cierto! —le grité a ese diablo de mujer—. Nicholas, no es lo que crees. Acepté reunirme con ella porque me amenazó con no dejarte ver a Maddie, solo lo hice por eso.

—¡¿Y quedas con ella a mis espadas sin decirme nada?!

La mirada de Nicholas se me clavó en el corazón porque nunca hasta ahora me había mirado con un dolor tan profundo. Sabía que lo traicionaba al encontrarme con su madre, pero nunca lo hice ni por curiosidad ni por dinero, solo lo hice por él. Esa mujer lo único que quería era alejarme de él y su mera presencia fue capaz de trastocar tanto a Nick que parecía incapaz de escuchar lo que le decía.

—Nicholas, escúchame...

No me dejó decir ni una frase completa. Se separó de mí, nos lanzó a todos una mirada cargada de odio y salió del salón dando un portazo.

Me volví hacia el demonio de persona que tenía tras mi espalda.

—¡Solo has venido aquí a hacerle más daño del que ya le has hecho!

—El daño se lo has hecho tú al no hacer lo que te pedí.

Anabel parecía imperturbable ante lo que estuviese pasando a su alrededor; es más, se la veía tranquila y lo suficientemente calmada como para seguir escampando mierda entre todos. Su semblante se endureció al escuchar el portazo de Nick al salir y sus ojos regresaron a William con resolución.

—He venido aquí a informar al padre de mi hija de que la niña es suya y, por tanto, debe hacerse cargo de ella.

Por un instante no fui capaz de entender lo que acababa de oír. La miré a ella, luego a William, que se llevó la mano a la cabeza, y por último a mi madre, hecha polvo y totalmente aturdida después de haberle dado una bofetada a la última persona a la que le pondría las manos encima.

Y fue entonces cuando todo tuvo sentido.

William dio un paso adelante y se colocó entre ella y nosotras dos.

—¿Sabes qué, Anabel? Eres una puta mentirosa, y no creo ni una palabra de lo que estás diciendo.

Anabel abrió su bolso y sacó unos papeles de dentro. Los enseñó como si fuesen láminas de oro y yo simplemente me quedé contemplando el culebrón que se estaba desarrollando frente a mí.

—Es la prueba de ADN. Siempre tuve mis sospechas, pero nunca quise comprobarlo por miedo a que Robert me dejase. Ahora me ha demostrado ser exactamente igual que tú, va a intentar quitármelo todo y no pienso permitirlo. Madison es hija tuya y tienes que ocuparte de ella.

Miré a mi madre, que estaba clavada en su lugar sin decir una palabra. Las lágrimas empezaron a rodar por sus mejillas y no sabía si era porque acababa de enterarse de que su marido tenía una hija ilegítima o porque, visto lo visto, tuvo que ponerle los cuernos para que eso pasase.

William le arrancó los papeles de las manos y los miró sin decir una palabra. Pasaron los segundos hasta que finalmente levantó la vista.

—Esto es mentira, toda esta mierda es mentira. Yo no he presentado ninguna prueba de ADN para que se hiciesen estos análisis, así que ya puedes desaparecer de mi vista antes de que llame a seguridad para que te saque a patadas.

Anabel sonrió con seguridad.

—Esos análisis son ciertos, no fue nada complicado contratar a alguien para que entrase en tu casa y me consiguiese la prueba de tu ADN. Cuando te llamaron y te dijeron que habían allanado tu casa, ¿no te extrañó que no te robasen nada aparte de un cepillo de pelo?

Dios mío... Los ladrones que entraron en casa este verano... No podía creerlo, eso era una locura. Anabel los había contratado y debió de pagarles la fianza para que salieran de la cárcel. Seguro que pudieron esconder el cepillo de la policía con facilidad.

William se quedó mirándola sin palabras, porque acababa de soltar tal bomba que ninguno era capaz de decir nada.

Entonces fue Anabel la que se volvió hacia mí y clavó sus ojos en los míos.

—Estás juzgándome y no puedo creer que te atrevas a hacerlo.

Fruncí el ceño y di un paso en su dirección.

—No te mereces ser madre, eso es lo que pienso.

Anabel soltó una carcajada y clavó sus ojos en los de mi madre.

—¿Y me lo dices precisamente tú, cuando fue tu madre la que te dejó sola en casa con un padre que casi te mata mientras ella se tiraba a mi marido en un hotel de cinco estrellas?

Abrí los ojos al oír esas palabras.

Mi madre se adelantó, dándome la espalda.

—¡Lárgate de aquí!

Anabel soltó una risa seca y me observó con lástima.

—Yo dejé a mi hijo a cargo de su padre porque pensaba que era lo mejor, pero nunca en la vida lo habría dejado en manos de un maltratador.

Mi madre se llevó la mano a la boca y empezó a sollozar de forma descontrolada. Anabel cruzó la habitación y salió sin ni siquiera mirar atrás. Fue entonces cuando me volví hacia mi madre para que negase lo que aquella mujer acababa de decir.

—¿Mamá...? —No me di cuenta de que se me quebró la voz hasta que las palabras salieron de mi garganta.

—Noah, yo...

¿Era posible que lo que esa bruja decía fuese verdad? ¿Que mi madre y Will se hubieran conocido mucho antes de que se casaran? ¿Que mi padre hubiese estado a punto de matarme porque mi madre estaba fuera con otro hombre?

—Dijiste... dijiste que estabas trabajando... —repuse y las lágrimas empezaron a deslizarse por mis mejillas, impidiéndome ver lo que había a mi alrededor.

Mi madre intentó acercarse a mí, pero mis pies fueron retrocedieron para seguir manteniendo la distancia.

—Noah, nunca pensé que eso pudiese pasar... Tienes que creerme... Yo nunca, yo siempre... Yo siempre me he sentido culpable por lo que pasó, pero...

—¿¡Cómo pudiste?! —grité enjugándome las lágrimas violentamente—. ¡¿Cómo pudiste dejarme sola con él?!

William se colocó junto a mi madre y juro por Dios que en ese momento lo odié con todas mis fuerzas, lo odié tanto que no creí que fuera a ser capaz de perdonarlo en la vida.

—Noah, cálmate, ninguno de los dos quiso que eso pasase, ninguno de los dos esperaba que...

Me llevé las manos a la cabeza sin dar crédito a lo que estaban diciendo. La niebla que había cubierto mi vida empezó a disiparse por fin, descubriendo un escenario peor que el que ya existía.

—Nunca creí que fuese a decir esto, pero Anabel Grason tiene razón: eres peor que ella y no pienso perdonártelo nunca, porque has arruinado mi vida, mi infancia, me has arruinado a mí.

No dejé que me dijese nada más, simplemente me di la vuelta y busqué alguna puerta para huir de esa estancia. Salí dando un portazo y limpiando las lágrimas con mis dedos, seguramente tenía todo el maquillaje corrido... y, de repente, comprendí que no tenía cómo volver a casa, no si no me recogían.

Con nerviosismo saqué el móvil de mi pequeño bolso y vi que tenía cuatro llamadas de Briar.

Ni siquiera sabía cómo iba a ser capaz de salir ahí fuera, ni de explicarle lo que había pasado, pero intenté tranquilizarme, porque darle vueltas a algo inevitable era un sinsentido. Mi madre se llevaba el premio a la peor madre de la historia y yo simplemente necesitaba salir de allí; necesitaba el abrazo de la única persona que podía consolarme en ese instante, esa persona que se había marchado mirándome con el mismo odio con el que había mirado a su madre.

Con el corazón en un puño, llamé a Nick. Tenía el móvil apagado, algo que no solía hacer. Siempre me echaba en cara que nunca le cogía el teléfono y entonces caí en la cuenta de que su cabreo iba más allá: Nicholas veía de verdad mi encuentro con su madre como una auténtica traición.

No podía creer cómo todo se había complicado tanto en tan poco tiempo. No podía creer lo que mi madre había hecho, cómo me había mentido durante años, respecto a dejarme sola, respecto a su relación con William, respecto a todo. Y ahora encima resultaba que Madison era hija de Will. ¿Cómo iba a tomárselo Nick?

Estaba tan estresada que agradecí el momento en el que Briar entró por la puerta. Al verme allí, su semblante se congeló y se acercó corriendo hasta donde yo estaba para abrazarme.

—¿Morgan?

Me dejé caer sobre el sofá y ella se sentó a mi lado.

—Lo siento mucho, Noah... —dijo Briar pasándome un brazo por el hombro.

—No puedo creer lo que ha pasado... —empecé a decir, sin ser capaz de elegir correctamente las palabras, ni siquiera podía contarle lo que ocurría porque Briar no tenía ni idea de la historia de mi familia ni de mí.

—Me hubiese gustado advertirte..., de verdad que sí, pero él es así, lo fue conmigo y también lo será contigo, Nicholas es incapaz de querer a nadie.

Mis pensamientos se detuvieron un instante y mi cabeza se levantó poco a poco hasta que mis ojos buscaron los suyos. Fruncí el ceño sin entender. Briar levantó su mano hasta borrarme de la cara las lágrimas que seguían cayendo por mis mejillas.

—Tenía la esperanza de que no lo hubieses visto, pero... es obvio que sí.

Le cogí la mano apartándola de mi rostro y me fijé en su semblante, intentando comprender lo que estaba diciendo.

—¿De qué estás hablando? —le pregunté mientras un nuevo miedo terrible parecía resurgir del mismo centro de mi corazón.

—Quería decírtelo..., pero luego vi lo mucho que lo quieres y entonces decidí no abrir la boca, pero después de ver cómo se ha marchado con ella,

Morgan, no puedes permitir que te haga lo mismo que a mí, no tiene derecho a engañarte delante de todo el mundo.

Negué con la cabeza y sentí cómo mis manos empezaron a temblar.

—Ha sido un cabrón, Morgan, lo ha sido desde el principio, me pidió que me callase, que no te contase nada, y acepté hacerlo porque creí que de verdad estaba enamorado de ti, pero después de ver cómo se enrollaba con ella, no pienso seguir mintiendo...

Sentí que mi corazón amenazaba con romperse, porque si lo que estaba escuchando era cierto, si lo que Briar decía era verdad...

—¿Se ha ido con Sophia? —Mi voz se quebró en la última palabra, y Briar se me quedó mirando como si intentase entender por qué estaba tan perdida.

Sin ni siquiera darse cuenta me acababa de soltar no una bomba, sino dos, porque yo no estaba llorando por Nick, sino por mi madre, pero Briar simplemente...

Me puse de pie y ella hizo lo mismo.

—¿Tú también te has acostado con él?

Briar se quedó en silencio unos segundos y eso fue todo lo que me hizo falta para saber la verdad.

52

NICK

Salí tan cabreado de esa habitación que, por un instante la música, la gente, las velas y los camareros me descolocaron por completo. Mi cabeza había estado tan lejos de toda esa farsa que ver a la gente tan feliz, bebiendo y bailando me sacó prácticamente de quicio.

Noah había visto a mi madre. Noah había quedado con ella. Dios, ¿cómo había podido hacerlo?

Solo pensar que ella había podido escuchar lo que esa mujer le habría dicho me sacaba de mis casillas, había dejado muy clara mi postura con respecto a mi madre: no hablábamos de ella, no la mencionábamos, no la veíamos, no nada, punto.

Y ahora encima me enteraba de que mi padre había tenido una aventura con Raffaella desde que yo era niño, ahora encima tenía que replanteármelo todo, porque no era lo mismo pensar que mi madre se había marchado porque sí, que lo hubiese hecho debido a que su marido la engañaba. Siempre había creído que había sido al revés, que había sido ella la que se había largado para hacerle daño a mi padre. Ahora todo eso había dejado de ser así.

Mi vida, desde mi nacimiento, había sido una mentira, una mentira en donde ninguno de los dos, ni él ni ella, habían sido capaces de dejar de lado sus putos problemas para anteponerme a mí.

De repente, Sophia apareció delante de mí con la preocupación reflejada en su rostro y, por un segundo, me pregunté cómo se debía de sentir uno al no tener ningún tipo de preocupación más allá que la de escalar en el trabajo. Sophia era una chica totalmente libre. Había sido tan fácil hablar con ella, charlar sobre trivialidades y simplemente pasar el rato...

—Nicholas, ¿estás bien?

Me volví a fijar en Sophia, en su tez morena, su pelo negro, sus ojos oscuros. ¿Qué pensaría Noah si hiciese algo a sus espaldas? ¿Cómo se sentiría si le clavase una puñalada por detrás?

Sophia seguía con su charla, ni siquiera la estaba escuchando... De repente, la rabia me consumía, el odio infinito que tenía hacia todos menos hacia Noah ahora ya no era posible de controlar, porque la luz al final del túnel había desaparecido, porque Noah había vuelto a hacer lo que a ella le había parecido bien, sin tener en cuenta lo que yo hubiese dicho o hecho, o simplemente lo que yo hubiese deseado. Estaba tan enfadado, tan cabreado con ella y con mi madre, que ni siquiera me percaté de lo que estaba haciendo hasta que mis labios chocaron de forma brusca con los de la chica que tenía delante.

Me sentí extraño, por unos instantes esperé que la sensación vertiginosa que siempre venía acompañada al besar a Noah apareciese, pero no hubo nada de eso, solo sentí piel con piel y eso me cabreó todavía más.

Con una mano acerqué a Sophia a mi pecho, la apreté contra mí y enredé mi otra mano en su pelo, le metí la lengua en la boca y busqué ese sabor que me consumía, que me derretía: nada, joder, no sentí nada. Fue entonces cuando ella pareció ser consciente de lo que estábamos haciendo porque me empujó.

—¿¡Qué haces?!

Mis ojos se fijaron en ella, la analizaron con meticulosidad, buscando a quien no estaba ante de mí.

«¡Mierda!»

Sophia pareció quedarse sin palabras.

Me llevé las manos a la cabeza y de un trago acabé con el contenido de la copa que había a mi lado. El alcohol me quemó la garganta, pero yo estaba muy acostumbrado al fuego del alcohol.

—Necesito irme de aquí.

Llamé a Steve para que me esperase fuera en cuanto saliese. Le pedí por favor a Sophia que se marchase de la fiesta —era lo mejor— y me dispuse a borrar toda prueba de lo que acababa de hacer. Sophia parecía aturdida y un poco enfadada, pero hizo lo que le pedí. Cogió su bolso, salió conmigo hacia el exterior y se subió a uno de los múltiples coches que esperaban fuera. Al salir, una ráfaga de húmedo viento me golpeó la cara y, al alzar la vista al cielo, lo vi oscuro, amenazante.

Bajé los escalones sin ni siquiera poder dirigir una sonrisa tensa a los fotógrafos y pasé por delante de los aparcacoches y demás asistentes que había fuera, en busca de Steve, que me esperaba al final de la entrada. Cuando llegué al vehículo, abrí la puerta para sentarme en el asiento trasero deseando desaparecer.

—¿Qué ha pasado, Nicholas? —preguntó saliendo del recinto y mirando con seriedad hacia delante.

Steve había estado conmigo desde que tenía uso de razón, era quien me había recogido del colegio, quien me había llevado a los partidos, quien había estado cuando no podía contar con mis padres. Le tenía un cariño especial y, por un instante, deseé poder abrirme y contarle cómo me sentía.

Con la mente en mil sitios diferentes, tardé más de la cuenta en fijarme en la cajita que había junto al asiento y la nota que le había pedido a Steve que le entregase a Noah esa misma noche. Me metí ambas cosas en el bolsillo de la chaqueta y me quedé mirando un momento por la ventanilla. Había dejado sola a Noah con la arpía de mi madre y nuestros padres, me había marchado sin dejar que se explicara y, para más inri, había besado a Sophia delante de todos los invitados. De repente, sentí náuseas y cogí el móvil. Lo había apagado hacía rato, nada más salir de esa habitación, y al encenderlo vi una llamada perdida de ella, de hacía unos veinte minutos. Me había comportado como un auténtico capullo... Marqué su número y esperé a que me atendiese, pero no lo hizo; de hecho, tenía el móvil apagado. Sentí un malestar repentino en el estómago.

—Steve, vuelve a la fiesta... voy a sacar a Noah de ese infierno.

No tardamos mucho en llegar. Por lo que pude comprobar, la ceremonia había seguido desarrollándose según lo planeado, de manera que justo en ese preciso instante mi padre estaba en el estrado pronunciando ese discurso que tantas veces había ensayado. Escudriñé la sala intentando divisarla, pero en vano... Tampoco vi a Raffaella. No quería ni pensar por qué motivo mi madre había querido montar todo ese espectáculo ni por qué había mentido al decir que Noah había quedado con ella por dinero. Yo sabía bien que Noah era incapaz de dejarse chantajear, y menos por dinero.

A cada minuto que pasaba me sentía más culpable por haberme marchado. Si lo que Noah había dicho era cierto, solo se había reunido con mi madre para que me dejasen tener a Maddie conmigo. ¡Joder, había sido un gilipollas, me había comportado como un auténtico cabrón!

Sintiendo cada vez más ansiedad, me metí entre la gente, que ahora alzaba sus copas de champán en un brindis colectivo. Acto seguido, por los altavoces volvió a resonar la música que se había silenciado unos minutos antes y también el murmullo de las conversaciones. Fue entonces cuando una melena pelirroja entró en mi campo de visión: Briar. Me acerqué a ella con decisión.

—Estoy buscando a Noah. ¿La has visto?

Briar soltó una carcajada y me miró con odio.

—¡¿Ahora la buscas? ¡Eres lo peor! —exclamó negando con la cabeza—. Hubo un momento en que te creí, ¿sabes? Creí que a lo mejor habías cambiado... Incluso una parte muy pequeña de mí, la que, a diferencia de las otras, no te odia con toda el alma, se alegró por ti al comprobar que, aunque tuvieses problemas, por fin habías podido llegar a conocer lo que es querer a alguien de verdad.

—¿De qué estás hablando? —dije dando unos pasos vacilantes hacia ella.

Sus ojos verdes me advirtieron de que no era una buena idea que siguiese acercándome.

—¿Sabes? Tu padre tenía razón cuando lo vi aquella última vez. Me dijo que no eras capaz de amar a nadie, que el odio que guardabas dentro de ti era tan grande que nunca iba a haber lugar para nada más, y mucho menos para una chica de diecinueve años con un bebé en camino.

Apreté la mandíbula con fuerza.

—Ahora me doy cuenta de que tenía razón... porque Noah te quería de verdad, Nicholas, y no has sido capaz de corresponderla... No pudiste quererme a mí, no pudiste perdonar a tus padres y mucho menos vas a poder quererla a ella porque sabes perfectamente que es mejor que tú en todos los sentidos.

—¿Dónde está Noah, Briar?

No podía creer que eso me estuviese estallando otra vez en la cara. Briar no tenía ni idea de lo que había tenido que pasar, de lo que lamentaba cada día lo que mi padre la había obligado a hacer.

Briar había sido uno de mis muchos rollos, nunca pretendí que fuese nada más. Pensaba que para ella yo también era algo pasajero. Briar no era una santa —antes que conmigo había estado con medio campus—, pero después me enteré de que había estado enamorada de mí. Cuando descubrió que estaba embarazada vino a decírmelo a mi casa y mi padre se enteró. Sin yo poder hacer nada al respecto, la obligó a abortar para evitar el escándalo. Briar era una chica con problemas: desde que era una niña, había crecido en un ambiente tan tóxico como el mío, con unos padres que ni se ocuparon de ella ni le dieron lo que necesitaba. Lo que pasó entre nosotros terminó causándole una crisis nerviosa tal que tuvieron que volver a ingresarla en la clínica donde ya había estado una vez. Intenté ponerme en contacto con ella, intenté mil veces pedirle perdón después de salir de mi propio infierno, pero fue imposible: ella había intentado suicidarse siendo aún una niña, y los médicos me negaron rotundamente acercarme a ella por miedo a que volviera a intentarlo.

—Siento todo esto, Briar... De verdad que no quise hacerte daño, no quiero hacértelo ahora tampoco, ni a ti ni a Noah, así que, por favor, dime dónde está.

Su semblante se contrajo en una mueca para después mirarme directamente a los ojos.

—Sabe que la engañas con Sophia y también sabe lo nuestro... Se ha ido, Nicholas, se fue hace más de una hora.

Fue entonces cuando un miedo irracional invadió todo mi cuerpo y me dejó petrificado donde estaba, con el corazón a punto de salírseme del pecho.

—¡Dios, pero ¿qué has hecho?!

53

NOAH

No era capaz de recordar cómo había subido al taxi ni tampoco cuándo lo llamé, en ese momento solo podía concentrarme en intentar inspirar y espirar, porque estaba sufriendo un ataque en toda regla, un ataque de ansiedad, tan horrible que el pecho me dolía como si me estuviesen a punto de arrancar el corazón.

No podía dejar de pensar en todo lo que había pasado en la última hora. Parecía que hubiese sido la protagonista de una película de terror psicológico. Descubrir que mi madre me había mentido acerca de casi todo en mi vida me había roto por dentro, pero cuando Briar me dijo que Nicholas me había engañado, que había dejado que conviviese con la persona con la que estuvo acostándose durante meses y a quien dejó embarazada para después obligarla a abortar, no pude soportarlo más.

¿Era de Nicholas de quien estábamos hablando? ¿Cómo podía haberme hecho eso? ¿Cómo podía haber estado mintiéndome así, riéndose de mí, haciendo como que no se conocían? ¿Cómo habían podido mantener esa farsa? ¿Por qué?

Nunca había sentido algo tan fuerte, tan horrible, nunca hasta ese día me había sentido tan traicionada por todos, porque habían sido todos, todas las personas que amaba quienes me habían traicionado esa noche: mi madre, William, Nick, incluso Briar... Pensaba que éramos amigas, pensaba...

Con manos temblorosas saqué el teléfono del bolsillo. Necesitaba a Jenna conmigo, a mi lado, porque no tenía ni idea de cómo iba a solucionar esto, no veía forma de recuperarme de semejante golpe.

—¿Te encuentras bien? —me preguntó el taxista mirándome por el espejo retrovisor.

¿Bien? Me estaba muriendo.

Jenna no cogía el teléfono y entonces la imagen de Nick apareció en la pantalla. Me quedé mirándola con un dolor infinito, un dolor mucho más lacerante que cualquiera que hubiera sentido antes y al ver su imagen, al ver esa foto de ambos, juntos, sonriéndole a la cámara, ese dolor dejó paso a un odio irracional que ocupó mi alma, un odio hacia él y hacia cualquier persona que quisiese hacerme daño.

Ya había sufrido bastante, no me merecía eso, no me lo merecía. ¿Cómo había podido engañarme? ¿Cómo había podido echar por la borda todo lo que habíamos pasado?

Entonces supe que aquello iba a acabar conmigo. Todo lo que había hecho, todo lo que había tenido que pasar para poder estar a la altura, para poder merecérmelo... todo acababa de hacerse añicos.

—Hemos llegado —anunció el taxista justo en el instante en el que un trueno resonaba en el cielo, haciéndome estremecer.

Le di el dinero y bajé del coche.

Como Jenna no había contestado a mis llamadas, solo me quedaba una persona a quien acudir: fui hasta la entrada de los apartamentos y llamé al número 18.

No me recibió quien esperaba, pero en esas circunstancias me valdría cualquiera de los dos. Michael bajó a abrirme y sus ojos se abrieron como platos sin dar crédito cuando me vio en la entrada, totalmente destrozada y sin apenas poder respirar. Me daba igual que lo conociera solo desde hacía unas semanas: él me había ayudado y, lo más importante de todo, me conocía mejor que cualquiera porque me había abierto a él como no lo había hecho con casi nadie.

Viéndolo todo borroso por las lágrimas di un paso hacia delante y me derrumbé contra su pecho. Sus brazos me estrecharon con fuerza y justo entonces, justo en ese instante, mi corazón cayó al suelo rompiéndose en pedazos.

Tres horas después, abrí los ojos en una habitación totalmente desconocida. Tenía un dolor tan horrible de cabeza que por unos segundos me costó centrarme en otra cosa que no fuese eso, el dolor, pero no solo el de cabeza, no, había algo que se me escapaba, algo que no comprendía... Entonces la verdad volvió a caer sobre mí como un jarro de agua helada.

Noté cómo las lágrimas empezaban a deslizarse por mis mejillas otra vez, aunque en silencio, como no queriendo empeorar las cosas, ni agregarle más dramatismo. No hacía falta, sin embargo, agregar nada: todo había sido y era dramático, desde el principio hasta el final. Todo el mundo me había advertido, todas las personas que conocía me habían dicho que eso podía llegar a pasar y ahí estaba yo, hundida hasta lo más profundo por no haber sido capaz de verlo y aceptarlo con tiempo.

Me recosté en los almohadones y miré a mi alrededor buscando una distracción; me fijé en que había dos velas encendidas en la mesilla de noche. Pensé en levantarme, pero antes de poder hacerlo, la puerta se abrió y allí, con una taza de algo humeante en las manos, apareció Michael. Se me hizo raro verlo con los pantalones del pijama y una simple camiseta gris, pero más raro fue saber que, en efecto, estaba en su cama, metida entre sus sábanas después de haber estado llorando durante horas mientras él simplemente me abrazaba.

—¡Hey! —dijo entrando en la habitación y sentándose a mi lado—. Te he preparado un té caliente con miel y limón, debes de tener la garganta hecha polvo de tanto llorar.

Asentí cogiendo la taza y llevándomela a los labios. Estaba tan aturdida, tan perdida que no sabía qué decir o hacer. Moví un poco las piernas bajo las sábanas y comprobé que ya no llevaba el vestido puesto, sino una camiseta grande, blanca y de algodón.

Michael parecía estar calibrando qué decir y me bastó una simple mirada para comprobar que estaba incluso más tenso que yo. Bajé la cabeza fijando la vista en el humo que ascendía de mi taza y entonces sentí los dedos de Michael enjugándome las lágrimas con delicadeza.

—No se merece que derrames ni una sola lágrima, ni una sola, Noah.

Sabía que lo que estaba diciendo era cierto, pero no lloraba por mí ni por él: lloraba por nosotros, por Nick y Noah, por los dos... Porque ya no iba a existir un nosotros, ¿verdad? Porque no iba a ser capaz de perdonarlo... ¿o sí?

Clavé la vista en el agua que golpeaba la ventana. Hacía tanto que no veía llover así... La última vez había sido en Toronto, antes de que toda mi vida se pusiese patas arriba, antes de que me enamorase, antes de todo.

—Supongo que iba a pasar de todos modos... —afirmé en voz baja, más para mí que para que Michael lo escuchase.

Mis palabras parecieron quedar suspendidas entre ambos.

—¿Qué has dicho?

Su pregunta fue tan brusca que tuve que desviar la mirada para fijarme en él.

—No es la primera vez que me pasa. Parece como si no fuera capaz de hacer que los hombres me quieran... No lo hizo mi padre, ni tampoco mi primer novio, Dan. Él me engañó para irse con mi mejor amiga y ahora la historia vuelve a repetirse... Ahora me pregunto si es por eso por lo que he estado huyendo de todo lo que pasaba con Nick. Una parte de mí sabía que esto iba a terminar pasando y quería protegerme de este dolor...

De improviso, Michael se acercó a la cama, me quitó la taza de las manos y, sin que yo pudiera detenerlo, me besó en los labios con una fuerza que me clavó a los almohadones sobre los que estaba recostada.

Pestañeé varias veces, completamente perpleja, hasta que se apartó para mirarme con rabia, con rabia y algo más.

—Eres idiota si piensas que no mereces que alguien te quiera, eres idiota si piensas que has tenido la culpa de cualquier cosa mala que te haya pasado en la vida... —Me acarició el pelo—. No he hecho un buen trabajo contigo, Noah, no lo he hecho en ningún momento...

Y así, sin más, volvió a posar su boca en la mía y me sentí tan perdida que dejé que lo hiciera. Mi mente pareció desconectar de mi cuerpo, que es lo que había querido hacer desde que había subido a ese taxi. De repente, las manos de Michael estaban por todas partes y, quizá por un impulso reflejo, las mías empezaron a moverse junto con las suyas.

Su tacto era distinto, sus besos eran diferentes y no sé decir si me gustaban o no, puesto que yo ya no estaba en ese lugar, yo no sabía ni lo que estaba ocurriendo, porque mi corazón y mi mente estaban en el suelo, debajo de la cama, a oscuras, esperando que alguien volviese con una luz a sacarme de ese profundo pozo.

Cuando me desperté a eso de las cinco de la madrugada, mi cerebro pareció regresar de donde hubiese estado para empezar a funcionar y hacerme caer en la cuenta de lo que acababa de hacer. Fue como si alguien me pegase con un mazazo justo en el centro de mi pecho, un golpe tan fuerte, un golpe tan certero que tuve que salir casi a rastras de la cama hasta llegar al cuarto de baño y vomitar.

Me sentía enferma, enferma de verdad, como si un virus estuviese dentro de mi cuerpo comiéndose todo el resto de vida que aún parecía quedar dentro de mí. Me fijé en mi cuerpo: aún llevaba la camiseta blanca, pero mi ropa interior había desaparecido. Retazos de lo que había pasado con él en esa habitación empezaron a reproducirse dentro de mi cabeza sin yo poder hacer nada para detenerlos. Sus manos, su boca, su cuerpo desnudo contra el mío...

«¡Dios mío!»

Tuve otra arcada y me vi obligada a ponerme de rodillas delante del inodoro para seguir vomitando durante unos minutos que se me hicieron eternos. Después, apoyé la mejilla en el borde del lavabo y empecé a llorar otra vez, ni siquiera sabía cuántas lágrimas había derramado en las últimas horas, ni siquiera entendía cómo aún me quedaban. De repente, me entraron unas ganas inmensas de quemar esa camiseta, de darme una ducha con agua hirviendo y frotar mi cuerpo con la esponja más áspera que pudiese encontrar... Ansiaba con todas mis fuerzas limpiarme por dentro y por fuera y luego hacerme un ovillo en la cama a esperar que el tiempo pasase y yo pudiese llegar a levantarme.

Como si fuese una especie de robot programado, empecé a recoger mis cosas, todo ello sin hacer ruido. No quería ponerme el vestido de la fiesta, pero tampoco quería salir casi desnuda de esa habitación. Finalmente me decanté por una sudadera de Michael que había encima de una silla. Más tarde quemaría el dichoso vestido y también esa sudadera... Arrojaría al fuego todo lo que había llevado puesto aquella noche, quemaría todos los recuerdos y todas las cosas que él hubiese tocado, porque Dios, había dejado que me tocara, había dejado que hiciese aún más que eso...

Tuve que encender el móvil para llamar a otro taxi y, al hacerlo, múltiples notificaciones de llamadas empezaron a aparecer en la pantalla de inicio del teléfono. La mayoría eran de Nicholas y me fijé en que me había estado llamando cada cinco minutos durante las últimas seis horas... Jenna también lo había hecho y mi madre.

Entorné los ojos e ignoré todas y cada una de ellas. Llamé al taxi y salí del apartamento de Michael sin hacer ruido.

Llovía muchísimo y no tardé mucho en quedar empapada, pero como me sentía sucia, dejé que el agua me limpiase y eso me hizo sentir bien. Por unos minutos intenté olvidarme de todo y simplemente concentrarme en el chocar de las gotas de agua contra mi cara.

El sonido de la bocina del taxi me despertó de mi letargo y me apresuré en meterme en su asiento trasero. Si hubiese sido por mí, me habría subido a un avión justo en ese instante y me habría ido a Canadá, así, sin más, para poder estar en un lugar donde ni los recuerdos ni las exnovias de mi novio estuviesen presentes, pero antes de eso tenía que pasar por el apartamento.

Tardé poco en llegar —al fin y al cabo, Michael también vivía en el campus— y al hacerlo y ver quién me esperaba sentado en los escalones de la entrada casi me desmayo.

No... no podía verlo... mierda, necesitaba irme de allí.

Pero Nicholas ya me había visto y, antes de que pudiera decirle al taxista que diera marcha atrás y saliese por donde había entrado, las manos de Nick ya habían abierto la puerta del taxi y ya me habían sacado del coche.

—Noah, por favor, he estado toda la noche buscándote como un loco, pensaba que te había pasado algo, pensaba... —Se lo veía tan desesperado y yo estaba tan hecha polvo que por un instante casi dejé que me abrazase, casi me dejé envolver por sus brazos y casi le rogué que me llevase lejos de allí, a cualquier parte, con tal de no volver a sentirme como me sentía en esos momentos. Pero entonces los motivos por los que estaba en ese estado regresaron con todas sus fuerzas a mi mente y me volvieron a golpear, esta vez con más intensidad porque ahora lo tenía delante, lo tenía ahí conmigo y podía ver, no solo pensar, lo que acababa de perder.

Me sacudí tan fuerte y tan rápido que por unos segundos Nicholas ni siquiera fue capaz de pillarme, pero lo hizo: me atrapó cuando estaba cerca de la puerta de la residencia y me tomó la cabeza entre sus manos para hacer que lo mirara a los ojos.

—Escúchame, Noah, por favor, tienes que escucharme.

Se lo veía tan desesperado... Ahora la lluvia había amainado, pero, de todas formas, ambos estábamos mojados y congelados de frío.

—Noah, todo ha sido un estúpido malentendido, te he estado buscando por todas partes porque sabía lo que estabas pensando y me estaba muriendo por dentro de solo pensar que creías que te había engañado...

Pestañeé varias veces sin entender lo que estaba diciéndome.

—He sido un capullo, ¿vale? Lo he sido, he sido un completo idiota por haberte dejado esta noche sola con nuestros padres y, sí, puedes odiarme porque he besado a Sophia, pero...

Sus palabras consiguieron llegar a mi alma y entonces quise zafarme de su agarre: acababa de admitir delante de mí que era cierto, la había besado, me engañaba con ella.

—¡Suéltame! —grité, pero eso solo consiguió que me sujetara con más fuerza.

—Joder, Noah, ¡yo nunca te engañaría!

Me sacudió con fuerza y mis ojos se levantaron del suelo enfangado y mojado para prestarle un poco de atención.

—Solo fue un estúpido beso, un estúpido beso que le di por rabia, porque estaba cabreado contigo y, sí, fui un cabrón porque me aproveché de tus celos hacia Sophia para poder vengarme de ti. Pero en realidad yo no quiero vengarme de ti, Noah, me dejé llevar por aquel Nicholas de hace años, esa persona que tú me has ayudado a dejar atrás y te juro por Dios que nunca permitiré que vuelva a aparecer, fue el peor error que he cometido en mi vida. ¿Y sabes por qué? Porque ahora que he vuelto a besar a otra mujer me he dado cuenta de que estoy tan jodidamente enamorado de ti que nunca más voy a poder besar a alguien y sentir lo mismo que siento cuando te beso a ti; si no estoy contigo no siento nada; si no estoy contigo creo que ni siquiera tengo alma...

Mi cabeza empezó a analizar lo que estaba diciéndome y al mismo tiempo un miedo terrible empezaba a aparecer donde estaba el dolor.

—¿No te has estado acostando con ella? —pregunté con una voz inusualmente ronca.

Nicholas echó la cabeza hacia atrás y dejó que el agua le cayese por las mejillas durante un segundo.

—Odio que me preguntes eso, pero voy a ser claro contigo porque entiendo que todo se ha liado tanto y tan rápido que mereces esta aclaración. —En ese instante me miró fijamente, como queriendo hacer hincapié en la sinceridad de sus palabras—. Nunca, insisto, nunca, te he engañado con nadie, ni se me ha pasado por la cabeza hacerlo ni se me pasará en la vida, Noah.

Sentí un alivio inmenso que fue como un bálsamo para cada uno de los rincones dañados de mi mente y mi corazón.

—Pero, entonces... Briar me dijo... —empecé a decir.

—Noah, mi historia con Briar fue una mierda, y sí debería habértelo contado, pero estábamos tan mal, nuestra relación estaba al borde de un precipicio y no quise empeorar las cosas contándote que dejé embarazada a tu compañera de habitación cuando éramos críos y mucho menos que mi padre la obligó a abortar para evitar el escándalo. Me dio miedo que no lo entendieras. Pasó todo tan rápido que se me fue de las manos y fue Briar quien tuvo que pagar los platos rotos...

¿El padre de Nicholas había sido quien la había obligado a abortar? Briar me había dado a entender que había sido él.

—¿No te acuestas con ella?

Nicholas soltó una maldición y volvió a mirarme con fijeza.

—No me acuesto con nadie excepto contigo, Noah, pero ya veo que todavía no me he ganado tu confianza y lo entiendo, de veras. Pero lo podremos arreglar, juntos podremos superarlo.

Mi cabeza empezó a dar vueltas y más vueltas... ¿Era todo mentira? ¿Nicholas no me engañaba...?

Sentí tal desahogo que no me di cuenta de que las lágrimas habían vuelto a rodar por mi rostro hasta que Nicholas me atrajo hacia su pecho y me abrazó con fuerza.

Tardé un instante en devolverle el abrazo, porque mi cerebro había tenido que pasar de odiar al amor de mi vida a volver a amarlo con locura en menos de un segundo.

—¿Qué voy a hacer contigo, Noah? —me preguntó retóricamente al tiempo que su mano me acariciaba el pelo mojado y la espalda de arriba abajo.

Estaba tan congelada y aturdida que cuando Nick me pidió que entrásemos al apartamento simplemente asentí y dejé que me condujera.

Cuando pasamos y vimos que el salón seguía igual que como lo dejé hacía al menos diez horas, empecé a sentir el pánico crecer dentro de mí. Había copas por todas partes, de cuando las chicas habían venido a ayudarme, había ropa esparcida por los sofás y zapatos en el suelo, también maquillaje... Todo era un desastre tan grande que me separé de Nick y me puse a ordenar de forma compulsiva.

—Noah, ¿qué estás haciendo?

—Solo necesito arreglar esto... Necesito limpiarlo... Necesito... —Las manos de Nick me obligaron a detenerme y me volvieron hacia él.

—Noah, tranquilízate, ¿vale? —Sus ojos me recorrieron de arriba abajo y sentí tanto miedo de repente, tanto miedo de que se enterase de lo que había hecho que volví a sentir náuseas—. Estás tiritando y yo también estoy congelado. Démonos una ducha caliente y metámonos en la cama, ¿vale? Mañana podemos seguir hablando de esto...

Empecé a negar con la cabeza, la culpa me estaba matando por dentro. Quería más que nada en el mundo quitarme esa ropa y meterme debajo del agua, pero no podía hacerlo delante de Nicholas, no podía ni siquiera mirarlo a la cara.

Acababa de confesarme que no me había engañado con nadie, que nunca se le había pasado por la cabeza; había besado a Sophia, sí, pero ¿qué suponía un beso después de haber creído que se acostaba con ella? Nada.

—Nicholas, yo...

Sus ojos me examinaron con preocupación y me di cuenta del momento exacto en que fue consciente del estado en el que me encontraba y en lo que llevaba puesto.

—¿Dónde has estado todo este tiempo, Noah? —No parecía estar reprochándome nada, simplemente me observaba con curiosidad—. Jenna ha estado llamándote igual que yo e incluso he hablado con tu amigo de la facultad... ¿Dónde estabas?

Empecé a negar con la cabeza y cerré los ojos con fuerza, como si eso pudiese salvarme de lo que iba a pasar.

—Yo... yo... —Ni siquiera era capaz de pronunciar una frase seguida.

Y antes de que Nicholas pudiese sacar sus propias conclusiones, mi teléfono, que tenía entre los dedos, empezó a sonar con esa melodía ridícula que solo hizo intensificar lo increíblemente surrealista que estaba resultando toda aquella situación.

Nicholas me cogió el teléfono de las manos para comprobar de quién era la llamada entrante.

—¿Por qué está llamándote? —Su voz sonó tan gélida que tuve que levantar la mirada para poder observarlo.

Dios, estaba tan tenso que di un paso hacia atrás inconscientemente.

—¿Por qué te llama, Noah?

—Nicholas, yo...

Y una sola mirada bastó para que él comprendiese lo que había pasado.

—Dime que lo que estoy pensando no es cierto. —Su voz sonó tan estrangulada por el miedo que hubiese dado cualquier cosa, cualquier cosa, por desaparecer de ese lugar, por desaparecer del mundo, por simplemente dejar de existir—. Por favor, dime que eso que llevas puesto no es su ropa, dime que las imágenes que están pasando por mi mente solo son imaginaciones mías... ¡Dímelo, Noah! —Su grito y sus manos aferrándose a mis brazos con fuerza me sacaron de mi estado de parálisis y simplemente me quedé mirándolo mientras las lágrimas caían, caían y caían hasta llegar al suelo, al lugar donde debería estar yo en ese momento, al lugar donde me habían llevado mis demonios, mis desconfianzas y todos mis problemas.

—Lo siento —me disculpé tan bajito que ni siquiera fui consciente de si me había escuchado. No obstante, sí lo hizo, porque en ese instante me soltó como si mi piel le quemara, como si de repente no fuese capaz de tocarme...

—No..., no lo has hecho, es mentira. —Se puso a caminar por la habitación, con las manos aferradas a su cabeza mesándose con desesperación su pelo oscuro hasta que de nuevo se volvió hacia mí y se acercó para coger mi rostro entre sus manos—. Por favor, por favor, Noah, no me castigues por esto, ya te he pedido perdón, no juegues con mi cordura, solo dime que es mentira, solo dímelo... Por favor. —Su voz se quebró en la última palabra y eso me bastó para saber que acababa de rompernos a ambos. Si antes pensaba que mi dolor había sido suficiente como para que mi corazón dejase de latir, ahora, al ver el suyo, al ver lo que le había hecho, comprendí que eso era incluso peor: si bien es dolorosísimo que te rompan el corazón, es infinitamente más doloroso rompérselo a la persona que amas con toda tu alma.

—Nicholas... He sido una estúpida... Yo pensaba... Yo pensé... Lo siento, Nick, lo siento —dije con la voz ahogada por las lágrimas y tomando su cara entre mis manos.

Pero no me dejó hacerlo... Todo su cuerpo se tensó y, cogiéndome de las muñecas, evitó mi contacto. Clavó sus ojos en los míos.

—¿Te has acostado con él? —Su voz sonó tan dolida que agradecí que las lágrimas nublaran mi vista y me impidiesen ver, por unos instantes, su semblante destrozado—. ¡Contéstame, maldita sea!

Sus palabras fueron como cuchilladas clavándose en mi estómago, estaba asqueada conmigo misma... Tanto que creía que iba a volver a vomitar allí mismo. Nunca en toda mi vida me había sentido tan sucia... Él lo vio, lo vio en mi rostro, ya no era la misma, no lo sería nunca más.

Sin decir una palabra me dio la espalda y salió de mi apartamento.

Me quedé allí unos segundos, mirando el vacío que había dejado a mi alrededor y ese breve lapso de tiempo bastó para decidir que no podía perderlo, no podía dejar que eso terminase aquí, porque lo de Michael había sido un inmenso error, un error que Nicholas perdonaría, tenía que hacerlo, porque me amaba y yo a él. Me negaba a aceptar que lo nuestro acabase después de saber que todo lo que había creído era mentira, después de saber que él me amaba... Tenía que hacerle ver que solo había sido un error, que podíamos superarlo: me di cuenta de que esa iba a ser la batalla más ardua de mi vida, pero iba a ganarla, tenía que ganarla.

Salí corriendo del apartamento y bajé las escaleras tan rápido como pude. Al salir lo vi alejarse por la calle y grité su nombre. Nicholas se detuvo y se volvió para observarme. No tardé en alcanzarlo, pero, al hacerlo, tuve que detenerme a un metro de distancia. El Nicholas que tenía delante no era el Nicholas que yo conocía: estaba destrozado, lo había destrozado, y la realidad de ese hecho terminó por romperme del todo.

La lluvia caía sobre nosotros, empapándonos, congelándonos, pero daba igual, nada importaba ya, sabía que todo estaba a punto de cambiar, sabía que mi mundo estaba a punto de derrumbarse.

—Ya no hay vuelta atrás, ni siquiera puedo mirarte a la cara...

Lágrimas desoladas caían por su rostro. ¿Cómo podía haberle hecho esto? Sus palabras se clavaron en mi alma como cuchilladas que me desgarraban.

—Ni siquiera sé qué decir—admití intentando controlarme, intentando controlar el pánico que amenazaba con derrumbarme. No podía dejarme... No lo haría, ¿verdad?

Sus ojos se clavaron fijamente en los míos, con odio, con desprecio, una mirada que nunca pensé que podía dirigirme a mí.

—Hemos terminado —susurró con una voz desgarradora pero firme.

Y con esas dos palabras mi mundo se sumió en una profunda oscuridad, tenebrosa y solitaria... Una prisión diseñada ex profeso para mí, pero me lo merecía, esa vez me lo merecía.

Epílogo

Dos semanas después

El ruido de las máquinas, y ese intenso olor desagradable que acompaña a todos los hospitales, me obligó a levantarme y salir a la sala de espera. Nunca me habían gustado estos espacios y, si hubiese sido por mí, habría estado en cualquier lugar menos en ese.

Me senté en la silla y me rodeé las rodillas con las manos. Esa posición había sido mi preferida en los últimos días e, igual que cuando me metía bajo las mantas, cerré los ojos y dejé que mi mente divagara por lugares a los que hubiese preferido no volver jamás. Aún podía escuchar la voz de Jenna al otro lado de la línea, exigiéndome respuestas que no estaba preparada para dar, y luego la de William que, furioso, me avisaba de que su hijo había sido arrestado por agresión.

No había tardado mucho en llegar al lugar de los hechos y creo que iba a tardar años en lograr que esa imagen de Nicholas desapareciera de mi mente. La ambulancia se había llevado a Michael, que presentaba magulladuras por todo el rostro y el cuerpo. Nicholas le había roto dos costillas. Aún podía ver cómo los policías se lo llevaban en el coche patrulla y también cómo la sangre caía por sus nudillos y su labio partido. Michael se había defendido, estaba claro, pero no había bastado para enfrentarse a un Nick completamente desquiciado. Yo lo había empujado a eso de nuevo, había sido culpa mía otra vez.

Recuerdo que Jenna apareció detrás de mí y, justo en ese preciso instante, las piernas me fallaron. Ella y Lion me sujetaron antes de que me desplomara, me llevaron en coche hasta su casa y, sin preguntar, me cuidaron durante toda la noche. Lion se marchó a la comisaría y llamó a William; mientras tanto, Jenna me abrazó en la cama mientras yo me desprendía de todas las lágrimas que quedaban en mi interior. Después de esa noche no había vuelto a llorar, porque estaba tan destrozada que ya nada, ni siquiera las lágrimas, eran capaces de calmar mi dolor.

Y ahí estaba yo, visitando al hombre que había prometido ayudarme y que a la vez era el responsable de que estuviese completamente rota.

Suspiré en el mismo momento que mi móvil sonaba y vibraba sobre la silla de plástico en donde lo había colocado.

Era Will.

—Acaba de salir, Noah —anunció y me puse de pie de inmediato—. He tenido que hacer uso de todos y cada uno de mis contactos, pero al parecer O'Neill ha retirado los cargos... Supongo que al final tenías razón y ha surtido efecto que hablaras con él.

Sentí que un gran alivio me recorría entera.

—¿Se ha librado? —pregunté sin podérmelo creer.

William respiró hondo al otro lado de la línea y casi pude imaginármelo, con el rostro cansado y lleno de preocupación, pero finalmente aliviado de que su hijo no terminase en la cárcel por culpa de su hijastra.

—Sí, por poco.

Asentí llevándome la mano a la boca y me senté en la silla del hospital. La llamada se cortó y mis ojos se centraron en la pared que había enfrente.

Nunca me hubiese perdonado que Nicholas terminara en la cárcel por mi culpa. Si ya me costaba lo mío levantarme por las mañanas para acudir al hospital, no hubiese podido soportar otra culpa más sobre mis hombros.

Jenna apareció por el pasillo, con dos cafés en la mano y una bolsa.

—Te he traído algo para que comas y no pienso seguir aguantando tus negativas, ¿me oyes? Vas a comer y lo harás ahora.

Sin prestarle mucha atención, cogí el café de sus manos y le di un leve trago. El líquido cálido no fue capaz de calentarme el cuerpo; ahora siempre parecía estar fría, congelada por dentro y por fuera: daba igual cuántas mantas me colocara encima, me faltaba algo, me faltaba lo más importante.

—Nick se ha librado —dije en un susurro.

Jenna abrió los ojos con sorpresa y suspiró profundamente, justo como había hecho yo al enterarme.

—¡Joder..., menos mal!

Asentí desviando la mirada otra vez.

—Noah... —empezó Jenna con aquel tono alentador, pero no quería escucharla, no quería que nadie me hablase, que nadie intentase animarme, ahora mismo solo deseaba hundirme en mi miseria y aislarme—. Las cosas van a mejorar, ¿vale? Michael está bien, se está recuperando sin problemas y ahora Nick se ha librado de la cárcel. Conociendo a William, no tendrá ni antecedentes, por favor, alegra esa cara.

Mis ojos se desviaron a la mano que sostenía su café. Un precioso anillo de plata con un pequeño diamante blanco adornaba su dedo anular. También había tenido que sentirme culpable por eso, porque la noche en la que todo se fue al infierno, Lion le había pedido matrimonio a Jenna, y ella había tenido que dejarlo todo para venir a buscarme y enfrentarse a lo que había pasado.

A pesar de que yo estaba completamente ausente, no era capaz de ignorar el brillo que parecía esconderse detrás de sus ojos cuando miraba a Lion o contemplaba su anillo de compromiso. Me alegraba por ella, de veras que lo hacía, pero su dicha avivaba el dolor de mi corazón desgarradoramente.

Yo ya nunca iba a tener eso, y mucho menos después de todo lo que había pasado. Ahora, al ver lo que había perdido, era consciente de lo idiota que había sido. Mi miedo a que me hiciesen daño había impedido que me quisiesen de verdad, porque Nick me había querido con toda su alma y yo lo había apartado una y otra vez hasta terminar llevándomelo conmigo a la oscuridad en la que prácticamente siempre estaba sumida.

Eso era lo que más me dolía, porque yo estaba acostumbrada al dolor. Aunque lo temiese e intentase evadirme de él como mejor podía, cuando lo sentía podía soportarlo. Lo que me resultaba insufrible era lidiar con el suyo.

Todas las veces que me había dicho que me quería, todas las veces que habíamos discutido por tonterías, todos los besos robados, esas caricias, ese amor que había conseguido sentir solo por mí... Todo había terminado por convertirse en su propia pesadilla.

Aquella tarde Jenna me llevó a casa. A Briar no la había vuelto a ver desde la noche de la gala, y sus cosas ya no estaban cuando llegué al apartamento. «Mejor así», me dije. Briar formaba parte de un pasado de Nick que yo no debería haber conocido nunca porque no tenía nada que ver conmigo. Ahora entendía cómo el pasado debía quedarse ahí, en el pasado, porque si lo dejábamos regresar era capaz de consumir nuestro presente.

Me quité los zapatos mientras Jenna trasteaba en la cocina, insistiendo en que comiera algo. No podía comer nada, el nudo que tenía en el estómago era tan grande que no dejaba lugar a nada más. Me metí en la cama y, al apoyar la cabeza en la almohada, sentí el ruido de un papel arrugarse. Lo cogí y con un pinchazo de dolor en el pecho vi que era la carta que me había escrito Nick.

Con dedos temblorosos la abrí y volví a leer sus palabras.

> Voy a darte más tiempo; si eso es lo que necesitas, si eso es lo que tengo que hacer para que te des cuenta de que te quiero a ti y solo a ti, eso es lo que haré. Ya no sé qué hacer para que me creas, para que veas que quiero cuidarte y protegerte para siempre. No voy a irme a ninguna parte, Noah, mi vida y mi futuro están contigo, mi felicidad depende exclusivamente de ti. Deja de tener miedo: yo siempre seré tu luz en la oscuridad, amor.

Cerré los ojos con fuerza.

«No voy a ir a ninguna parte.»
«Mi vida y mi futuro están contigo.»
«Mi felicidad depende exclusivamente de ti...»

Me llevé la carta al corazón y la apreté con fuerza.

«Yo siempre voy a ser tu luz en la oscuridad.»

Me abracé a mí misma, sabiendo que esas palabras ya no significaban nada. Nicholas lo había dejado claro, no quería volver a verme nunca más, se había negado a que lo fuese a ver a la cárcel, se había negado a contestar a mis llamadas.

Para él yo ya no existía.

Agradecimientos

En primer lugar, me gustaría dar las gracias a todas esas personas que pidieron con entusiasmo esta segunda parte. En un principio, *Culpa mía* iba a ser un solo libro, y después de casi un año de bloqueo, empezando historias y dejándolas a medias, supe que tenía que escribir esta continuación. La historia de Nick y Noah no había terminado, y en cuanto me puse a ello, ya no pude parar.

En segundo lugar, doy las gracias a mis editoras, Rosa y Aina. Gracias por ayudarme a convertir este libro en lo que es ahora. No fue fácil escribir *Culpa tuya* al estilo de Wattpad, subiendo capítulos todas las semanas sin poder trabajar la novela como es debido, o al menos como yo estaba acostumbrada. Habéis conseguido que quede perfecto y que los personajes sigan siendo fieles a sí mismos. ¡Me encanta esta nueva versión!

Al equipo de diseño, mil gracias por hacer de las portadas algo increíble: habéis conseguido al Nick perfecto, y eso que creí que iba a ser imposible. Os habéis superado. ¡Estoy enamorada!

Gracias a mi agente, Nuria, sabes que sin ti estaría perdida en este mundo literario en el que me he metido casi sin darme cuenta.

Gracias a mi prima Bar, por leerte todos los cambios una y mil veces, por decirme siempre lo que piensas y encima tomarte la molestia de hacerlo sin herir mis sentimientos. Todos tus consejos me han ayudado a hacer de esta historia lo que es. No sé qué haría sin tu ayuda. Ojalá estuvieses más cerca y pudiese compartir contigo lo que las dos tanto amamos: la lectura.

A mi familia, gracias por vuestro entusiasmo, apoyo y ganas de leer. ¡Os quiero mucho!

Garri, eres el hermano mayor que nunca tuve, gracias por ser como eres y por haber entrado en mi familia para ya no salir jamás. No tengo palabras para describir lo mucho que te aprecio.

Ali, gracias por ser esa amiga que nunca falta, por estar siempre pendiente de mí y creer en todos mis sueños y ambiciones. Somos muy diferentes, pero no sé qué haría sin ti.

A mis culpables, gracias. Aún sigo sin creerme la forma en la que os habéis enamorado de mis personajes. Gracias por todo el amor que me dais en las redes, por vuestra paciencia y por hacer que tenga una familia que muero por llegar a conocer algún día. ¡Os quiero a todos!

Y, por último, gracias a todos lo que habéis ido a comprar *Culpa mía* nada más salir. Cuando mi editora me dijo que a los cuatro días se habían vendido prácticamente todos los ejemplares, casi me da un infarto. ¡Gracias, gracias, gracias!

ENAMÓRATE DE LAS SAGAS DE MERCEDES RON

Culpables

Enfrentados

Dímelo